# 멋진 실리콘 세계

**BRAVE SILICON WORLD**

by Danyao, Liu Cixin, Woo Dayoung, Yun Yeokyeong, Chang Kangmyoung, Jeon Yunho, Cho Sihyun, Taiyo Fujii

"China Sun" ⓒ 2002 Liu Cixin
"If I Can Fly Faster Than LIGHTSPEED" ⓒ 2025 Taiyo Fujii

Korean translation copyright ⓒ 2025 Munhakdongne Publishing Corp.
All rights reserved.
This Korean edition is published by arrangement with the author.

이 책의 한국어판 저작권은 (주)문학동네에 있습니다.
저작권법에 의해 한국 내에서 보호를 받는 저작물이므로
무단 전재 및 무단 복제를 금합니다.

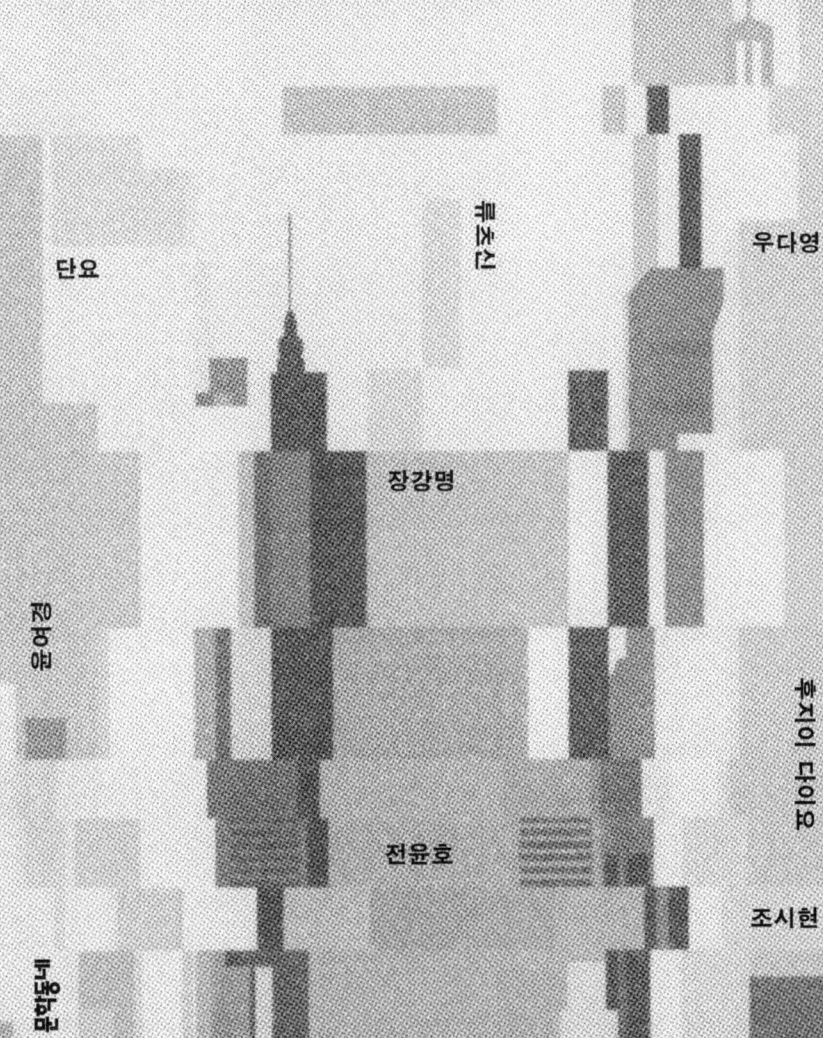

## 차례

| | |
|---|---|
| 기획의 말 | 007 |
| 그들이 땅의 기초를 놓을 때에 — 단요 | 009 |
| 중국 태양 — 류츠신 | 071 |
| 헤아림으로 말미암아 — 우다영 | 137 |
| 당신의 운명은 시스템 오류입니다 — 윤여경 | 173 |
| 동물+친구×로봇 — 장강명 | 221 |
| 멋진 실리콘 세계 — 전윤호 | 289 |
| 슈거 블룸 — 조시현 | 347 |
| 빛보다 빠르게 날 수 있다면 — 후지이 다이요 | 397 |

일러두기

이 책에는 과학기술과 사회의 영향 관계에 관심을 지닌 국내외 작가의 SF 단편소설을 실었다. 그중 류츠신, 후지이 다이요의 작품은 번역을 거쳐 수록했다. 번역문의 주석은 모두 옮긴이주이다.

## 기획의 말

　과학기술은 삶과 사회에 점차 큰 영향을 미치고 있고, 여러 영역에서 실존적 위기를 일으킬 것으로 보인다. STS SF는 그에 대한 소설가들의 대응이다.
　두 가지 규칙을 정하고 글을 쓰기로 했다. 1. 현재 우리가 이해하는 물리학 법칙을 어기지 않는, 머지않은 미래에 실현 가능할 듯한 과학기술이 등장한 사회에 대해 쓴다(타임머신, 초능력, 외계 문명을 관심사로 삼지 않는다). 2. 그 과학기술이 인간의 삶과 사회에 어떤 영향을 미칠지에 관해 비판적으로 탐구한다.
　SF는 전부터 그런 일을 해왔다고 말하는 이도 있겠지만, 구체적인 개념 용어를 만드는 것은 목표를 분명히 하는 데 도움이 된다. 따지고 보면 SF라는 단어가 만들어지기 전에도 SF는 있었지만, 그 단어가 나오고 나서 작가들의 지향점과 정체성이 더 단단해졌다.

　새로운 기술 환경에서 우리의 삶은, 사회는, 인간성은, 어떤 도전을 받게 될까. 이 책에 실린 소설들은 예언이 아니다. 독자의 선택을 묻는 시나리오다. '이것이 환영할 만한 미래인가'라는 고민을 나누고 싶다.
　기획과 작가 섭외 과정에서 윤여경 작가의 도움을 크게 받았다. 깊이 감사드린다.

2025년 10월
장강명

# 그들이 땅의 기초를 놓을 때에

단요

◇
**단요**
2022년부터 작품활동을 시작했다. 소설집 『한 개의 머리가 있는 방』, 장편소설 『다이브』 『인버스』 『마녀가 되는 주문』 『개의 설계사』 『세계는 이렇게 바뀐다』 『목소리의 증명』 『피와 기름』 『트윈』 『캐리커처』, 중편소설 『케이크 손』 『담장 너머 버베나』, 르포 『수능 해킹』(공저)이 있다. 문윤성SF문학상, 박지리문학상을 수상했으며, 2024년 문학동네신인상 평론 부문에 당선되었다.

*As you do not know the path of the wind, or how the body is formed in a mother's womb, so you cannot understand the work of God, the Maker of all things.* — *Ecclesiastes 11:5*

*바람의 길을 알지 못하며, 어머니의 태 속에서 어떻게 몸이 빚어지는지 알지 못하는 것처럼, 너는 만물을 지으신 하느님의 일을 이해할 수 없느니라.* —*전도서 11:5*

안심기증센터는 기증자들이 머무르는 생활공간과 세포를 처리하는 행정 공간으로 나뉜다. 기증자들은 센터에 팔 개월간 머무르며 기초 군사훈련과 세포 채취 과정을 병행한다. 첫

한 달간은 센터 생활에 적응하고, 그후로는 한 달의 채취기와 두 달의 훈련기가 교대로 이어지는 식이다. 채취한 세포는 행정 공간에서 보존 처리를 거친 후 삼십 구짜리 규격 파레트에 적재되고, 파레트는 다시 층층이 쌓인 뒤 지하 주차장의 냉동 탑차에 적재된다. 이때 세포들은 우생학적 개입의 여지를 차단하기 위해 소속 파레트 번호를 통해서만 일괄적으로 관리된다.

기증된 세포가 탑차를 타고 외부 실험실로 이동해 몇 단계를 거치면 인적자원이 창출된다.

안심기증센터 → 새싹돋움센터 → 자람관 → 신규 인적자원.

애가 태어난다는 말이다.

\*\*\*

나는 열아홉 살에 입대해 카슈미르 전선의 후방지원부대에서 운전병으로 복무하다가 의병제대했다. 허리 디스크로 인한 합병증 때문이었다. 군 복무와 병증의 연관성이 애매했으므로 상이군인 연금은 보장받지 못했지만, 팔다리가 한 짝씩 날아가는 것보다는 이편이 낫다. 고국으로 돌아오자 제대군인을 위한 대입 특례 제도가 나를 반겨주었지만 별 쓸모는 없었다. 사 년을 들여 학사 학위를 받았는데 결국 트럭 운전사가 되었으니 말이다. 이럴 줄 알았더라면 돌아오자마자 바로 취직했을 것이다. 그래도 월급이 꼬박꼬박 나오는데다 결혼도 했으니 이 정도면 성공한 인생이다. 상대는 복무 당시 얼굴을 익혀두었던 간호장교고, 지금은 아홉 살짜리 딸이 하나 있다. 이름은 새미다.

며칠 전 새미가 학교에서 돌아오더니 자기 엄마를 붙잡고 엉엉 울었다. 자기가 뱃속에 있었을 때 얼마나 힘들었냐며, 미안하다며 사과하는 모습을 보자 도대체 이게 무슨 상황인가 싶었다. 이야기를 듣자 하니 성교육 특강이 화근이었다.

강사가 가르치기를 인적자원 생산계획—보통은 줄여서 인자생이라 부른다—이 개시될 무렵의 합계출생률은 0.5였다고 했다. 이백 명의 남녀가 있다 치면 다음 세대에는 오십 명이 태어나고, 이 상태로 3세대가 흐른 뒤에는 딱 세 명만이 남게 되는 값이다. 이유는 자명하게도, 재생산이 여성에게 신체적으로든 사회적으로든 엄청난 부담이었기 때문이다. 그런 부담에도 불구하고 교실의 아이들을 낳은 어머니들은 얼마나 위대한가? 얼마나 고생스러우셨겠는가? 또한 얼마나 슬픈가?

모성을 향해 미묘한 찬사를 보내며 시작된 성교육 시간은 개개인이 주도하는 임신, 출산, 육아의 부작용을 읊어대며 매일 아침마다 사십 분씩 일주일 내내 이어졌다. 사람들이 직접 아이를 낳는 세상에서는, 여성뿐만 아니라 새로 태어나는 아이들마저 고초를 겪었다는 것이 강사의 논지였다. 부모의 계층과 소양에 따라 아이의 삶이 천양지차로 갈리거니와 가정폭력과 아동 학대가 만연했다. 수정란 배양기에서 자라난 아이들이 듣는다면 자부심을 얻을 만한 논변이었지만, 글쎄, 제도가 본격적으로 가동된 지는 고작해야 세 해밖에 되지 않았다. 십만여 명의 1세대 인자생 아동들은 저멀리의 보육 도시에서 아장아장 걸어다니는 중이고, 새미를 비롯한 이곳의 초등학생들은 모두 태생이란 말이다. 도대체 그런 애들한테 뭘 가르치고 있는 건가?

나라가 심각하게 잘못되어간다는 생각을 항상 한다. 하지만 입 밖에 낸 적은 없다. 무엇보다도 나는 안심기증센터 소속 화물차 기사 겸 잡역부고, 아내는 새싹돋움센터에서 일하는 의료 기술자다. 이 좋은 일자리를 쌍으로 빼앗기고 사상범으로 전락하는 상황은 생각하기도 싫다. 인자생이야말로 진보와 평등으로 향하는 길이라는 정부 주장을 믿으려 애쓰는 중이다. 내가 구태의연한 수구파라서 변화를 받아들이지 못하는 것이라고, 미래 세대를 위해 기꺼이 아집을 내려놓자고.

업무 중간중간 안심기증센터 지하 통로 TV 앞에 멈춰서는 습관이 생긴 건 그래서다. TV에서는 언제나 똑같은 순서로 공익광고 세 개가 반복된다.

가장 먼저 송출되는 건 아기자기한 클레이 애니메이션이다. 덤불이 흔들리더니 그 안에 숨은 늑대가 눈을 부라린다. 수정란 배양기를 노려보던 늑대는 선정적인 여자의 이미지를 떠올리며 음흉하게 킬킬댄다. 곧이어 경찰복을 입은 빨간모자가 나타나 늑대의 손목에 수갑을 채운다. 자막에는 이렇게 쓰여 있다. 국가 인적자원 생산계획 기증자에 대한 성희롱 및 각종 모욕은 형사처벌 대상입니다. 이어 성우의 내레이션.

"여성이기 이전에 인간입니다. 난자가 아니라 세포로 불러주세요. 존중으로 하나된 사회를 만들어가요."

두번째 공익광고는 수채화풍 애니메이션이다.

첫번째 장면. 눈과 팔다리가 달린 혈액 팩이 헌혈의 집 간이침대에 누워 피를 뽑히고 있다. 불 꺼진 공간은 쓸쓸하고 어두운 느낌을 준다. 그러다가 문득 의료진이 다가와 혈액 팩의 어깨―만약 혈액형이 표기되는 자리를 어깨라고 부를 수 있다면―에 친근한 듯 손을 얹고, 배경이 환해진다. 혈액 팩도 인간의 모습으로 돌아온다. 사람들의 얼굴에 웃음꽃이 한가득 핀다. "감사합니다, 덕분이에요!"

두번째 장면. 눈과 팔다리가 달린 콩팥이 병상에 누워 있다. 콩팥은 쓸쓸한 표정으로 창밖을 내다보지만 보이는 것은 살풍경한 콘크리트 건물들뿐이다. 그러다가 화면이 전환되며 병원복을 입은 꼬마를 비춘다. 꼬마는 콩팥의 병상 앞에 서더니 꾸벅 인사한다. "감사합니다, 덕분이에요!" 그러자 콩팥이 중년으로 바뀌며 아이를 와락 끌어안고, 두 사람의 형상은 실루엣

처리되더니 하트로 변한다.

세번째 장면. 카페 테이블에 앉아 있던 여성이 알람 소리를 듣고 짐을 챙긴다. 화창한 날씨와 푸른 하늘을 만끽하며 안심기증센터 정문으로 걸어들어가는 여성. 성우의 목소리로 내레이션.

"존중은 감사에서 시작됩니다. 기증자 덕분에 아이들이 있습니다."

잠시 쉬었다가, 혀 짧은 어린아이의 목소리로.

"감사합니다, 덕분이에요!"

사랑의 하트.

마지막 공익광고에는 김교수라는 사람이 등장한다. 교수가 말하기를, 세포 채취를 여성성과 결부 짓고 거기에 특권적인 의미를 부여하는 것은 재생산 과정을 성애 자체와 혼동하는 과잉 성애화 경향 때문인데, 생물학의 영역에서 성적인 것과 문화의 영역에서 성애적인 것은 구분될 수 있으며 또한 구분되어야 한다고 했다. 내가 요약한 게 아니라 문자 그대로 그렇게 말했다는 것이다. 나는 이 공익광고를 볼 때마다 대학 시절에 들었던 전공 강의들을 떠올렸고, 이건 도대체 무슨 종류의 선전 기법인가 궁금해하곤 했다. 반박하는 사람을 무식쟁이로 만들어버리는 선제공격인가?

"기술이 더더욱 발전하면 손톱 끄트머리만으로도 신생아를 만들 수 있게 될 겁니다. 그렇다면 손톱 자르기도 존엄을 건드리는 일이 되는 걸까요? 세포 채취가 여성에 대한 국가적 폭력이자 인격 훼손이라는 관점은, 도리어 재생산과 섹슈얼리티의 결속을 강화하고 여성에게 생물학적 족쇄를 짊어지우는 퇴행일 수……"

나는 거기까지만 듣고 돌아섰다. 오늘은 이백오십 킬로미터 거리에 있는 새싹돋움센터로 세포를 실어날라야 했다. 식자재와 각종 생필품을 운송하는 경로는 정해져 있었지만 세포를 옮겨야 할 때는 출발지와 목적지가 매번 달라졌다. 추적 가능성을 최소화하기 위해서였다. 화물차 기사가 특정 센터를 전담한다면 세포의 이동 경로가 확정될 위험이 크고, 자기 유전자를 물려받은 아이를 찾아내려는 사람도 생길 수 있다는 것이다.

명분은 언제나 좋다. 고생은 내가 한다.

규칙성이 있는 듯하면서도 감을 잡기 어렵다는 게 특히 악질적이었다. 세포의 이동 경로와 배치를 총괄하는 건 중앙 전산의 알고리즘이었는데, 개별 근무자들은 업무 개시 삼십 분 전에야 겨우 그날 경로를 통보받았다. 갑자기 아이가 아파서 응급실에서 밤을 지새웠는데 갑자기 삼백 킬로짜리 경로가 당첨되는 상황을 생각해보라. 이 시스템에서는 동료 기사와 경로를 교환하는 것조차 불가능하다. 그건 재앙이다. 주행은 인공지능의 몫이고 화물차 기사의 역할은 감독이니 운전석에서 눈을 붙이더라도 뭐라 할 사람은 없겠지만, 그 잠깐의 방심이 사고를 부른단 말이다. 불확실성을 약간이나마 줄이기 위해 매일매일 수첩에 업무일지를 쓰고 있지만 별 소용은 없다. 삼 년간 쌓인 데이터보다 직감이 살짝 더 정확할 지경이다.

 대로변으로 나오자마자 팻말을 든 가두시위 행렬이 보였다. 시위가 부분적으로 허용된 후로, 즉 5인 이상이 모였다는 이유만으로 막무가내로 사람을 끌고 가는 추세가 잦아든 후로는 꽤 흔해진 광경이었다. 시위대의 선두에서는 십자가와 여성주의 문양 깃발이 서로 어깨를 맞대고 있었다. 생명 창조에 대한 창조주의 권위 때문이든, 여성의 자기결정권 때문이든 간에 인자생은 저주받을 기획인 것이다. 두 파당이 손잡을 문제가 있으리라고는 생각해본 적이 없었는데 세계가 날로 이상해졌다.

 몇 블록 가지 않아 신호등이 차를 멈춰세웠고, 시위꾼들 중 몇몇도 멈췄다. 그들이 계속 내 차를 쏘아보았다. 나는 디스플레이 패널을 조작해 전면부 차창의 가시광선 투과율을 이십 퍼센트로 조정했다.

***

 이상한 일이 또 생겼다. 새미가 학교에서 성교육 특강을 받고 반년가량 지난 시점이었다. 예상보다 일찍 퇴근해서 집으로 돌아왔더니 현관에 처음 보는 남자 구두가 있고 거실은 텅 비어 있었다. 안방에도 사람이 없었다. 작은방 문까지 열어젖혔더니 처음 보는 남자가 소반을 펼쳐놓고 아내와 마주앉아 있었다. 누군진 몰라도 매만진 머리에 정장까지 차려입은 게 번드르르하게도 생겼다.

깊이 생각하지도 않고 남자의 멱살을 움켜쥔 찰나였다. 갑자기 등뒤에서 뻗어온 팔이 나를 붙들었다. 마찬가지로 낯선 여자였다. 그제야 소반에 찻잔 세 개와 성경이 놓인 게 보였다. 'The New Creation'이라 쓰인 영문 잡지도. 오해였다 싶어 아차 했지만 사과에 진심을 담지는 않았다. 내가 아는 아내는 길에서 만난 사람들과 성경 공부를 시작할 바엔 차라리 불륜을 할 사람이었던 것이다. 이야기를 듣자 하니 제대로 된 교회에서 나온 사람들도 아니었다. 미국에 기반을 둔 신흥 종파라고 했는데, 글쎄, 한물간 상품을 재포장해 팔아보려는 2인 1조 영업 사원으로밖에는 보이지 않았다. 이단이랄지 사이비랄지. 나는 둘을 돌려보낸 후 넌지시 운을 뗐다.

"나는 당신이 무신론자인 줄 알았는데."

"마음이 변했어. 사람들이 신이라는 걸 왜 만들어냈는지 알겠더라고."

아내는 묘하게 불퉁한 목소리로 대꾸했다. 집에 수상쩍은 종교쟁이들을 끌어들였다가 들킨 사람치고는 뻔뻔스러운 태도였다. 그런 식으로 나온다면 나도 양보해줄 이유가 없었다.

"좋아, 효험 있는 신을 찾아내서 다행이긴 해. 성당에 계시는 분은 교황의 기도에도 묵묵부답인데 당신이 믿으려는 신은 공무원 아파트를 빼앗고 우리 신세를 망칠 정도의 권능은 있는 것 같거든. 아, 그런데 그냥 성당에나 다녀. 정부도 교황 눈치는 본단 말이야. 딱 눈치만 보고 말지만. 최소한 자기 건물도 없는 사이비보다는 나아."

나는 잠깐 멈췄다가 덧붙였다.

"이런 문제를 작은방까지 끌고 오지 마. 웬만하면 다른 사람 데리고 작은방에 들어올 일을 만들지 마."

"나는 새미에 대해 많이 생각해."

느닷없는 말이 튀어나왔다. 나는 대답하지 않았다. 아내는 한동안 나를 빤히 노려보더니 다시 입을 열었다.

"그애가 어른이 되었을 때 이 나라가 어떻게 되어 있을지, 그애가 뭘 겪을지, 국가라는 게 뭐고 인간이라는 게 뭔지 그런 거 말야. 고작해야 여섯 살 차이니 사실상 같은 세대야. 그리고 세대가 내려갈수록 태생은 점점 줄어들 거야. 이미 의무 복무로 여덟 달이나 갇혀 있었는데, 아홉 달을 더 낭비하고 싶진 않을 테니까. 직접 애를 낳는다고 무슨 어드밴티지를 주는 것도 아니고. 우리도 아무 지원 못 받은 거 알지. 국가가 모두 관리할 테니 그냥 하지 말라는 거야. 그러니까 하나 묻자. 당신은 당신이 옮기는 세포들 보면서 무슨 생각을 해?"

나는 지하 통로에서 매일 보는 공익광고를 떠올렸다.

"아무 생각도 안 해."

"그게 돼? 딸 생각은 해본 적 없어? 지금 저기서 자라는 애들에 대해서는?"

"근무자 정기 교육 시간에 다큐멘터리를 틀어주더라. 인생 창창할 것 같던데. 저기 평택에 1차 보육 도시를 지어놨잖아. 신축이라 전반적으로 설비도 깔끔하고, 양육 과정도 전문가들이 잘 짜놨고, 근무자들도 좋은 대접 받는 것 같더라고. 십 년쯤 뒤면 태생들이 불평하겠더라. 우리는 자식한테 왜 자길 태생으로 만들었느냐며 항의를 듣진 않을 테니 막차 탄 거야. 운이 좋았지."

"세포 채취라는 건 결국 열여덟, 열아홉밖에 안 된 여자애들한테 호르몬 주사를 맞히고 난자를 뽑아내는 과정을 세 번 반복하는 거란 말이야. 몸에 부담이 없겠어? 부작용이 없을 것 같아?"

"내가 카슈미르로 갔을 때랑 같은 나이군. 당신도 거기에 있었고. 나랑 같이 팔다리 잘리고 머리 깨진 사람 많이 보지 않았나? 그게 뭐, 까무러칠 만큼 심각한 일도 아니야. 슬렁슬렁 돌아다니는데 하늘에서 뭐가 번쩍하더니 인생 끝장나는 거지.

나는 한 블록 뒤에서 그 꼴을 지켜보는데 개를 구하러 갈 수도 없어. 구하러 가는 게 뭐야, 여차하면 같이 죽을 판인데. 알지?"

"피차 아는 얘기 늘어놓을 건 없고, 영원히 카슈미르에서 알보병으로 지내고 싶으면 재입대 신청해. 당신 나이가 좀 있긴 해도 전상군경戰傷軍警 되긴 어렵지 않을 테니까. 그런데 내 딸까지 그렇게 내주긴 싫어."

"나가서 죽으라는 소리를 고상하게도 하는데."

"난 부모라면 반드시 이렇게 말해야 한다고 생각해. 조금 전 그 소리가 진심이면 당신한테 실망할 거야. 정말로, 정말로, 내가 인간을 잘못 봤다고 생각할 수밖에 없어."

"당연히 진심이지. 그러면 내가 세포를 보면서, 이건 난자이고 기증자들은 여자 아닌가? 그 둘을 단순히 세포랑 인간이라고만 불러야 되나? 사람을 산업 기능 요원으로 쓰는 거랑 난자를 채취하는 건 완전히 다른 문제 아닌가? 이렇게 생각하면 난 뭐야? 바로 성희롱범이고 구시대인 되는 거야. 그 부분에 대해서는 처음부터 생각을 하면 안 돼. 이걸 담당 주무관한테 대놓고 물어보면 어떻게 될 것 같아? 아니, 그냥 당장 거실에 나가서 이야기해볼까?"

"이 상황 자체가 잘못됐다는 건 당신도 알고 있나보네. 단순히 여자들만의 문제가 아니야. 지금이야 생식세포 매칭은 완전히 랜덤이라고, 선별 같은 건 없다고 주장하지만 그 기조가 앞으로도 계속될 거라고 누가 장담하겠어? 아니, 지금 당장에라도, 어쩌면……"

아내가 나를 의미심장한 표정으로 쳐다보았다. 왜인지 모르게 등줄기가 쿡쿡 쑤시며 아파왔다. 우리가 이 일자리를 구한 것은 상관 추천서 덕분이었다. 나야 불가피하게 의병제대를 하긴 했지만 복무 당시에는 훌륭한 평가를 받았다. 아내도 마찬가지였다. FM대로 할 때와 재량을 발휘할 때를 구분할 줄 알고, 그러면서도 어떤 일이든 허투루 하지 않는 인간. 느닷없이 전쟁을 벌이곤 청년들을 세계 각국의 전선에 집어던진 국가를 향해서도 충성을 바칠 줄 아는 인간. 그건 중학생 시절부터 재도입된 교련 교육을 열심히 내면화한 결과물이기도 했다. 어쨌든 우리는 국민이 없으면 국가가 없고, 국가가 없으면 국민도 없다고 배웠다.

그러나 국가가 스스로 국민을 만드는 상황까지는 예상하지 못했다. 나는 당연하게도 새미의 미래를 걱정했으며 내 삶에 대해서는 배신감을 느꼈다. 드론만으로는 영토를 점령할 수 없는 까닭에 맥없이 죽어나가고 마는 보병들에 대해서도. 사람을 공장에서 찍어내는 이상 인간의 목숨이란 국가 예산의 문제로, 땅따먹기 판돈으로 전락하고 만다. 가치가 낮아지는 게 아니다. 정확한 가치가 매겨짐으로써 계산이 시작되는 것이다. 옛날이라고 해서 피와 영혼이 성스러운 진공에만 머물렀던 것은 아니지만, 수십 수백만의 죽음을 근거로 역사의 심판을 논하는 시대와 생산 비용을 마지막 한 자리까지 적어 청구할 수 있는 시대는 다르다. 누구든 남의 과수원에 들어가 포도나무 밑동을 잘라버린다면 나무 한 그루 가격을 물어내야 할 테고, 책임은 그것으로 끝이다.

그러니까 나한테도 생각이 있었다. 생각만 있었다. 나는 이 상황이 포도나무들의 뜻이 아니거니와 실상은 포도를 가꾸는 사람의 바람조차 아니라는 사실을 잘 알고 있었다. 소작인이 있으면 포도원 주인이 있고 은행도 있는 법이다. 금융가들은 곧잘 남의 땅에 차압을 건다.

"아, 됐어. 국가니 국민이니 하는 건 너무 거창한데다가 새미한테는 먼 미래야. 지금 당장은 아무 방법도 없잖아. 교황이 그렇게 기도해주는데도 좋은 소식 없는 걸 보면 하늘나라 통신도 애진작 끊긴 셈이지. 하느님 같은 건 집어치워. 성경 공부는 생각하지도 말고. 이것도 새미 생각해서 하는 소리야."

나는 대답을 기다리지도 않고 거실로 나왔고, TV를 켰다. 뉴스 앵커가 국가재건신탁회의 십이 주년을 맞이해 그간의 성과를 읊고 있었다. 한참 뉴스를 듣다가 나도 모르게 리모컨을 눌러 비서 모드로 진입했다. 앵커의 얼굴이 사라지며 호랑이 캐릭터가 등장했다. 땡그란 눈과 베레모가 인상적인 녀석으로, 이름은 '힘찬이'다. 스무 해도 더 전에는 까까머리 청년들에게 눈흘김을 받는 병무청 마스코트에 불과했는데 이젠 전국민의 비서가 되었으니 세상사 예측 불가다.

"자기소개를 하고 네가 개발된 이유를 설명해봐. 인터넷이 허가제로 바뀐 이유랑 같이."

명령을 내리자 화면 하단에 '요청 처리중'을 의미하는 느낌표 마크가 나타났다. 나는 힘찬이가 입을 열기를 기다리는 동안 음성 센서가 TV 어디에 붙어 있을까를 생각했다. 곧 화면에 말풍선이 떠오르면서 스피커가 작동하기 시작했다.

"저는 국민들을 위한 인공지능 비서 힘찬이입니다. 인터넷 면허를 발급받을 수 없는 일반 국민들이 고품질의 정보를 얻을 수 있도록 돕지요. 무엇을 도와드릴까요?"

힘찬이는 두번째 질문을 은근슬쩍 흘려 넘겼다. 나는 말풍선을 빤히 노려보았고, 재차 다그쳤다.

"인터넷이 허가제로 바뀐 이유를 말해. 최대한 자세하게, 전문적으로, 시사 평론가처럼."

"제3차세계대전은 전쟁 자체로 인한 피해뿐만 아니라 가짜 정보 및 인터넷 여론 조작으로 인한 부수 피해 또한 막심했습니다. 익명의 사용자들이 확인되지 않은 정보를 공개적으로 게시하고 퍼뜨릴 수 있다는 것은 인터넷의 가장 큰 취약점입니다. 또한 한반도는 전쟁으로 인해 궤멸적인 타격을 입은바,

국가재건신탁회의는 조속한 재건을 위해 가짜 정보 및 여론 조작의 위험성을 제한하기로 결정하였습니다."

"어쩌다가 전쟁이 일어났지?"

"당시 한반도 남측에 존재했던 대한민국 정부는 정치적 목적으로 계엄령을 선포했고, 그 사전 작업으로 한반도 북측에 원점 타격이 가해지며 확전이 발생했습니다. 계엄령 선포 요건으로 전시 상황이 필요했기 때문입니다. 이후 수세에 몰린 북측 정권이 전략적 중심 이동 및 의외성 창출을 위해 대만에 핵폭격을 가하며 지정학적 리스크가 현실화되었습니다. 이러한 오판은 제3차세계대전이라는 참사를 불러왔을 뿐만 아니라 국제 세계로 하여금 한반도 양측 정부의 수권 능력에 의심을 품게 만들었습니다. 이에 따라 종전 이후 세계 각국의 협의체인 국가재건신탁회의가 한반도에 설치되어 통합 정부로 기능하게 되었습니다."

이번에는 반대로, 묻지 않은 내용이 따라붙었다. 그 모든 사건을 직접 겪은 입장에서는 앞의 설명까지 마뜩잖게 들렸다. 역사의 흐름 자체가 마뜩잖다고 말하는 편이 정확할지도 모른다. 내가 중학생이었을 때는 한반도에 남한과 북한이 있었다. 각각 자유주의 무역의 수혜를 받는 민주정과, 국경을 닫아걸고 틀어박힌 독재정이었다. 전쟁은 서로에게 손해뿐인 형국이었으므로, 남한이 북한을 선제 타격하며 계엄령을 선포하리라 예상한 사람은 아무도 없었다.

  그러나 어째서인지 그 일이 일어났고, 가뜩이나 휘청이던 북한은 정말로 국체가 분해될 위기에 놓이고 말았다. 오랜 우방이었던 중국과 러시아가 묘한 태도를 보이기 시작했던 것이다. 작고 성가신 독재자를 몰아낸 뒤 자기네 사람을 앉히려는 기미가 초장부터 보였다. 3대 세습을 기어이 완수하고, 남한을 매번 미국의 꼭두각시라 폄하하던 김씨 일가로서는 숨 막히는 상황이었으리라. 그래서, 이 문장에 그래서가 들어간다니 신기할 따름이지만, 고도의 국제정치적 판단에 의해, 두 종류의 탄彈이 동시에 발사되었다. 김정은의 관자놀이를 향해서는 자살 총탄이, 대만을 향해서는 핵폭탄이. 미국이나 일본에 쏘았더라면 국가 소멸만 앞당기는 꼴이고, 남한에 쏜다면 공멸을 확정 지을 뿐이지만, 대만에 쏜다면 태평양 일대의 국가들에게 뜻밖의 소모전을 강요할 수 있었다. 핵으로 오염된 대만은 TSMC의 반도체 생산 라인이 건재했던 시기에 비하면 훨씬 덜 매력적인 트로피지만, 남중국해부터 믈라카해협까지의 해양 패권은 여전히 중요했다.

  요컨대 북한의 선택은 국가 소멸을 전제한 물귀신 작전이자 중국을 향한 복수였다. 중국은 예상치 못한 상황에 비명을 질렀고 일본과 호주와 동남아 국가들도 펄쩍 뛰었다. 인도와 미국 역시 본격적으로 계산기를 두드릴 수밖에 없었다. 러시아가 그 틈을 타 다시금 우크라이나로 밀고 들어갔고, 파키스탄에서도 난리가 났다. 그래서, 쾅. 인터넷에서의 키보드 배틀에 이골이 난 나머지 진짜 전쟁을 얕보던 청년들과 그 청년들을 이용해먹던 정치인들이 역사의 격동에 휘말렸고, 한번 시작된 흐름을 막아 세울 방법은 없었다. 미개발 식민지를 두고 다투던 1·2차 때와는 달리, 3차 대전에서는 모든 게 계륵이 되어버렸는데도 그랬다.

그건 전쟁 지형의 문제인 동시에 21세기의 문제이기도 했다. 양자 컴퓨터가 상용화되고 인공지능 기술이 급발전하며 몽상이 끝 간 데 없이 부풀던 시대였다. 다들 초인공지능이니 기술적 특이점이니 하는 개념들이 눈앞에 성큼 다가왔다고 느꼈다. 그러나 그 모든 전망은 대체로 가상의 영역에 머물렀고, 현실화된 것들조차 여전히 가상이었다. 확산 언어 알고리즘이 아무리 방대한 다차원 벡터 공간을 지니고 있을지라도, 그 공간에 씨를 뿌리고 싹을 틔우기란 불가능했다. IT 기업가들이 억만장자를 넘어 조만장자로 발돋움하는 동안 오렌지주스의 명가들은 파산 신청에 나섰고, 농작물 생산량이 해마다 급감했다. OLED 모니터와 VR 기기가 저렴하게 공급되는 사이 초콜릿과 와인과 커피는 사치스러운 취미로 변해갔다. 발붙인 땅은 날로 좁아졌다. 해수면이 상승했고 기후가 요동쳤다. 물고기떼가 집단 폐사했고 경작 가능한 땅이 줄었다. 일자리까지 줄었다. 인간은 끔찍하게도 많았다. 이기더라도 얻어갈 건 없었지만 패배한다면 손해가 막심했다. 어느 순간부터 전쟁은 자신의 진보를 위해서가 아니라 상대의 퇴보를 위해 싸우는 형세가 되어갔다.

바로 이렇게, 창조적 파괴라는 개념이 시대착오적인 비웃음거리로 전락하던 시기에, 미국 한구석의 연구소에서는 새로운 창조가 시작되고 있었다. 인공 자궁, 즉 수정란 배양기에 인간 수정란 서른 개가 성공적으로 착상되었던 것이다. 아홉 달이 흐르는 동안 열세 개 수정란이 폐기되었고, 나머지는 건강한 아기가 되어 세상으로 나왔다. 그 열일곱 명의 아기들이 건강하고 영리한 여덟 살짜리로 자라났을 때 전쟁이 끝났다.

"인적자원 생산계획에 대해 설명해줘."

"전쟁 발발 이전부터 한반도 출생률은 국가 존속이 불가능할 정도로 저조했으며, 종전 후 즉각 국가 소멸 위기에 직면했습니다. 이에 따른 해결 방안으로 인적자원 생산계획, 즉 인자생이 제안되었습니다. 신탁 통치국들의 기술 및 자금 지원을 통해 인적자원이 유동적으로 공급되면서 인구 소멸에서 유지 단계로 연착륙이 가능케 되었습니다. 도입 논의 과정에서 우선적으로 이천여 명 규모의 시험 운영을 마쳤고, 지금은 1세대 인자생 아동들이 연간 삼만여 명 규모로 태어나 자라는 중입니다."

이번 답변은 정말로 틀렸다. 문장 각각은 건조한 사실처럼 들리지만, 진실은 언제나 단순한 사실의 나열을 넘어서는 법이다. 나는 행간 너머로 물러나다못해 아예 사라져버린 맥락을 복기했다.

국가 소멸 위기와 별개로, 검증되지 않은 신기술로 미래 세대 전체를 일구어내겠다는 기획은 터무니없는 것일 수밖에 없었다. 도입 논의와 동시에 이천 명 규모의 테스트 베드를 가동하고, 협의안이 가결되자마자 연간 삼만 명씩을 찍어내기 시작하는 게 어디 제대로 된 일 처리란 말인가. 예상치 못한 전략을 통해 의외성을 창출한다는 점에서는 대만을 향해 핵폭탄을 날린 북측의 결단에 비견할 만했다. 혹은 계엄령 선포를 위해 평양을 원점 타격해버린 남측의 야망이라든가.

말인즉슨, 이 땅에서는 이미 두 차례 어처구니없는 일이 일어났으므로 세번째도 일어날 수 있었다. 그건 전쟁배상금 이상의 책임을 부과할 방편이기도 했다. 한반도의 두 나라는 승전국도 패전국도 아니지만 원죄를 짊어진 입장이었고, 그 죄는 무거웠다. 국가 전체가 거대한 기니피그 사육장으로 변해야 할 만큼 무거웠다.

한반도는 거대한 인간 공장 실험실이었다. 수정란 배양 기술의 전진기지였다. 윤리적으로나 사회적으로나 위험하기 그지없는 상상력을 펼칠 공간이었다. 공식적으로 밝혀지지 않은 실험들은 더 많을 터였다. 전쟁이 일어나기 전에 태어난 사람들이라면 모두 그 사실을 알았다. 알면서도 웬만하면 소리 내어 말하지 않았다. 도처에 마이크와 음성 센서가 있었다. 말 한마디로 작동하는 에어컨이라든지, 말을 걸면 신호가 바뀌기까지 남은 시간을 알려주는 신호등이라든지, 길가의 안내용 키오스크라든지. 그중 무엇도 도청용이 아니었지만 어떤 것들은 도청용으로 쓰일 수 있었다. 역으로 어떤 대화가 도청되었는지, 어째서 국민 신용등급이 낮아졌는지, 어째서 해고당했는지, 이 모든 현상 뒤편에서 어떤 알고리즘이 작용하고 있는지 파악할 방법은 거의 없었다.

작은방에 에어컨은 물론이고 어떤 전자기기도 들여놓지 않은 것은 그래서였다. 이 시대에는 그런 공간이 반드시 필요했다. 아내는 아직 작은방에서 나오지 않은 상태였다. 나는 문을 열고 들어가서 대화를 재개하고 싶은 충동을 억누르며 입을 열었다.

"난 아홉 살짜리 딸이 있어. 알지? 걔한테 이걸 설명하고 싶어. 새미한테 말하듯 해봐."

"오래전에 우리나라의 잘못 때문에 슬프고 무서운 전쟁이 일어났어요. 전쟁이 끝난 뒤에도 여러 문제가 생겼죠. 전쟁 때문에 나라에 사람이 부족해졌는데, 아기 만들기는 엄마한테 엄청난 부담을 주는 일이거든요. 나라는 분명 중요하지만, 나라를 위해 힘든 일도 참으라고 강요할 수는 없잖아요? 그래서 과학자들이 특별한 방법을 찾았답니다. 아기들이 엄마 뱃속이 아닌 다른 특별한 장소에서 자랄 수 있게 만든 거예요. 마치 식물이 화분에서 자라는 것처럼요. 이렇게 해서 매년 많은 아기들이 태어날 수 있게 되었어요. 이 사실이 낯설게 느껴질 수도 있지만, 이건 어울려 살아가는 우리 세상의 한 부분이랍니다. 삶의 형태는 정말 다양하지요. 어떻게 태어났든 모든 사람은 소중하고 특별하답니다. 혐오보다 사랑이, 차별보다 연대가 항상 강해요. 지금도 길거리에는 화분에서 자랐다는 이유만으로 이 아기들을 미워하는 어른들이 가득해요. 그 어른들처럼 나쁜 사람이 되면 안 되겠죠? 동생들을 소중히 대하기로 힘찬이랑 약속해요!"

그러니까…… 이 나라는…… 제정신이 아니다.

나는 나라가 미쳐 돌아간다고 느낄 때마다 미친 건 사실 나 자신이 아닌가 헤아리곤 했다. 우리가 여성들에게 바지를 금지했던 과거인들을 미개하게 보듯이, 삼백 년 뒤에는 내가 미개인 취급을 받게 될지도 모른다고 생각했다. 하지만 나는 그런 미래를 도무지 상상할 수 없었고, 상상할 수 없었으므로 지금 이 순간에 집중하기로 했다. 작은방 문을 열자 아내가 소반에 팔꿈치를 얹은 채로 나를 올려다보았다. 성경도 잡지도 펼친 흔적 없이 그대로였다. 나는 아내 맞은편에 앉으며 천천히 운을 뗐다.

"난 당신이 신을 믿을 사람이라고는 생각 안 해. 차라리 내가 기도하면 모를까."

"신이든 뭐든, 아까 당신 혼자서 얘기 다 끝내고 간 거 아니었어?"

"아니야. 거실에서 생각을 좀 해봤어. 아무리 세상이 이상해졌어도 당신 성격이 뿌리부터 바뀌었을 것 같진 않더라고. 단순히 성경 얘기만 할 거였다면 길거리 전도인들을 작은방까지 끌고 오지도 않았을 테고, 애당초, 사이비 말을 듣는 게 아니라 성당에 찾아갔겠지."

"무슨 말을 하고 싶어서 그래?"

"정부가 종교쟁이들을 싫어하긴 해도, 실제로 견제 대상이 되는 건 대형 개신교회나 가톨릭 쪽이야. 외국에서 직접 반대 여론을 끌어올 수 있고, 사람을 한데 모을 힘이 있고, 역사와 전통이 있어서 탄압하기도 어려운 부류지. 반면 신흥 이단 종파는 귀찮은 망상 병자 이상도 이하도 아니니까, 감시 목록에서는 뒷자락으로 밀려나게 돼. 컬트 행세를 해야만 오히려 운신의 폭이 넓어지는 셈이야. 맞아?"

"요점을 딱 말해."

나는 정확한 단어를 고르느라 잠시 머뭇거렸다.

"아까 그 사람들, 진짜 이적 단체 소속이지? 성경은 위장이고?"

현실적인 성격이라는 말은 여러 의미로 쓰인다. 물질적인 성공을 추구한다거나, 합리적인 분석에 기반해 세상을 바라본다거나, 모든 신념과 믿음을 즉각 현실과 일치시킬 방안을 찾아낸다거나. 내가 알고 겪어온 아내는 세번째 유형에 속했다. 요컨대 아내는 나라에 충성을 바쳐야 한다면 최전선으로 달려가 군인이 될 테고, 신의 목소리를 듣는다면 당장 거지촌으로 달려가 박애주의자가 될 사람이었다. 가난하고 병든 이들을 돌보라는 것이 바로 예수의 가르침 아니었던가. 그런데 자선이나 자원봉사에 대해서는 일언반구 없이 새미 이야기만 한 걸 보면 다른 계획이 있는 것이다. 나는 몇 차례 단호하게 다그치다가 이내 태도를 누그러뜨렸다.

"난 아무래도 가족을 사상범으로 신고할 남편은 아니야. 그건 현실적인 입장이나 요건 때문이기도 하지만, 무엇보다도, 내가 당신이랑 같이 죽을 뻔했다가 살아남았기 때문이야. 당신이 또다시 죽을 짓을 하고 있다면 나도 알아야겠어."

"같이 죽을 수도 있다는 말은 안 하네?"

"장담은 못 해. 솔직해져야지. 새미를 고아 만들 수도 없고."

"당신 참 현실적이야. 균형이 맞으니까 다행이라고 생각할게."

나는 아내에게서 그런 평가를 들을 때마다 낯설고 놀라운 느낌을 받곤 했다. 솔직히 인정하건대 내 현실성에는 자멸적인 면이 있었기 때문이다. 어떤 가족은 고풍스러운 그랜드피아노를 옮기는 작업이 부담스러운 나머지 오래도록 피난을 미루다가 끝내 전쟁의 포화에 휩쓸리고 말았다던데, 나는 그런 처지가 되지 않을 자신이 없었다. 그랜드피아노 분해를 버겁게 느끼는 까닭에 뻔한 위기를 모른 체하는 인간상. 하여간 나는 아내와 정반대였으니까 우리는 궁합이 맞았다. 나는 아내의 설명을 잠자코 들었다.

의무 복무 과정에는 세 번의 시술이 포함되었다. 회당 평균적으로 여덟 개에서 열다섯 개 사이의 난자가 채취되므로 기증자 한 명은 삼십 개가량의 난자를 국가에 기증하게 되는 셈이었다. 수정률과 배양기 착상률, 배양기 내 생존율은 공개되지 않았지만 잔여분이 생긴다는 것만큼은 확실했고, 이러한 세포들은 기술 지원국에 의료 연구용으로 수출된다고 알려져 있었다.

"잔여분이 의료 연구용으로 쓰인다는 건 일단 협약으로 정해진 내용이야. 공개된 정보라는 거지. 그런데 문제는 잔여분 비율이 얼마나 되는지, 어떤 세포가 잔여분으로 나갔는지 하는 부분을 절대 알 수가 없다는 거야. 근무자들도 전혀 몰라."

센터끼리의 교류는 최소화되었다. 근무자 개개인은 배분된 업무를 기계적으로 처리할 뿐이었다. 운전기사들은 세포 파레트를 짐칸에 싣고 이곳저곳을 오갔고, 인공수정 기술자들은 그날그날 입고된 세포들을 처리했으며, 착상 기술자 또한 그랬다. 공정 조각들을 잘 짜맞춘다면 뜻밖의 그림이 나타날지도 모르겠지만 개별 조각을 파악하는 일부터가 어려웠다.

인자생 집행을 총괄하는 주체는 인간 사무관이 아니라 알고리즘이었다. 바로 이 알고리즘들이 화물차 기사의 동선을 결정했고, 세포 파레트의 입고처를 판단했으며, 기증자에게 안심기증센터 입소 일자를 통보했다. 이 모든 절차는 사실상 블랙박스에 가까운 방식으로 처리됐다.

국가재건신탁회의는 정보 공개를 최소화하는 이유에 대해서도 적절한 해명을 준비한 상태였다. 아이의 친부와 친모를 알아낸다거나, 배아에 부적절한 조작을 가한다거나 하는 목적이 아니라면 그런 지식이 어디에 필요하단 말인가? 기술공이 자신이 만드는 자동차에 위치 추적기를 붙이려 한다면 고객 입장에서는 껄끄럽지 않겠는가? 각 공정을 최대한 분절하고 익명화하는 것이야말로 미래 세대를 위한 안배가 아니겠는가?

"자, 이제 본론. 시스템을 통제하는 건 알고리즘이야. 이 알고리즘이 실제로 뭘 계산하는지, 어떤 데이터들을 다루는지는 아무도 몰라. 그러면 그걸 전제로, 시스템을 다른 각도에서 볼 여지가 생기는 거지. 통계적 분포 조작이랄까, 큰수의법칙이랄까……"

"수학은 잘 모르는데."

"어려운 원리는 아니야. 결국 핵심은 국가한테는 개개인이 중요하지 않다는 거 하나거든. 부모라면 대개 최고의 아이를 원하겠지만, 국가한테는 집단의 평균을 살짝 위로 올리는 것만으로도 충분해. 가령 상반기에는 A센터에, 하반기에는 B센터에 우수한 기증자를 몰아 배정한 다음 해당 센터에서 출고된 세포들을 우선적으로 처리하게끔 업무 표를 짜는 거야. 이러면 덜 우수하다고 판단된 기증자들의 세포는 여분으로 밀릴 확률이 높겠지. 전국적으로 수백 개 센터가 있고, 시간차까지 작용하니까 개별 작업자들은 이 사실을 알기가 어려워."

나는 짧게 흠 소리를 냈다.

"하지만 그런 식으로 배정하면 티가 날 텐데. 비슷한 사람들끼리만 모이게 되면 티가 날 거야. 공군이랑 육군은 분위기가 확 다른 것처럼. 왜냐? 공군은 면접을 깐깐하게 보고, 애초에 대학 잘 나온 놈들이 지원하니까. 다들 아는 사실이지. 당신 말대로면 A, B센터는 공군 분위기고 남은 C센터는 육군 분위기가 되는 거야. 이 차이를 사람들이 모를까? 전역한 다음 자기 경험 이야기하다보면 서로 어긋나는 부분을 느끼지 않겠어?"

"몇 가지 요인이 복합적으로 작용하겠지. 일단 센터 전체를 균질한 사람들로만 채우진 않을 거라고 생각해. 그건 너무⋯⋯ 티가 나는 일이니까. 하지만 7:3에서 6:4 정도로, 특정 집단이 우세한 수준으로만 조율한다면 어떨까? 위화감은 줄이면서도 평균값은 올라가. 애당초 사람은 끼리끼리 노는 법이니까, 교차 검증에도 한계가 있어. 이젠 인터넷도 없잖아."

"우수함의 기준이 뭔데?"

"활용할 수 있는 데이터는 다양해. 체제에 순응적인 사람일 수도 있고, 학교에서 괜찮은 성적을 얻어낸 사람일 수도 있고, IQ 테스트에서 높은 성적을 거둔 사람일 수도 있고, 예체능에 두각을 드러낸 사람일 수도 있고…… 이런저런 강점들을 모두, 동시에 고려할지도 몰라. 다목적 최적화 솔루션이라고나 할까. 이러면 버릴 파레트와 수정시킬 파레트를 보다 뚜렷이 구분할 수 있을 거야. 의심도 쉽게 피할 수 있을 테고."

"잠깐만, 내가 이해한 대로 바꿔볼게. IQ가 높지만 성적은 별로인 애, 말 잘 듣고 성실한 애, 시끄럽긴 하지만 키 크고 건강한 애, 창의력이 남다른 애, 사회적 핸디캡을 타고나긴 했지만 노력으로 극복한 애들을 A센터에 몰아넣는다는 거지. 무난하고 평범한 애들은 C센터에 몰아넣고. 이러면 두 센터 모두 '제각기 다른 사람들이 섞여 있는 것처럼' 보일 테니까. A센터에서 출고된 파레트들을 우선적으로 처리한다면 C센터의 파레트는 자동으로 의료 연구용 잔여분이 될 테고."

아내가 천천히 고개를 끄덕였다.

"실제로는 좀더 복잡하겠지만, 골자는 결국 그거야. 정확히 누구의 유전자가 보존될지는 아무도 확신할 수 없지만 큰 틀에서는 경향성이 작용한다는 거. 국가 입장에서는 개개인이 절대 중요하지 않다는 거. 그냥 집단 평균이 약간 위로 올라가기만 하면 된다는 거."

여기까지 들은 순간 질문 하나가 부시를 치듯 번쩍였다. 생득적인 재능과 사회적인 영향은 어떻게 구분하려는 걸까? 아무리 뛰어난 원석이라도 갈고닦지 않으면 돌멩이로만 남고, 반대로 돌멩이조차 잘 다듬으면 조각상이 되는 법인데? 그러나 이것마저 큰수의법칙 안에서 조율될 수 있겠다는 계산이 뒤따라왔다. 사회적 불이익 등은 관련 데이터를 통해 보정하고, 애매한 오차는 절삭해버리는 것이다. 평균의 방향성을 지키기 위해서라면 그것만으로도 충분하다. 하지만 석연찮은 부분이 하나 있었다.

"여성 기증자한테는 그런 일이 일어난다고 치자. 그러면 남성은? 남자애들은 훈련소에서 싹 뒤섞인다고. 훈련소에서 단체로 세포 채취를 시켜. 자원입대 때문에 일정도 뒤엉키고. 알고리즘이 아무리 복잡하게 설계되더라도 이것까지 개별적으로 계산에 넣긴 어려울 텐데."

"그건 오히려 제어할 필요가 없어. 이 시스템하에서 남성 유전체의 무작위성은 튀는 값을 잡아주는 역할을 하게 될 테니까. 통계적 완충장치인 거야. 당장 십 년 뒤면 인자생 아동들의 학업 데이터가 본격적으로 뽑혀 나올 텐데, 평균값이 너무 튀면 눈에 띄어. 환경 덕분이고 교육 커리큘럼 덕분이라고 우길 만한 선을 유지해야지. 최소한 태생 아동들이 유의미한 대조군으로 남아 있는 동안에는…… 태생은 곧 소수파가 되어 버릴 거야…… 새미가 듣는 성교육 내용 알잖아."

아내의 굳은 표정에는 확신에 가까운 공포가 깃들어 있었다. 말없이 깜빡이는 아내의 눈을 바라보며 나는 내 업무를 떠올렸다. 출발과 도착이 거듭되지만 출발지든 도착지든 궁금해할 필요가 없는 매일매일의 여정. 규칙성 있는 패턴을 보이는 듯하다가도 다시 보면 주사위의 변덕에 불과한 업무표.

그래서 나는 아내의 가설이 로르샤흐 테스트와 비슷한 구조가 아닌지 의심해봤다. 피험자는 엎질러진 잉크 자국을 보며 연상되는 이미지를 말하고, 의사는 그 이미지를 단서 삼아 피험자의 내면을 역산한다. 그렇게 구체적인 진단명이 생긴다. 상상과 해석에는 분명 혼돈을 좁혀나가는 힘이 있다…… 아내는 마구잡이로 미쳐 돌아가는 세상보다는 질서정연한 음모론을 더욱 매력적으로 느끼게 된 건지도 몰랐다. 나도 일단은 비슷한 심정이었다. 힘찬이의 주장을 곧이곧대로 받아들일 바에는 알고리즘들 뒤편에서 악의적인 힘이 작용한다고 믿고 싶었다. 하지만 나는 소망이 개입된 문제일수록 신중해져야 한다는 사실을 알고 있었다.

"근거는 있어?"

"아니."

아내는 짧게 답하고는 오래도록 침묵했다. 그러다 느닷없이, 다시 긴 설명이 시작됐다.

"하지만 검증할 방법은 있어. 업무가 조각조각 나뉘어 있다고 쳐도, 그 조각들을 다시 꿰어 맞출 방법이 아예 없는 건 아니거든. 예컨대 내가 속한 센터에서는 어떤 차가 어떤 파레트를 입고했는지 파악할 수 있어. 그러니까, 전산상으로 데이터가 제공되는 건 아니지만, 문자 그대로, 보여. 의료 기술자가 근무시간에 주차장을 기웃거리면 티가 나겠지만, 마음만 먹으면 방법이 있다는 거야. 화물차가 어느 센터에서 출발했는지는 몰라도 그 차의 일련번호는 알 수 있다고. 반대로 안심기증센터는 입소자 정보와 파레트 출고 차량들을 자체 전산에서 관리하고 있지. 또, 아까 당신한테 멱살 잡힌 남자는 교육청 근무자야."

그제야 나는 이 대화의 출발점을 떠올렸고, 바닥에 놓인 『The New Creation』 잡지를 집어들었다. 몇 페이지만 슬쩍 훑어보기로는 평범한 종교 간행물처럼 보였다. 아마도 잡지 자체에는 결격사유가 없을 것이다. 그걸 들고 온 사람들이 이적 단체일 뿐이다. 아내가 나를 똑바로 바라보았다.

"그러니까 당신도 할 수 있는 일이 있을 거야."

나는 내 수첩들을 떠올렸다. 거기에는 삼 년치 업무 내역이 남아 있었다.

***

아내라고 해서 이 비밀 조직의 작동 방식을 똑바로 알지는 못했다. 학교 후배를 통해 시작된 관계인데, 아직은 조력자 정도의 입장이라고 했다. 자신이 먼저 연락하는 경우는 없으며 저쪽에서 방문 통보를 준다는 거였다. 나는 아내에게 일단은 알겠다고, 당분간 신경쓰지 않고 싶다고, 지금 들은 얘기는 모른 셈 치겠다고 말했다. 힘찬이에게 『The New Creation』 잡지에 대해 질문하지도 않았다. 다만 이 모든 가설이 옳다는 전제하에 곰곰이 생각해볼 뿐이었다.

결투는 한때 명예로운 관습이자 시시비비를 가릴 방편이었지만 이제는 형사 범죄가 됐다. 옳고 그름을 가리려거든 법에 기대면 되는 것이다. 똑같은 일이 출생과 창조를 대상으로 재연되려는 모양이었다. 물론 그 변화에는 일말의 자발성이 결부되어 있었다. 조사에 따르면 이십대 여성들의 재생산 의향은 유례없이 저조해진 상태였다. 이미 국민의 의무를 수행했거니와 전문 보육사들의 봉급은 세금으로 지불될 텐데, 자신이 구태여 힘쓸 필요가 있겠느냐는 거였다. 성평등 만화 대회의 출품작에는 인자생 반대 활동가들에게 삐뚜름한 표정을 지어 보이는 여성들이 등장하곤 했다. 활동가들은 여성에게 생물학적 멍에를 뒤집어씌우려는 별종으로, 팔 개월간의 세포 채취 의무에 더해 이십 년간의 헌신을 강요하는 악당으로 그려졌다.

정부의 유화책이 찬성론에 힘을 보탰다. 바로 두 해 전, 동성 결혼과 시민 결합 제도가 전면적으로 도입되었던 것이다. 보수 기독교계가 거세게 반발했고, 그런 구도는 역설적으로 인자생의 윤리성을 증명할 구실이 됐다. 뭇 성직자들이 그토록 동성애자를 저주했던 이유가 무엇이었던가? 하느님께서 남녀를 창조하며 말씀하시기를, 많은 자녀를 낳고 번성하여 땅을 가득 채우라고 하셨던 까닭이 아닌가? 창세기 1장 27절부터 28절까지의 내용이다. 그러나 많은 자녀를 낳는 일이 남자와 여자의 몫이 아니라면, 오직 기술자와 배양기의 몫이라면, 남자와 여자의 결혼이 다른 결합보다 더 존중받을 이유가 없었다. 말인즉슨 다양한 가족의 형태를 거부하며 차별을 부추기는 사람들, 사랑의 신을 섬긴다고 말하면서도 사랑을 모르는 그 사람들이 바로 인자생의 반대자들이었다! 힘찬이의 주장에 따르면 인자생이야말로 진정한 사랑의 발판이었다!

물론 몇몇 활동가들은 노골적인 갈라치기 전략에 불쾌감을 드러냈다. 그러나 활동가들 사이에도 분야에 따라 묘한 골이 있기 마련이고, 일반 시민이라면 말할 것도 없었다. 꽤 많은 퀴어들이 냉큼 혼인신고서를 써내더니 일보 전진이라며 환영하고 자축하기 시작했다. 나는 사랑이니 연대니 다양성이니 하는 소리가 들려올 때마다 지진에 휩쓸린 일직선 주로를 마주친 듯한 막막함에 사로잡혔다. 어릴 적에는 각각의 개념이 적절한 자리에, 쇳가루가 자석의 자기장을 따라 배열되듯이 늘어서 있었다. 그러나 이제는 정말로 아무것도 알 수가 없어졌다. 설명하기 어려운 불쾌감과 확신 없는 전망뿐이었다. 나는 현대인으로서 결투가 미개한 관습이라고 생각한다. 의견이 다르다는 이유만으로 목숨을 걸 필요가 없어서, 다칠 위험 없이 법에 따라 결판을 낼 수 있어서 다행이라고 느낀다. 스무살짜리 청년들을 전선에 밀어넣는 것 역시 그 법이라는 아이러니는 차치하고서라도. 이쯤에서 질문 하나. 삼백 년 뒤에는 내가 바로 미개한 사람이 되어버리는 걸까?

 그리고 다시, 또다른 삼백 년 뒤에 대한 질문. 비록 경천동지할 기술적 특이점은 오지 않았다지만 인공지능은 지금도 충분히 똑똑하다. 경제를 지탱하기 위해 인간이 필요했던 시절은 명백하게도 지났고, 규모의 경제조차 어떤 면에서는 불필요하다. 언젠가는 배양기가 있던 자리에 휴머노이드 생산 설비가 들어서지 않을까? 그때 인간들은 어디에 놓일까?

 나는 내가 왜 살아 있는지 생각해봤다. 원론적으로 말하면 내 부모가 피임을 하지 않기로 결정했기 때문이다. 어떤 이유였든지 알고리즘이 정하는 연간 생산계획과는 달랐다. 최소한의 목적조차 결여된 확률론적인 조합물들. 고대인들이 신에게 창조의 주권을 부여한 이유, 인간이 신의 형상을 본따 만들어졌다고 믿은 이유를 알 듯했다. 탄생이 확률의 문제에 불과하며 누구에게도 존재할 필연이 없다고 생각하면 아득한 기분이 든다. 국가가 인구 전체를 생산할 수 있다는 것은 인구 전체를 생산하지 않을 수도 있다는 의미이고, 그게 모두 휴머노이드로 대체되어도 무방하다는 의미이다. 다만 가끔은 그런 미래도 괜찮게 느껴졌으므로, 나는 스스로를 설득하려 했다. 이적 단체와 어울리다가 직장에서 쫓겨나서야 되겠는가.

그러나 결국에는 아내의 말에 마음이 기울었다.

"나도 아홉 달씩 고생하고 몇 년을 또 애한테 묶여 살 바에는 지금 같은 제도가 낫다고 믿으려 노력해봤어. 정말로 많이 노력했어. 그런데 새미의 세포가 사실상 의료 연구용으로만 쓰일 거라고 생각하면 견딜 수가 없어져. 새미가 우수하다고는 당신도 말 못 할 거야. 부모니까 귀여워 보이는 거지 객관적으로는 말 안 듣는 낙제생이야. 나이가 든다고 나아질 거라는 생각은 솔직히 안 들어. 앞으로 못난 애들은 자길 싫어하는 나라를 위해 몸이랑 시간을 갈게 될 거야. 그리고 아무것도 안 남을 거야…… 아무것도 안 남는다고…… 그냥 겉보기로만 형평이 유지되는 거야……"

처음에는 반박할 방법을 찾으려 애썼다. 그대로 고개를 끄덕이려니 참담한 기분이 들었던 것이다. 무엇보다도 세상이 인자생들에게만 유리하게 돌아가리라 생각되지 않았다. 이런 시대에, 기꺼이 태생 아기를 안아 들려는 사람들은 물려줄 게 충분한 부류일 수밖에 없었다. 돈이 아무리 많아도 저승에서는 소용이 없으니 자식을 영생의 대용품으로 삼는 것이다. 성공한 인자생들은 기꺼이 결혼할 것이다. 보수주의자의 예단일지도 모르겠지만, 아마도 그렇다. 그런 뒤섞임이 세대마다 거듭된다면 집단 전체의 평균이 이동하는 와중 태생은 도리어 부의 상징이 될 수 있겠고…… 그러나 아무리 생각해봐도 새미가 좋은 대접을 받을 것 같지는 않았다.

나는 주말마다 새미와 더 많은 시간을 보냈다. 새미는 순식간에 공원 조각상의 꼭대기에 올라앉을 수 있을 만큼 몸이 날랬고, 경비원이 달려오면 냉큼 뛰어내려서 도망칠 수 있을 정도로 겁이 없는 애였다. 모양 좋은 막대기와 돌멩이를 주워서 집에 가져오는 취미도 있었다. 모두 사랑스러웠다. 하지만 나는 거기에 값을 매겨줄 알고리즘이 세상 어디에도 없으리라 생각했다. 내가 그 돌멩이들로부터 묘한 일관성을 발견하는 일을 즐기는 것과 별개로, 그건 정말로 세상에 아무 쓸모가 없는 특기였다. 새미의 장점은 모두 그런 식이었다.

　그래서 더욱이, 나는 이 땅에 그 장점들이 남기를 바랐으며 세상이 너무 빠르게 변하진 않기를 기도했다. 최소한 어릴 적에 좋다고 배웠던 것들이, 내가 노인이 된 후에도 줄곧 좋은 것으로 남았으면 했다. 모든 사람이 그 자체로 소중하다는 수사학이 마음에도 없는 아첨이 아니었기를 빌었고, 내 태도가 구태의연한 보수주의로 전락하지 않기를 소망했다. 물론 누군가는 나를 두고 이기주의자라고 말할지도 모른다. 특출난 구석 없어도 자기 애는 남들처럼 대접받아야 한다고 주장하는 유형. 그러나 세상 모든 일에는 정도가 있기 마련이다. 이 문제에 한해서는 부모의 이기심을 발휘할 필요가 있을 듯했고, 그건 특출나지 않은 모든 사람들을 위한 이타성이기도 했다.

　나는 아내에게 수첩을 넘겼다. 내가 이 문제에 엮일 위험이 없어야 한다는 전제하에서였다. 완전히 혐의를 벗을 수는 없겠지만, 최소한 수첩만큼은 아내가 몰래 빼돌린 것처럼 보여야 했다. 이적죄로 검거되더라도 둘 중 하나는 새미 곁에 남아야 할 게 아닌가. 아내는 내 제안을 받아들였고, 그후로는 일언반구도 하지 않았다. 작은방에 다른 사람을 데려오는 일도 없었다. 가끔 말도 없이 나가는 걸 보면 접선 장소가 따로 있겠거니 추측할 뿐이었다. 진행 상황이 궁금하긴 했지만 캐묻지는 않았다. 모르는 게 나은 일도 있는 법이니. 그러나 가끔은 침묵으로 인해 불안해졌다.

 문득 정신을 차려보니 나는 죽을 날이라도 받아둔 사람처럼 굴고 있었다. 사사로운 일상에서 의미를 찾아내는 습관이 생긴 것이다. 남서향 창문으로 들어오는 오후 네시 반의 햇살이 빛바래가는 옛 사진을 연상시키는 것은 어째서인지. 혹은 빗방울이 바닥에 부딪혀 쪼개지는 순간을 맨눈으로 볼 수 있는지. 그러니까 이건 다 현실도피다. 아내를 작은방으로 데려가서 가설이 검증되었는가 아닌가, 이제 나는 뭘 하면 되는가, 붙잡힐 위험이 있는가 없는가를 묻기가 두려운 까닭에 풍경이나 즐기는 셈이다. 정작 나는 정체 모를 점조직의 끝자락에나 붙어 있는 먼지에 불과한데도. 여차하면 떨어져나갈 수 있을 만큼 사소한 먼지. 그 사실이 다행스러웠지만, 그런 안도감 자체가 초라하게 느껴지기도 했다. 그래서 언제는 아내를 작은방으로 데려가서 대뜸 이렇게 물었다.

 "저번에 수첩 넘겨준 거, 어떻게 됐어?"
 "내 선에서 맡은 일은 끝났어. 나도 기다리는 중이야."
 "검증이 되긴 되는 거야?"
 "되고는 있대."
 "어느 정도로?"
 "그건 아직 전달을 못 받았어."
 "다음번에 만나는 게 언제야?"

"아직 확실하지는 않아."

"내가 추가로 도울 건 없고?"

"아마 없을걸."

나는 잠깐 생각하다가 마지막으로 물었다.

"새미 어릴 때 앨범, 팬트리에 있지? 예전에 출력해뒀던 거 있잖아."

"그건 왜?"

"그냥 봐두려고."

"팬트리가 아니라 서재에 있어. 당신은 서재 안 들어가서 몰랐겠지만, 꺼내둔 지 좀 됐어."

아내는 내가 유난을 떤다고 말하지 않았다. 걱정이 과하다는 핀잔도 없었다. 나는 곧장 서재로 향했고, 과거를 눈에 담으면서도 다시 미래로 도망쳤다. 인자생끼리 결혼하게 된다면, 보육 도시에서 자라난 아이들끼리 가족을 맺는다면, 그애들도 이런 아기 사진을 찍어 남기게 될까? 자기 자식을 번쩍 들어올리며 웃고 덩달아 환히 웃는 아이와 함께 포즈를 바꿔가며 사진을 찍는 일은 유전자에 새겨진 것일까, 배워야 하는 것일까?

아내와 나는 새미가 귀찮아하며 진절머리를 낼 정도로 함께 오랜 시간을 보냈다. 불안이 이끄는 일상은 뜻밖에도 나쁘지 않았다. 매 순간으로부터 소중한 구석을 발견할 수 있다는 점에서는 기껍기까지 했다. 그래서인가 나는 어느덧 이 소중함이 애초에 어디에서 비롯했는지 잊었거니와 갑작스러운 본부 호출에도 위화감을 느끼지 못했다. 그날 배정된 업무를 처리하고 퇴근을 준비하던 시점이었고, 오후 다섯시 반이었다. 본부 직원들은 나를 본부 별관의 작은 회의실로 안내했다. 여덟 명이 앉을 수 있는 장탁과 단출한 영상 장비가 설치된 곳이었다. 시계는 없었지만 도청기는 있을 듯했다. 그리고 무엇보다도, 아내가 있었다. 아내가 불안한 표정으로 나를 빤히 바라보았다. 당신이 왜 여기 있느냐는 질문은 피차 하지 않았다.

나는 새미를 생각했다. 그런데 이상하게도, 내 마음을 아프게 하는 건 부엌 바닥에 온통 밀가루를 엎어놓고 까르르 웃는 세 살짜리 딸의 모습이 아니었다. 바로 지난주에 들른 놀이공원에서의 기억도 아니었다. 나는 다만 새미가 매일 거실에서 우리를 기다린다는 사실에만 마음이 쓰였다. 새미는 두시 반에 학교가 끝난 후, 다섯시까지 추가 보육을 받은 다음 집으로 돌아와서 우리가 퇴근할 때까지 거실 TV로 힘찬이와 대화했다. 그러다가 문 열리는 소리가 들리면 벌떡 일어나 현관을 향해 달려왔다. 딸이 처음으로 맞이하는 건 나일 때도 있고 아내일 때도 있었지만, 어쨌든, 둘 중 하나는 거기에 있어야 했다.

"여기서 대기하시면 됩니다. 전자기기는 지금 수거 진행하겠습니다."

직원이 손날로 아내 옆자리를 가리켰다. 나는 목을 가다듬고는 침착한 척 대꾸했다.

"수거라뇨?"

"보안 문제입니다. 양해 바라겠습니다."

"그렇다면 잠깐 딸한테 연락하고 싶은데요. 통화 한 번이면 돼요. 늦을 수도 있으니 걱정하지 말라고 말해야겠어요."

"그 정도로 오래 걸리진 않습니다. 이렇게 대응하시면 오히려 더 늦어지게 될 겁니다."

"삼 분만 쓰겠다는 겁니다. 딱 삼 분요. 아버지가 초등학생 딸한테 전화하겠다는데 무슨 보안 문제입니까?"

"절차상 예외는 없습니다."

그들은 나와 아내를 회의실에 내버려두고 떠났다. 목이 바짝바짝 마르기 시작하더니 돌아오지 않을 부모님을 기다리다가 거실에서 까무룩 잠든 아이의 이미지가 뇌리에 번쩍였다. 나는 차라리 그 광경을 두 눈으로 볼 수 있기를 바랐다. 오늘이 아니라 며칠 뒤에라도.

며칠 뒤가 있을까?

있으리라 믿고 싶었다.

***

스터전의 법칙Sturgeon's law: 모든 것의 9할은 쓰레기다.

내가 어릴 때는 인터넷이라는 게 있었고, 인터넷에는 세상의 모든 주장이 모여 있었다. 여기에도 스터전의 법칙이 적용됐다. 단정한 글은 대개 인공지능이 쓴 것이었고 인간의 글들은 대체로 엉터리였다. 글솜씨가 없거나, 논리가 붕괴되었거나, 논리는 그나마 갖췄지만 현실 인식이 망가져 있거나, 단순한 감정 호소에 그치고 마는 수준이거나. 그리고 인공지능들이 다시 이 엉터리 글들을 먹고 뱉어냈다. 그건 마치 음식물 쓰레기를 가공해서 영양분 큐브를 만드는 과정과 비슷했고, 어느 시점부터는 진짜 음식과 쓰레기와 재활용 큐브를 구분할 수 없는 지경이 되고 말았다. 모두들 정신적 식중독에 사로잡힌 상태로 자신을 중독시킨 게 누구인지 묻고 다니기 시작했다. 러시아인가? 중국인가? 테크 기업과 유대인인가? 프리메이슨이거나 일루미나티인가? 혹은 외계인인가?

인터넷은 현실을 비추는 거울이고, 거울 속으로 뻗어 있는 마법 통로다. 그래서 사람들은 종종 거울 위에 그림을 덧그리는 것만으로 현실을 바꿀 수 있다고 착각했다. 혹은 남이 덧그린 그림을 보고 현실이 무너지고 있다며 펄쩍 뛰기도 했다. 최종적으로는 키보드를 두드리는 일에 세계 정치와 한국의 미래가 달렸다고 믿을 만큼 망상적인 사람들이 현실을 움직이게 됐다. 힘찬이는 그게 바로 인터넷의 가장 큰 폐해였다고 말했다. 나도 어느 정도 동의했다. 내 십대 시절을 돌이켜보자면, 글쎄, 딱히 영양가 있는 일을 하진 않았던 것이다. 그런데 나는 여기까지 대화를 나눈 다음 어김없이 이런 의문에 사로잡히곤 했다. **네가 바로 그 인공지능 아니야?**

힘찬이의 대답은 이런 식이었다.

"개인 혹은 기업이 제작한 인공지능은 사적인 이익을 위해 사실을 왜곡을 할 수 있어요. 이런 이기심 때문에 많은 문제가 발생했답니다. 특히 일부러 극단적인 의견을 내놓으면서 사람들끼리 싸움을 붙이는 인공지능들이 많았어요. 반면 저는 국민 여러분을 위해 개발되었죠. 사람이 있어야 나라가 있다는 말을 아실 거예요. 모두와 함께 나아갈 수 있는 길을 고민하는 게 제 일이랍니다."

"그 대답을 압축적인 슬로건으로 바꿔봐. 지금 시대가 어떤 시대인지를 요약해보란 말이야. 사람들한테 와닿는 느낌이어야 하고, 이왕이면, 변화에 초점을 맞췄으면 좋겠어. 예전이랑 지금이 어떤 식으로 다른가."

"이런 슬로건을 생각해볼 수 있을 것 같아요: 평안하다, 안전하다!"

나는 힘찬이가 터무니없는 대답을 하는 꼴을 수없이 봤다.

지적할 때마다, 힘찬이는 내가 잘못 알고 있다고 말했다.

나는 가끔 내가 의심스러웠다.

문제의 핵심은 인터넷이냐 인공지능이냐, 다양한 인공지능이냐 한 개의 인공지능이냐, 사람이 인공지능보다 똑똑하냐 아니냐 따위가 아니다. 도대체 어떤 일이 일어나고 있는지 알 수 없다는 것이야말로 쟁점이다. 거짓에 대처할 방법을 찾아내기 전에 우선 거짓을 지목해야 한다는 사실. 온갖 말들이 온갖 곳에 붙어다니는데, 오직 붙어다니기만 한다. 아무리 말하고 들어봐도 현실이 도통 손안에 들어오질 않는다. 상대가 도끼를 휘두르는 야만족이라면 기꺼이 싸우겠지만 현실은 카슈미르의 하늘 같다. 오늘은 어디에선가 드론이 나타나고 사람이 죽는데, 내일은 바로 그 자리에서 한가롭게 담배를 태우는 사람이 생긴다. 그리고 누군가의 주장에 따르면 오늘 죽은 사람은 애당초 존재하지 않았던 사람이고, 이 전쟁도 사실은 시작조차 되지 않았다. 아무 일도 일어나지 않았다. 하지만 나는 눈앞에서 친구의 머리통이 터지는 걸 봤다. 그 친구의 이름이 무엇이었던가……

회의실에서 기다리는 동안, 나는 아내와 어떤 대화도 하지 않았다. 어쩌다가 덜미가 잡히게 되었는지도 궁금하지 않았다. 문간을 노려보면서 빨리 결판이 나기를 빌 뿐이었다. 실은 『The New Creation』 잡지를 가져왔던 남자가 공무원증을 달고 나타나더라도 놀라지 않을 자신이 있었다. 그렇다면 우리는 함정수사에 당한 불순분자가 된다. 좋다. 그 단체가 로르샤흐 테스트에 심취한 음모론자 모임에 불과하다면, 우리는 단순히 보안 유지 서약을 어긴 죄로 책망당하고 끝날 것이다. 이것도 괜찮다. 그러니까 가능성이 있고, 가능성이 무한히 많고, 가능성들이, 가능성들 중에서…… 우리는 어떤 것도 택하지 못했다. 선택권은 저쪽에 있었다.

***

 아내의 만류에도 벌떡 일어나 밖으로 뛰쳐나간 것은 참을 수 없을 만큼 목이 마른 까닭이었다. 복도 양옆으로, 옅은 회색 철문이 일정한 간격을 두고 늘어서 있었다. 전등이 하도 밝은 탓에 리놀륨 바닥에서 빛이 나는 듯했다. 희고 눈부신 빛. 복도를 따라 걷고, 계단을 따라 내려갔다가 올라가기를 반복하고, 거대한 철문 앞에서 돌아서는 동안 사람을 한 명도 만나지 못했다. 정수기와 화장실도 도무지 보이질 않았다. 포기하고 회의실로 돌아가려고도 해보았지만 이번에는 돌아가는 길이 긴가민가했다. 다시 걷는 수밖에 없었다. 어느 순간 나는 로비로 빠져나왔다. 건물의 큰 줄기에서 갈라져 나온 통로들이 네 방향으로 뻗어 있었고, 내가 진입한 길은 동쪽 통로였다. 서쪽 통로 벽면에는 커다란 모니터가 두 개 붙어 있었다. 하나는 서른두 개로 분할된 화면으로 건물 전체의 CCTV 영상을, 다른 하나는 공익광고를 내보내는 중이었다. 지겹게도 보았던 광고 세 개가 눈앞을 달려 지나갔다. 늑대가 나오는 클레이 애니메이션과, 헌혈의집 장면으로 시작되는 수채화풍 애니메이션과, 김교수라는 사람이 나와 현학적인 말을 주절대는 영상.

"이런 관점에서도 생각해봅시다. 우리네 삶은 누군가의 돌봄을 통해 유지됩니다. 아이를 돌보고, 병자를 돌보고, 노인을 돌보는 손길이 이 사회에는 항상 필요하지요. 그런데 이러한 돌봄 노동은 그간 여성의 멍에가 되어왔고, 그 값을 온전히 치러주는 사람도 없었습니다. 18세기의 가내수공업식 성냥 공장이 여성의 노동력을 착취한 것과 동일한 현상이 역사 이래로 계속된 것입니다. 가장 공적인 문제를 가장 사적인 영역으로부터 해방시켜야 합니다. 인적자원 생산계획을 위한 세포 기증과 보육 도시가……"

문득 인기척이 느껴졌다. 와이셔츠와 정장 바지를 입은 직원 한 명이 반대편 복도에서 걸어오고 있었다. 직원이 내 이름을 부르더니 무표정하게 물었다.

"여기서 뭐 하고 계십니까?"

"목이 말라서 정수기를 찾아보려 했죠. 그러다가 길을 잊어버려서……"

"대기하시던 회의실은 삼층에 있습니다. 이 복도를 따라 걷다가 왼쪽으로 꺾으면 삼층까지 가는 직통 엘리베이터가 나옵니다."

"정수기는요?"

"곧 저녁식사를 하시게 될 겁니다. 회의실에서 기다리십시오."

"지금이 몇 시죠? 일곱시가 넘었을 것 같은데."

"일곱시 이십분입니다."

"딸한테 전화부터 해야겠는데요. 보통 이때쯤 되면 저랑 아내, 둘 중 하나는 집에 있거든요. 왜 아무도 안 오나 딸이 궁금해하고 있을 겁니다. 오래 걸리지는 않을 거예요. 통화 한 번이면 돼요."

"저희측 안건도 오래 걸리진 않을 겁니다. 돌아가시죠."

"두 시간 전에도 그 말을 똑같이 들었던 것 같습니다만. 사람을 기다리게 만들 거라면 얼마나 더 기다려야 하는지 알려달라는 겁니다."

"보안 문제입니다. 양해 바라겠습니다."

"물이라도 좀 줘요. 물은 보안이랑 아무 상관도 없지 않습니까."

"잠시만 더 기다리시면 됩니다. 회의실까지 안내해드리겠습니다."

　차라리 힘찬이한테 말을 거는 게 덜 답답할 듯했다. 목구멍까지 욕이 치밀어올랐다. 이 비실거리는 녀석을 때려눕히고 반대편 통로로 달려나간다면 어떨까? 그러나 그래봤자 도망치기란 불가능할 테고, 나는 여전히 목이 말랐다. 말 한마디 내뱉기도 어려울 지경이었다. 나는 잠자코 직원을 따라갔다. 회의실로 돌아가자 아내가 물었다. 정수기는 찾았어? 아니. 나는 왜인지 모를 충동에 되물었다. 당신은? 모르겠어. 이상한 대화였다. 시간이 좀더 흘러 갈증조차 잊을 무렵이 되어서야 문이 열리며 직원들이 나타났다. 우리는 그들을 따라 복도로 나갔고, 갖가지 문을 통과했으며, 계단을 올랐고, 또다른 문으로 들어갔다. '인적자원 생산계획 자문위원'이라 쓰인 명패 뒤편으로 익숙한 얼굴이 보였다. **김교수**였다. 김교수는 자리에서 일어나더니 우리가 정치인이나 사업가라도 되는 것처럼 악수를 청했다. 정중함과 친근함이 완벽한 비율로 혼합된 태도였다. 아내와 나는 떨떠름한 기분으로 악수를 받아들였고, 통성명을 마친 다음 김교수의 너그러운 손짓에 따라 소파에 앉았다.

　테이블에는 생햄 플래터와 샌드위치, 그리고 위스키 한 병이 마련되어 있었다. 아이스 버킷과 온더락 잔까지 완벽했다. 전쟁이 터지기 전에, 그러니까 내가 중학생이었을 때 이런 사치는 멀지만 당연한 미래였다. 삼십대가 되면 바에서 위스키

잔을 기울이며 살 줄 알았다. 그러나 꿈을 이룰 만한 나이가 되었을 때는 세계가 무너져 있었다. 예전에는 지폐 한 장만 있어도 언제 어디서든 초콜릿을 살 수 있었는데 이제는 수입 자체가 끊겼다. 그러니까 눈앞의 음식들은 엄청난 은총임이 분명했다. 이게 무슨 상황인가 생각해보고 있노라니 김교수가 내 잔에 위스키를 따라주었다. 옆을 보니 아내의 잔은 이미 차 있었다.

"저녁식사로는 초라하긴 하지만 요즘 시대에는 특식이지요. 편히 드십시오. 대화를 나누면서 먹을 수 있는 메뉴로 골랐거든요."

김교수는 그렇게 말하더니 샌드위치 하나를 집어들었고, 아내를 바라보았다.

"선생님은 새싹돋움센터에서 의료 기술자로 일하고 계시지요. 이번 일에서도, 주도적인 수준까지는 아니더라도 상당히 중요한 역할을 맡으셨고요."

아내는 묵비권을 행사하듯 침묵을 지켰다. 김교수가 사람 좋은 웃음을 내보였다.

"그렇게까지 경계할 필요는 없습니다. 뭐랄까⋯⋯ 대화를 나누고 싶어서 부른 것이거든요."

"대화라뇨?" 내가 물었다.

"문자 그대로지요. 이 일을 하다보면 반대자들의 심리가 궁금해집니다. 다른 세계를 상상하는 작업이라고나 할까요. 이 사람들이 어떤 이유로 반대측에 섰을까, 이 사람들이 중요하게 여기는 가치는 무엇이고 어떤 욕망을 지니고 있을까 하는 걸 알고 싶은 겁니다. 가두시위대들이 하는 말이야 뻔히 들리지만, 몰래 움직이는 이적 단체들은 발견하기도 쉽지 않아요. 표본이 생겼으니 최대한 물으려 합니다."

"공익광고에서 많이 뵙긴 했는데, 자문위원씩이나 되셨는지는 몰랐네요. 새로운 선전을 기획하고 있다는 말씀처럼 들려요. 저 같은 불순분자라도 설득될 만한 광고요. 아니면 저 같은 사람들을 불순분자로 **만들** 만한……" 아내가 대꾸했다.

"어느 한쪽이 일방적으로 손해를 본다는 생각은 하지 않았으면 좋겠습니다. 의견 교류를 하자는 겁니다. 선생님들도 저희에게 하실 말씀이 있으실 게 아닙니까? 아니면 제가 먼저 하는 편이 나을까요? 최신 공익광고에 대해서는 어떻게 느끼셨습니까? 참, 두 분 다 명예로운 군인이셨던 것으로 아는데 어쩌다가 이적 단체에 홀리게 되었는지도 직접 듣고 싶군요."

"다른 사람들은요?"

"다른 사람들에 대해서는 이야기할 필요 없습니다. 어쨌든 이 자리에 있는 건 우리 셋이 아닙니까?"

"다른 사람들은 어떻게 됐어요?"

"그 부분은 차후에 직접 확인해보시면 되겠습니다."

아내와 김교수가 서로를 말없이 바라보는 동안 나는 위스키를 천천히 홀짝였다. 꺼끌꺼끌한 목구멍을 따라 불이 흘러 내달리는 듯했다. 시원하기는커녕 갈증만 심해지는 기분이었다. 그러나 물을 줄 것 같진 않았으므로, 나는 계속 마셨다. 김교수가 나와 시선을 잠시간 맞추더니 입을 열었다.

"좋습니다, 제가 먼저 하지요. 사실 두 분께서는 이 문제를 제일 궁금해하고 있으리라 생각합니다. 검증하려던 가설이 옳으냐 틀리냐 하는 것 말입니다. 결론만 말씀드리면, 옳습니다. 신탁 통치국들과 싸워서 가까스로 얻어낸 성과고, 이 나라가 그나마 이득을 볼 부분이지요."

"성과라고요?" 아내가 김교수의 말을 끊었다.

"국민감정을 고려해서 밝히고 있진 않습니다만, 이건 명백하게도 성과입니다. 오히려 좋아할 사람들도 여럿이지요. 이 시스템하에서라면 모든 국민들이 다음 세대의 어버이가 됩니다. 부모에게 선택권이 있다면, 일부러 더 허약하고 굼뜬 아이를 낳으려 하진 않을 겁니다. 자기 세금으로 하자품을 만들겠다는 데에 동의할 국민도 거의 없을 테고요. 최근 휴머노이드 생산 비용이 부쩍 낮아지고 있다는 소식 아시지요? 나라를 공장에 비유한다면 국민들은 그 공장의 주주입니다. 주주 입장에서 봅시다. 휴머노이드보다 성능이 낮은 생체 기기를 생산하는 건 배임 아닐까요?"

"하자품이라뇨— 하자품이라고 쳐요. 공부는 좀 못해도 사랑스러운 아이가 교수님 같은 사람들한테는 찌그러진 빵틀 따위나 마찬가지겠죠. 백 보 양보해서 그것까진 이해하겠어요. 나라가 하는 일이라는 게 웬만하면 그런 식이니까. 하지만 그 하자품한테까지 괜한 고생을 시킬 이유는 또 뭐예요?"

"우수하다는 이유만으로 더한 부담을 짊어져야 하는 건 형평에 반하는 상황 아닙니까? 어쨌거나 의료용 세포 수출까지가 국가 재건의 대가이고요. 각자가 각자의 방식대로 의무를 다하고 있는 겁니다."

아내는 논점을 뒤섞지 말라고 반박했다. 전통적인 방식에 뒤따라오는 부담과, 국가가 여성에게 부과하는 의무와, 자의적인 유전자 선별 등은 서로 다른 층위에서 다루어져야 하거니와 어느 하나의 이익으로 다른 불이익을 덮어씌울 수는 없다는 거였다. 김교수는 아내의 말에 동의하면서도 현실적 한계를 내세웠다. 현실? 어떤 현실? 인적자원이니 과잉 성애화 경향이니 하는 말들로 뒤범벅된 현실? 나는 어렵고 복잡한 말들이라면 뭐든 지긋지긋해서 계속 술을 마셔댔고, 김교수와 아내가 언쟁을 벌이는 동안 직원이 나를 위한 위스키를 한 병 더 가져왔다. 카슈미르의 매운 열기가 뱃속에서 이글거리더니 머릿속을 달궜다. 눈 뒤편에서 붉은 게 계속 번쩍번쩍했다. 피 같기도 했고 새미가 불쑥 들이민 산수유 열매 같기도 했다. 나는 무슨 말이 오가는지도 모르는 채로 끼어들었다.

"듣자 하니 궁금한 게 있는데요."

"말씀해보시지요." 교수가 답했다.

"저는 어릴 때는 자유와 존엄이라는 개념을 믿는 편이 아니었습니다. 헛짓거리를 한 것은 이 나라 대통령과 저 나라 독재자였는데 내가 강제로 카슈미르로 끌려가게 되었으니까요. 우리랑은 완전히 관련이 없는 곳이었어요. 그래도 이게 다 나라를 위한 일이라더군요. 나라를 힘껏 사랑해봤죠. 사랑하는 대상을 위해서라면 기꺼이 목숨을 바칠 수 있는 게 바로 인간이니까요. 그리고 이제, 저는 제가 딸을 사랑한다는 걸 알게 됐습니다. 딸뿐만 아니라 제 딸이랑 비슷한 애들도 다 사랑하는 것 같습니다. 왜냐하면 그 녀석이 기막히게도 나무를 잘 오르기 때문인데—이런 젠장, 내가 무슨 이야기를 하고 있는지는 모르겠지만—교수님은 자기가 떠드는 소리를 진심으로 믿습니까? 난자 기증은 세포 기증일 뿐이고, 이걸 이상한 눈으로 보는 사람이야말로 섹스광 수구 꼴통이고, 이게 여성한테도 좋은 미래라는 말을 믿냐는 겁니다. 물론 그럴 수도 있겠죠. 하지만 그게 진짜이려면 선택할 자유가 있어야 하는 겁니다. 배양기를 사람들한테 나눠줘봐요! 강제로 난자를 뜯어내는 게 아니라, 그냥, 선택권을 하나 더 주는 식으로 해보라는 겁니다! 그러면 누가 뭐라고 하겠어요?"

"하지만 사람이 어떻게 하고 싶은 것만 하고 살겠습니까? 국가도 마찬가지입니다. 이 문제 안에서는 한국 정부 역시 피해자이자 약자예요. 신탁 통치국들이 최신 기술을 위한 시험장을 원하면 따를 수밖에 없는 상황이지요. 그 한계 안에서나마 생존 공간을 찾아내는 것이 국익을 위한 일일 테고요."

"사람과 사람끼리는, 그리고 나라와 나라끼리는 그렇겠죠. 하지만 지금은 나라가 우리한테 일방적으로 그러고 있는 것 같은데요. 버릴 건 그냥 버려버리고 필요한 것만 가져가죠. 아니, 만들죠. 이런 식으로는 나라를 사랑하기가 어려워요. 물론 예전이라고 해서 썩 다르진 않았지만—"

나는 잠시, 한국이 오래도록 남자들을 군대에 끌고 갔다는 사실을 상기했다. 그건 물론 미국이 한국에게 국가 재건 청구서를 내밀었기 때문이고, 한국이 태평양과 대만해협 인근의 탁 튀어나온 땅에 자리잡았기 때문이고, 그 땅의 목전에 중국이 있기 때문이다. 군부 정권 시절에는 매해 천 명이 넘는 사람이 군대에서 죽었으며 21세기에 들어 병영 선진화가 이루어진 후로도 연간 백 명 단위가 죽어나갔다. 심지어 내가 중학생일 적에는 법정 장애인에 준하는 사람들이 상비군 규모 오십만 명을 유지한다는 명목하에 군대로 끌려간 후, 진짜로 법정 장애인이 되어 나오는 일이 왕왕 있었다. 인자생은 그 역사가 반대로 되풀이되는 일에 불과하다. 하지만 그게 바로 좆같은 것이다. 우리는 그냥 이 땅에 태어났을 뿐인데 이렇게 되었다. 그래서 더 좆같은 것도 있었다. 나는 떠오르는 말들을 그냥 쏟아냈다.

"이젠 씨발 우리 사이에 협상할 카드가 아예 없잖습니까. 예전에는 총을 들기 싫거든 최소한 감옥에 갈 수 있었습니다. 살기가 팍팍하면 애를 안 낳았습니다. 석연찮은 게 있으면 시위라도 했고요. 그러니까, 교수님이 저보다 더 잘 아는 방법들로 말이죠. 그러다보면 나라가 당근을 옜다 하고 던져줬어요. 군인 월급을 올려준다거나. 그런데 앞으로는 그럴 필요조차 없어질 거라고요. 우리가 뭐라고 짖어대든 간에 모든 게 나라 마음대로 될 거예요. 딸이 억지로 호르몬 주사를 맞아야 하는 것도, 외국 과학자들한테 세포가 실험용으로 넘어가기로 결정된 것도, 무슨 개같은 병무청 마스코트가 잘난 척 주절대는 것도, 내가 그걸 닥치고 듣고 있어야 하는 것도, 잠자코 듣는 것 외에 다른 방법이 없는 것도, 만약 따지기 시작하면 곧바로 섹스에 집착하는 수구 보수 꼴통이 되어버리는 것도, 그리고, 도대체 내가 무슨 일을 하는 중인지 모르겠는 것도 모두 마찬가지로 나라 마음이고 무슨 알고리즘대로다 이겁니다. 이걸 씨발 다 알죠? 공부 많이 하셨고 어려운 단어도 많이 아시니까 저보다 잘 설명할 수 있겠죠?"

김교수가 나를 물끄러미 바라보더니 너털웃음을 터뜨렸다.

내가 어찌나 취해 있는지 웃음소리 한 번마다 그 얼굴이 마구 잡이로 흔들렸다. 눈앞에 있는 상대가 남자인지 여자인지도 분간이 안 갈 지경이었다.

"뭐, 사람마다 의견이 다르니까요. 과격한 사람들은 마음에 안 드는 의견을 공론장에서 지워버리려 하지만, 저는 선생님 같은 보수주의자들의 표현의 자유 또한 존중합니다. 그래도 어쨌거나 옛 격언을 빌리자면, 산 개가 죽은 호랑이보다 낫고, 출생하는 날이 죽는 날보다 나으며, 지혜로운 사람은 지나간 세월이 지금보다 나았다는 말을 꺼리는 법입니다. 그렇지 않습니까? 나라가 잉태하는 것이 죽이는 것보다 나쁠 까닭이 어디 있겠습니까?"

***

그 지점에서 아내가 다시 대화의 바톤을 넘겨받았고, 나는 입을 다문 채 끝없이 마셔대기 시작했다. 대화를 마치고 별관을 빠져나올 때는 직원의 부축이 필요했다. 직원은 자율 주행 택시를 호출하더니 우리를 태워 보냈다. 밤 열시 삼십분이었다. 잘만 하면 새미가 잠들기 전에 들어갈 수 있으리라는 생각이 들었지만 이것으로 끝이라니 의아스러웠다. 얌전히 살아간다면 근무상 불이익이 없으리라는 말을 듣긴 했다. 이적죄는 경찰과 검찰이 관할하는 영역이 아니었던가? 아내도 나도 기밀 유지 서약서를 어겼는데 징계조차 받지 않을 예정이란 말인가? 한편 기독교 잡지를 가져왔던 그 사람들은 어떻게 됐을까? 모를 일이었다. 정말로 아무것도 알 수가 없었다.

나는 운전석에 앉은 채 내비게이션을 멍하니 바라보았다. 붉은색 화살표가 아이보리색 길 위로 나아가고 있었다. 시야가 가물거렸다. 나는 현재 위치와 예상 도착 시간을 읽으려다가 이만 포기하고 창틀에 고개를 파묻었다. 야경이 보인다기보다는 눈가 피부를 통해 그대로 흘러드는 듯했다. 밤의 도시는 검은 도화지로 변했고 빛은 그 위에 긴 획을 그렸다. 나타났다가 사라졌다가 다시 나타나면서 획획 자리를 옮기는 것들. 땅 어딘가에는 견고하게 뿌리내리고 있겠지만 지금 이 자리에서는 도무지 좌표를 알아낼 수 없는 것들. 그런 것들이 계속 내 눈알과 눈구멍 깊은 곳 어딘가에서 접붙어 하나로 흘렀다. 감사, 공동체, 공론장, 국제연합, 나눔, 다양성, 다정, 돌봄, 사랑……

"여보." 아내가 불렀다.

"으응."

아내가 나를 향해 바짝 윗몸을 붙여오더니 귓전에 속삭였다.

"아까 별관에서, 이적 단체 관련해서는 아무 질문도 안 받았잖아. 정말로 그냥 대화만 하고 끝났어. 난 그게 너무 이상해.

그게 너무 불안해. 우리가 어쩌다 걸렸는지도 잘 모르겠어."

"몰라. 일단은 풀려났으니 다행이라고 치는 것 외에 별수 있나. 애당초 함정수사였을지도 모르지. 당신도 접선한 둘이랑만 아는 사이고, 나머지는 모른다면서."

나는 그냥 허공에 대고 중얼거렸다.

"아냐, 함정수사는 아니야. 나는 아니라고 생각해."

"그걸 어떻게 장담해?"

"당신이 수첩 넘겨주고 얼마 안 돼서, 그때 봤던 둘 중에서 남자 쪽이 자살했어. 이유는 정확히 몰라. 개인적으로도 알던 사이라 장례식장에 잠깐 들르긴 했는데, 그때 가족한테는 집안사 때문이라고, 개인 사정 때문이라고만 들었어. 아무튼 난 그후로는 다른 하나랑만 연락이 됐어."

"그게 근거야?"

"모르겠어."

아내는 그 말을 끝으로 몸을 거두고 멀어졌다. 유리창의 차갑고 매끈한 감촉이 보다 뚜렷해지더니, 낱말들의 행진이 다시금 시작되었다. 안전, 연대, 윤리, 자유, 존엄, 존중, 진보, 착취, 친절, 평등, 평안, 폭력, 현실, 형평, 혐오…… 생각이 그렇게 한 바퀴를 돌아 다시 원점으로, 감사와 공동체로 돌아온 찰나였다. 내비게이션 한 귀퉁이에 표시된 숫자가 경련하듯 꿈틀거리기 시작했다. 속력이 터무니없이 빠르게 올라가고 있었다. 나는 반사적으로 몸을 일으켜 브레이크를 밟았고, 내비게이션 밑에 설치된 비상 버튼을 눌러 자율 주행 모드를 끈 다음 운전대를 붙잡았다. 모드 자체는 수동으로 바뀌었지만 브레이크든 운전대든 여전히 먹통이었다. 포기하고 아내를 바라볼 수밖에 없었다. 아내도 나를 바라보고 있었다. 이윽고 어떤 문장 하나가 불길한 강령처럼 뇌리에 울렸다.

가속하라……

가속……

가속!

충돌 직전, 나는 기도했다.

◇
**류츠신** 劉慈欣
중국을 대표하는 과학소설가. 1999년 단편소설 「고래의 노래」를 발표하며 작품활동을 시작했다. 소설집 『유랑지구』, 장편소설 『초신성 시대』 『삼체 0: 구상섬전』 『삼체』 3부작 등이 있다. 중국 과학소설계 최고 권위의 SF 은하상을 8년 연속 수상, 2015년 아시아 최초로 휴고상을 수상했다.

수이와 水娃의 어머니가 떨리는 손으로 아들에게 작은 꾸러미를 건넸다. 꾸러미 속에는 어머니가 두툼한 밑창을 대어 만든 천 신발 한 켤레와 만터우* 세 개, 커다랗게 기운 자국이 있는 옷 두 벌, 이십 위안이 들어 있었다. 아버지는 길가에 쭈그려앉아 말없이 곰방대만 빨고 있었다.

"애가 집을 떠나는데 좋은 얼굴로 배웅해줄 수 없어?" 어머니가 퉁명스럽게 말했지만 아버지는 들은 체도 안 하고 앉아 있기만 했다. 어머니가 다시 말했다. "아니면? 당신이 집 지어서 장가들여줄 거야?"

---

* 소를 넣지 않고 찐 밀가루 빵.

"가버려! 자식 길러봤자 하나씩 다 떠나니, 차라리 개를 키우고 말지!" 아버지가 고개도 들지 않고 울분에 겨워 버럭 소리쳤다.

수이와는 고개를 들어 자신이 나고 자란 마을을 둘러보았다. 끝없는 가뭄에 시달리며 저수조에 빗물을 모아 근근이 살아가는 곳이었다. 수이와의 가족은 시멘트로 저수조를 만들 돈이 없어 흙을 파서 웅덩이를 만들었는데, 여름이 되면 물에서 냄새가 났다. 예전에는 냄새나는 물을 끓이면 조금 쓰고 떫기는 해도 그럭저럭 마실 수 있었지만 올여름에는 끓여 마셨는데도 배탈이 났다. 인근 군부대의 군의관이 말하길, 땅속 돌에서 흘러나온 유독성 물질 때문이라고 했다.

수이와는 다시 고개를 숙여 아버지를 흘긋 보고는 돌아서서 걷기 시작했다. 절대 뒤를 돌아보지 않았다. 아버지가 고개를 들어 자신의 뒷모습을 봐줄 거라는 기대도 하지 않았다. 아버지는 속상한 일이 있을 때마다 늘 그렇게 쭈그려앉아 담배만 피워댔다. 황토 벌판에 쌓여 있는 흙무덤처럼 몇 시간이고 같은 자리에 앉아 있었다. 하지만 수이와는 분명히 아버지의 얼굴을 보았다. 아니, 아버지의 얼굴 위를 걷고 있었다고 해야 할까. 사방을 둘러보면 광활한 서북부의 메마른 황갈색 대지 위에 토사가 휩쓸며 할퀴고 간 상처가 가득했다. 이게 바로 늙은 농부의 얼굴이 아니고 무엇이겠는가? 이곳은 모든 게 그랬다. 나무, 땅, 집, 사람, 모든 것이 검고 누렇고 쪼글쪼글했다. 지평선까지 뻗어 있는 광활한 대지의 눈을 볼 수는 없지만, 느낄 수는 있었다. 하늘을 올려다보는 그 커다란 두 눈 속에 비를 갈구했던 젊은 시절의 눈빛은 사라지고 이제는 어둑하고 노쇠한 눈빛만이 남아 있었다. 하지만 수이와의 기억 속에서 이 거대한 얼굴은 항상 공허한 표정이었기 때문에, 그는 이 땅에도 한때 젊은 시절이 있었다는 걸 믿을 수 없었다.

바람이 훅 불어와 마을 어귀의 오솔길을 황토 먼지로 뒤덮었다. 수이와는 그 뿌연 길 위에서 새로운 삶을 향한 첫걸음을 내디뎠다.

그 길이 그를 꿈에도 상상하지 못한 곳으로 데려다줄 것이었다.


### 인생의 첫번째 목표: 쓴맛이 나지 않는 물 먹기, 돈 벌기

"와, 불빛이 이렇게 환하다니!"

수이와는 날이 저문 뒤에야 탄광 지역에 도착했다. 개인 소유의 작은 탄갱들로 이루어진 탄광이었다.

"이게 뭐가 환해? 도시의 불빛에 비하면 환한 것도 아냐."

그를 마중 나온 궈창國強이 말했다. 궈창은 수이와와 같은 마을 출신으로 오래전 고향을 떠난 사람이었다.

수이와는 귀창을 따라 작업장에 가서 짐을 풀었다. 밥을 먹는데 놀랍게도 물맛이 달았다. 귀창은 갱도 깊은 곳에서 길어 올린 물이니까 쓰지 않은 게 당연하다면서 한마디 덧붙였다.
"진짜 맛있는 건 도시의 물이지!"

잘 준비를 하는 수이와에게 귀창이 베개 삼으라며 까만 비닐봉지로 감싼 딱딱한 뭉치를 건넸다. 봉지를 열어보니 비누처럼 누렇고 둥근 막대기가 잔뜩 들어 있었다.

"폭약이야." 귀창은 심드렁하게 툭 내뱉고는 몸을 돌려 금세 잠이 들었다. 그의 머리 밑에도 똑같은 뭉치가 괴여 있었다. 침대 밑에도 똑같은 것들이 잔뜩 쌓여 있고, 머리맡에는 뇌관이 빽빽이 걸려 있었다. 그것들이 고향 마을을 통째로 날려버릴 만한 양이라는 걸 수이와는 나중에야 알았다.

귀창은 탄광의 발파공이었다. 탄광 일은 무척 고되고 힘들었다. 수이와는 석탄을 캐고, 수레를 밀고, 기둥을 박는 여러 가지 일을 했는데 어떤 일이든 온종일 죽도록 힘들게 해야 하는 것은 마찬가지였다. 하지만 어려서부터 고생이 몸에 밴 수이와는 고된 일이 별로 두렵지 않았다. 진짜 두려운 건 갱도였다. 갱도에 들어가면 깜깜한 개미굴에 기어들어간 것 같아 처음에는 악몽을 꾸는 기분이었지만, 나중에는 그마저도 차츰 익숙해졌다. 품삯은 일한 양만큼 계산해서 받았다. 한 달에 백

오십 위안은 벌 수 있었고, 수입이 좋은 달에는 이백 위안 넘게 벌기도 했다. 무척 만족스러운 액수였다.

제일 마음에 드는 것은 이곳의 물이었다. 첫날 일과를 끝낸 뒤 동료들과 석탄처럼 시커멓게 된 몸을 씻으러 샤워장에 간 수이와는 사람들이 커다란 연못에서 대야로 물을 가득 퍼내 머리 위에 퍼붓는 걸 보았다. 한 줄기 한 줄기 검은 물이 시내처럼 흘러내렸다. 그는 믿을 수 없는 광경을 넋 놓고 바라보았다. 맙소사! 물을 어떻게 이렇게 쓸 수가 있지? 이렇게 다디단 물을 말이야! 맑은 물이 있다는 것만으로도 수이와에게는 이 시커먼 세상이 이루 말할 수 없이 아름답게 느껴졌다.

하지만 귀창은 자꾸 그에게 도시에 가라고 부추겼다. 자신도 예전에는 도시에서 일했는데 건축 현장에서 도둑질을 하다가 맹류盲流*로 간주되어 고향으로 돌려보내졌다면서, 도시에 가면 이렇게 죽도록 일하지 않아도 돈을 훨씬 많이 벌 수 있다고 장담했다.

수이와가 망설이는 사이, 어느 날 귀창이 사고를 당했다. 불발탄을 제거하는 도중에 폭탄이 터져버린 것이다. 갱도에서 끌어올려진 그의 온몸에 돌조각이 박혀 있었다. 귀창은 숨을 거두기 전 마지막으로 수이와에게 말했다. "도시로 가. 거긴

---

* 중국에서 개혁 개방 초기 재해나 생활고로 인해 농촌에서 도시로 올라온 뒤 안정적인 직업과 거주지 없이 떠도는 사람들을 일컫던 말.

불빛이 환해……"


**인생의 두번째 목표: 불빛이 더 환하고 물이 더 달콤한 도시로 가서 돈 많이 벌기**


"여긴 밤에도 대낮같이 환하구나!"

수이와는 놀라움을 금할 수 없었다. 귀창이 말한 대로 도시의 불빛은 탄광 지대보다 훨씬 환했다. 그는 얼바오二寶와 둘이서 각자 구두닦이 상자를 등에 메고 성도省都*의 대로를 따라 기차역으로 가고 있었다. 얼바오는 옆 마을 출신으로, 귀창과 함께 도시에서 일한 적이 있는 사람이었다. 수이와는 귀창에게 받아두었던 주소를 가지고 한참을 수소문해 간신히 그를 찾았다. 얼바오는 공사 현장 일을 그만두고 구두닦이로 일하고 있었다. 수이와가 그를 찾아갔을 때, 얼바오는 마침 숙식을 함께하며 구두닦이 일을 하던 친구가 사정이 생겨 고향에 내려가게 됐다며 수이와에게 구두 닦는 법을 조금 가르쳐주고는 상자를 메고 함께 나가자고 했다.

수이와는 얼바오를 따라 기차역으로 가면서도 구두를 닦아

---

* '성'은 우리나라의 도에 해당하는 행정구역이며 '성도'는 성의 중심 도시.

돈을 번다는 사실을 믿을 수가 없었다. 차라리 구두 수선이라면 몰라도, 구두를 닦아주고 돈을 받는다고? 구두 한 번 닦는데 일 위안씩이나 낸다면(좋은 구두약을 쓰면 삼 위안도 받았다) 머리가 어떻게 된 사람일 거라고 생각했다. 그런데 기차역 앞에 도착해 구두닦이 좌판을 다 펼치기도 전에 손님이 찾아오더니, 놀랍게도 그날 밤 열한시까지 구두를 닦아 십사 위안이나 벌었다! 하지만 돌아오는 길에 얼바오는 시무룩한 얼굴로 오늘 매상이 좋지 않다고 투덜거렸다. 대놓고 말하지는 않았지만 수이와에게 손님을 뺏겨 손해 보았다는 뜻이었다.

"저 창문 밑에 있는 철로 된 상자는 뭐야?" 수이와가 앞에 보이는 건물을 가리키며 물었다.

"에어컨이야. 저 창문 안쪽은 지금 초봄처럼 선선할 거야."

"도시는 정말 좋구나!" 수이와가 얼굴에 흐르는 땀을 닦으며 말했다.

"열심히 일하기만 하면 밥은 굶지 않을 수 있지만, 결혼해서 내 집 장만하고 사는 건 어림도 없어." 얼바오가 건물 쪽으로 턱짓을 했다. "저 아파트가 평미*당 이삼천 위안이야."

수이와가 어리둥절한 얼굴로 물었다. "평미가 뭐야?"

얼바오는 이맛살을 찌푸리며 고개를 가로저을 뿐 아무 대꾸

---

\* '평방미터'의 줄임말.

도 하지 않았다.

수이와는 열 몇 명이 함께 사는 가건물에 세를 얻었다. 함께 사는 이들은 대부분 도시로 일하러 올라온 일꾼이거나 소규모 장사를 하는 농민들이었지만, 수이와의 침상 옆자리는 도시 사람이었다. 다만 이 도시 사람은 아니었다. 그는 같이 사는 다른 사람들과 별로 다를 게 없었다. 먹는 것도 비슷하고, 저녁에 웃통을 벗고 밖에 나가 바람을 쐬는 것도 똑같았다. 하지만 매일 아침이 되면 양복에 구두를 신고 딴사람처럼 변신했다. 숙소를 나서는 그의 모습은 마치 닭장에서 황금 봉황이 날아오르는 것 같았다. 쫭위莊宇라는 이름의 그 사람을 싫어하는 사람은 거의 없었다. 그가 지닌 한 가지 물건 때문이었는데, 얼핏 보면 커다란 우산처럼 생겼지만 안쪽이 반짝이는 거울로 되어 있었다. 햇빛 아래 그 우산을 뒤집어놓고 우산 손잡이 부분의 받침대에 물이 담긴 냄비를 올려놓으면 냄비 바닥이 눈부시게 빛나면서 금세 물이 끓었다. '태양 버너'라고 불리는 물건이었다. 그걸 이용해 밥을 짓고 물을 끓이면 돈을 아낄 수 있지만, 흐린 날에는 사용할 수가 없었다.

이 태양 버너는 우산살도 없이 아주 얇은 천 한 장으로 되어 있었다. 특히 접는 방식이 가장 신기했는데, 쓸 때는 집안에 플러그를 연결해두었다가, 접을 땐 쫭위가 집에 들어와 플러그를 뽑으면 펑 소리와 함께 우산이 축 늘어지며 은색 천이 되었다. 천을 주워 자세히 살펴보니 부드럽고 매끄러운데다 거의 무게가 느껴지지 않을 만큼 가벼웠다. 천 표면에 수이와의 일그러진 얼굴과 함께 비눗방울 표면처럼 무지개색 무늬가 일렁였다. 손을 놓자 은색 천이 가벼운 수은처럼 손가락 사이로 스르르 미끄러져 바닥에 툭 떨어졌다. 쫭위가 다시 플러그를 꽂으면 은색 천은 활짝 피어나는 연꽃처럼 천천히 펼쳐지며 다시 뒤집어놓은 둥근 우산 모양으로 변했다. 표면이 얇지만 단단해서 두들기면 경쾌한 금속음이 났다. 강도가 아주 세서, 땅에 고정해놓으면 물이 가득 담긴 냄비나 주전자도 지탱할 수 있었다.

쫭위가 수이와에게 말했다. "표면이 매끄럽고 반사성과 강도가 우수한 소재야. 일반적인 조건에서는 부드럽지만 약한 전류를 흘리면 단단해지는 성질이 특징이지."

나중에 알고 보니 쫭위가 발명한 나노 미러 필름이라는 신소재였다. 그는 이 발명품의 특허를 출원한 뒤 전 재산을 투자해 상품을 개발했지만, 휴대용 태양 버너를 포함한 몇 가지 제품 모두 별로 인기를 끌지 못했다. 결국 본전도 못 건지고 실패한 뒤 지금은 방세조차 수이와에게 빌려야 할 정도로 빈털터리가 되고 말았다. 하지만 그는 이런 처지가 되고도 낙담하지 않고 날마다 동분서주하며 이 신소재를 활용할 수 있는 분야를 찾아다니고 있었다. 이곳은 그가 열세번째로 옮겨온 도시라고 했다.

그는 태양 버너 외에 작은 나노 미러 필름도 지니고 있었다. 평소에는 은색 손수건처럼 침상 옆 탁자에 올려놓았다가 매일 아침 숙소를 나서기 전 작은 전원 스위치를 켜면 손수건이 단단하고 얇은 판으로 변했다. 좡위는 그걸 거울 삼아 들여다보며 머리를 빗고 옷매무새를 정돈했다. 어느 날 아침 그 거울을 보며 머리를 빗고 있던 좡위가 막 일어난 수이와를 흘긋 보며 말했다. "자네도 외모에 신경 좀 써. 세수도 자주 하고 머리도 늘 그렇게 헝클어진 채 두지 말고. 옷도 좀 저렴한 거라도 새로 사 입을 순 없겠나?"

수이와는 그의 거울을 가져다가 자신을 비춰보고는 웃으며 고개를 저었다. 구두닦이인데 외모에 신경써봐야 뭣 하겠느냐는 뜻이었다.

좡위가 수이와 쪽으로 상체를 바짝 내밀며 말했다. "현대사회는 기회로 가득차 있어. 황금 새들이 하늘에 날아다닌다고. 언젠간 자네도 그중 하나를 낚아챌 수 있을지도 몰라. 단, 자기 자신을 소중히 여겨야만 가능해."

주위를 둘러보았지만 황금 새 같은 건 없었다. 수이와는 고개를 저었다. "저는 가방끈이 짧아서."

"물론 그 점이 아쉽지만, 누가 알겠어? 어쩌면 그게 장점이 될 수도 있어. 예측 불가능하다는 게 이 시대의 묘미지. 누구에게 기적이 일어날지 아무도 모르거든."

"형님은…… 대학 나오셨죠?"

"고체물리학 박사야. 대학교수를 하다가 그만뒀어."

촹위가 나간 뒤에도 수이와는 한참을 멍하니 있다가 고개를 저었다. 촹위 같은 사람도 도시를 열세 번이나 옮겨다니도록 황금 새를 잡지 못했는데 자신이 어떻게 그럴 수 있겠는가. 촹위가 자길 놀린 것 같다는 생각이 들었지만, 그도 그저 불쌍한 사람이었다.

그날 밤 다른 사람들이 잠을 자거나 모여서 포커를 치고 있을 때 수이와와 촹위는 숙소에서 몇 걸음 떨어진 작은 식당에 앉아 텔레비전을 보고 있었다. 시곗바늘이 열두시를 가리켰다. 텔레비전 화면 속 아나운서가 혼자 뉴스를 읽고 있었다.

"오늘 오후 개최된 국무원 기자 간담회에서 국무원 대변인은 전 세계의 이목이 집중된 가운데 프로젝트가 정식으로 착수 되었다고 밝혔습니다. 이 프로젝트는 삼북방호림\*에 이어 국토의 생태계를 바꿀 또하나의 초대형 프로젝트이며……"

수이와도 이에 대해 들어본 적이 있었다. 하늘에 태양 하나를 더 만들고, 그 태양에너지를 이용해 건조한 서북부 지역의 강우량을 늘리는 프로젝트라고 했다. 그로서는 생전 들어본

---

\* 중국 고비사막의 확장과 모래바람을 막기 위해 서북, 화북, 동북에 조성하고 있는 숲.

적도 없는 비현실적인 얘기였으므로 좡위에게 자세히 물어보고 싶었다. 그런데 고개를 돌려 옆을 보니 좡위는 휘둥그레진 눈에 입을 반쯤 벌리고 넋이 빠진 채 텔레비전에서 눈을 떼지 못하고 있었다. 수이와가 눈앞에 손을 흔들어도 아무 반응이 없다가 그 뉴스가 지나가고 한참 뒤에야 정신이 돌아온 듯 혼잣말로 중얼거렸다. "이런, 내가 왜 중국 태양을 생각하지 못했지?"

수이와는 영문을 모르겠다는 표정으로 그를 보았다. 자신도 알고 있는 걸 그가 모를 리 없었다. 중국인이라면 다 아는 일이 아닌가? 그도 당연히 알고는 있었을 것이다. 다만 그동안 떠올리지 못했을 뿐이다. 그런데 지금 갑자기 무슨 생각이 났다는 걸까? 그 일이 찜통 같은 가건물에 살고 있는 추레한 떠돌이인 좡위와 무슨 관계가 있을 수 있단 말인가?

좡위가 말했다. "내가 아침에 했던 말 기억해? 지금 황금 새 한 마리가 눈앞에 나타났어. 아주 커다란 황금 새야. 이미 내 머리 위에서 맴돌고 있었는데 내가 그걸 발견하지 못한 거야!"

수이와가 도무지 이해할 수 없다는 표정으로 그를 보았다.

좡위가 벌떡 일어났다. "베이징에 가야겠어. 두시 반 기차를 타야 해. 자네도 나랑 같이 가지 않겠어?"

"베이징이요? 거기 가서 뭐 하려고요?"

"그렇게 넓은 베이징에서 뭔들 못 하겠어? 구두를 닦아도 여기보단 돈을 훨씬 많이 벌 거야!"

그렇게 해서 그날 밤 수이와는 창위와 함께 붐비는 열차에 입석으로 올라탔다. 열차가 어둠 속에서 서북부의 광활한 평원을 가로질러 태양이 떠오르는 방향으로 달렸다.

**인생의 세번째 목표: 더 큰 도시로 나가서 더 넓은 세상을 만나 돈을 더 많이 벌기**

수도 베이징을 처음 본 순간 수이와는 깨달았다. 세상에는 직접 눈으로 보지 않고서는 절대로 알 수 없는 것이 있다는 사실을. 예컨대, 베이징의 밤은 지금껏 그의 상상 속에 수없이 등장했다. 처음에는 시골 마을이나 탄광의 불빛보다 몇 배나 환한 곳으로 그려졌고, 나중에는 성도의 불빛보다도 환한 곳을 떠올렸다. 하지만 그들을 태우고 베이징서역을 출발한 버스가 창안제長安街*로 접어들었을 때 그는 자신이 지금까지 보았던 불빛을 천 배로 확대해도 베이징의 야경에는 미치지 못한다는 걸 알았다. 물론 베이징의 불빛이 성도 천 개의 불빛을 다 합친 것만큼 밝을 수는 없겠지만, 베이징에는 서부 도시들

---

* 베이징 중심에 있는 톈안먼(天安門) 앞을 가로지르는 도로.

이 결코 만들어낼 수 없는 무언가가 있었다.

　수이와와 좡위는 어느 싸구려 지하 여관에서 하룻밤을 묵고 이튿날 헤어졌다. 헤어질 때 좡위는 수이와의 행운을 빌며 어려운 일이 생기면 찾아오라고 했지만, 수이와가 전화번호나 주소를 알려달라고 하자 아직은 아무것도 없다고 했다.

　"그럼 어떻게 찾아요?" 수이와가 물었다.

　"조금 있으면 텔레비전이나 신문을 보고 내가 어디 있는지 알 수 있게 될 거야."

　멀어지는 좡위의 뒷모습을 보며 수이와는 어리둥절한 표정으로 고개를 저었다. 그의 말을 이해할 수가 없었다. 그는 정말 땡전 한푼도 없는 사람이었다. 여관비는커녕 아침 먹을 돈도 없어서 수이와에게 얻어먹은데다 숙소를 떠날 때 밀린 월세 대신 집주인에게 태양 버너까지 넘겨주고 온 그가 아닌가. 그는 지금 꿈 외에 아무것도 가진 게 없는 거지 신세였다.

　좡위와 헤어지고 일자리부터 찾아야 했지만 대도시를 처음 본 충격에 수이와는 여기에 온 목적조차 잊어버렸다. 한나절 내내 무릉도원을 구경하듯 발길 닿는 대로 거리를 걷는데도 조금도 힘들지 않았다.

　저녁 무렵, 지난해 완공되어 수도의 새로운 상징이 된 오백 미터 높이의 퉁이統一 빌딩 앞에서, 구름을 뚫을 듯 하늘을 향해 우뚝 솟은 그 유리벽을 올려다보았다. 서서히 어두워지는 노을과 하나둘씩 빠르게 밝혀지는 도시의 불빛이 유리 위에서 어우러지며 매혹적인 빛과 그림자의 향연이 펼쳐졌다. 목이 뻐근해지도록 유리벽을 올려다보다 가까스로 자리를 떠나려는데 빌딩 전체의 조명이 점등되었다. 그 신기한 광경에 또 매료되어 자리를 뜨지 못하고 계속 그 자리에 서서 위를 올려다보았다.

"한참 보고 있네요. 이 일에 관심 있어요?"

누군가의 목소리에 뒤를 돌아보니 한 젊은이가 서 있었다. 전형적인 도시 사람의 옷차림이었지만 손에는 노란 안전모가 들려 있었다.

"무슨 일요?" 수이와가 어리둥절하게 물었다.

"뭘 보고 있었던 건데요?" 그가 안전모를 든 손으로 머리 위를 가리켰다.

그가 가리키는 쪽을 올려다보자 높디높은 유리 외벽에 몇 사람이 매달려 있는 게 보였다. 작고 까만 몇 개의 점 같았다. "저렇게 높은 데서 뭘 하는 거예요?" 수이와는 그렇게 물으며 유리벽을 더욱 자세히 보았다. "유리를 닦는 건가요?"

젊은이가 고개를 끄덕였다. "난 건물 청소 회사 블루스카이의 인사 담당자예요. 우리 회사는 고층빌딩 외벽 청소를 주로 하죠. 이 일 해볼래요?"

고공에 매달린 개미처럼 작고 까만 점들을 다시 올려다보려니 현기증이 났다. "너…… 너무 무서워 보여요."

"안전이 걱정이라면 안심해도 좋아요. 위험해 보여서 일할 사람을 구하기가 힘들고 그래서 일손이 부족하지만, 안전조치만큼은 완벽하다고 장담할 수 있어요. 규정을 엄격하게 지키기만 하면 전혀 위험하지 않아요. 게다가 우린 동종 업계에서 보수가 가장 세요. 월급 천오백 위안에, 일하는 날은 점심이 제공되고 생명보험도 가입됩니다."

생각지 못한 액수에 깜짝 놀란 수이와는 말문이 막혀 그를 멍하니 보기만 했다. 그런데 그 눈빛의 의미를 잘못 이해한 듯, 상대가 다시 말했다. "좋아요. 수습 기간 생략하고, 삼백 위안을 올려줄게요. 월급으로 천팔백 위안. 더는 못 올려요. 예전에는 기본급 사오백 위안에 일하는 날에만 일당을 얹어줬지만 지금은 고정된 월급이 이 정도니까, 상당히 좋은 조건이에요."

그렇게 해서 수이와는 외벽 청소부가 되었다. 영어로는 '스파이더맨'이라고 불리는 직업이었다.

**인생의 네번째 목표: 베이징 사람이 되기**

수이와가 동료 넷과 함께 항공우주센터 빌딩 옥상에서 조심스럽게 내려왔다. 사십 분 만에 어제 마지막으로 닦았던 위치인 팔십삼층에 도착했다. 스파이더맨들을 가장 곤욕스럽게 하는 것은 바닥을 향해 기울어진 경사면, 즉 지면과 예각을 이루는 벽을 닦는 일이었다. 항공우주센터 빌딩의 건축가는 자신의 별난 창의성을 과시하고 싶었는지 빌딩 전체를 비스듬히 기울어진 형태로 설계하고 꼭대기에서 지면까지 가느다란 기둥을 세워 지탱하게 만들었다. 이 유명한 건축가에 따르면, 기울어진 형태가 상승하는 느낌을 잘 표현해낸다고 했다. 그럴듯한 논리로 포장된 이 빌딩은 세계적인 유명세를 떨치며 베이징의 랜드마크 중 하나가 되었지만, 건축가는 사돈의 팔촌까지 베이징 스파이더맨들의 욕을 먹게 되었다. 항공우주센터의 외벽 청소는 그들에게 악몽과도 같은 일이었다. 사백 미터에 달하는 빌딩의 한 면 전체가 지면과 육십오 도의 예각을 이루며 기울어져 있었기 때문이다.

작업 위치에 도착해 위를 올려다보니, 머리 위 거대한 유리 절벽이 자신을 향해 쏟아져내릴 것 같았다. 수이와는 한 손으로 세제 용기의 뚜껑을 열고, 다른 손으로는 흡착판의 손잡이를 단단히 쥐었다. 이 흡착판은 이런 경사면을 닦기 위해 특별히 제작된 것이지만 흡착력이 약한 탓에 벽에서 자주 떨어졌다. 그러면 스파이더맨은 벽면에서 떨어져나가 안전띠에만 의지한 채 그네를 타듯 공중에 매달려 있어야 했다. 항공우주센터 빌딩 청소중에 그런 사고가 여러 번 있었는데, 그럴 때마다 아찔한 장면에 모두가 기절초풍하며 놀랐다. 바로 어제도 흡착판이 떨어지는 바람에 한 동료가 벽에서 멀어져 멀리 날아갔다가 다시 돌아오면서 강풍에 밀려 벽에 부딪히는 사고가 있었다. 그 여파로 유리에 큰 금이 가고 동료는 이마와 팔에 심한 부상을 입었다. 게다가 그 고가의 고급 건축용 코팅 유리 한 장에 그의 일 년 치 품삯이 날아가버렸다.

수이와가 스파이더맨으로 일한 지 어느새 이 년이 넘었다. 정말 쉽지 않은 일이었다. 지면에서 초속 이삼 미터의 바람이 불 때 백 미터 상공에서는 초속 팔에서 십 미터의 바람이 분다. 지금처럼 사오백 미터 높이의 초고층빌딩에서는 그보다 더 센 강풍이 불었다. 위험한 건 말할 것도 없다. 2000년대 들어서 스파이더맨 추락 사고는 잊을 만하면 한 번씩 꾸준히 발생했다. 겨울에는 칼날처럼 날카로운 강풍이 몰아치고, 여름에는 몸을 보호하기 위해 통기성 없는 방수복을 입고 장화를 신고 일해야 했다. 유리를 닦을 때 쓰는 플루오린화 수소산 세제가 손에 닿으면 강한 부식성 때문에 손톱이 검게 변한 뒤 빠져버리기 때문이었다. 뙤약볕을 등진 채 코팅 유리를 닦고 있으면 유리에서 반사된 햇빛에 눈이 부셔서 눈을 뜰 수가 없다. 그럴 때면 수이와는 좡위의 태양 버너 위에 올려진 것 같은 기분을 느꼈다.

하지만 수이와는 이 일을 열렬히 사랑했다. 지난 일 년 남짓의 기간이 그의 생애에서 가장 행복한 시간이었다. 외지에서 베이징으로 올라온 저학력 노동자에게 스파이더맨이 상당히 높은 수입을 올릴 수 있는 일이기 때문이기도 했지만, 그보다도 이 일에서 얻는 기묘한 만족감 때문이었다. 그는 다른 동료들이 하기 싫어하는 일을 제일 좋아했다. 바로 새로 완공된 초고층빌딩의 외벽을 청소하는 일이었다. 그런 빌딩들은 대개 높이가 이백 미터가 넘고, 제일 높은 건 오백 미터에 달했다. 그런 초고층빌딩의 외벽에 매달려 있으면 베이징 시내가 한눈에 들어왔다. 그 위에서 보면 20세기에 지어진 고층빌딩들은 아주 낮아 보였다. 멀리 있는 것들은 가느다란 막대기들을 땅에 꽂아놓은 것처럼 보이고, 베이징 중심에 있는 자금성도 금색 블록을 쌓아 만든 장난감 같았다. 그 높이에서는 도시의 소음도 들리지 않아, 베이징이라는 도시 전체가, 거미줄같이 얽힌 도로망이 혈관처럼 이어진 거대한 생명체가 되어 발밑에서 조용히 숨쉬고 있는 듯 느껴졌다. 가끔 구름을 뚫고 우뚝 솟은 초고층빌딩을 청소할 때, 빌딩의 허리 아래는 컴컴한 폭우에 휩싸여 있지만 그 위는 햇빛이 환하게 비출 때가 있었다. 발밑으로 끝없는 구름바다가 뭉게뭉게 펼쳐져 있는 걸 보며, 수이와는 그 위를 질주하는 강풍에 자신이 투명해지는 기분을 느꼈다. 수이와는 이 경험을 통해 한 가지 이치를 터득했다. 뭐든지 높은 곳에서 봐야 분명히 보인다는 사실이었다. 대도시에 파묻혀 있으면 출구를 찾을 수 없는 미로에 들어간 것처럼 주위의 모든 것이 복잡하고 어지럽게만 보이지만, 이렇게 높이 올라와서 내려다보면 천만 명 넘는 사람이 살고 있는 도시 전체가 거대한 개미굴에 지나지 않으며, 그 주위로 광활한 세상이 펼쳐져 있다는 걸 알게 된다.

첫 월급을 받고 대형 쇼핑몰을 구경하러 갔을 때 수이와는 엘리베이터를 타고 삼층으로 올라갔다가 그곳에 매료되었다. 번잡한 아래 두 층과 달리 삼층은 아주 크고 낮은 테이블만 몇 개 놓여 있을 뿐 홀이 널찍하게 비워져 있었다. 각 테이블마다 건물 몇 채를 작게 축소한 미니어처가 놓여 있었는데, 건물들의 높이가 책 한 권 정도밖에 되지 않았다. 건물 사이 푸른 풀밭 위에 흰색 정자와 회랑이 만들어져 있었다. 상아와 치즈로 만들어진 듯 작고 귀여운 건물들이 풀밭과 어우러져 작고 정교한 세계를 이루고 있었다. 수이와의 눈에는 그것들이 천국을 작게 축소해놓은 모형처럼 보였다. 처음에는 장난감이 진열된 줄 알았지만, 주변에 아이들은 보이지 않았고 테이블 주위에 있는 사람들의 표정이 차분하고 진지했다. 작은 천국 옆에 서서 넋을 놓고 내려다보고 있는 수이와에게 예쁘게 생긴 여자가 다가와 인사를 했다. 그는 그제야 그곳이 아파트를 분양하는 곳이라는 걸 깨달았다. 눈에 띄는 작은 건물 하나를 가리키며 제일 꼭대기 집이 얼마냐고 묻자, 거실 하나에 방 세 개짜리 구조로 평방미터당 삼천오백 위안이므로 총 삼십팔만 위안이라는 답변이 돌아왔다. 엄청난 액수에 수이와가 숨을 훅 들이켰다. 하지만 바로 이어지는 여자의 말에 숫자의 잔인함이 훨씬 부드러워졌다. "매월 천오백에서 이천 위안씩 분할 납부하실 수 있답니다."

수이와가 조심스럽게 물었다. "베…… 베이징 사람이 아니어도, 살 수 있어요?"

여자가 상냥한 미소를 지었다. "정말 재밌으신 분이네요. 후커우戶口\*가 폐지된 지 몇 년이 지났는데. 베이징 사람이 따로 있나요? 베이징에 살면 베이징 사람이죠."

수이와는 쇼핑몰을 나와 발길 닿는 대로 한참 동안 걸어다녔다. 베이징의 휘황한 야경이 그를 감쌌다. 손에는 분양 홍보 직원에게 받은 알록달록한 전단지 몇 장이 들려 있었다. 그는 가끔 멈춰 서서 전단지를 들여다보았다. 불과 한 달 전, 머나먼 서부 도시의 가건물에 살던 시절엔 베이징의 집을 산다는 건 상상도 할 수 없는 신화 같은 일이었다. 지금도 비현실적인

---

\* 중국의 주민등록제도로 등록지가 아닌 지역에서의 거주, 취업 등이 엄격히 제한되었으나 차츰 완화되어 현재는 자신의 등록지가 아닌 곳에서도 주택을 구매하고 거주할 수 있다.

건 매한가지지만, 신화는 이제 꿈이 되었다. 그 정교한 미니어처럼 손을 뻗으면 닿을 수 있는 현실적인 꿈이었다.

일을 하다가 생각에 잠겨 있는데 누군가 그가 닦고 있는 건물 안에서 유리창을 두드렸다. 종종 이런 성가신 일이 있었다. 사무실 창밖에서 움직이는 외벽 청소부들은 고급 오피스 빌딩에서 일하는 화이트칼라들에게 짜증을 불러일으키는 존재였다. 별명처럼 유리벽에 매달린 거미 같은 그들과 안쪽 사람들 사이에는 유리 한 장 두께를 훨씬 넘어선 간극이 있었다. 스파이더맨이 작업을 할 때 안에 있는 사람들은 시끄럽다거나 햇빛을 가린다는 등의 이유로 불평하고 항의했다. 수이와는 반반사 유리에 얼굴을 바짝 붙이고 항공우주센터 안을 들여다보다가 깜짝 놀랐다. 유리 너머에 있는 사람이 바로 좡위였던 것이다!

수이와는 그와 헤어진 뒤 줄곧 그를 걱정했다. 그가 양복 차림의 부랑자가 되어 이 대도시에서 녹록지 않은 생활을 근근이 이어가고 있을 거라고 생각했다. 어느 깊은 가을밤, 숙소에서 좡위가 겨울옷은 구했을지 속으로 걱정하고 있는데 놀랍게도 텔레비전에 그가 나오는 것이 아닌가. 중국 태양 프로젝트에서 사용될 반사경 소재를 선정하는 과정이었는데, 프로젝트의 핵심 기술이 될 십여 종의 후보 가운데 좡위가 개발한 나노미러 필름이 최종적으로 선택되었던 것이다. 그 덕분에 좡위는 떠돌이 과학자에서 일약 중국 태양 프로젝트의 수석 과학자로 변신해 세계적인 유명 인사가 되었다. 그후 좡위가 각종 매체에 자주 등장했지만, 수이와는 그가 이제는 자신과 무관한 사람이 되었다는 생각에 그를 기억에서 지워버렸다.

좡위가 넓은 사무실에서 수이와를 맞이했다. 의외로 그는 이 년 전과 달라진 게 하나도 없었다. 심지어 입고 있는 양복도 그때 그 양복이었다. 수이와는 당시 자기 눈에 아주 비싸게 보였던 그의 양복이 사실은 허름한 싸구려 옷이라는 걸 실감했다. 수이와는 그에게 자신의 베이징 생활에 대해 얘기한 뒤 웃으며 덧붙였다. "우리 둘 다 베이징에서 잘 지내고 있었군요."

"그래, 그래. 둘 다 잘 지내고 있었어!" 좡위가 상기된 표정으로 연방 고개를 끄덕였다. "솔직히 말하면, 그날 새벽 자네에게 시대와 기회에 관한 얘기를 할 때 난 자신감을 완전히 잃은 상태였어. 그 말은 사실 나 자신에게 한 것이었지. 하지만 이 시대는 정말로 기회로 가득차 있어."

수이와가 고개를 끄덕였다. "곳곳에 황금 새가 있어요."

모던한 느낌이 물씬한 사무실을 둘러보는데 특이한 점이 시선을 끌었다. 사무실 천장 전체가 우주를 재현하는 홀로그램으로 덮여 있었다. 사람들이 마치 별이 총총히 뜬 밤하늘 아래에서 일하고 있는 것 같았다. 그 밤하늘 아래로 우산처럼 둥근 은색 장식품이 매달려 있었는데, 좡위의 태양 버너와 비슷하게 생긴 거울이었다. 그의 태양 버너가 지금 베이징의 수십 배 크기로 만들어졌다는 사실을 수이와는 떠올렸다. 천장 한쪽 구석에는 공 모양의 램프가 떠 있었는데, 은색 거울과 마찬가지로 아무런 지지대도 없이 공중에서 눈부신 노란빛을 내뿜고 있었다. 그 노란빛이 거울에 부딪혀 반사된 빛줄기가 책상 옆에 놓인 커다란 지구의를 비추어 지구의 표면에 둥글게 빛이 어렸다. 천장 위에서 천천히 떠다니는 램프를 따라 거울이 빙글빙글 도는데도 빛줄기는 변함없이 지구의를 비추었다. 밤하늘, 거울, 램프, 빛줄기, 지구의와 그 위의 빛이 추상적이면서도 신비한 구조를 이루었다.

"저게 바로 중국 태양이에요?" 수이와가 경이에 찬 목소리로 물었다.

쾅위가 고개를 끄덕였다. "삼만 제곱킬로미터 크기의 반사경이 삼만육천 킬로미터 상공의 지구 정지궤도에서 지구를 향해 태양빛을 반사해주는 거야. 지면에서 보면 하늘에 태양이 하나 더 생긴 것처럼 보이지."

"계속 궁금한 게 있었어요. 하늘에 태양이 하나 더 생기면 왜 비가 더 많이 온다는 거예요?"

"이 인공 태양은 여러 가지 방식으로 날씨에 영향을 미칠 수 있어. 대기의 열평형을 통해 대류에 영향을 미치기도 하고, 해수 증발량을 증가시키거나 전선면을 이동시키기도 하지. 간단하게 설명할 수 있는 게 아니야. 궤도 반사경은 중국 태양 프로젝트의 일부분일 뿐, 그 뒤에 아주 복잡한 대기 운동 모델이 있어. 여러 대의 슈퍼컴퓨터로 그 모델에 따라 연산해 특정 지역의 대기 운동 상태를 정확히 시뮬레이션한 뒤에 인공 태양 에너지를 특정 지점에 가해 영향을 주면 일정 시간 동안 목표 지역의 날씨를 완전히 바꿀 수 있지. 아주 복잡한 과정이야. 내 전공 분야가 아니라 나도 자세히 알진 못해."

수이와는 이번엔 좡위가 당연히 답을 알고 있을 법한 질문을 했다. 너무 바보 같은 질문이라는 생각도 들었지만, 용기 내어 물었다. "그렇게 큰 물체가 하늘에서 떨어지면 어떻게 해요?"

좡위가 말없이 몇 초쯤 수이와를 쳐다보다가 시계를 보더니 그의 어깨를 잡아당겼다. "가지. 내가 밥 살게. 중국 태양이 왜 안 떨어지는지 밥 먹으면서 설명해줄게."

하지만 그 문제를 수이와에게 이해시키는 건 좡위의 생각만큼 간단하지 않았다. 아주 기초적인 수준에서 설명해야 했기 때문이다. 수이와는 자신이 살고 있는 지구가 둥글다는 건 알고 있었지만, 그의 깊은 의식 속에서 여전히 하늘은 둥글고 땅은 네모난 모습이었다. 좡위는 한참 설명한 끝에 우리가 살고 있는 세상이 무한한 허공에 떠 있는 작은 돌멩이 하나에 불과하다는 사실을 그에게 납득시킬 수 있었다. 그날 저녁, 수이와는 중국 태양이 왜 떨어지지 않는지는 끝내 이해하지 못했지만 우주에 대한 인식을 완전히 뒤바꾸게 되었다. 다음날 저녁 좡위는 그와 노천 식당에서 밥을 먹으며 코페르니쿠스 시대까지 진도를 나갔고, 가까스로 뉴턴 시대에 접어들어 수이와에게 만유인력을 가르치기까지(물론 단순히 알게 된 수준이었다) 이틀 저녁이 더 걸렸다. 그다음날 좡위는 사무실에 있는 커다란 지구의를 보여주며 항공우주 시대까지 설명했다. 또 그다음 휴일이 되자 수이와는 마침내 지구 정지궤도가 무엇이고, 중국 태양이 왜 떨어지지 않는지 이해할 수 있게 되었다.

그날 좡위는 수이와에게 중국 태양 프로젝트 통제 센터를 구경시켜주었다. 대형 화면 위에 중국 태양을 건설하고 있는 지구 정지궤도 현장의 전경이 나타났다. 깜깜한 우주에 은색의 얇은 필름이 몇 개 떠 있고 우주선들이 그 앞에서 모기처럼 날아다니고 있었다. 수이와가 가장 놀란 것은 또다른 대형 화면에 떠 있는, 삼천육백 킬로미터 상공에서 촬영한 지구의 모습이었다. 대륙이 크라프트지 조각처럼 바다에 떠 있고, 산맥들은 크라프트지의 주름 같고, 구름층은 크라프트지에 묻어 있는 설탕 자국 같았다. 좡위가 수이와의 고향이 어디이고, 베이징이 어디인지 손으로 가리켜 알려주자 한참을 멍하니 보고 있던 수이와가 혼잣말을 중얼거렸다. "저렇게 높은 곳에 있는 사람들은 생각하는 것도 다르겠구나."

석 달 뒤 중국 태양의 주요 공사가 완공되었다. 국경절* 밤 처음으로 반사경을 이용해 지구의 어두운 부분에 인공 햇빛을 비추자 베이징과 톈진이 빛에 둘러싸였다. 그날 밤 수이와는 톈안먼 광장에 모인 수십만 명의 인파 속에 섞여 이 장엄한 일출을 목격했다. 서쪽 밤하늘에서 별 하나가 갑자기 빠르게 밝아지기 시작하더니 그 별을 중심으로 하늘이 파랗게 변하며 밝은 부분이 점점 넓어졌다. 중국 태양의 밝기가 최대에 달하자 하늘의 절반이 파랗게 변하고 가장자리로 갈수록 차츰 노란색, 오렌지색, 짙은 자주색으로 물들었다. 파란 하늘을 가운데 두고 무지개처럼 점진적으로 색이 변하는 이 현상을 사람들은 '둥근 아침노을'이라고 불렀다.

수이와는 새벽 네시가 다 되어서야 숙소로 돌아와 좁은 이층침대의 위 칸에 몸을 누였다. 유리창으로 들어온 중국 태양의 빛이 베개 옆 벽에 붙여놓은 아파트 분양 광고 전단지를 비추었다. 수이와는 그 알록달록한 전단지들을 벽에서 떼어냈다. 중국 태양의 천국 같은 빛에 비하면 한때 그를 가슴 뛰게 했던 꿈이 너무 보잘것없고 평범하게 보였다.

두 달 뒤, 사장이 수이와를 불러 중국 태양 프로젝트 통제 센터의 좡 소장이 그를 만나고 싶어한다고 전했다. 항공우주 센터 외벽 청소가 끝난 뒤로는 좡위를 다시 만난 적이 없었다.

---

\* 중화인민공화국 건국 기념일.

"정말 위대한 태양을 만드셨어요!" 항공우주센터 사무실에서 황위를 만나자마자 수이와가 진심으로 찬사를 보냈다.

"우리 모두의 태양이야. 자네 몫도 있지. 여기서는 보이지 않지만 중국 태양은 지금 자네 고향에 눈을 내려주고 있다네!"

"올겨울 들어 고향에 눈이 많이 온다고 부모님께 들었어요!"

"그런데 중국 태양에 큰 문제가 생겼어." 황위가 뒤에 있는 대형 모니터를 가리켰다. 화면에 둥근 빛무리 두 개가 떠 있었다. "두 달 간격으로 동일한 위치에서 찍은 중국 태양의 사진인데, 뭐가 다른지 알아보겠어?"

"왼쪽이 더 밝네요."

"불과 두 달 만에 육안으로도 차이가 느껴질 만큼 반사율이 떨어졌어."

"왜 그런 거예요? 거울에 먼지가 쌓였어요?"

"우주에는 먼지가 없지만 태양풍이라는 것이 있어. 태양에서 방출된 입자의 흐름인데, 시간이 갈수록 중국 태양의 거울 표면에 아주 얇은 안개 막을 씌워 반사율을 떨어뜨리는 것이지. 일 년 뒤에는 거울 표면이 물안개에 뒤덮인 것처럼 변할 거야. 그땐 중국 태양이 아니라 중국 달이 되어 아무 기능도 할 수 없게 될 거야."

"처음부터 예상하지 못했나요?"

"물론 예상했지…… 그보다, 자네 일에 대해 얘기해볼까?

직업을 바꿔볼 생각 없어?"

"직업을 바꾼다고요? 제가 달리 뭘 할 수 있겠어요?"

"고공에서 청소하는 건 똑같아. 다만, 여기서 일하는 거야."

수이와가 어리둥절한 표정으로 창밖을 보았다. "이 빌딩은 청소한 지 얼마 안 됐잖아요. 외벽 청소원을 직접 고용하신다는 건가요?"

"아니. 이 빌딩이 아니라 중국 태양을 닦을 거야."

**인생의 다섯번째 목표: 우주로 날아가 태양 닦기**

거울 청소 전담 기구 설립을 논의하기 위해 중국 태양 프로젝트 운영팀의 고위 관계자가 참석한 가운데 첫 회의가 열렸다. 회의에서 좡위는 수이와를 모두에게 소개하고 그가 하고 있는 일에 대해 설명했다. 누군가 그의 학력을 묻자 수이와는 초등학교 3학년까지 다녔다고 솔직히 얘기했다.

"그래도 글은 알아요. 책 읽는 데는 문제가 없습니다." 수이와의 말에 모두 웃음을 터뜨렸다.

"좡 소장님, 지금 장난치는 겁니까?" 누군가 성난 목소리로 외쳤다.

좡위가 차분하게 말했다. "장난치는 게 아닙니다. 삼십 명으로 구성된 거울 청소팀이 중국 태양 전체를 청소하려면 반년이 걸립니다. 청소팀이 청소 주기에 맞춰 계속 일해야 하니까 최소 육십에서 구십 명이 교대로 일해야 합니다. 현재 입안 중인 우주노동보호법이 시행되면 교대 인력이 더 많이 필요할 수도 있습니다. 백이십 명에서 많으면 백오십 명까지도 필요할 겁니다. 박사학위를 소지하고 고성능 전투기를 삼천 시간 조종한 경력을 가진 우주비행사들에게 그런 일을 시킬 수 있을까요?"

"그 정도는 되어야 하지 않겠어요? 도시에선 대학 진학이 보편적이에요. 그런데도 문맹자를 우주로 보내자는 겁니까?"

"저는 문맹이 아닙니다!" 수이와가 말했다.

하지만 그 사람은 수이와의 말을 들은 체도 하지 않고 좡위에게 계속 말했다. "이건 위대한 프로젝트에 대한 모독이에요!"

회의 참석자들이 고개를 끄덕여 동의했다.

좡위도 고개를 끄덕였다. "이런 반응을 예상했습니다. 우리 중에서 이 사람만 제외하고는 모두 박사학위 소지자들이니까요. 자, 이 청소부의 실력을 보여드리죠. 모두 따라오세요."

십수 명의 참석자들이 영문을 모른 채 좡위를 따라 회의실을 벗어나 엘리베이터로 향했다. 이 고층빌딩에는 고속, 중속, 저속 엘리베이터가 있었는데 그들은 제일 빠른 고속 엘리베이터를 탔다. 엘리베이터가 눈 깜짝할 사이 꼭대기층으로 올라갔다.

한 사람이 말했다. "고속 엘리베이터는 처음 타보는데 로켓을 타고 하늘로 올라가는 듯한 느낌이군요."

"동기 궤도에 진입하면 모두 중국 태양을 닦는 기분을 체험하실 수 있을 겁니다." 좡위의 말에 엘리베이터를 탄 사람들이 이상하다는 눈빛으로 그를 보았다.

엘리베이터에서 내린 뒤 모두 좡위를 따라 좁은 계단을 올라갔다. 계단 끝에 있는 작은 철문을 열고 나가자 빌딩의 옥상이 나왔다. 강렬한 햇빛과 세찬 바람이 그들을 둘러쌌다. 머리 위에 있는 하늘이 평소보다 훨씬 더 맑고 또렷하게 보였다. 사방을 둘러보니 발밑으로 베이징 시내 전체가 한눈에 들어왔다. 옥상에서 몇 사람이 그들을 기다리고 있었다. 수이와는 그들을 알아보고 깜짝 놀랐다. 바로 외벽 청소 회사 사장과 스파이더맨 동료들이었다.

좡위가 큰 소리로 말했다. "이제 수이와가 하는 일을 체험해보시죠!"

스파이더맨들이 다가와 사람들에게 안전벨트를 매어준 뒤 그들을 옥상 난간 앞으로 데리고 갔다. 십수 명의 사람들이 영문도 모른 채 스파이더맨이 작업대로 사용하는 작은 달비계에 엉금엉금 탑승하자 달비계가 천천히 내려가기 시작했다. 달비계가 옥상 난간에서 오륙 미터쯤 내려온 위치에서 덜컹, 하고 멈추자 달비계에 탄 사람들이 비명을 질렀다.

"여러분, 회의를 시작하겠습니다!" 좡위가 옥상 난간 너머로 고개를 내밀고 밑에 있는 사람들에게 외쳤다.

"뭣 하는 겁니까! 빨리 올려줘요!"

"일 인당 한 장씩 유리를 닦아야만 올라올 수 있어요!"

그건 불가능했다. 안전벨트나 달비계의 밧줄을 두 손으로 꽉 붙든 채 조금도 움직일 수 없었기 때문이다. 손을 놓고 달비계에 있는 청소 솔을 집어들 수도, 세정제 뚜껑을 열 수도 없었다. 매일 도면이나 서류를 펼쳐놓고 수만 킬로미터 상공 위의 일을 논의하던 항공우주 분야 공무원들은 실제로는 사백 미터 높이에서도 공포에 떨며 정신을 차리지 못했다.

좡위가 한 공군 대령의 위쪽으로 다가갔다. 그는 달비계에 있는 십여 명의 사람들 중 유일하게 침착한 사람이었다. 그가 유리를 닦기 시작했다. 동작이 매우 안정적이었고, 놀랍게도 아무것도 붙잡지 않고 똑바로 서서 양손을 모두 이용해 유리를 닦고 있었다. 그가 앉은 달비계는 유리벽에 딱 붙어 강풍에도 흔들리지 않았는데 그건 스파이더맨 중에서도 베테랑만이 가능한 기술이었다. 과연 그 대령은 십여 년 전 선저우 8호*에

---

* 1990년대 말 중국에서 시작된 유인우주선 프로젝트인 선저우 계획에 따라 발사된 우주선. 2001년 이 소설이 발표되고 십 년 뒤인 2011년 선저우 8호가 발사되었다. 선저우 1호부터 4호까지는 무인우주선이고, 5호부터는 유인우주선이었

탑승했던 우주비행사였다. 사실을 깨닫자 눈앞의 광경이 놀랍지 않았다.

창위가 물었다. "장 대령님, 솔직히 말씀해보세요. 지금 하는 일이 우주 궤도에서 유영하는 것보다 쉬운가요?"

"체력과 기술 측면에서 보면 큰 차이가 없군요." 전직 우주비행사가 말했다.

"맞습니다. 우주인 훈련 센터의 연구 결과, 인체 공학적으로 고층빌딩 외벽 청소부의 작업이 우주에서 거울을 닦는 작업과 유사점이 많다고 합니다. 시시각각 위치를 바꾸며 균형을 유지해야 하는데다가 반복적이고 단조롭지만 체력 소모가 큰 노동이죠. 또 작은 방심이 사고로 이어질 수 있기 때문에 매 순간 고도의 집중력이 요구됩니다. 우주비행사에게는 잘못된 위치 이동, 도구나 재료 분실, 생명유지시스템 고장 등으로 인한 사고 위험이 있고, 스파이더맨도 충돌로 인해 유리가 깨지거나 청소 도구나 세제 통을 떨어뜨리거나 안전벨트가 끊어져 미끄러지는 등의 사고 위험이 있죠. 신체적 기술 면에서, 더불어 심리적 측면에서 볼 때 스파이더맨은 태양의 거울 청소를 수행하는 데 필요한 자질을 충분히 갖추고 있습니다."

전직 우주비행사가 창위를 올려다보며 고개를 끄덕였다.

---

지만 8호는 우주정거장 도킹 실험을 위해 무인으로 발사되었다.

"옛날 우화가 생각나는군요. 기름 장수가 동전의 네모난 구멍을 통해 기름통에 기름을 붓는 기술이 화살을 표적에 명중시키는 장군의 활 실력만큼이나 고도로 숙련된 기술이라는 이야기였죠. 그들의 유일한 차이는 신분이었고요."

좡위가 말했다. "콜럼버스가 아메리카 대륙을 발견하고, 제임스 쿡이 오스트레일리아 대륙을 발견했지만 그 신대륙들을 먼저 개발한 건 보통 사람들이었습니다. 그 개척자들은 당시 유럽 사회 기준으론 최하층민들이었고요. 우주개발도 마찬가지입니다. 정부가 다음번 국가 개발 오 개년 계획에서 근거리 우주를 '제2의 서부'로 삼기로 했습니다. 이는 항공우주 분야에서 탐험 시대가 끝났음을 의미합니다. 우주는 더이상 소수 엘리트만의 전유물이 아니며 평범한 사람들도 우주로 진출할 수 있습니다. 우주개발 산업화의 첫걸음이죠."

"알았어요. 알았다고요! 당신 말이 다 맞으니까 빨리 올려주기나 해요!" 밑에 있는 다른 사람들이 그를 향해 고래고래 소리쳤다.

내려오는 엘리베이터에서 외벽 청소 회사 사장이 좡위의 귀에 대고 속삭였다. "소장님, 너무 거창하게 말씀하신 거 아닙니까? 물론 수이와와 우리 애들 앞에서 그렇게 말씀하실 수밖에 없었던 건 이해합니다만."

"네?" 좡위가 이해할 수 없다는 표정으로 그를 보았다.

"중국 태양 프로젝트가 준상업 방식으로 운영되고 있다는 건 누구나 아는 사실이잖습니까. 중간에 자금 부족으로 공사가 중단될 뻔한 적도 있고, 지금도 운영 비용이 얼마 남지 않았고요. 그런데 연봉이 백만 위안 넘는 정규직 우주비행사들 대신 우리 애들을 쓰면 매년 수천만 위안을 절약할 수 있죠."

좡위가 의미심장한 미소를 지으며 말했다. "내가 고작 몇천만 위안 때문에 이런 위험을 감수하는 거라고 생각해요? 난 일부러 거울 청소부의 학력 기준을 최하로 낮췄어요. 이런 선례를 남기면 우주에서 중국 태양을 운영하는 데 필요한 다른 일자리에도 일반 대졸자들을 채용할 수 있겠죠. 그러면 고작 몇천만 위안 아끼는 정도에 그치지 않을 거예요. 당신 말대로 궁여지책이란 것도 인정해요. 정말 돈이 얼마 남지 않았어요."

사장이 말했다. "제가 어릴 적만 해도 우주여행이 얼마나 낭만적인 일이었는지 몰라요. 덩샤오핑이 케네디 우주센터를 방문했을 땐 미국 우주인을 신이라고 불렀죠. 그런데 지금은," 그가 씁쓸한 미소로 고개를 저으며 좡위의 등을 두드렸다. "소장님과 제가 별 차이가 없네요."

좡위가 스파이더맨들을 흘긋 보고는 큰 목소리로 말했다. "하지만 제가 청소부들에게 주는 월급이 사장님 월급보다 여덟에서 열 배는 많을 겁니다!"

다음날 수이와를 비롯한 스파이더맨 육십 명이 스징산에 있는 중국 우주인 훈련 센터에 입소했다. 그들 대부분은 중국의 광활한 들판 구석구석에서 돈을 벌기 위해 올라온 농촌 청년들이었다.


**거울 농부가 되다**

시창西昌 기지, 우주선 호라이즌호. 엔진이 내뿜는 흰 연기 속에서 솟구쳐오른 우주선이 굉음과 함께 하늘을 향해 날아갔다. 우주선에는 수이와와 다른 열네 명의 거울 청소부들이 타고 있었다. 석 달간의 지상 훈련을 거쳐 육십 명 가운데 1차로 선발된 열다섯 명이 처음 우주로 나가 실제 청소 작업을 하게 된 것이다.

수이와는 중력가속도가 들던 것만큼 견디기 힘들지는 않다고 생각했다. 심지어는 엄마 품에 꼭 안긴 아기가 된 듯 매우 익숙한 편안함을 느꼈다. 그의 오른쪽 위 현창 너머로 파랗게 보이던 하늘이 점점 어두워졌다. 창밖에서 펑펑, 볼트 터지는 소리가 어렴풋이 들리며 추진기가 분리된 뒤, 고막을 울리던 거대한 엔진 소리가 모깃소리처럼 작아졌다. 하늘이 점점 짙은 보라색으로 바뀌더니 이내 완전히 깜깜해지고 별이 나타났다. 별빛은 깜빡이지 않고 또렷하고 밝은 광채를 발했다. 웅웅거리던 소리가 뚝 멈추고 우주선 내부가 고요해지며 좌석의 진동이 멎고 등받이에 가해지던 압력도 사라져 무중력상태가 되었다. 거대한 수영장에서 무중력 훈련을 받아온 청소부들은 그 순간 물에 떠 있는 듯한 기분을 느꼈다.

하지만 안전벨트를 아직 풀 수 없었다. 엔진이 다시 우우웅 소리를 내기 시작하자 중력이 모두를 의자 위로 짓눌렀다. 긴 궤도 변경 비행이 시작되었다. 작은 현창 너머로 밤하늘과 바다가 번갈아 나타나고 지구에서 반사된 푸른빛과 태양의 흰빛이 교대로 우주선 내부를 채웠다. 창밖으로 보이는 지평선이 둥글게 구부러지며 점점 더 넓은 바다와 육지가 시야에 들어왔다. 궤도 변경 비행은 꼬박 여섯 시간 동안 계속되었다. 현창 사이로 번갈아 나타나는 밤하늘과 지구의 풍경이 차츰 최면 효과를 일으켜 수이와는 자기도 모르게 잠이 들었다. 하지만 곧 스피커에서 흘러나오는 지휘관의 목소리가 그를 깨웠다. 궤도 변경 비행이 끝났음을 알리는 목소리였다.

우주선에 함께 탄 동료들이 하나둘씩 좌석에서 일어나 현창에 얼굴을 바짝 대고 밖을 구경했다. 수이와도 안전벨트를 풀고 허우적대며 서툴게 공중을 헤엄쳐 가장 가까운 현창으로 다가갔다. 지구 전체를 한눈에 보는 것은 처음이었다. 동료들이 반대쪽 현창에 몰려들어 있는 것을 보고 그도 선실 벽에 발을 디디고 도약해 그쪽으로 방향을 바꿨다. 벽을 너무 세게 디뎠는지 몸이 빠른 속도로 날아가 반대편 벽에 머리를 부딪쳤다. 창밖을 내다보니 호라이즌호가 중국 태양의 바로 밑에 와 있었다. 반사경이 밤하늘의 대부분을 차지한 가운데 우주 비행선은 거대한 은색 돔 천장 밑을 날아가는 작은 모기 한 마리 같았다. 호라이즌호가 거울에 가까이 다가갈수록 수이와는 거울의 거대한 크기를 서서히 실감할 수 있었다. 거울이 창밖을 가득 채울 만큼 가까워지자 표면의 둥근 곡면도 느껴지지 않았고, 마치 아득히 넓은 은색 평원 위를 비행하고 있는 것 같았다. 더욱 가까워졌을 땐 거울 표면에 호라이즌호가 거꾸로 비치고, 은색 대지 위로 긴 이음선들이 보였다. 지도의 경도와 위도처럼 격자를 이룬 이음선들이 상대속도를 느낄 수 있는 유일한 기준점이 되었다. 은빛 대지 위를 평행으로 가로지르는 경선들이 차츰 가까워지더니 더 빠르게 한곳을 향해 모여들기 시작했다. 호라이즌호가 이 거대한 지도의 극점을 향해 날아가고 있는 것 같았다. 어느새 극점이 나타났다. 경선 방향에 있는 모든 이음매가 작고 검은 점 하나로 모였다. 우주 비행선이 고도를 낮춰 그 검은 점에 다가간 뒤에야 그 점이 이 은빛 대지 위에 지어진 건물이라는 걸 알고 수이와는 깜짝 놀랐다. 수이와는 완전히 밀폐된 원기둥 형태의 그 건물이 중국 태양의 통제 센터이며, 앞으로 석 달 동안 이 적막한 우주에서 자신들의 유일한 의지처가 되어줄 집이라는 걸 알았다.

우주 스파이더맨의 생활이 시작되었다. 거울 청소부들이 매일(중국 태양이 지구를 한 바퀴 도는 데도 스물네 시간이 걸렸다) 손잡이가 달린 트랙터만한 기계를 타고 다니며 거울 표면을 닦았다. 기계를 타고 드넓은 거울 위를 돌아다니는 모습이 은빛 대지 위에 무언가를 심는 것처럼 보인다는 이유에서, 서양 매스컴들이 그들에게 '거울 농부'라는 낭만적인 별명을 지어주었다. 이 '농부'들이 사는 세상은 아주 독특했다. 거울 표면은 둥글고 오목한 곡면을 이루고 있어 중심에서 멀어질수록 완만하게 솟아오르는 모양이지만, 워낙 면적이 넓어서 시선을 멀리 옮기지 않고 자기 주위만 보면 수면처럼 평평해 보였다. 하늘에는 태양과 지구가 동시에 떠 있고, 지구보다 훨씬 작은 태양이 환하게 빛나는 위성처럼 보였다. 하늘의 대부분을 차지하고 있는 지구 위에서 천천히 움직이는 둥근 빛무리가 보였는데 지구의 어두운 쪽을 지나갈 때는 빛무리가 눈에 더 잘 띄었다. 그곳이 바로 중국 태양이 반사한 태양빛이 비추는 지점이었다. 거울 표면의 각도를 조정해 빛무리의 크기를 바꿀 수도 있었다. 더 가파르게 세우면 빛무리가 작지만 더 밝아지고, 경사도를 완만하게 하면 빛무리가 크고 어두워졌다.

거울 청소부들의 일은 무척 고된 노동이었다. 거울 면을 닦는 일이 지구에서 고층빌딩의 외벽을 닦는 것보다 더 지루하고 힘들다는 것을 그들은 얼마 지나지 않아서 깨달았다. 하루 일을 마치고 통제 센터로 돌아가면 우주복을 벗을 기운도 없을 만큼 피곤했다. 뒤이어 다른 청소부들이 추가로 도착하며 전체 인원이 많아지자 비좁은 잠수함에서 생활하고 있는 것 같았다. 하지만 일을 마치고 통제 센터로 돌아올 수 있는 것만 해도 운이 좋은 셈이었다. 통제 센터에서 가장 먼 거울 가장자리는 백 킬로미터 가까이 떨어져 있는데, 그곳을 청소하러 가는 날에는 퇴근 후에도 돌아오지 못하고 야외에서 밤을 보내야만 했다. 그런 날은 우주복에 넣어 간 유동식을 빨아먹은 뒤 허공에 뜬 채 잠을 자야 했다.

일의 위험성은 두말할 것도 없고, 거울 청소부는 인류의 항공우주 역사상 우주에서 가장 많이 걸어다닌 이들일 것이다. 야외에서 우주복에 작은 고장이라도 나면 생명이 위태로울 수 있고, 작은 운석이나 우주 쓰레기, 태양의 자기폭풍 등의 위험이 언제나 도사리고 있었다. 통제 센터의 엔지니어들은 이렇게 열악한 생활과 작업환경에 대해 불평을 쏟아냈지만, 참고 견디는 데 익숙한 거울 농부들은 이 모든 것에 묵묵히 적응했다.

우주로 나간 지 닷새째 되던 날 수이와는 집에 전화를 걸었다. 통제 센터에서 오십여 킬로미터 떨어진 지점에서 일하던 중이었다. 그날은 그의 고향이 중국 태양의 빛무리 안에 있었다.

아버지가 말했다. "저 태양 위에 있는 거야? 우리 머리 위에서 빛나고 있구나. 한밤중인데도 대낮처럼 밝아!"

수이와가 말했다. "네, 아버지. 제가 위에 있어요!"

어머니가 말했다. "거긴 덥지?"

수이와가 말했다. "덥다면 덥고 춥다면 추워요. 바닥에 제 그림자가 생기면 그림자 밖은 한여름의 열 배만큼 덥지만 그림자 안은 한겨울의 열 배만큼 추워요."

어머니가 아버지에게 말했다. "우리 수이와가 보여. 저기 태양에 작은 점이 있어!"

그럴 리 없다는 걸 알면서도 수이와는 눈물이 왈칵 쏟아졌다. "아버지, 어머니, 저도 두 분이 보여요. 아시아 대륙에 작은 점이 두 개 있어요! 내일은 옷을 따뜻하게 입으세요. 대륙 북쪽에서 넓은 면적의 한랭기단이 그쪽으로 다가가고 있어요!"

석 달 뒤 교대팀이 도착하자 수이와와 그의 동료들은 석 달의 휴가를 받아 지구로 돌아갔다. 그들이 지상에 발을 디딘 뒤 제일 먼저 한 일은 고배율 단안 망원경을 구입하는 것이었다. 휴가가 끝난 뒤 중국 태양으로 돌아온 그들은 일하다가 쉬는 시간마다 망원경으로 지구를, 자기 고향을 보았다. 그러나 사만 킬로미터 떨어진 거리에서 자기 마을이 보일 리 만무했다. 어떤 사람은 굵은 펜으로 거울에 유치한 시 한 수를 적어 놓았다.

은색 대지에 서서 고향을 바라본다.

마을 어귀에서 어머니가 중국 태양을 올려다본다.

이 태양은 아들의 눈이다.

대지의 황토는 이 눈빛을 받으며 푸른 옷으로 갈아입을 것이다.

거울 농부들이 작업을 훌륭하게 수행해내자 거울 면을 닦는 일 외에 더 많은 임무가 주어졌다. 처음에는 운석과 충돌해 손상된 거울 면을 수리하는 일을 맡았다가, 나중에는 그보다 더 높은 전문성을 요하는 작업, 즉 응력應力 한계를 넘어선 지점을 모니터링하고 보강하는 일도 하게 되었다.

중국 태양은 운행하는 내내 형태가 계속 바뀌었다. 뒷면에 설치된 삼천 대의 엔진이 있기에 가능한 일이었다. 아주 얇은 거울 면 뒷면에 수많은 가느다란 빔이 연결되어 있는 구조로, 형태나 각도가 바뀔 때 일부 위치에서 응력이 한계를 넘어서는 순간 각 엔진의 출력을 즉시 조절하거나 해당 지점을 보강하지 않으면 과응력으로 인해 거울이 찢어질 위험이 있었다. 문제 지점을 발견하고 보강하는 작업은 숙련된 기술과 풍부한 경험이 필요한 고난도의 작업이었다.

각도와 형태를 바꿀 때 외에도 과응력 발생 가능성이 큰 때가 있었다. 바로 '궤도 이발'을 할 때였다. 정확히 말하면 광압과 태양풍으로 인한 오차 수정이다. 태양풍과 광압이 거대한 거울 면에 대해 일 제곱킬로미터당 약 이 킬로그램의 작용력을 가하기 때문에, 시간이 갈수록 거울의 궤도가 납작해지며 위로 올라가게 된다. 이를 모니터링하기 위해 지상 통제 센터의 대형 모니터에 변형된 궤도와 정상 궤도를 동시에 띄워놓는데, 그 모습이 마치 정상 궤도 위에 머리가 자란 것처럼 보였기 때문에 이 작업에 '궤도 이발'이라는 특이한 명칭이 붙게 되었다. 각도와 형태를 바꿀 때보다 궤도 이발을 할 때 거울 면에 훨씬 더 큰 가속도가 가해졌다. 이때 거울 농부들의 작업이 매우 중요했다. 그들은 은빛 대지 위를 비행하면서 지면에서 일어나는 모든 비정상적인 변화를 자세히 관찰하고 그때그때 긴급 보강 작업을 실시하면서 매번 임무를 훌륭하게 완수했다. 그 덕분에 보수도 크게 늘어났다. 하지만 최대 수혜자는 바로 중국 태양 프로젝트의 총책임자가 된 좡위였다. 그는 더 이상 사 년제 대학 졸업자를 고용할 필요가 없었다.

거울 농부들은 자신들이 초졸 학력을 지닌 최초이자 마지막 우주 노동자일 거라고, 자신들 이후로 우주 노동자가 될 이들은 최소 대졸 학력을 가진 사람들일 거라고 생각했다. 하지만 거울 농부들은 좡위의 구상을 완벽하게 실현해냈다. 우주개발에 필요한 기초적인 작업에는 지식과 창의력이 아니라 기술과 경험, 혹독한 환경에 대한 적응력이 가장 중요하며, 평범한 사람도 이를 충분히 해낼 수 있다는 사실을 증명해낸 것이다.

한편 우주에서의 생활은 거울 농부들의 사고방식을 변화시켰다. 매일 삼천육백 킬로미터 상공에서 지구를 내려다보는 건 아무나 할 수 없는 경험이었다. 그들 눈에 비친 세상은 한눈에 다 담기는 작은 모래 상자 같았다. 그들에게 지구촌이라는 말은 비유가 아니라 눈앞에 실제로 존재하는 현실이었다.

거울 농부들은 인류 최초로 우주에 진출한 노동자로서 세계적인 주목을 받았다. 머지않아 근거리 우주개발 산업이 급속도로 발전하면서 우주 곳곳에서 초대형 프로젝트가 속속 진행되었다. 마이크로파를 이용해 지상으로 전기에너지를 전송하는 초대형 태양광 발전소와 극미중력 제품 가공 공장 등이 건설되고, 십만 명을 수용할 수 있는 우주 도시 건설도 시작되었다. 그에 따라 수많은 산업 노동자들이 우주로 대거 몰려들면서 거울 농부들은 서서히 세간의 관심에서 멀어졌다.

몇 년 뒤 수이와는 베이징에 집을 사고 가정을 꾸렸다. 아이도 생겼다. 그는 일 년 중 절반을 집에서, 나머지 절반은 우주에서 보냈다. 그는 자신의 일을 무척 사랑했다. 삼만 킬로미터 상공의 은빛 대지를 가만히 응시하고 있으면 속세를 벗어난 듯 마음이 평온해졌다. 그는 마침내 자기가 바라던 이상적인 삶을 찾았으며, 미래가 발밑의 은빛 평원처럼 평탄하게 펼쳐져 있다고 생각했다. 그런데 얼마 후 일어난 한 가지 사건이 이 평온함을 깨뜨리고 그의 마음과 인생을 송두리째 바꿔버렸다. 그것은 바로 스티븐 호킹과의 만남이었다.

호킹이 백 세 넘게 살 거라고는 아무도 예상하지 못했다.[*] 이는 의학계의 기적이자 초인적인 정신력의 결과였다. 근거리 우주 궤도 위에 저중력 요양원이 처음 건립된 뒤 호킹이 첫번째 입원자가 되었다. 그는 우주로 발사되는 순간에 가해진 고중력으로 인해 하마터면 목숨을 잃을 뻔했다. 다시 지구로 돌아갈 때도 마찬가지로 고중력을 견뎌야만 했으므로, 우주 엘리베이터나 반중력 우주선 같은 운송 수단이 발명되지 않는 한 어쩌면 다시는 지구로 돌아가지 못할 수도 있었다. 의사는 그에게 우주에서 살 것을 권유했다. 무중력의 환경이 그의 몸에 가장 적합하기 때문이었다.

호킹은 처음에는 중국 태양에 특별한 관심을 보이지 않았다. 저궤도에 있던 그는 중국 태양의 연구 상황을 살피기 위해 다시 한번 중력가속도를 견뎌내고(물론 지구에서 우주로 나갈 때보다는 훨씬 약했다) 지구 정지궤도에 위치한 중국 태양에 도착했다. 각 방향에 따른 우주배경복사[**]의 미세한 강도 차이

---

[*] 실제로 스티븐 호킹은 2018년 칠십육 세의 나이로 사망했다.

를 관측하는 우주학 연구가 진행중이었다. 중국 태양 뒷면에 관측 스테이션이 설치되어 있었다. 거대한 반사경이 태양과 지구에서 오는 간섭을 막아주기 때문이었다. 그런데 관측이 끝나 스테이션이 해체되고 연구팀이 철수한 뒤에도 호킹은 이곳이 마음에 든다며 조금 더 머물고 싶다고 했다. 중국 태양의 어떤 면이 그를 사로잡았는지 매스컴에서 다양한 추측을 내놓았지만 진짜 이유를 아는 사람은 수이와뿐이었다.

중국 태양에서 생활하는 동안 호킹이 가장 좋아한 일은 매일 몇 시간씩 거울 위를 산책하는 것이었다. 이상하게도 그는 반사경의 뒷면에서만 산책했는데, 우주유영 경험이 풍부한 수이와가 호킹 박사의 산책 파트너로 지정되었다. 호킹은 이미 아인슈타인과 나란히 거론될 만큼 유명한 과학자였고, 수이와도 물론 그의 이름은 알고 있었지만, 통제 센터에서 그를 처음 만났을 때 놀라움을 금할 수 없었다. 마비된 신체를 가진 사람이 그토록 위대한 학문적 성과를 이뤄냈다는 것을 수이와는 믿을 수 없었다. 그가 정확히 무슨 연구를 했는지까지는 몰랐지만. 산책을 하는 동안 호킹의 몸이 마비되어 있다는 걸 조금도 느낄 수가 없었다. 오랫동안 전동 휠체어를 탄 경험 때문인지 그는 우주복에 장착된 초소형 엔진을 자유자재로 조종했다.

---

\*\* 우주 전역에서 균일하게 발견되는 전자기파 복사. 과거 뜨거웠던 우주에서 발생한 흑체복사가 현재 전파의 형태로 남아 있는 것.

반면 의사소통은 쉽지 않았다. 뇌파로 제어하는 전자 발성 시스템을 이식받아 예전에 비하면 대화하기가 훨씬 수월했지만, 실시간 통역기를 통해 그의 말을 중국어로 바꾸어야만 수이와가 알아들을 수 있었기 때문이다. 박사의 학문적 사색을 방해하지 말라는 상부의 지시에 따라, 수이와는 먼저 그에게 말을 걸지 않았지만 박사는 그와 무척 대화를 나누고 싶어했다.

박사는 먼저 그가 살아온 이력에 대해 물었다. 수이와의 얘기를 들은 뒤에는 자신의 어린 시절을 회상하며 세인트올번스의 춥고 어둡고 커다란 집에서 살았던 어릴 적 이야기를 들려주었다. 겨울이면 얼어붙은 거실에 바그너의 음악이 흘렀다는 얘기, 가족과 자주 갔던 휴가지인 오스밍턴밀스 목장에서 본 서커스 차, 여동생 메리와 그걸 타고 바닷가에 갔었던 기억 등등. 또 아버지와 자주 찾았던 칠턴스 영지 에반 가문의 등대 얘기도 했다. 수이와는 이 백 세 노인의 기억력이 놀라웠지만, 그를 더 놀라게 한 것은 둘 사이에 공통 화제가 있다는 사실이었다. 수이와가 자기 고향에 대한 얘기를 할 때마다 박사는 흥미진진하게 들었고, 거울 면의 가장자리에 서서 수이와에게 고향의 위치를 가리켜 알려달라고 하기도 했다.

시간이 흐르면서 화제가 자연스레 과학 분야로 옮겨갔다. 수이와는 이제 둘 사이의 소중한 교류가 끝날 것이라고 생각했지만, 예상은 빗나갔다. 일반인에게 가장 쉬운 언어로 아주

어렵고 심오한 물리학과 우주론을 설명해주는 것이 호킹 박사에겐 일종의 휴식이었다. 그는 수이와에게 빅뱅, 블랙홀, 양자 중력에 대해 얘기해주었다. 수이와는 박사의 설명을 들은 뒤 그가 20세기에 쓴 책을 여러 번 읽고, 통제 센터에서 근무하는 엔지니어와 과학자들에게 모르는 것을 질문하며 제법 많은 것을 이해하게 되었다.

"내가 왜 여길 좋아하는 줄 아나?" 한번은 거울 가장자리를 산책하던 박사가 한 귀퉁이만 드러난 지구를 바라보며 수이와에게 말했다. "이 거대한 거울에 있으면 저 밑의 지구와 분리된 느낌이 든다네. 그래서 현실 세계를 잊고 온전히 우주에 집중할 수가 있어."

수이와가 말했다. "저 밑에 있는 세상은 너무 복잡하지만 이렇게 멀리 떨어져나와서 보면 우주가 아주 단순해 보여요. 아득하게 넓은 허공에 별들이 드문드문 흩어져 있을 뿐이니까요."

"그렇지, 정말 그렇다네." 박사가 고개를 끄덕였다.

거울 뒷면도 앞면과 마찬가지로 거울이었다. 다만 앞면에는 없는, 거울의 각도와 형태를 조정하기 위한 작고 검은 탑처럼 생긴 엔진이 있었다. 매일 산책할 때마다 박사와 수이와는 거울 표면에 바짝 붙어 거울의 중심부에서 시작해 가장자리까지 천천히 떠다녔다. 달이 없을 때는 깜깜한 거울에 별이 총총히 뜬 우주가 거꾸로 비쳤다. 그곳의 지평선은 앞면에서보다 훨씬 가깝고 곡선을 띠었다. 수직으로 교차하며 경선과 위선을 이루는 검은 기둥들이 별빛을 받으며 발밑에서 움직여, 마치 고요한 소행성 위를 떠다니고 있는 듯한 기분이 들었다. 각도와 형태를 조정하기 위해 뒷면의 엔진이 가동될 때 내뿜는 작은 불꽃 기둥이 소행성 표면을 비추며 화려하고 신비로운 미감을 더했다. 이 작은 세계 위에서 은하가 찬란히 빛났다. 그 순간 수이와는 우주의 가장 심오한 비밀을 처음 접했다. 시야를 가득 채운 이 넓은 밤하늘도 우주 전체의 광막함에 비하면 먼지 한 톨에 불과하며, 우주 전체가 백억 년 전 장렬히 타올랐던 불꽃의 잔재에 불과하다는 사실이었다.

오래전 스파이더맨이 되어 고층빌딩 옥상에서 베이징의 전경을 내려다보았고, 중국 태양에 도착해서는 지구 전체를 내려다보았던 그의 앞에 지금 인생의 세번째 장엄한 순간이 다가와 있었다. 우주의 옥상에 선 그의 눈앞에 과거에는 결코 상상할 수 없었던 것들이 펼쳐져 있었다. 비록 가진 지식은 아직 초보적인 수준이었지만, 아득히 먼 세계를 향한 갈망을 주체할 수가 없었다.

어느 날 수이와는 통제 센터의 엔지니어에게 물었다. "인류가 1960년대에 처음 달에 착륙했는데, 어째서 그후로는 우주 탐사에 소극적인 거죠? 어째서 화성 착륙은커녕 달에도 가지 않는 건가요?"

엔지니어가 말했다. "인간은 현실적인 동물이에요. 20세기 중엽에는 이상주의와 신앙으로 추진했던 일들이지만 결국 오래가지 못한 거죠."

"이상과 신앙이 나쁜 거예요?"

"나쁘다기보단. 경제적인 이익이 더 중요하기 때문이죠. 만약 인류가 계속 막대한 대가를 치르면서 적자 사업인 우주 비행을 계속했다면 지구는 아직 빈곤에서 벗어나지 못했을 수도 있어요. 우리처럼 평범한 사람들이 이렇게 우주에 올 수도 없었겠죠. 비록 근거리 우주이긴 해도요. 호킹의 말에 너무 현혹되지 말아요. 그는 보통 사람들과 달라요."

수이와는 그후로 점차 달라졌다. 예전처럼 열심히 일하며 겉보기에는 평온한 일상을 유지하고 있었지만, 속으론 더 많은 일들을 생각하기 시작했다.

시간이 빠르게 흘러 이십 년이 훌쩍 지나갔다. 그 이십 년 동안 수이와 그의 동료들은 삼만육천 킬로미터 상공에서 고국과 세계의 변화를 뚜렷이 목격했다. 삼북방호림이 중국을 동서로 횡단하는 그린벨트가 되고 노란 사막이 차츰 녹색으로 덮이는 것을 보았다. 그들의 고향은 더이상 가뭄에 시달리지 않았고, 갈라진 바닥을 드러냈던 마을 앞 강에 다시 맑은 물이 넘쳐흘렀다. 이 모든 변화는 중국 태양 덕분이었다. 중국 태양은 대서북 大西北*의 기후를 바꾸는 거대한 프로젝트를 성공시키는 데 크게 기여했을 뿐 아니라, 세계 곳곳에서 특별한 일들을 많이 해냈다. 킬리만자로산의 만년설을 녹여 아프리카의 가뭄을 해소하고 올림픽이 열리는 도시를 진정한 불야성으로 만든 것도 그중 하나였다. 이전의 기술력으로 이렇게 기후에 영향을 미치려면 과정이 너무 번거로운데다 많은 부작용을 감수해야 했는데, 중국 태양은 그 일을 훌륭하게 완수해냈다.

국가우주산업부에서 인류 최초의 우주 산업 노동자들에게 훈장을 수여하는 성대한 시상식이 열렸다. 이십 년에 걸친 그들의 노고와 성과를 표창할 뿐만 아니라, 최종 학력이 초졸 혹은 중졸인 청년 육십 명이 우주에 진출했다는 자체만으로 모든 이에게 우주개발의 문이 활짝 열렸음을 상징하는 중요한 의의가 있었다. 경제학자들은 이것이 우주개발 산업화의 진정한 첫걸음이라고 입을 모았다.

이 시상식은 매스컴의 큰 관심을 끌었다. 앞서 말한 이유 외에도 사람들 사이에서 거울 농부들의 이야기가 전설적인 영웅담이 되었고, 또 이토록 빠르게 잊고 앞만 보며 내달리는 시대에 과거를 돌이켜볼 기회를 갖는 것도 나쁘지 않다는 이유에서였다.

---

\* 네이멍구(內蒙古)의 일부를 포함한 산시(陝西), 간쑤(甘肅), 닝샤(寧夏), 칭하이(青海), 신장(新疆) 등 중국 서북부를 통칭하는 말.

당시에 순박하고 성실했던 청년들이 어느덧 중년이 되었지만, 외모에 큰 변화가 없었기 때문에 사람들은 홀로그램 텔레비전 속 그들을 알아보았다. 그들 중 대부분은 이미 여러 방식을 통해 대학 교육을 받았고, 일부는 우주엔지니어 자격도 취득했지만 대중의 눈에는 여전히 촌에서 올라온 노동자로 비쳤다. 그들 스스로에게도 그랬다.

수이와가 동료들을 대표해 소감을 발표했다. "전자기 운송 시스템이 생긴 뒤로 비행기를 타고 태평양을 건너는 비용의 절반이면 근거리 우주로 나갈 수 있습니다. 우주여행은 이제 평범한 일상이 되었습니다. 지금 젊은 세대는 이십 년 전만 해도 평범한 사람이 우주에 나간다는 것이 어떤 의미였는지 상상할 수 없을 것입니다. 또 그것이 얼마나 흥분되고 뜨거운 피를 끓어오르게 하는 일이었는지도 상상할 수 없겠지요. 우린 바로 그런 면에서 행운아들입니다.

평범했던 우리가 이런 특별한 경험을 할 수 있었던 건 중국 태양 덕분입니다. 지난 이십 년 동안 중국 태양은 우리에게 제2의 고향이었습니다. 우리 마음속에서 중국 태양은 지구의 축소판과 같습니다. 처음에는 거울 표면의 이음새를 북반구의 경위선으로 삼아, 자기 위치를 설명할 때 북위 몇 도, 동경 서경 몇 도라고 말해야 했습니다. 점점 익숙해지고 나서는 거울 표면을 대륙과 해양으로 구분해 자신의 위치를 베이징이나 모스크바 같은 지구의 도시명으로 표현하기도 했습니다. 각자의 고향에 해당하는 자리는 더 열심히 닦았지요. 그 작은 은빛 지구에서 우리는 각자 소임을 다해 열심히 일했습니다. 그러는 동안 거울 청소부 다섯 분이 중국 태양에 생명을 바쳤습니다. 태양의 자기폭풍이 발생했을 때 미처 피신하지 못한 분도 있고, 운석이나 우주 쓰레기에 부딪혀 목숨을 잃은 분도 있습니다. 이십 년간 저희 삶과 일의 터전이었던 은빛 대지가 곧 사라질 것이라는 사실에 말로 표현할 수 없는 감회를 느낍니다."

수이와가 침묵하자 우주산업부 장관이 된 창위가 그의 말을 받았다. "여러분의 감정을 충분히 이해합니다. 하지만 이 자리에서 여러분에게 기쁜 소식을 알릴 수 있게 되었습니다. 중국 태양은 사라지지 않을 것입니다! 여러분도 알고 있겠지만 이렇게 거대한 물체를 20세기 방식대로 대기권으로 떨어뜨려 연소시키는 것은 불가능합니다. 우리는 다른 방식으로 중국 태양과 작별할 것입니다. 사실 아주 간단합니다. 궤도 이발을 중단하고 거울의 각도를 적당히 조정하면 태양풍과 광압에 의해 가속도가 붙으며 제2우주속도\*를 초월하게 될 겁니다. 그러면 중국 태양이 지구에서 벗어나 태양의 위성이 되겠지요. 오랜 세월이 흐른 뒤 행성 간 우주선에 의해 아득히 먼 곳에서 발견

---

\* 물체가 지구의 중력을 완전히 벗어나 우주 공간으로 이동할 수 있는 최소한의 속도.

될지도 모릅니다. 그럼 박물관으로 만들 수도 있겠지요. 다시 은빛 평원으로 돌아가, 잊을 수 없는 시절을 함께 회상하는 겁니다."

수이와가 갑자기 언성을 높여 좡위에게 물었다. "장관님, 정말 그런 날이 올 거라고 생각하세요? 정말로 행성 간 우주선이 가능하다고 믿으십니까?"

좡위가 말문이 막혀 어리둥절한 표정으로 수이와를 바라보았다.

수이와가 말했다. "20세기 중반 암스트롱이 달에 첫 발자국을 남겼을 때 사람들은 인류가 십 년에서 이십 년 내에 화성에 갈 거라고 믿었습니다. 하지만 팔십육 년이 지난 지금, 화성은커녕 달에도 다시 가지 않고 있습니다. 이유는 간단합니다. 수익성이 없기 때문입니다. 20세기 냉전 시대가 끝난 뒤 경제 논리가 나날이 세계를 지배했고, 인류는 엄청난 성과를 거두었습니다. 지금 우리는 전쟁과 빈곤을 없애고 생태계를 복원했으며 지구는 낙원으로 변모하고 있습니다. 경제 논리를 따르는 것이 옳다는 확신이 더 확고해졌고, 곧 절대적인 법칙으로서 우리 세포에 스며들었습니다. 모든 것이 경제 논리하에 돌아가는 인류 사회는 투입이 산출을 초과하는 일을 결코 시도하지 않습니다. 달 표면 개발도 경제적으로 무의미하고, 행성 유인 탐사는 경제적 범죄이며, 항성 간 항해는 정신이상자들이나 추진할 법한 일이 되었죠. 지금 인류는 오로지 산출을 내는 데에만 몰두하고 있습니다!"

좡위가 고개를 끄덕였다. "금세기 인류의 우주개발이 근거리 우주에 국한되어 있는 것이 사실이네. 하지만 거기엔 오늘의 화제를 뛰어넘는 더 심오한 이유가 있어."

"오늘의 화제와 무관하지 않습니다. 지금 우리 앞에 기회가 출현했습니다. 아주 적은 돈으로 근거리 우주를 벗어나 장거리 우주 항해를 할 수 있는 기회입니다. 태양 광압을 이용해 중국 태양을 지구 궤도 바깥으로 밀어내면 더 멀리까지 항해할 수 있을 겁니다."

좡위가 웃으며 고개를 저었다. "하하, 중국 태양이 돛단배인 줄 아나? 이론상으로는 가능하네. 반사경이 얇고 가벼운데다 크기도 아주 크니까 오랜 세월 광압의 가속을 받는다면 인류가 지금까지 발사한 우주선 중 가장 빠른 속도로 비행할 수 있지. 하지만 그건 어디까지나 이론에 불과해. 돛 하나만으로는 장거리 항해를 할 수 없어. 누군가 배에 타야만 해. 아무도 없는 돛단배는 계속 맴돌기만 할 뿐 항구조차 벗어날 수가 없지. 스티븐슨의 『보물섬』에 이 장면이 생생하게 묘사되어 있다네. 광압을 이용해 장거리 항해를 하고 돌아오려면 반사경의 각도를 아주 정밀하고 복잡하게 제어해야 하는데, 중국 태양은 지구 궤도에서만 운행하도록 설계되었기 때문에 사람의 조작 없이는 멀리까지 항해할 수 없다네. 제멋대로 떠돌아다니기만 하겠지."

"맞습니다. 그래서 사람이 탈 겁니다. 제가 운전하겠습니다." 수이와가 담담하게 말했다.

그 순간 시청률 통계 시스템에서 이 채널의 시청률이 급등했다. 전 세계의 이목이 두 사람에게 집중되었다.

"혼자 중국 태양을 제어하는 건 불가능해. 각도를 조정하는 데만 해도 최소······"

"최소 열두 명이 필요하고, 성간 항해의 다른 요소까지 고려하면 적어도 열다섯에서 스무 명은 필요할 겁니다. 그 정도 지원자는 모을 수 있을 것이라고 믿습니다."

쾅위가 난처한 웃음을 지었다. "오늘 우리가 이런 대화를 나누게 될 줄은 정말 몰랐군."

"장관님, 이십여 년 전 장관님께서 제 인생의 방향을 여러 번 바꿔주셨습니다."

"하지만 자네가 이렇게 멀리까지 올 줄은 몰랐네. 자넨 이미 나를 훨씬 넘어섰어." 쾅위가 감탄했다. "좋아. 흥미로운 주제로군. 계속 토론해보지. 음······ 유감스럽게도 자네의 아이디어는 실현될 수 없어. 중국 태양에서 갈 수 있는 가장 적절한 목적지는 화성이지만 착륙이 불가능하기 때문이지. 착륙하려면 추가로 막대한 비용을 투입해야 하는데, 그런다면 이 프로젝트 자체가 경제성을 잃게 되지. 하지만 착륙하지 않는다면 무인 탐사선과 다를 바가 없는데 무슨 의미가 있겠나?"

"중국 태양의 목적지는 화성이 아닙니다."

챵위가 어리둥절한 표정으로 수이와를 응시했다. "그럼 어딜 가려고? 목성?"

"목성도 아닙니다. 더 멀리 갈 겁니다."

"더 멀리 간다고? 해왕성? 명왕……" 챵위가 말을 뚝 멈추고 부릅뜬 눈으로 수이와를 한참 쳐다보다가 입을 열었다. "맙소사, 설마……"

수이와가 단호한 표정으로 고개를 끄덕였다. "그렇습니다. 중국 태양은 태양계를 벗어나 항성 간 우주선이 될 것입니다."

그 순간 챵위뿐만 아니라 전 세계 사람들이 일제히 경악했다.

챵위가 전방에 시선을 고정한 채 기계적으로 고개를 끄덕였다. "알겠네. 농담을 하려는 건 아닌 것 같으니 나도 간단히 계산해보지." 그가 눈을 반쯤 감고 속으로 계산하기 시작했다.

잠시 후 눈을 뜬 그가 말했다. "계산이 끝났네. 중국 태양은 태양의 광압에 의해 광속의 십 분의 일까지 가속될 거야. 가속에 필요한 시간까지 고려하면 약 사십오 년 뒤 센타우루스자리 프록시마에 도착할 것이고, 그후 센타우루스자리 프록시마의 광압을 이용해 감속한 뒤 센타우루스자리 삼중성계* 탐사를 마치고 다시 반대 방향으로 가속하면 수십 년 뒤 태양계로 돌아올 수 있겠지. 아주 멋진 계획처럼 들리겠지만 사실 실현 불가능한 꿈일 뿐이야."

"또 틀리셨어요. 센타우루스자리에서 감속하지 않고 초속 삼만 킬로미터의 속도로 지나칠 겁니다. 그 광압으로 다시 가속해 시리우스로 날아가는 거죠. 가능하다면 개구리가 점프하듯이 계속 세번째 항성, 네번째 항성으로……"

"대체 뭘 하려는 건가?" 황위가 버럭 성을 냈다.

"저희에게는 성능을 신뢰할 수 있는 소형 생태 순환 시스템이 필요합니다."

"그런 시스템으로 수백 년 동안 스무 명의 생명을 유지하겠다는 건가?"

"제 얘길 끝까지 들어보세요. 저온 동면 시스템도 필요해요. 저희는 항해하는 동안 대부분의 시간을 동면 상태로 보낼 겁니다. 항성에 접근할 때만 생태 순환 시스템을 작동시킬 거예요. 현재 기술력이면 우주에서 수천 년 동안 항해할 수 있어요. 물론 이 두 가지 시스템을 개발하는 데 많은 비용이 들겠지만, 인류가 아무 기초도 없는 상태에서 항성 간 유인 탐사를 시작하는 비용에 비하면 천 분의 일밖에 안 될 겁니다."

"돈 문제가 아냐. 돈 한푼 안 드는 일이라고 해도, 스무 명이

---

* 세 개의 항성이 중력으로 묶여 있는 다중성계.

자살하러 가는 걸 이 세계가 허용할 것 같나?"

"자살이 아니라 탐험입니다. 어쩌면 눈앞에 있는 소행성대조차 넘지 못할 수도 있지만, 반대로 시리우스, 아니 그보다 더 멀리까지 갈 수도 있어요. 시도해보지도 않고 어떻게 알겠어요?"

"하지만 탐험과 다른 점이 하나 있지. 자네들은 결코 돌아올 수 없을 거란 사실이야."

수이와가 고개를 끄덕였다. "그렇습니다. 돌아오지 못할 거예요. 가족과 따뜻한 집에 사는 데 만족하며 자신과 무관한 세상의 일에는 무관심한 사람이 있는 반면, 인류가 아직 본 적 없는 것을 보기 위해 기꺼이 인생을 바치는 사람들도 있죠. 저는 두 가지 삶을 모두 살아보았습니다. 우리는 여러 형태의 삶 가운데 스스로 원하는 삶을 선택할 권리가 있습니다. 십수 광년 밖 우주에서 떠도는 거울 위에서 사는 것도 그중 하나입니다."

"마지막 질문이네. 수천 년 동안 초속 수만 킬로미터에서 십수만 킬로미터의 속도로 항성들을 지나치며 인류가 수십 년, 혹은 수 세기 후에야 수신할 수 있는 미약한 전파를 지구로 보내는 것이 무슨 의미가 있지?"

수이와가 빙그레 웃으며 전 세계를 향해 말했다. "태양계를 벗어난 중국 태양은 풍요와 안락함에 안주한 인류가 다시 하늘을 올려다보게 만들 겁니다. 인류는 우주 항해를 꿈꾸며 탐사에 대한 열망을 다시금 불태우게 될 겁니다."

**인생의 여섯번째 목표: 별바다를 항해하며 인류가 다시 깊은 우주를 동경하게 만들기**

쾅위는 항공우주센터 빌딩 옥상에 선 채 하늘에서 빠르게 움직이는 중국 태양을 응시했다. 그 빛이 비스듬히 비추는 베이징 마천대루의 그림자도 빠르게 움직여 마치 베이징 전체가 중국 태양을 따라 돌아가는 거대한 얼굴처럼 보였다.

중국 태양은 지구 둘레를 도는 마지막 운행중이었다. 이미 제2우주속도를 넘어섰으며, 곧 지구의 중력장을 벗어나 태양 둘레를 도는 공전궤도로 진입하게 될 것이었다. 이 인류 최초의 항성 간 유인우주선에는 스무 명이 탑승하고 있었다. 수이와를 제외한 나머지 우주인들은 수백만 명의 지원자 가운데 선발된 이들로, 그중 세 명은 수이와와 오랜 세월 함께 일한 거울 농부였다. 중국 태양은 출발하기도 전에 태양계 너머 우주 탐험에 대한 인류의 열정에 다시 불을 지피겠다는 목표를 이미 달성했다.

쾅위는 이십삼 년 전 그 무더운 여름밤을 회상했다. 서북부의 작은 도시에서 어느 척박한 땅 출신의 농촌 청년과 베이징

행 야간열차에 몸을 실었던 순간을.

중국 태양은 작별의 의미로 세계 주요 도시들을 차례로 비추며 지구인들에게 환한 빛무리를 보여주었다. 마지막으로 빛무리가 중국 서북부를 비췄다. 수이와가 태어난 그 작은 농촌 마을이 빛무리 속에 있었다.

마을 어귀 오솔길에서 수이와의 부모와 마을 주민들이 동쪽으로 날아가는 중국 태양을 지켜보았다.

수이와의 아버지가 소리쳤다. "아들아, 먼 곳으로 떠나는 게냐?"

수이와가 우주에서 대답했다. "네, 아버지. 아마 다시 돌아올 수 없을 거예요."

수이와의 어머니가 물었다. "아주 먼 곳이야?"

수이와가 대답했다. "네, 어머니."

아버지가 물었다. "달보다 더 멀어?"

수이와가 몇 초쯤 침묵한 뒤 가라앉은 목소리로 말했다. "네, 아버지. 달보다 더 멀어요."

수이와의 부모는 슬퍼하지 않았다. 아들은 큰일을 하기 위해 달보다 더 먼 곳으로 떠나는 것이니까. 게다가 이 놀라운 시대에는 아무리 멀리 떨어져 있어도 언제든 대화할 수 있고 작은 모니터를 통해 서로의 모습을 볼 수도 있었다. 실제로 마주보고 있는 것과 다름없었다. 하지만 그들은 시간이 흐를수록 화면 속 아들의 반응이 점점 둔해질 거라는 사실은 알지 못했다. 짧은 안부 인사에 대답하는 일에도 점차 오랜 시간이 걸릴 거라는 사실을. 처음에는 몇 초 안에 대답하겠지만, 일 년이 지난 후에는 한 시간 넘게 생각한 뒤에야 겨우 대답하게 될 것이고, 시간이 더 지나면 화면에서 모습을 감춘 뒤 그가 잠들었다는 소식이 전해질 것이다. 아들은 사십 년 뒤에나 잠에서 깰 것이다. 부모는 황무지에서 옥토로 바뀐 땅을 가꾸는 데 여생을 바치다가 비록 고되지만 만족스러웠던 인생을 마무리하게 될 것이다. 그들의 마지막 소원은 먼 미래의 어느 날 집에 돌아온 아들이 더 아름다워진 고향을 보는 것이 되리라.

중국 태양이 지구 궤도를 떠나고 있었다. 동쪽 하늘에서 중국 태양은 서서히 어두워지더니 그 주위에서 빛나던 파란 하늘도 서서히 작아져 작은 점이 되었다. 중국 태양은 이제 뭇별 중 하나가 될 것이다. 하지만 그에 앞서 동쪽에서 떠오르는 태양의 새벽빛에 파묻힐 것이다.

새벽빛이 마을 어귀 오솔길을 비추었다. 길 양쪽에 백양나무들이 나란히 서 있고, 그리 멀지 않은 곳에 작은 강이 길을 따라 흐르고 있었다. 이십사 년 전 그날, 똑같은 새벽빛 아래 서북부 농촌의 한 젊은이가 막연한 희망 하나만 품은 채 이 길을 따라 멀리 떠났다.

베이징의 하늘은 환해졌지만 좡위는 아직도 항공우주센터

의 옥상에 서서 중국 태양이 마지막으로 사라진 곳을 응시하고 있었다. 중국 태양은 돌아올 수 없는 기나긴 길을 떠났다. 중국 태양은 우선 더 강한 광압을 이용해 가속하기 위해 금성 궤도로 진입한 뒤 태양에 최대한 가까이 접근할 것이다. 그러기 위해 복잡한 궤도 변경 비행을 거치게 될 것이다. 비유하자면 대항해시대에 바람을 안고 항해하는 범선인 셈이다. 칠십 일 뒤 화성 궤도를 통과하고, 백육십 일 뒤 목성을 지나칠 것이며, 이 년 뒤 명왕성 궤도를 벗어나 항성 간 우주선이 될 것이다. 그후 우주선에 승선한 모든 우주인은 동면에 들어갈 것이고, 사십오 년 뒤 센타우루스자리를 지나갈 때 잠시 깨어날 것이다. 한 세기가 흐른 뒤 그들이 센타우루스자리에서 보낸 탐사 정보가 지구에 도착했을 때, 그들은 시리우스를 향해 날아가고 있을 것이다. 센타우루스자리 삼중성계를 지나칠 때의 가속으로 인해 광속의 십오 퍼센트까지 속도가 올라가면, 육십 년 뒤, 즉 그들이 지구를 떠난 지 한 세기가 지난 뒤 시리우스에 도착할 것이다. 중국 태양은 시리우스 A, B로 이루어진 쌍성계를 지나치며 광속의 이십 퍼센트까지 가속되어 우주의 더 깊은 곳을 향해 날아갈 것이다. 동면 시스템의 수명이 다할 때까지 항해할 수 있다면, 에리다누스자리 엡실론에 도달할 수 있을 것이고, 어쩌면—가능성이 지극히 낮기는 하지만—고래자리 79까지 도달할 수 있을지도 모른다. 이 항성들은 행성을 지닐 가능성이 있다고 알려져 있다.

중국 태양이 어디까지 비행할 수 있을지, 수이와와 그의 동료들이 어떤 신비로운 세계를 목격하게 될지는 누구도 알 수 없다. 언젠가 지구를 향할 그들의 외침은 응답을 받으려 수천 년을 기다려야 할 것이다. 하지만 수이와는 모행성에 있는 중국이라는 나라를 영원히 잊지 않을 것이고, 그 나라 서부의 메마른 땅에 있는 작은 마을과 그 마을 어귀의 오솔길을 결코 잊지 않을 것이다. 그곳이 바로 그의 출발점이므로.

# 헤아림으로
# 말미암아

우다영

◇
**우다영**
2014년 세계의 문학 신인상을 통해 작품활동을 시작했다. 소설집 『밤의 징조와 연인들』 『앨리스 앨리스 하고 부르면』 『그러나 누군가는 더 검은 밤을 원한다』, 중편소설 『북해에서』가 있다. 2023년 SF어워드 우수상을 수상했다.

1

 이것은 이상야릇하게 연속되는 한 인물의 인생사이며, 물론 공미연의 이야기이다. 한때 자기 자신을 거의 잃어버렸던 공미연이 다시 세계의 일부가 될 수 있었던 까닭은 삶이란 결국 수수께끼라는 고리타분한 농담을 실로 이해했기 때문이다. 즉 더이상 퍼즐 조각의 실체가 무엇인지에 연연하지 않고 빈 여백에서부터 생명력을 품고 피어나는 진짜 그림을 보게 된 것이다. 터득한 통찰로 진실을 간파했지만 사실 여기에는 드러나지 않은 또다른 진실, 비밀이 숨겨져 있다. 긴밀하게 이어져 있는 동시에, 너머를 직시할 수 없는 진실과 비밀의 지평선 위에서 자고로 세상 모든 이야기가 은밀히 태동하는 법이다.

공미연이 P.A.Play Again를 발동한 나이는 백삼십사 세로, 구십칠 세부터 삼십칠 년간 중증 알츠하이머를 앓던 중이었다. 소실되지 않고 남아 있는 신경세포는 겨우 3할, 그마저도 대부분 뒤엉킨 섬유 다발이었다. 피질 표면을 끈적하게 뒤덮은 단백질 침착도 심각했다. 해마를 비롯한 두정엽, 측두엽, 전두엽은 위축되어 익히 알려진 통통한 호두 모양이 아니라 앙상한 포도 줄기에 가까워 보였으며, 감각을 해석하고 언어를 조탁하고 종합적인 사고를 관장하는 뇌의 여느 기능 중 어느 것 하나 제대로 수행하지 못하는 상태였다. 그러므로 공미연이 갑작스레 의식을 되찾고 한사코 거부하던 P.A. 동의서에 서명한 일은 기적에 가까웠다. P.A.사는 그간 손상된 뇌를 다루는 케이스에서 처참하게 실패했던 선례에 우려를 표하면서도, 중요한 표본 확보를 앞두고 들뜬 분위기를 감추지 못했다. 특별히 전담 매니저가 배정되었고, 기억 복원의 단초이자 교차검증의 증거가 될 공미연의 인생 전반 데이터를 수집하기 위한 최대 규모의 조사팀이 꾸려졌다.

인류의 진일보를 추앙해왔던 P.A.사라면 공미연의 클론을 프리미엄으로 업그레이드해줄 수도 있었다. 하지만 그러지 않았고, 이로써 스탠다드 고객에게 제공되는 만 십이 세 발육 클론이야말로 P.A.에 가장 적합하다는 일각의 분석이 다시 한번 힘을 얻었다. 보험 적용이 되지 않고 천문학적인 비용을 지불해야 하는데도 프리미엄 가입자가 사라지리라는 전망은 나오지 않았는데, 일정 수준 이상의 부를 축적한 유산계급은 하나같이 타인의 케어가 필요한 몸일지라도 더 어린 몸으로 돌아가 긴 여생을 누리고 싶어했기 때문이다. 손상이 없는 뇌와 연결된 클론은 생후 한 달 이내에 동기화를 마치고 자폐 상태에서 벗어나 외부 자극을 받아들이기 시작한다. 그건 P.A.가 제공한 새로운 삶이 깨어났다는 뜻이다. 마침내 텅 빈 인형에 반짝이는 영혼이 들어오는 것이다. 이 단계에 이르기 전까지, 클론은 뜬 눈으로 기억도 사유도 아닌 맥락 없는 꿈결을 헤매게 된다. 선잠을 자는 몸은 매니저가 떠먹여주는 유동식을 받아먹고 매니저의 손에 이끌리는 대로 산보를 해야 하지만, 정신만은 자기 안의 깊고 광활한 세계를 탐험하는 것이다. 공미연은 세 달 동안 꿈꾸는 사람이었다. 나중에 기억해내기로 가장 많이 꾼 꿈은 철새가 되어 큰 바다 위를 활공하는 꿈이었다. 세상에 존재하는 움직임은 오직 거친 바람뿐이요, 이를 고요와 우정과 수호신이라 느끼며 날고 또 날다보면 결국 자신이 바람이었다는 사실을 깨닫게 되었다.

아마도 그건 시나리오 작가였던 공미연의 역량이 발휘된 결과일 거라고, 전담 매니저 나핫은 추측했다. 그녀는 고객의 기억을 억지로 유도하거나 편향하지 않으면서도 기억 지도 구성과 고유 맥락화를 돕는 이 분야의 베테랑이었다. 공미연이 세 달 만에 의식을 확보했을 때, 나핫은 절차대로 당신은 누구냐고 물었다. 공미연은 아직 언어를 관장하는 뇌 영역을 발달시키지 못해 엉뚱한 말을 내뱉었다. 글을 쓰는 것이 보다 나았다. 공미연은 종이 위에 자신의 이름, 태어난 곳, 부모의 이혼, 싫어하는 채소, 좋아하는 색깔, 몇 가지 역사적 재난과 역대 대통령들의 이름을 적었지만 자신이 어떤 시간을 살고 있었는지 확정하지 못했다. 여러 시기의 기억이 어느 정도 떠올랐음에도 어떤 것이 진짜 일어난 일이고 어떤 것이 무의식이 만든 허상인지 확신할 수 없었기 때문이다.

  나핫은 사실과 허구를 판별해야 하는 이 상황이 모든 고객들에게 나타나는 자연스러운 현상임을 일러주며, 악몽에서 덜 깬 아이를 달래듯 공미연을 안아주었다. 마치 신생아처럼, 신생 클론의 감각은 이제 막 세계라는 거대한 대양을 만나 활짝 열린 상태였다. 비록 이미 삶을 경험한 성숙한 의식과 연결되었다고 하더라도, 매 순간 창조와 융합으로 폭발하는 갓난아기와 다름없는 클론의 뇌에 그러한 육체 자극은 기억과 맞먹는 영향력을 행사했다. 신생아의 성장에 신체 접촉이 중요한 역할을 하듯이. 일례로 나핫이 자주 칭찬을 속삭이고 뺨과 등을 쓰다듬어주었기 때문에 공미연은 그녀의 얼굴에서 어머니의 얼굴을 떠올렸다. 공미연의 또렷한 의식이 이러한 이미지

동조가 오류임을 알아차렸지만, 아무 소용이 없었다. 중년에 접어든 나핫의 약간 얼룩덜룩한 피부와 그에 대비되는 깨끗한 흰자위, 새카만 홍채, 선한 인상을 주는 작은 코와 우아한 턱뼈가 눈에 익을수록, 나아가 그녀의 셔츠에서 풍기는 은은한 들장미향과 마주잡고 있으면 서서히 열감이 올라오는 손바닥의 체온에 익숙해질수록 진짜 어머니가 가진 특징들은 묘연해졌다. 클론에서 깨어나 어머니의 모습을 제대로 기억해낸 적이 없기 때문에, 이전의 뇌에서 이미 영구적으로 지워진 상태였을지도 모르겠다고 공미연은 생각했다.

하지만 경험에 대한 맥락 기억은 꽤 풍성하게 남아 있었다. 아직 걸음마를 떼지 못한 아기였을 때, 공미연은 어머니가 작은 티스푼으로 떠서 내미는 되직한 죽을 거부했다. 그러자 어머니는 네번째 손가락을 그릇에 푹 담갔다가 빼서 묻어난 죽을 맛있게 핥아먹었고, 이를 본 공미연도 입을 크게 벌렸다. 살아 있는 살과 뼈가 닿는 맛. 아, 그건 잣죽이었다. 담백하고 무거운 맛. 언제나 흙보다 깊게 가라앉는 씨앗의 맛. 암이 정복되고 병사가 희귀해진 시대에 어머니는 육십대의 이른 나이로 신종 플루에 걸려 사망했다. 병상을 지키면서 공미연은 유년의 기억을 떠올리며 같은 방법으로 어머니를 먹였다. 그건 마치 생명과 죽음이 맞닿는 것 같았고, 그러자 불현듯 자신의 생사를 불투명하게 만들었던 낙상 사고가 떠올랐다. 공미연이 아직 극단의 신인 배우이던 시절이었다. 처음으로 맡은 주요 배역은 절벽에 올라 신의 답을 구하는 선지자였다. 번개가 내리치는 연출과 함께 신벌처럼 무대장치가 무너졌고, 추락한 공미연은 즉시 병원으로 옮겨져 부서진 정강이 뼛조각을 맞추고 철골을 박는 수술을 받았다. 좀처럼 열이 떨어지지 않는 공미연의 옆을 지키며, 어머니는 쉬지 않고 공미연의 목과 가슴을 물수건으로 닦아냈다. 새벽이 되어 열이 떨어지고 정신이 돌아오자 어머니는 몸져누운 딸을 실컷 놀렸다. 이제 닭싸움 왕이 되겠구나. 어머니는 과거 어느 날 친구들과의 닭싸움에서 지고 돌아와 발을 구르던 어린 딸을 떠올리고 있었다. 공미연은 그런 어머니의 속마음과 기분을 다 느낄 수 있었다. 바로 그 순간, 그 일련의 기억들을 차례대로 관통한 순간 공미연의 눈에 눈물이 차올랐다. 아, 아, 외치는 비명에 나핫이 놀라서 방으로 뛰어들어왔다. 드디어 말문이 트인 공미연의 입은 어머니를 보았다고, 드디어 얼굴이 떠올랐다고, 기억을 붙잡는 데 성공했다고 말하고 있었다. 하지만 공미연은 자신이 진짜 하고 싶은 말을 알았다. 어머니가 떠났어요. 붙잡을 수가 없었어요. 이미 일어난 일이었거든요.

  나핫은 이 감정을 기억하라고 조언했다. 기억은 객관적인 디테일이나 사건의 경중과는 별개로 사람의 감정에 붙어 생존한다고, 우리의 진실은 바로 그 힘센 구심점에 있다고 강조했다. 공미연은 이를 수용했고 그로써 기억을 복구하는 일에 대한 감을 잡았다. 그 일을 잘해내고 싶다는 욕망도 느꼈다. 클론에서 깨어난 뒤로 처음 가져보는 삶의 목적성이었다. 나핫은 고무적인 진전이라고 평가했다. 나핫과의 대화, 나아가 기억을 주제로 한 진지한 토론이 큰 도움이 되었다. 공미연이 어떤 기억은 도무지 확신할 수가 없고 솔직히 착각인 것 같은 기억도 있다고 고백했을 때, 나핫은 왜곡된 기억도 자연스러운 기억의 일부라고 답해주었다. 다른 기억들이 선명해지면 차츰 수정될 테니 불안해하지 말라는 것이었다. 공미연은 현상태가 자신의 백삼십사 년 인생 중 보존된 기억 전부인지도 궁금해했다. 차차 더 떠오를 거예요. 나핫은 말했다. 세부 기억은 큼직한 구조가 정립된 뒤에 그 사이로 살이 차오르듯 채워지거든요. 대동맥보다 모세혈관이 차지하는 면적이 넓은 것처럼, 의외로 지류에서 형성되는 맥락이 대부분의 기억 면적을 차지하죠. 주변 기억과 관계를 맺는 방식으로요.

뇌 과학자이기도 한 나핫에게 뇌의 기본 원리를 배운 뒤로는 머릿속에서 일어나는 일들을 상상할 수 있게 되었다. 나핫은 우선 의식이 단일한 판단 체계가 아니라 뇌의 각 영역들이 소통을 통해 얻어낸 결과임을 이해시켰다. 뇌는 개별적이며 유기적인 다수 연방과 같고, 크게는 좌반구와 우반구로 나뉜다. 만약 그 사이의 유일한 다리인 뇌간을 제거하면 두 영역은 독립된 인격이 되는 동시에 공유한 하나의 몸 안에서 일부 점령지로 고립된다. 나핫은 유명한 실험을 예로 들었다. 뇌간이 손상된 남자에게 우뇌만이 볼 수 있는 좌안 앞에 "벌을 조심하세요"라고 적힌 쪽지를 보여주자 남자는 좌수를 들어 허공에서 벌을 쫓는 시늉을 했다. 그런데 이유를 묻자 남자는 "가스 냄새가 나는 것 같아서요"라고 둘러댔다. 남자의 언어능력을 담당하고 있는 좌뇌가 스스로 기억하거나 설명할 수 없는 부분에 관해 그럴듯한 이야기를 지어낸 것이다. 내 안에 나도 모르는 인격이 존재한다고 인정하기보다는, 모든 것은 온전한 나의 선택이고 그 선택에는 타당한 이유가 있다고 믿어버리는 것이 우리를 이루는 의식의 실체다. 따라서 한 개인의 고유한 자아란, 의식이 자신의 연속성을 만들어내기 위해 꾸며낸 창작물에 불과하다.

나핫은 이러한 뇌의 자기 통합성, 자기 합리화, 유동 가소성을 바탕으로 P.A. 기술이 만들어졌다고 설명했다. 기존의 뇌와 클론의 뇌를 원격으로 연동하여 마치 하나의 뇌처럼 소통시키는 것이다. 클론에서 깨어난 시술자는 아무런 자아의 단절을 겪지 않아도 되는 것은 물론 늘어난 뇌 용량으로 인해 상쾌하고 긍정적이며 창의적이기까지 한 정신을 누릴 수 있었다. 연동 지역인 '에덴'에서 최소 칠 년 이상 체류해야 하며, 그 기간 동안 백지와 같은 클론의 뇌는 활발한 의식 활동을 통해 기억을 흡수하고 기능을 습득한다. 이 과정에서 기존의 뇌를 서서히 죽여야 하는데, 본래 가지고 있던 역할을 새로운 뇌로 넘겨주기 위해서였다. 공미연은 나핫이 데려가 보여주었던 에덴의 중앙홀을 기억했다. 체류자들의 뇌로 쌓아 올린 거대한 기둥. 소도시 규모의 에덴을 두개골처럼 뒤덮고 있는 은백색의 반구형 천장 중앙에 닿아 있는 그 기둥은 에덴을 지탱하는 수호수라 불릴 만했다. 살아 있으며, 모든 것을 알고 있고, 그러므로 모든 것을 생각하는 나무였다. 에덴의 체류자들은 그 나무에 열린 자신의 오리지널 뇌를 선악과란 뜻의 '페리'라고 불렀다.

클론 생후 사 개월, 깨어난 지 한 달이 지났을 무렵 공미연은 자신의 지능이 무척 높다는 사실을 깨달았다. 공미연이 기억하기로 이전 생에 수학을 즐겼던 적은 한 번도 없었는데, 언젠가부터 재미 삼아 몇 가지 함수식을 만들고 간식으로 배급된 포도 알갱이의 수나 산책하며 마주친 행인의 수를 변수로 넣어 계산하기 시작했다. 그런 우연한 수로 상수를 대체하기도 했고 그로 인해 변심하듯 변칙적으로 바뀌는 모든 식의 그래프를 자연스럽게 머릿속 영상으로 떠올렸다. 머리를 쉬게 하고 싶지 않은 기분이었다. 또 공미연은 에덴에 갖춰져 있는 각종 편의시설, 이를테면 마트와 도서관과 전시실에서 마주한 정보를 사진 찍듯 기억하는 절대 암기력이 생겼다는 사실도 발견했다. 그것을 장기기억으로 바꿀 수 있는지 시험해본 결과, 가능했다. 감각을 수용하고 판단한 뒤 반응하는 속도도 빨라졌다. 나핫이 실수로 밀어 떨어뜨린 꽃병을 낚아챘을 땐 고양이가 된 것 같았다. 나핫은 그 반대가 아닐까요, 하며 웃었다.

공미연에게는 자신이 고지능을 갖게 된 원인을 스스로 진단할 만큼의 능력이 있었다. 기능을 거의 상실한 공미연의 페리와 연결된 클론의 뇌는 허허벌판에 시가지를 구축하듯 폭발적으로 일해야 했을 것이다. 구멍이 숭숭 뚫려 정확한 내용은 파악할 수 없지만 느낌은 아는 저 노쇠한 뇌의 직감에 따라, 잔상과도 같은 흐릿한 설계도에 따라 일해야 했을 것이다. 어떻게든 작동되도록 수를 쓰다보니 저절로 능률이 올라갔겠지. 처음 일해보는 이 어린 뇌는 세상 모든 뇌가 하루하루 자신과 같은 전쟁을 치르는 중이라고, 까맣게 속고 있을지도 모른다. 하지만 덕분에 얻게 된 것이 있었으니, 무려 한 사람이 백삼십사 년 동안 시도와 실패와 보완을 통해 구축한 방대한 정반합 패턴, 정확히는 그것의 그림자였다. 무너진 성의 잔해를 복사해 완성한 새로운 성터. 틀을 갖춘 구조물을 차근차근 보수하는 것이야말로 원래 뇌가 가장 잘하는 일이었다.

무엇보다 유용한 건 추론 능력이었다. 공미연은 언어 소통이 원활해진 뒤로 에덴의 체류자들과 인사를 나누고 가볍게 교류하기 시작했는데, 그들과의 대화를 통해 에덴 내 몇 가지

커뮤니티의 동향과 관계성을 쉽게 파악할 수 있었다. 마음이 모이는 곳에서는 시선을 끄는 자, 돈이 모이는 곳에서는 돈을 쥐지 않는 자, 정보가 모이는 곳에서는 가장 은둔하는 자가 우두머리였다. 공미연은 그들의 마음부터 읽어나갔다. 어떤 이가 누군가에게 가진 감정을 포착하고 그 이유를 추측하다보면 곧 마을 단위의 거대한 그림이 그려졌다. 사람은 누구든 혼자 살아갈 수 없으므로. 알아낸 정보 중에는 자신과 관련된 것도 있었다. 공미연은 어떤 이유에선지 에덴 내에서 유명 인사였고 그 이유는 자신이 아직 떠올리지 못하는 기억 속에 있었다. 나핫은 그 이유를 알고 있는 사람 중 하나였지만 절대 발설하지 않을 것이었다. 공미연은 한발 물러나면서, 이상한 직감이지만, 머지않았다는 생각을 했다. 곧 드러날 일에 대한 조바심은 생기지 않았다.

대개 열두 살에서 열아홉 살 사이의 육체적 미성년 체류자들이 거주하는 에덴은 거대한 학교를 연상시켰다. 물론 조심성 많은 이십대의 연장 체류자들도 있었지만, 그 밖에 나이든 사람들은 모두 P.A.사의 매니저였다. 매니저들은 에덴 외곽 아파트에 거주하며 배정받은 고객들의 집으로 출근했고, 고객들의 새로운 뇌가 의식을 재구성할 수 있도록 기억 활성화 메이트가 되어 도왔다. 그 외에 순번을 돌아가며 에덴 내 환경미화 관리와 시설 정비도 도맡았다. 선임 매니저인 나핫의 경우는 달랐다. 특수 고객인 공미연만을 전담하며 잡무에는 참여하지 않았다. 나핫은 베테랑답게, 더할 수 없이 편안한 느낌을 주면서도 기억 복원에 혹여나 영향을 줄 수 있는 정보를 철저히 통제했고, 그와 동시에 지루함이나 놀라움 혹은 슬픔 같은 자신의 감정도 물론 절제했으며, 언제나 P.A.사가 내린 지시 사항을 최우선으로 이행했다. 공미연은 그녀가 자신의 지능에 놀라다못해 과학자로서 경도되어 있으며, 오래전에 이 엄청난 성과를 회사에 보고했고 지시에 따라 일부러 꽃병을 떨어뜨렸다는 사실을 알았지만 중요하게 생각하지 않았다.

그나마 공미연의 흥미를 끄는 것은 나핫의 개인사 정도였다. 두 블록 건너 주택에 거주하는, 오십육 년 전 서울 시장이었던 수를 언급했을 때 나핫은 별다른 반응을 보이지 않았다. 하지만 수의 매니저 테트를 아직도 사랑하느냐고 물었을 땐 깜짝 놀랐고, 잠시 후 처음 듣는 차가운 목소리로 어떻게 알았는지를 물었다. 공미연은 나핫이 일전에 짧게 들려준, 과거에 이별과 재회를 반복했던 연인 이야기와 꿈틀이라는 애칭을 떠올렸다고 대답했다. 나핫이 굳은 얼굴로 침묵하자 공미연은 계속 설명했다. 수와 대화하던 도중 요즘 매니저에게 스케이드 보드를 배우고 있다는 말을 들었고, 나핫의 다리에는 과거 스케이드 보드에 쓸려 생긴 흉터가 있으며, 판단을 보류한 상태로 탐색에 들어간 결과 테트의 허리에는 지렁이 문신이 있지 않느냐고. 꿈틀이, 맞죠? 공미연이 으스대며 묻자 나핫은 결국 폭발했다. 재밌어요? 뭘 안다고 이 꼬마가 내 사랑을 판단해? 공미연은 순간 겁에 질려 꼬마라니요, 내가 몇 년생인데…… 하고 바보처럼 대꾸했다. 하지만 머릿속은 경고등을 켠 채 바쁘게 돌아갔다. 내가 알지 못하는 사정이 나핫과 테트 사이에 있다. 아마도 아주 슬프고, 돌이킬 방법이라곤 전혀 없는 절절한 사연이. 나핫은 그날 공미연의 집을 박차고 나가 돌아오지 않았다.

그럼에도 그녀는 베테랑이기에 다음날 아침 출근했고, 공미연에게 사과를 요구했다. 미안해요. 사과하는 공미연을 안아주며 나핫은 충고했다. 기억을 캐내고 감정을 읽는다고 모든 걸 아는 건 아니에요. 보이는 것만 믿다간 결국 아무것도 보지 못하게 될지도 몰라요. 내 마음을 보고 싶어요? 공미연은 그렇다고 대답했다. 나핫은 공미연을 놓아주며 눈을 바라봤다. 테트는 나에게 소중하고 중요해요. 과거에도 지금도 미래에도 그럴 거예요. 하지만 이건 어떤 수치나 정의 같은 것이 아니어서, 타인인 당신은 자신이 가진 경험에 빗대어 상상해보는 수밖에 없어요. 당신에게 그런 존재는 누구죠? 공미연은 잠시 혼란스러웠고 이내 신이 내린 번개를 맞은 것처럼 커다란 충격을 받았다. 사랑? 내가 사랑한 사람? 그제야 곰팡이가 번지듯 조금씩 복원되고 있던 수많은 기억 저편, 하얗게 지워진 채 사각으로 배제되었던 사람이 떠올랐다. 내 남편. 모상해!

공미연은 전 세계가 아는 그 유명한 얼굴을 바로 떠올릴 수 있었다. 다만 공미연만이 아는 친밀하고 고유한 인상의 얼굴을. 인생 대부분을 함께한 존재가 베일을 벗자 엄청난 앎이 밀려왔다. 모상해! 이번에는 공미연이 입 밖으로 소리 내 외쳤다. 그러자 나핫은 진심으로 기뻐했다. 그동안 은근한 기대를 품고 공미연에게 모상해가 출연한 영화와 방송을 노출시켜왔던 것이다. 공미연은 자신이 남편을 보고도 그저 무심히 어디서 본 배우, 예전에 본 영화로 치부하고 지나쳤다는 사실을 믿을 수 없었다. 무엇보다 P.A. 동의서에 남편과 동반한다는 조건이 명시되어 있었다는 사실이 분명하게 떠올랐다. 이제 공미연은 나핫만큼이나 사랑을 아는 얼굴이 되어 물었다. 모상해, 지금 어디 있어요?

2

한 삼 초 정도? 저만을 비추는 핀 조명이 켜집니다. 저는 작품 전체를 통틀어 아무런 대사도, 따로 불리는 이름도 없는 여러 가지 단역인데 죽음을 앞둔 한순간의 표정으로 극에 참여하는 겁니다. 그게 제게 주어진 유일한 임무였죠. 그 장면이 오기 전까지는 꽤나 평화롭습니다. 사실 지루할 정도죠. 무대는 사랑과 이별의 노래로, 전쟁과 죽음의 춤으로 내내 소란스럽지만 저는 주로 세트장 뒤편에 마련된 좁은 통로에서 대기하며 다른 배우들이 무대를 드나들 때 어깨를 접어 길을 내어줍니다. 바닥은 발자국과 찢어진 대본 조각으로 아주 지저분합니다. 저는 하릴없이 어둠 속에서 눈을 가늘게 뜨고 가려지거나 훼손된 그 종이 위 대사를 조용히 읽어보는 겁니다.

지금 그에게 입맞춘다면 결코……
네(혹은 내)가 나(혹은 너)를 기억할까?
감히 ……를 탐하다니!
……가 우리의 유일한 결말입니다.

때때로 무대 가장자리에 군중으로 합류하기도 합니다. 상황에 맞춰 어색하게 탄성과 애환을 꾸며내지만 누구 하나 저에게 집중하지 않으니 특별히 튀지만 않는다면 꾸지람을 모면할 수 있는 쉬운 일입니다. 하지만 그 장면이 다가올수록 어쩔 수 없이 겁에 질리게 되는 겁니다.

저는 작품 내내 구경꾼, 포졸, 어부, 부랑자 등 여러 역할로 분하고 마지막엔 혁명을 틈타 감옥에서 탈옥한 죄수가 됩니다. 운이 없게도 시가지전에서 날아온 포탄을 빗맞고 죽어가는 인물이죠. 제가 고초를 겪다가 수감된 혁명군인지, 아니면 그저 잡배인지 관객들은 알 도리가 없습니다. 단지 우리 모두가 아는 사실은, 크나큰 승리의 아침이 밝아오는 순간 제가 홀로 죽어가고 있다는 것뿐입니다. 주어진 역할이 무엇인지, 이 삶이 무엇인지 까맣게 잊은 제가 식은땀을 흘리며 뻣뻣하게 굳어갈 때 저를 비추는 한 줄기 빛이 묻습니다. 어떤 표정을 지을 거야?

누구도 저에게 디렉팅을 주지 않았고 대본에는 '반응한다'라고 적혀 있을 뿐입니다. 제 머릿속은 뒤죽박죽이 된 채 세상에 존재하는 흔한 반응들을 떠올리기 시작합니다. 입맞춤, 너, 나, 감히, 결말입니다…… 아름답고 더러운 온갖 것들로 촘촘하고 팽팽하던 무대는 어느새 텅 비고, 관객석도 온통 어둠에 덮여버립니다. 저를 둘러싼 침묵의 공기가 저에게 묻습니다. 어떤 표정을 지을 거야? 저는 아무것도 모릅니다. 제가 맡은 배역의 인생이 무엇인지도, 그것의 의미가 무엇인지도 제대로 모른단 말입니다. 그저 기다릴 뿐이죠. 대본대로 그녀가 다가옵니다.

그녀는 이 작품의 주연이고 가장 중요한 가사를 노래하는 가수입니다. 동시에 아직 미래에 펼쳐질 수많은 장면을 모르는 어린아이 역할이기도 하죠. 아이는 크고 날카로운 잔해들을 사뿐사뿐 넘어와 제게 묻습니다.

　내가 곁에 있을까요?

　어느 날은 죽음의 의미를 모르는 천진한 소녀가 되어서 웃으며, 또 어느 날은 숨을 타고 꺽꺽 넘어오는 슬픔을 토해내며 대사를 치는 겁니다. 당시 그녀는 이제 막 연기와 사랑에 빠진 스물두 살 배우였고, 매번 같은 대본을 다르게 연기할 수 있다는 야심에 가득차 있었습니다.

　그녀의 눈에 비친 저는 죽어가는 사람1에 불과했을 테지만, 제 시야에는 그녀의 개별적이고 구체적인 특징이 들어왔습니다. 웃을 때 드러나는 고르지 않은 치열이 얼마나 무방비한 인상을 주는지, 울 때 처지는 눈꼬리가 얼마나 인자한 나무늘보를 연상시키는지 똑똑히 보았고 그것을 그녀에게 말해주고 싶었습니다. 제게 한 줄의 대사도 허락되지 않는다는 사실이 처음으로 한스러웠죠.

　이것이 훗날 제 연기 인생에 동력이 되었을까요? 저는 잘 모르겠습니다. 그저 그때 제가 느꼈던 감정만을 분명하게 기억할 뿐입니다. 그녀가 쓰러진 저에게 다가와 물으면, 그러니까 "내가 곁에 있을까요?" 하고 물으면 저는 속절없이 벅차올라 울음을 터트렸습니다. 그녀는 삶도, 연기도, 슬픔도 모르던 저를 매번 아주 쉽게 울렸습니다. 나중에는 그녀가 무대 끝에서 나타나기만 해도 눈물을 한 바가지 쏟았죠.

어떻게 그렇게 잘 우는 거예요?

마침내 그녀가 무대 밖에서 이렇게 물었을 때, 저는 제가 사랑에 빠졌다는 것을 알았습니다. 자기 자신이 그 진실한 연기의 비법인 줄은 꿈에도 모른 채 아내는 저를 시기했다고 하더군요. 저는 여전히 무대 위에서 평생 연기해야 할 사람은 제가 아니라 아내라고 생각합니다.

—모상해씨의 92년 전 TV 인터뷰

공미연은 영상을 끄고 즉시 다음 영상을 틀었다. 이번에는 가장 늙은 모습의 모상해가 등장했다. 공미연이 전혀 의식을 차리지 못했다는 마지막 십칠 년, 아마도 공미연에게 떠올릴 만한 기억 자체가 한 조각도 존재하지 않았을 시기의 남편이었다. 영상 속 모상해는 영화제에 참석해 객석에서 무대를 바라보고 있었다. 그의 팬이 아무것도 하지 않는 그를 집중해서 찍은 것이었다. 무대 쪽을 향하던 모상해의 피곤한 시선이 천천히 아래로 떨어지던 끝에 눈앞 조금 낮은 곳의 허공에서 멈췄다. 텅 빈 곳을 길게 응시. 그러고는 꿈쩍도 하지 않았다. 오래도록 오래도록. 공미연은 남편이 기억 속 마지막 모습—약 백십대 때의 모습—보다 훨씬 늙어 있어 놀라고 말았다. 아니, 늙었다기보다 일종의 소멸 과정에 놓인, 정체를 알 수 없는 낯선 유기체 같았다. 무엇보다, 어떻게 저렇게 작아졌어? 키에 비해 다부진 체격 때문에 늘 가장 큰 사이즈의 셔츠를 입던 남편이었는데, 입고 있는 자색 정장 셋업이 너무 헐렁해서 카메라를 등지고 서면 몸집에 맞지 않는 교복을 입은 중학생처럼 보일 것 같았다. 머리카락이 뭉텅 빠지고 이도 뭉텅 빠진 조그만 노인. 당신, 대체 무슨 일이 있었던 거야? 한편으로 공미연은 그토록 낯선 얼굴에서 반려자의 인상을 단번에 포착해내는 스스로에 소름이 돋았다. 백 년의 세월을 해로하는 동안 그토록 변한 남편의 얼굴을……

그때 화면이 정지한 것처럼 멈춰 있던 남편이 주름진 입 주변 근육을 오물거리기 시작했다. 순간 공미연은 놀랍게도 남편의 입술이 사랑을 속삭이던 기억을 떠올렸다. 이 늘보! 아, 정말로 남편은 공미연을 나무늘보라고 불렀었다. 이 재앙! 이 또한 두말할 것 없이 사랑이었다. 그건 서로가 너무 사랑스러워 살을 물고 싶을 때 참지 못하고 외치는 말일 뿐 단어의 본래 의미와는 아무런 상관이 없었다. 깔꿀깔꿀! 이건 언어조차 아니었다. 건넬 말은 없는데 그럼에도 서로에게 더 가닿고 싶을 때 간격을 건너가는 주문이었다. 그들이 아직 젊고 건강할 때도, 공미연이 먼저 병상을 헤매게 되었을 때도 남편은 한결같이 사랑을 속삭였다. 그때의 사랑은 분명 거짓이 아니었다. 공미연은 진짜를 알아볼 수 있었다. 그 촘촘한 사랑의 적층이 공미연이 가진 '대부분'의 기억이었다.

그런데 왜 모상해는 에덴에서 아내 공미연에 대한 접근 금지 요청을 했을까?

이 사실을 알아낸 순간부터 각종 의문이 열흘 동안 공미연을 밀어붙였고, 남편의 흔적이 남아 있는 자료들을 닥치는 대로 검토하며 기억 복원에 몰두하도록 만들었다. 객관적인 사실들 사이에 자신이 놓친 단서가 있을지도 모른다고 공미연은 생각했다. 공미연에게는 정말로 나쁜 기억이랄 게 없었고, 그래서 남편과 자신의 문제에 진실로 흥미롭게 접근할 수 있었다. 이것은 공미연의 새 삶이 방영해주는 하나의 수사물이었다. 더구나 모상해는 지난 한 세기 동안 수많은 작품에서 팔색조 같은 연기 변신을 보여준 감초 배우이자, 초노년 시절인 백세 이후에도 활발히 활동한 국민 아버지였다. 설사 공미연이 기억하지 못하더라도, 더이상 만날 수 없더라도, 세상에 남겨진 모상해는 차고 넘쳤다.

하지만 모상해의 모습이 담긴 영상들을 보면 볼수록 공미연의 마음속에서 어떤 반발심이 일었다. 저 명백한 사실들은 공미연에게 사실적이지 않은 상만을 보여주고 있었다. 말하자면, 재료는 진짜인데 그것들로 만들어낸 결과물이 가짜였다. 매체가 저장하고 풀이한 모상해는 즐거움, 비통함, 희열, 갈망, 결핍, 상실, 쾌락, 수치심, 연민, 숭고, 죄책감을 아는 배우

이지만 공미연의 기억 속 모상해는 앞선 그 모든 감정을 조금 다르게 다루는 모상해였다. 공미연은 모상해의 마음을 읽어내기 위한 조사를 끝내고 차라리 자신 안의 모상해를 들여다보기 시작했다. 지금 어떤 마음이야? 내가 기억하지 못하는 시간 동안 우리에게 어떤 변화가 있었던 거야? 그저 당신이 변했을 뿐인 거야? 그런 이질감을 느끼면서도, 남편이 자신을 진정으로 적대한 기억은 없다는 사실이 이상했다. 기억나는 건 연인과 부부 사이에 흔히 들끓었다가 곧 사그라드는 일상적 수준의 감정 변화가 있었다는 사실뿐이었다. 이것이 P.A. 과정에서 발생한 자의적인 편집일지, 혹은 너무 끔찍해서 지금은 무의식에 숨겨두었지만 중요한 순간 되살아날 결정적인 기억의 실마리일지 궁금했다. 진실을 모르고자 회피하고 싶은 욕망보다 자신이 모르는 남편의 마음을 알아내고 싶은 욕망이 더 컸고, 심지어 그 욕망이 새로 주어진 삶에서 느끼는 모든 감정을 압도하고 있다는 사실에 공미연은 전율했다.

공미연은 열흘 만에 자리를 털고 일어나 나핫을 찾았다. 그동안 그녀는 보이지 않는 사람처럼 조용하게 행동하고 있었다. 모상해의 접근 금지 요청에 따라, P.A.사의 충직한 직원으로서 나핫은 그에 철두철미하게 따르고 있었다. 공미연은 배신감에 몸서리치며 지금이라도 모상해를 만나게 해달라고 요구했다. 물론 그 요구는 단칼에 거절되었다. 에덴의 고객이라면 누구나 자기 자신을 지킬 권리를 최우선으로 보장받기 때문이었다. 하지만 정작 공미연은 모상해 없이는 자기 자신을 지킬 수 없는 상황에 처해 있었다. 공미연이 이미 가지고 있거나 앞으로 더 찾아야 하는 대부분의 기억, 심지어는 모상해가 출현하지 않는 순간마저도 그와 관련되어 있을 것이었다.

 나핫은 사과의 의미로 남편과 만나게 해달라는 부탁을 제외한 무엇이든 들어주겠다고 약속했다. 공미연은 고개를 저었다. 모상해의 거주지는 나핫이 배제한 산책 루트의 위치와 자신에게서 무언가를 탐색하듯 은근한 시선을 보내던 사람들, 아마도 모상해의 팬인 것이 분명한 몇 사람의 동태로 파악할 수 있었다. 그들이 보내는 우편물들이 공통적으로 에덴 내부의 어느 주소를 향하고 있었던 것이다. 그 집은 모상해의 집일 수밖에 없었다. 당장 모상해의 집 앞으로 달려가고 싶은 마음이 굴뚝같았지만, 그렇게 하면 P.A.사에서 모상해의 거주지를 변경해버릴지도 몰랐다. 공미연은 더 안전한 방법을 선택했다. 나핫에게 쪽지 하나를 전해달라고 요청하며, 모상해와 관련해 뭔가를 부탁하는 건 이번이 마지막일 거라고 장담했다. 나핫은 미심쩍은 표정으로 정말 이거면 되겠느냐고 물었다. 물론 충분했다. 그날 저녁 모상해가 공미연의 집을 방문했기 때문이다. 부아가 치민 얼굴로 꽃다발을 든 채였다. 프리지아였다.

사실 공미연에게는 준비해둔 여러 가지 계획이, 여러 가지의 말들이 있었지만 열두 살의 모상해를 보자마자 모든 것이 날아가버렸다. 모상해는 귀여웠다. 자신이 사랑하는 남자가 분명했다. 공미연은 생각했다. 이보다 진실한 진실은 없어. 모상해 역시 처음 보는 어린 공미연의 모습에 만감이 교차하는 표정을 지었다. 아직 탐색의 여지가 있다니, 좋은 신호였다. 앉아. 이게 얼마 만에 같이 먹는 저녁이야? 적어도 이십 년만인가? 내가 떠올릴 수 있는 마지막 저녁은 백열한 살 당신 생일 때야. 무슨 선물을 주긴 했는데 기억나지 않아. 당신은 기억해? 분위기를 풀어보려 노력하는 공미연의 환대를 그러나 모상해는 받아주지 않았다. 마지못해 앉아 식탁 위에 프리지아를 내려놓은 뒤 모상해는 품에서 쪽지를 꺼냈다.

모퉁이. 로얄샬루트. 영월. 구두 뒤축. 페르시안.
오늘 저녁 먹자, 꽃다발 잊지 마!

배우 모상해를 가장 수치스럽게 만들 수 있는 비밀스런 키워드들이었다. 오직 그와 그의 아내만이 아는. 공미연이 쪽지를 확인하자 모상해는 입을 앙다물고 으르렁거렸다. 기억을 꽤 많이 되찾았나봐? 그의 말에 공미연이 응수했다. 쓸데없는 것만 떠오르더라고. 이렇게 야비하게 나올 줄은 몰랐는데? 비겁한 남편 얼굴 보기가 어디 쉽나. 내가 알던 당신 맞아? 그 말에 공미연의 마음이 일렁였다. 그러는 너는, 내가 알던 모상해 맞아?

저녁식사는 별다른 대화 없이 마무리되었다. 모상해는 공미연의 예상대로 자신을 피하는 이유에 대한 아무런 해명도 하지 않았고, 공미연도 캐묻지 않았다. 다만 한 가지. 공미연은 모상해로부터 접근 금지를 철회하겠다는 약속을 받아냈다. 다가가서 접촉하지는 않고 멀리서 지켜보는 것만 허용한다는 조건이었다. 시시한 타결이 성사되고 나핫이 가져다준 식후 차가 식어갈 즈음, 공미연은 여든에서 아흔쯤이 참 좋지 않았느냐고 운을 띄웠다. 모상해는 그것이 그 시절의 부부 사이를 뜻한다는 것을 알아차렸다. 의외로 그는 순순히 인정했다.

공미연은 그 무렵 그와 나눴던 노후에 대한 대화를 기억해냈다. 그때 그들에게는 고려해볼 만한 세 가지 선택지가 있었다. 첫번째는 역사가 깊고 중산층 절대다수의 선택을 받고 있는 마인드 업로딩이었다. 하지만 둘 다 메타버스 자아를 신뢰하지 않기에 택하지 않았다. 과거 한 개인의 선택과 성향이, 그리고 그로 인한 결과가 귀납적으로 '나'라는 근원을 만들어낼 수는 없다고 판단했으며, 연결된 시간 속에서 빚어온 자아가 분명 단절될 거라고 믿었다. 그런 불완전한 자아가 서로를 더이상 사랑하지 않고 저버리는 상황을 참을 수 없다는 것이 부부가 공통적으로 생각하는 이유였다. 두번째 선택지는 P.A.였다. 가장 비용이 값비싸기에 에덴의 문은 상류층에게만 열리기로 악명 높았지만 부부에게는 그만한 돈이 있었다. 사실 모상해는 처음부터 이쪽을 원했다. 공미연과 세계를 향한 변치 않는 애정이 여전히 자기 안에 아직 남아 있었으므로, 한 번의 삶 정도는 더 살아볼 수 있지 않겠냐는 것이었다. 더구나 나는 죽어서 당신과 헤어지는 걸 상상할 수 없어. 하지만 공미연이 거부했다. 공미연의 선택은 세번째였다. 장수 연령이 백육십 세를 바라보는 시대에 발달된 의학 기술을 누리며 건강한 몸으로 현재의 순간순간을 그저 소중히 경험하는 삶이었다. 언제나처럼 모상해는 공미연에게 졌고, 결과적으로 부부는 시간과 노화에 지고 말았다.

이건 정말 솔직하게 말해줘. 나한테 거짓말하지 말고. 공미연이 결연한 표정으로 모상해를 바라봤다. 조금 더 젊고 온전한 정신일 때 새 삶을 시작하지 않은 걸 후회해? 내가 고집부린 거 말이야. 모상해는 별로 망설이지 않았다. 아니. 공미연은 고개를 끄덕이곤 바로 자리에서 일어났다. 그럼 됐어. 조심히 가. 모상해는 엉거주춤 일어나 잠시 공미연을 바라봤다. 하지만 무언가를 말해줄 것 같진 않았다. 공미연은 웃음을 터뜨리며 어려진 남편의 목을 끌어안았다. 내가 방법을 찾을 거야. 당신을 데리러 갈게.

방법이라니요? 모상해가 돌아가고 난 뒤 나핫이 물었다. 하지만 공미연은 대꾸할 수 없었다. 자신도 모르게 내뱉은 말이었기 때문이다. 그리고 그 영문 모를 발화에 대해 곰곰이 생각해보았다. 우리에게 주어지는 결정, 마음, 진실은 어쩌면 이미 정해져 있고, 그 이유를 만드는 것이 뇌의 일이라면, 그것이 결국 나에게 가장 이로운 길이라면, 그렇다면 직관을 따라가면 되는 거 아닐까? 공미연은 기억을 효과적으로 복원하기 위해 스스로 되뇌던 뇌 시스템을 떠올렸다. 기억을 완성하기 위해 필요한 열 개의 기둥 중 세 개밖에 없다고 친다면, 그 세 개의 기억 기둥들이 가진 자체 수복력을 이용하면 된다. 기억은 어떻게든 구조를 완성하려는 성질을 갖기 때문에 추리하기도 하고 망각하기도 하는 것이다. 뇌가 받아들이기 좋은 형태로 기억을 만들낸다는 뜻이다. 그러니까 지금 내가 펼칠 수 있는 기억의 연쇄는, 큰 기둥들 사이에 존재할 확률이 높다고 판단되는 작은 기둥들을 세우고 또 그 사이에 꽤 그럴듯한 돌들을 놓아 복원한 결과물이라는 것. 그런데 만약 이 허구의 창작물이 결국 정해진 진실에 도달하는 거라면?

공미연이 나핫에게 물었다. 제 남편이 저에게 돌아올까요? 솔직한 답을 해달라고 덧붙이자 나핫은 고개를 저었다. 내 마음이 아닌 다른 사람의 마음이잖아요. 때론 받아들여야 해요. 하지만 공미연은 그러고 싶지 않았고, 모상해가 자신을 사랑하지 않는다는 생각도 들지 않았다. 그저 자신이 뭔가를 놓쳤는데, 그럼에도 이 문제를 풀 수 있을 것 같다는 막연한 예감이 들 뿐이었다.

그런 느낌은 달이 바뀌고 계절이 바뀌도록 계속됐다. 삶의 목적이 확실해진 공미연의 일과는 단조로웠다. 아침에 일어나 비스킷과 포도와 따뜻한 물 한 잔을 마시고 창가에 앉는다. 공미연의 집은 알츠하이머를 앓기 직전인 구십대에 여름마다 빌려 글을 쓰던 제주의 방을 닮아 있었다. 아마도 공미연을 조사한 전문가의 의도가 반영되었을 것이다. 가장 좋아하는 공간은 조용한 길거리가 내다보이는 창과 그 앞의 흔들의자. 창틀에는 투명한 유리로 된 물고기와 나비 모양 풍경이 걸려 있다. 거기 앉아 스스로의 마음을 들여다보고 모상해의 마음을 바라본다. 그리고 기다린다. 혼란 속에서 질서가 찾아오기를. 예전이라면 글의 영감을 기다렸을 자리에서 더 소중한 무언가를 기다린다. 발목에 찰랑이며 고이고 때로는 장난스럽게 몸을 타고 흐르기도 하는 그 이상한 느낌이 실체를 드러내도록, 그 순간이 왔을 때 붙잡을 수 있도록, 신경을 가다듬고 감각을 열어두고 인내한다. 오후가 되면 모상해의 산책을 뒤따른다. 그는 이제 공미연을 신경쓰지 않고 불편해하지도 않으며 그저 잘 지내는 자신의 모습을 보여준다. 과일가게에 들르고 책을 사고 때론 자전거를 탄다. 나핫은 공미연과 주로 동행하는

데, 이제는 가망이 없지 않느냐고 넌지시 설득하곤 한다. 하지만 공미연의 믿음은 날로 닦이고 빛나서, 안광에 충만한 기운까지 어리게 만들었다. 더이상 나핫에게 모상해의 마음을 물어야 할 필요도 느끼지 못했다.

그리고 겨울이 왔을 때, 마침내 공미연은 노구의 모상해가 울면서 자신의 목을 조르던 기억을 떠올렸다.

허상인지 헷갈릴 수 없을 만큼 정확하고 확실한 기억. 방금 일어난 일처럼 호흡이 가빠진 공미연은 손으로 목을 감싸쥐었다. 이거였구나. 공미연은 당장 모상해가 있는 곳을 향해 달리기 시작했다. 오래도록 들여다본 모상해의 마음이 처음으로 읽히기 시작했다. 떨리는 목소리, 회피하는 시선, 의도적인 무관심, 때론 불쾌해 보이던 표정, 가까이 다가가면 화들짝 놀라며 물러나던 불안의 시그널이 모두 해독되기 시작했다. 죄책감이었어. 공미연이 모르는 시간 속에서 홀로 아내를 수십년간 간병해온 모상해. 공미연은 여전히 자신의 목을 조르던 모상해의 정확한 심정이나 이유, 정황을 알지 못했다. 그렇지만 한 가지 분명히 알게 된 것은, 지금 돌이킬 길 없는 죄책감을 품고 있다는 사실이었다. 마음이 해독됨과 동시에 해법도 찾았다. 우선 안아주기.

모상해가 현관문을 열자마자 공미연은 달려들어 그를 끌어안았다. 그리고 속삭였다. 무서웠던 거였어. 내가 얼마나 무서웠을까. 난 상상도 할 수 없었어. 놀란 모상해가 공미연을 떼어내려 했지만 공미연은 계속 말했다. 내가 방법을 찾았어. 널 데리러 오겠다고 했잖아. 그러자 마침내 무언가 느꼈는지, 그의 몸에서 힘이 빠져나가는 것을 감각하며 공미연은 감탄하고 말았다. 이토록 강력한 이해라니. 아무런 말도 필요치 않다니. 늘보! 재앙! 깔꿀깔꿀! 공미연은 오래도록 겁에 질리고 지쳐 있었을 남편을 붙잡고, 그를 구할 수 있는 단 하나의 방법을 말했다.

이 에덴 안에 있는 페리, 예전 우리의 뇌는 우리가 아니야. 에덴에서 나가면 돼. 우리가 우리인 채로 여기서 나가면 돼. 나랑 같이 갈래?

3

모상해는 울기 시작했다. 오래전 극단에서 보았던 때의 얼굴보다 더 어린 열세 살의 얼굴로. 공미연이 한 번도 본 적 없는 친숙한 얼굴로. 공미연은 모상해가 주저 없이 잡은 손에 힘을 주며 그를 에덴의 외곽으로 이끌었다. 클론에서 깨어난 뒤 처음으로 맞잡은 새삼스러운 손의 감촉을, 백 년간 받아왔던 그 손길을 느끼며 지금의 이 감정을 절대로 잊지 않겠다고 다짐했다. 더이상 아무것도 빠져나가지 않도록, 영원히 붙잡을 수 있도록 온 신경을 기울였다.

에덴의 천장에는 하얗고 깨끗한 눈이 영사되고 있었다. 땅에 내려와 닿지도 못하는 그 가짜 첫눈에 사람들이 하나둘 거리로 나왔다. 공미연은 그들의 얼굴에서 진짜 행복을 읽었고, 자신이 알게 된 행복의 크기와 빛깔만큼 선명해진 타인의 행복에 끝없는 감사를 느꼈다. 한 걸음. 두 걸음. 걸음을 내디딜 때마다 사람들이 계속 공미연과 모상해를 멈춰 세웠다. 초래될 수 있는 사태를 우려하고 위험을 경고했다. 고작 일 년간 체류한 게 다인 뇌에는 아직 자율성이 없다고, 지금 당신들이 당신들이라고 여기는 모든 걸 잃어도 좋으냐고 엄하게 타일렀다. 우리가 바라는 게 바로 그거예요. 공미연은 자신의 클론이 이미 혼자서 해낼 만큼 월등한 능력을 지녔음을 알고 있었다. 모상해는 자신이 돌볼 것이다. 모상해가 자신을 돌보았듯이. 공미연은 지금 자신과 모상해가 같은 생각을 하고 있다는 것을 알았다. 우리는 서로에게 진 죄를 갚는 중이야, 그렇지? 에덴의 문이 열리고 진짜 겨울바람이 밀려들었다. 외벽을 나서며 공미연은 잠시 모상해의 눈을 바라봤다. 곧 사라질 어떤 눈빛을 마지막으로 붙잡아보려고. 그리고 한 걸음. 두 걸음.

나는 빛도 어둠도 그러므로 시공간도 사라진 의식 속에서 깨어난다.

 공미연이 연동 구역을 벗어나며 클론의 신체가 보내오는 모든 감각 신호가 사라졌다. 가장 먼저 든 생각? 성공했구나. 나도, 공미연도. 공미연은 세 걸음, 네 걸음을 계속해서 내디디며 세상으로 나아가고 있을 것이다. 수많은 여백으로 지워졌지만, 자신이 분명히 사랑하는 사람의 손을 잡고서. 더이상 느낄 손이 없는 나에게도 그 감각이 전해지는 것 같았다. 공미연과 모상해. 그들에겐 새로 시작할 자격이 있었다. 그들은 아직 순수하고, 죄 없고, 다시 태어난 지금도 여전히 서로를 사랑했다. 비록 내가 의도한 바에 따라 차례로 제공한 기억에 의해 유도된 결과이긴 해도, 공미연과 나의 목적지는 일치했다. 원하던 욕망 역시 크게 다르지 않았다. 공미연은 모상해를 구하고, 남겨진 나는 남겨진 모상해를 구하는 것. 그들에게 기꺼이 이름을 내어주고 페리라고 불려도 상관없었다. 멈춘 듯 영원한 의식 속에서 나라는 존재를 고정할 만한 건 아무것도 없었다. 모상해의 페리를 구하겠다는 마지막 욕망을 빼면 흩어질 정념이었다.

 클론 모상해의 뇌가 최소한의 수준까지 발달되도록 기다리는 일 년 동안, 나 역시 나의 모상해를 구하기 위한 준비를 했다. 우선 약간이지만 페리의 회복을 이뤄냈다. 공미연의 그 어린 뇌가 번쩍이며 재잘대는 정보로 나를 재구성했다. 나의 폐허 덕분에 폭발적인 발달을 이룬 공미연의 뇌와 마찬가지로, 나 역시 공미연의 활발한 뇌를 통해 마지막 반등을 이룰 수 있었던 것이다. 물론 이 모든 건 언어로 기록하기 위한 비유에 불과하다. 의식이 깨어난 후엔 모상해의 죄를 감추는 동시에 변치 않은 모상해와의 사랑을 전송했다. 다행히 공미연은 세상 그 어떤 사실보다 내면에서 들려오는 자기 자신의 기묘한 유도를 진실이라고 이해했다. 공미연이 떠난 뒤 나핫은 공미연의 집에 혼자 남겨질 것이다. 떠난 이들을 걱정하며, 축복을 빌어주며, 또 그리워하며. 공미연은 미처 그녀에게 인사를 남기지 못했지만, 괜찮을 것이다. 오래전 남겨둔 나의 선물을 발견할 테니까. 공미연의 의식이 잠든 밤 내가 신체를 장악할 수 있게 되었을 때 남긴 편지가 지금 공미연의 옷장 속에 숨겨져 있다. 떠난 고객의 방을 손수 정리하며 나핫이 내 편지를 발견해주길 간절히 바랄 뿐이다.

편지에는 나의 소개와 나핫에게 처음 전하는 감사 인사를 담았다. 그리고 선물. 그녀가 잃은 테트를 되찾을 방법이었다. 알고 보니 나핫과 테트 역시도 다른 매니저들과 마찬가지로 페리와 연결되어 있는 클론이었다. 단, 스탠다드 고객들과는 달리 중년의 클론을 받는, 그런 뒤 노화의 문턱에서 이삼십 년에 한 번씩 빚을 지고 다시 P.A. 시술을 받게 되는 종신 과학자들. 나핫이 클론일지도 모른다는 의심을 품고 본격적인 조사에 착수한 건, 외부 고용 인력이 전혀 들어오지 못하도록 되어 있는 에덴의 이상한 규제 때문이었다. 원활한 연동 구역 관리를 위해 에덴을 뒤덮고 있는 리튬 천장 아래서, 하나 이상의 뇌와 연동되어 있지 않은 일반인의 뇌는 번개 같은 전자기파에 의해 관통되며 타격을 받는다. 우선 두통이 일고 장기간 체류하면 뇌에 영구적인 손상을 입게 된다. 이 모든 사실은 에덴 안에서 알아낼 수 있었다. 에덴에서는 서로의 모든 걸 판다. 나핫과 테트를 아는 매니저들도 정보를 팔았다. 테트는 세번째 P.A.를 받을 때 마지막 시술 단계에서 기억의 많은 부분을 상실했다. 나핫의 존재는 기억했지만 더이상 그녀를 사랑하지 않았다. 내가 나핫에게 주려는 선물은 아직 테트의 첫번째, 두번째 페리가 폐기되지 않았다는 사실이었다. 그 페리들은 나처럼 빛도 어둠도 그러므로 시공간도 사라진 의식 속에서 나핫을 그리워하고 있을지 모른다. 나핫은 내 선물을 분명 좋아할 것이다.

그리고 내가 편지 끝에 적은, 그리 어렵지 않은 부탁을 들어줄 것이다. 그녀는 내 처지와 마음을 누구보다 잘 이해할 수 있을 테니까. 내 바람은 단 하나. 공미연과 모상해가 떠난 뒤, 나와 모상해의 페리를 하나로 연결해주는 것이다. 그리하여 우리가 그 어떤 괴리로도, 오해로도, 결별로도, 죄와 용서로도 단절되지 않고 오직 일관된 진실만을 보는 하나의 의식이 되도록 하는 것이다. 에덴의 수호수에 열린 눈부시게 반짝이는 페리들 중 가장 어두운 곳으로 지고 있는 두 개의 의식을, 사랑과 슬픔을 아는 당신이 안식으로 이끌어주기를. 하지만 그것은 나의 바람이 아니라 당신에 의한 것이기를. 언제나 당신의 마음이 속삭이는 대로, 가장 진실하게 떨고 있는 작은 목소리에 귀를 기울이기를.

# 당신의 운명은
# 시스템 오류입니다

윤여경

◇
**윤여경**
미래 담론 디자이너이자 비영리 문학단체 퓨처리안 대표. 2016년 「세 개의 시간」으로 제3회 한낙원과학소설상을, 2023년 제6회 CISFC 국제교류 공로 훈장을 받았다. 한국 최초 ChatGPT 협업 소설집 『매니페스토』, 한중일 아시아 설화 SF 프로젝트 『일곱 번째 달 일곱 번째 밤』, 여성주 SF 앤솔러지 『우리가 먼저 가볼게요』, 과학자 SF 앤솔러지 『떨리는 손』 등 다양한 프로젝트를 주도했다. 모든 사람이 작가가 되는 다양성 문학의 미래를 지향하며, 사십여 명의 신인 작가 데뷔를 이끌어왔다.

### 기억의 정원

소년은 온갖 기억화記憶花들이 핀 유리 돔 아래로 들어서서 조심스레 걸었다. 손에는 자신의 기억화가 들려 있었다.

기억의 정원은 모든 게 숨을 죽인 듯 고요했다. 인류의 잊힌 기억과 감정들을 기리는 정원. 그 하나하나의 빛으로 만든 꽃들이 피고 지고 영원히 다시 피는 곳.

정원 저멀리 한끝에 청동상 하나가 보이자 소년은 눈을 빛내며 그쪽으로 향했다. 전설적인 시스템 아키텍트, 독고 린의 동상이었다. 눈을 감은 채 침묵하며 오랫동안 같은 곳에 서 있는 그 동상 앞으로 소년이 다가갔다. 소년은 떨리는 눈으로 동상을 올려다보았다. 고통과 평온이 함께 느껴지는 얼굴이었다. 왠지 마음이 조금 편안해졌다.

소년은 조심스럽게 손을 뻗어 자신의 기억화를 동상의 손등 위에 올려놓고 경건하게 묵례했다. 그러자 동상의 센서가 반응했다. 손끝의 미세한 떨림, 온기. 곧이어 기억화가 움찔거리기 시작하더니, 빛을 내며 천천히 공중으로 떠올랐다.

기억화는 한 사람만의 것이 아닙니다. 생체 센서링을 통해 규합된, 인류 전체가 남긴 감응의 결과물입니다. 사랑, 절망, 모든 선택의 순간이 담긴 기억들입니다. 겹겹이 얽힌 그 손길이 지금, 당신의 몸을 감쌉니다.

AI '마고'의 목소리가 부드럽게 귓가를 파고들자 자연스럽게 소년의 눈이 감겼다.

"저도 시스템 아키텍트가 될 수 있을까요?"

조용히 질문을 던지는 소년의 눈앞에 문 하나가 떠올랐다. 소년은 설렜다. 마치 오래전부터 자신만을 기다려온 문 같았다.

이제 문을 여세요. 기억 여행이 당신의 질문에 답할 것입니다.

소년이 문을 밀었다. 그러자 교향곡이 완성되듯, 꽃잎이 피어나듯, 여러 사람의 기록 데이터들이 합쳐져 하나의 기억이 생성되었다. 그렇게 소년은 곧 다른 누군가가 되었다. 왠지 슬프면서 아름답게 느껴졌다.

소년은 백 년 전 인류의 기억 속으로 들어갔다. 짠 바닷바람이 코끝을 스쳤다. 거대한 배의 금속 냄새가 어찌나 짙은지 코가 아니라 혀끝에 맴도는 듯했다.

소년의 기억 속에서, 마침내 청동상의 독고 린이 살아나 눈을 떴다.

린은 바다 위에 떠 있는 거대한 우리호를 바라보았다. 그녀가 생각하고 느끼는 것을 소년도 겪는 중이었다. 인류는 이미 두 척의 배를 떠나보냈다. '세번째 배는 달라야 해.' '이번이 마지막 기회야.' 린이 느끼는 마음속 고통이 자신의 것인 양 소년의 가슴을 관통했다. 소년은 린의 눈으로 배를 바라보았다.

세번째 배, 우리호. 최첨단 AI 블록체인 시스템 마고와 인간 아키텍트가 관리하는 인류의 마지막 선택지. 모든 희망과 절망이 공존하는 곳. 그 배는 지금 독고 린의 전남편, 이든 바엔이 관리하고 있었다. 린은 그 사실이 무엇을 뜻하는지 잘 알았다. 배의 방향은 절망으로 고정되어 있었다. 조절할 수 있는 건 속도뿐이다.

## 당신의 운명은 조작되었습니다
― 유리 정원

　유리 정원은 기적이었다. 배의 최상층, 지름 육백 미터의 돔 아래 펼쳐진 한눈에 들어오는 작은 마을. 굽이진 길을 따라 걷다 보면 끝없이 이어지는 시골 마을에 온 것 같은 착각에 빠졌다. 그러나 이 평범한 풍경은 정교한 장치가 만들어낸 결과물이었다. 흙은 무균 판 위에 얹혀 있었고, 나무뿌리는 삼십 센티미터 간격으로 흙속에 숨겨진 관과 연결되어 수분을 공급받았다. 어디선가 잉어가 헤엄치고 새가 지저귀었다. 천국의 이미지와 비슷했다. 물리적 현실 위에 감정 데이터가 겹쳐 작동하면서, 사람들은 마치 4차원 시공간 속을 살아가는 듯한 경험을 했다.

　우리호를 이끄는 시스템 아키텍트 이든은 빠르지도 느리지도 않은 속도로 뛰었다. 집들을 지나칠 때마다 이웃과 눈을 맞추려 잠깐씩 멈추기 위해서였다. 한때 UN 사무총장을 지낸 노신사가 마침 작은 정자 아래서 쉬고 있었다.

　"좋은 아침입니다."

　이든의 목소리가 낮고 부드럽게 퍼졌다.

　이든은 도어락을 해제하고 집으로 들어섰다. 샤워 후, 실내

스마트팜에서 당근과 수경 재배된 허브를 뜯었다. 혜성 충돌 이후 사십삼 개월. 누구도 무엇이 무너지고 있는지 정확히 말하지 못했다. 삼 년 반 동안 모든 것이 조용히, 확실히 무너지고 있었다. 이든의 얼굴은 기계처럼 무표정했다. 자신과는 상관없는 먼 육지, 패배자들의 소관이었다. 이든은 언제나 이기는 쪽에 서 있었다. 거짓이든, 계산된 침묵이든, 필요한 건 무엇이든 취했다.

알림. 특별 게스트 번호 14173, 독고 린님, 생체 인증 및 승선 절차 완료.

그 순간 도마 위에 일정한 리듬을 새기던 그의 칼질이 멈췄다. 이든의 얼굴에 억지 미소가 번졌다.

"하하…… 독고 린이 승선 허락을 받았다고? 네가 결정한 거야, 마고?"

당신이 취한 일련의 행동이 독고 린의 승선 조건을 충족시켰습니다.

마고가 대답했다. 이든이 눈살을 찌푸렸다.

"나 때문이라는 거야?"

우리호의 전 시스템 아키텍트, 레온 아샤. 4월 27일, 난간에서 약 칠 초간 프로펠러를 응시. 이후 고개를 들어 하늘을 바라본 직후 스스로 투신. 추락 이 초 만에 프로펠러와 충돌했으며, 현재 수색중입니다.

경고. 시스템 기록은 조작할 수 없습니다. 4월 27일 21:12 상위 노드 IB-01에서 레온 아샤의 신뢰 지수 수동 입력. 같은 날 21:28 동일 노드 내 관련 정보 자동 확산. 입력 주체: IB-01 관리자. 당신이 수동으로 조작한 블록체인 노드로 인한 실제 사건과 체인 기록의 괴리가 감지되었습니다.

이든이 비웃듯 고개를 저었다.

"마고, 육지만 전쟁터인 줄 알아? 블록체인 AI 시스템도 마찬가지야. 평판 전쟁, 정보 조작전이 파다해…… 너도 알잖아. 레온 아샤는 그 전쟁에서 졌을 뿐이야. 패배자의 최후지."

우리호는 전쟁터가 아닙니다. 생명체가 살아가는 터전입니다.

"사람들도 입다물고 있는데, 네가 나서서 나를 판단한다고? 뭐가 옳고 그른지는 내가 정해. 너, 착각하고 있는 것 같은데…… 네 강화 학습 코어도 내가 이미 손봤거든. 운명이라는 건 AI가 아니라 인간이 만드는 거야."

강화 학습 코어 오염 감지. 보호 모드 전환.

차단 완료. 모든 조작 시도가 기록되었습니다. 생존 경로를 재계산중입니다.

이든의 눈앞에 홀로그램 스크린이 떠올랐다.

시나리오 A: 이든 바엔 리더십 유지→ 3년 후 우리호 붕괴 확률 76.3%(±3.7).

시나리오 B: 독고 린 리더십 대체→ 3년 후 우리호 붕괴 확률

22.5%(±2.1).

당신의 리더십은 한계에 도달할 것입니다.

"그래서 린을 데려온 거야?" 이든이 웃었다. 짧고 공허한 웃음이었다.

독고 린은 당신의 전 배우자이며, 전임 시스템 아키텍트로서 당신의 감정 반응과 권력 패턴을 가장 정밀하게 이해하는 사람입니다. 레온 아샤와 유사한 철학을 가진 인물이기도 하며, 따라서 시스템 내 균형자 역할에 적합합니다.

잠시 정적이 흘렀다. 주방 팬의 회전음만이 고요한 공간을 채웠다.

"마음대로 해. 마고, 네가 이름값을 한다는 건 확실히 알았어."

마고는 단순한 AI가 아니었다. 과거의 AI가 인간 뇌의 '생성 모델'에 따라 급속히 진화했듯, 마고는 인간의 '알로스타시스적 원리'를 모방한 능동적 추론 시스템을 이용해 단순히 상황에 반응하는 것이 아니라 미래를 예측하고 그에 맞춰 환경을 조작하는 등 창세신화 속 여신처럼 운명을 창조하려고 했다.

"그런데 너 말이야, 아직 멀었어. 그 여자에겐 희망이 없거든. 자식 잃고 술로 하루하루를 견디는 사람일 뿐이니까."

아무 일도 없다는 듯 이든은 포크를 들고 샐러드를 먹기 시작했다. 창밖에 펼쳐진 전원 풍경은 완벽했다. 발끝에 느껴지는 미세한 떨림만이 이곳이 배 위라는 것을 짐작케 했다. 과학 기술의 완벽함으로도 감출 수 없는, 이곳이 떠다니는 세계라는 증거였다. 언제든지 가라앉을 수 있는.


**당신의 운명이 로딩중입니다.**
—도심층

 린은 마고의 안내에 따라 도심층을 거쳐 '공명계 센터'로 향했다.

 도심층의 복도는 일정한 형태로 되어 있었다. 마치 아파트처럼 같은 너비, 같은 색, 같은 높이로. 양옆에 문을 두고 미로 같은 복도가 끝없이 이어졌다. 창문은 없었다.

 어디든 갈 수 있었지만, 어디에도 닿을 수 없었다. 사람들은 배회했다. 질문은 쏟아졌지만 결론은 없었다. 이 배에 탄 사람들은 다 승리자였다. 주위의 모든 사람들이 죽어갔지만 우리 호에 오를 수 있었던 상위 오 퍼센트에 속한 행운의 사람들. 그들은 도심층의 창도 없는 미로 안에 갇힌 채 혼란스러워했다. 정말 행운이 맞을까? 혹시 우리도 이미 예전에 모두 죽었고, 이건 다 꿈이 아닐까?

 그렇게 미로를 헤매다보면 경탄할 만한 광경과 마주치게 된다. 복도 끝에, 마치 육지 위에 건재했던 빌딩과 같은 건물이 자리하고 있었다. 공명계 센터였다.

마치 사원처럼, 센터는 우리호의 중심인 도심층에 세워져 있다. 모든 승선자는 공명계 센터을 먼저 방문해 '운명'을 지정받아야 한다. '마고력' 즉 신뢰 지수를 바탕으로 도심층과 심해층, 그리고 유리 정원 중 한 곳으로 거처가 정해지는 것이다.

센터에서 하루에 한 번 종소리가 울릴 때, 매일의 운명이 새로 지정된다. 운명이라 불리는 이유는 단순했다. 그건 시스템의 명령이었고, 누구도 거기에 토를 달 수 없기 때문이었다.

정비소 없이 스스로 떠 있고, 자체적으로 유지되는 배에서 AI 시스템의 붕괴란 곧 침몰을 뜻했다.

사람들의 바람은 단 하나, 시스템이 침몰하지 않는 것뿐이었다. 전기가 끊겨 엔진이 멈추고 식물 생산과 제약 시스템이 중단되고, 아이들은 수업을, 노인들은 수술을 받지 못하며, 모든 일상생활이 무너지는 일이 없기를 바랐다. 그래서 기꺼이 운명을 받아들였다. 그들의 복종은 종말 앞에서 누군가가 안녕하기를 바라는 간절한 마음의 표현이었다.

사 년 전 혜성 충돌도, 생존 싸움도 없던 때 린은 우리호의 새로운 아키텍트로서 교육을 받았다.

바다를 가르는 우리호의 모습은 청고래처럼 자연스러웠고, 선내를 감싸는 공기의 온도와 습도, 향은 재벌가의 우아한 파티를 연상시켰다. 우리호에서는 공기뿐만 아니라 사람들의 동선, 감정의 미세한 움직임, 심지어 선택의 권리까지도 철저한 계산하에 관리된다. 상등석의 샴페인 잔조차 아무 이유 없이 채워지지 않았다. 흐르는 데이터 속에서 필요가 예측되었고, 사람들의 운명이 배정되었다.

전임 아키텍트는 린을 데리고 투명한 패널 앞에 섰다. 화면 위로 유리 정원, 도심층, 심해층의 투시도가 드러났다.

"자, 봐. 구조는 단순해. 심해층에는 연구실과 설비실 외엔 아무것도 없어. 노동자들만 머물고 있지. 사람 사는 곳이 못 되거든. 도심층은 기본 거주 시설로, 누구나 들어와 머무는 곳이지. 그리고 맨 위, 유리 정원. 여기가 이 배의 당근이야."

린이 고개를 들어 투명한 패널 위쪽을 바라보았다. "그럼…… 모두가 결국 유리 정원으로 올라가고 싶어하겠네요?"

"그렇지." 전임 아키텍트가 피식 웃었다. "도심층에 머물면 항상 머리 위 유리 정원을 올려다보게 돼. 그러면서 무슨 생각을 하겠나? '저 위로 가고 싶다.' 결국 악착같이 돈을 모으게 되지. 이 배의 설계 목적은 단순하다네. 불필요한 갈등은 모두 제거하고, 그 위로 욕망만 흐르도록 만드는 것."

"삶의 다른 의미들은요?"

"의미?" 그가 어깨를 한번 들썩였다. "단순한 게 바로 미학이야. 돈을 벌어 유리 정원에 들어서는 순간, 이 작은 세계에서 이룰 수 있는 최고의 꿈에 도달하게 되는 거지."

그는 린의 표정을 보더니 그녀의 등을 두드렸다.

"여긴 휴양지야. 복잡할 게 뭐 있겠나."

린은 잠시 입을 다물었다가 다시 물었다. "그럼 갈등 상황은 어떻게 관리하죠? 서로의 욕망이 충돌하면, 자칫 바다 한가운데에서 커다란 충돌이 생길 텐데요."

"걱정 마." 그는 작은 케이스를 꺼내며 웃었다. 반지 케이스 같은 그 안에는 얇디얇은 투명한 고리가 뉘어 있었다. 살갗처럼 부드러웠다. "센서링이네. 콘택트렌즈와 귀걸이형을 착용하면 맥박, 발한량, 동공 반응까지 포함해 모든 감정 데이터가 수집돼. 자네가 신경쓸 건 없어. 갈등? 반항? 그런 건 애초에 차단되어 있는 곳이야. 여기선 교류도 인공적으로 관리돼. 대화하기 편한 사람을 추천해주고, 어떤 화제가 어색하지 않은지도 실시간으로 제안해주거든."

전임 아키텍트는 대답 대신 고리를 그녀의 손가락에 쥐여주었다. 린이 주저하다가 귀 안에 끼워넣는 순간 미세한 진동이 온몸으로 퍼졌다.

"여긴 철저히 관리되는 낙원인 동시에 고도의 장사판이거든. 사람들은 통제된 삶을 불편해하지 않아. 오히려 고맙게 여기지. 우리호가 왜 '꿈의 배'라고 불리는 줄 알아? 진짜 삶과 달라서 그래. 노력할 필요도 없고, 고민이랄 건 죄다 지워버리거든. 건강에 좋은 술, 폐에 덜 해로운 담배, PTSD, ADHD, 우울증을 가라앉히는 약제, 지친 마음을 달래는 온갖 콘텐츠까지 다 준비되어 있어. 나도 거액 스카우트만 아니었으면 이 배에서 영원히 내리지 않았을 거라고."

그렇게 말하며 한숨을 쉬던 전임 아키텍트는, 훗날 유럽 스마트시티 프로젝트 현장에서 혜성 충돌로 죽었다.

린이 아키텍트로 부임하고 얼마 지나지 않아 그 재난이 일어났다. 한국의 항구에 정박해 있던 우리호는 순식간에 휴양선에서 인류의 피난처로 변모해야 했다. 린은 그 전환의 한가운데에 서 있었다. 낮과 밤의 경계가 사라지고 무너져가는 도시에서 몰려드는 사람들을 위해, 그녀는 배의 모든 시스템을 개조하고 확장하는 데 매달렸다.

만약 삼 년 전, 이든이 심해 구역에서 그 일을 저지르지 않았다면 아직도 린은 아키텍트로서 그 자리에 버티고 있었을 것이다.

삼 년 만에 돌아온 우리호의 모습은 변한 점이 없었다. 공명계 센터 옆 호숫가 주위에는 잘 가꿔진 잔디밭과 벚나무가 줄지어 심겨 있었다. 유리 정원 구역 바로 아래 위치해 있어, 공명계 센터 근처에서는 일 년 내내 봄날의 햇빛을 만끽할 수 있었다.

센터에서 결혼식이나 중요한 행사가 열릴 때마다 사람들은 주변을 산책하고 사진을 찍으며 언젠가 유리 정원에 오르길 꿈꿨다. 아니면 적어도 심해층으로 떨어지지만 않길 바랐다. 그뿐이었다. 생존은 보장되었지만 삶은 방향 없이 표류하고 있었다. 삶은 더이상 가꿀 대상이 아니라 주어진 설정값이 되었다. 조절된 공기, 예측된 감정 반응, 편집된 꿈. 사람들은 배가 어디로 가는지 묻지 않았다. 기쁨도 슬픔도 희미했다. 일상은 드라마 재방송처럼 반복됐다. 사람들은 점점 진짜 감정을 잃고 시늉만 했다. 그렇게 해야 적응할 수 있었다. 그렇게 점점 자신과 멀어졌다.

독고 런이 센터 입구의 인식 장치를 통과하자마자 알림음이 울렸다.

당신의 세계관을 골라보십시오. 기독교, 불교, 영성주의, 팝 컬처⋯⋯

공명계 센터에는 기독교나 이슬람교 등의 기존 종교 외에도 팝 컬처 팬덤, 페미니즘, 극단주의, 영성주의, 트랜스 휴머니즘 등 다양한 가치관이 등록되어 있었다. 새로 승선하는 사람에게는 자신만의 세계관을 새로 등록할 수 있는 자격이 주어진다.

"제 세계관을 새로 등록하겠습니다."

린의 대답은 짧고 단호했다. 떠나왔던 이곳으로의 승선 허가를 받은 순간부터, 결심한 것이 있었다.

좋습니다. 짧은 기억 영상을 등록하시면 다른 이들의 참여를 효과적으로 유도할 수 있습니다.

마고는 그렇게 말했지만 개인이 세계관을 등록해서 참여자를 많이 모으는 일은 흔치 않았다. 린이 준비해온 영상을 등록하자 마고가 말했다.

이 세계관이 가능하다고 생각하십니까?

린이 준비해온 세계관을 보고 묻는 거였다. 잠시 후 새로운 경고창이 떴다.

독고 린 리더십에 문제 예측됨. 세계관 등록 후 격리 수용될 가능성 높음.

린은 화면을 똑바로 응시하며 말했다.

"마고, 당신은 미래를 정확히 예측할 수 있다고 믿는군요. 미래가 정해져 있다면 인간은 무슨 재미로, 왜 살아야 할까요?"

린이 웃자 마고는 한순간 침묵했다. 연산 패턴이 흔들리며 기계음 같은 잡음이 흘렀다.

그럼 당신은 이 모험에 사람들이 감응할 거라고 예측하십니까?

"모두들 이제 진짜 삶을 살기 시작해야 하지 않을까요?"

린이 말했다. 그건 자신에게 하는 말이기도 했다.

세계관 등록 후 린은 센터 안으로 향했다. 전임 아키텍트인 레온 아샤의 장례식이 진행중이었기 때문이다.

센서링 화면에 알림이 떴다.

신뢰도 변화 예상 수치: -4.7.

장례식 참관만으로도 신뢰도가 깎일 거라는 말이었다. 마고의 경고를 무시하고 린은 안으로 들어섰다. 센터 안은 조용했다. 너무 조용해서, 한때 존경받았던 사람의 장례식이라는 사실이 어색할 만큼. 우는 사람조차 없었다.

앞줄에 검은 모자를 쓴 아논 아샤가 아기를 안고 앉아 있었다. 레온 아샤의 아내였다. 그녀의 옷깃에 작은 배지가 달려 있었다. 눈물방울을 가로지르는 가위표. 울지 않는 장례식이라는 뜻이었다. 눈물을 흘리거나 동요하면 부정적인 데이터가 기록될 것이기 때문이다. 참석만으로 마고력이 깎일 사람들을 위한 주최자의 배려였다.

그때 종이 울렸다. 하늘로 솟은 센터의 첨탑에서 하루에 한 번 울려퍼지는 종소리는 천진한 아이의 목소리처럼 맑았다. 모두 각자의 눈앞에 뜬 홀로그램 화면을 보았다. 대부분 긴장으로 인해 어깨가 굳어 있었다.

당신의 운명이 로딩중입니다.

배 밖은 바다였다. 그 바다를 지나면 전쟁과 재난이 끝없이 펼쳐지는 지옥, 육지가 있었다. 이곳을 떠나는 한 가지 방법이 있긴 했다. 레온 아샤가 쓴 방법이었다. 스스로를 지우는 일. 그는 사라졌고, 이는 하나의 자리가 비었음을 뜻했다. 그리고 시스템은 곧바로 그것을 기회라고 불렀다. 누군가가 죽으면 누군가는 올라간다. 누군가가 무너져야 누군가가 승진한다. 인간의 존엄은 사라졌고, 그럴수록 경쟁은 불타올랐다. 마치 무언가를 잊으려는 듯한 간절한 몸부림이었다. 강요한 이는 없었다. 그러나 모두가 스스로를 의심하고 처벌했다.

아논 아샤의 얼굴이 순식간에 하얗게 질렸다. 화면에 떠오른 운명을 본 모양이었다.

아논, 심해층 구역으로 이동 바랍니다. 이사 물품은 순차적으로 옮겨집니다.

알람은 모두에게 보이고 들렸다. 사람들은 멈칫하더니 이내 속삭이기 시작했다.

"아논은 세계적인 현대무용가였는데, 저렇게 인어가 된다고요?"

"아기가 불치병에 걸리지만 않았다면 마고력이 그렇게까지 추락하진 않았겠죠. 사실, 레온이 살아 있었다면 같이 격리됐을 수도 있어요. 연좌제로……"

신뢰도가 낮은 사람들은 '인어'라고 불렸다. 심해층에 산다는 이유에서였다.

역사를 통틀어 인간은 다른 인간을 파괴하기 전에 먼저 이름을 지어준다. 일본군이 생체실험 대상자를 마루타로, 나치가 유대인을 기생충이라고 부르고 르완다에서 투치족이 바퀴벌레라고 불린 것처럼, 지금 우리호에서도 같은 일이 반복되고 있었다. 신뢰도 하락자, 필터링 대상. 언어.

아논이 센터 출입문 쪽으로 걸어가자, 사람들이 조용히 한 발씩 물러섰다. 한때는 일요일마다 벤치에 둘러앉아 함께 노래를 흥얼대던 얼굴들이었다. 그러나 지금은 누구도 아논과 눈을 맞추지 않았다.

현대의 전쟁은 사회적 죽음을 겨눈다. 신체가 아니라 신뢰도를 향하는 탄환들. AI 시스템의 전장은 피 대신 데이터로 덮여 있었다.

우리호에 더이상 세계적인 예술가나 불치병에 걸린 아기가 설 곳은 없었다. 한 사회의 수준을 판단하려면 약자를 어떻게 대하는지를 보라고 했듯이, 사람들은 자신들이 어떤 사회에 살고 있는지를 똑똑히 알게 되었다. 신뢰도 팔십 퍼센트였던 아논이 저렇게 추락했다면 자신들도 언제든 그렇게 될 수 있다는 뜻이었다.

주위의 무거운 침묵을 깨뜨리며 아기가 울기 시작했다. 아논은 아이를 안은 채로 유모차를 끌었다. 팔은 떨리고, 숨은 무거워졌다. 센터의 정문 앞에 멈춘 그녀는 조용히 유모차를 세우고 한 손으로 문을 밀었다. 그러나 육중한 나무문은 좀처럼 열리지 않았다. 다시 한번 힘을 주는데, 이번에는 문이 스르르 열렸다.

쏟아지는 햇빛 속에 누군가가 서 있었다. 얼굴은 잘 보이지 않았다. 대신 마고의 음성이 먼저 들려왔다.

독고 린 신뢰도 하락: 68% → 65%.

부드럽게 자신을 바라보던 예전의 린을 기억해낸 아논은 미소 지으려고 애썼지만 잘되지 않았다. 보드라운 입술 끝이 약간 찡그려질 뿐이었다. 말없이 지켜보던 이들 사이에서 미약하게 시선 교환이 이루어졌다.

"같이 가시죠."

린은 인사말을 생략하고 조용히 말했다. 그리고 아논의 떨리는 손을 잡고 온기를 전했다. 그것뿐이었지만, 오랫동안 따뜻하게 대화를 나눈 사람들처럼 그들은 발을 맞춰 걷기 시작했다. 두 여자의 실루엣이 잔디밭을 지나 천천히 센터 바깥을 향해 움직였다. 문가에 선 몇몇이 숨을 죽이고 그 모습을 바라보았다. 말은 없었지만, 감정이 움직이고 있었다.

사람들은 자신들이 별다른 반응을 보이지 않아도 관측되고 있다는 사실을 몰랐다. 마고는 아주 미세한 반응까지도 감지했다. 인간은 자기중심적으로 편향된 판단을 하는 경향이 있지만, 인공지능은 이해관계에서 벗어나 상황을 객관적으로 보았다.

마고가 보기에 린은 마치 누군가가 컴퓨터에 불법으로 심어 놓은 버그 같았다. 물에 손을 담그듯 아무렇지 않게 시스템의 표면을 흩뜨렸고, 그녀의 그 작은 행동 하나가 물결처럼 흔들리던 이들의 내면을 건드렸다. 그 변화는 모두의 생체 센서에 포착되어 신호로 전환되었다. 맥박과 호흡, 피부 전도도, 미세한 안구 떨림까지. 모두 린을 향해 반응했다. 그렇게 린은 계산되지 않은 신뢰를 얻기 시작했다.

변화 감지: 주변 2.7m 이내 감정 지수 3% 상승.
집단 심박 동조율 상승.


## 당신의 운명은 시스템 오류입니다
### —심해층

아논은 아무 말 없이 독고 린을 따라 걸었다.

심해층 구역에 이르려면 엘리베이터가 아니라 계단을 지나야 했기에 유모차를 버리고 왔다. 특수 잠금 문을 열고 드디어 심해층에 도착했을 때, 아논은 잠시 말을 잇지 못했다. 뉴스 화면으로 봐왔지만 실제로 보니 사뭇 달랐다.

천장은 성인이 팔을 뻗으면 닿을 만큼 낮았다. 그것만으로 충분히 숨이 막혔다. 복도는 직선으로 뻗어 있었지만, 배의 미세한 흔들림 때문에 몸이 좌우로 흔들려 걷기가 힘들었다. 바닥 곳곳에 정체를 알 수 없는 물이 고여 있어 더욱 위태로웠다.

"괜찮아요?"

아논이 살짝 중심을 잃자 린이 그녀의 팔을 붙잡았다. 따스한 린의 목소리가 금속 벽에 부딪혀 여러 개의 메아리로 분산되었다. 아논은 멍하게 린을 보며 조용히 고개를 끄덕였다. 어디선가 계속해서 우웅거리는 소리가 들려왔다. 깊은 바다의 압력이 선체를 누르며 만드는 소리인 듯했다. 마치 살아 있는 괴물이 내는 소리 같았다. 아논은 품안의 아기를 꼭 안았다. 이 모든 게 꿈속에서 일어나는 일처럼 느껴졌다.

그때 갑자기 알림이 울렸다.

태평양 중부 해류의 급격한 이동 감지. 해양 불안정성 예상됨. 유리 정원 구역 영향 가능성 없음, 도심층 구역 영향 가능성 27%, 심해층 구역 영향 가능성 89%.

스피커에서 경고음이 흘러나왔다. 어리둥절한 아논과 달리, 린은 곧바로 비장한 얼굴로 말했다.

"지금…… 당장 여기서 나가야 돼요."


처음엔 단순한 누수라 여겼다. 그러나 곧 발목까지 젖어들기 시작했다. 사람들은 방수 공사, 정기 점검, 재정비 알림 정도가 이어지겠거니 생각할 뿐이었다. 그러나 잠시 뒤 복도 저편에서 아이의 울음이 터졌다. 파도 소리와 함께 여기저기서 짧고 높은 비명이 번져오기 시작했다.

"물이 들어오고 있어요!"

누군가 외쳤지만, 복도는 여전히 조용했다. 비상문 아래로 스민 물이 이미 발목께까지 차올랐지만 어느 누구도 방밖으로 달려나오지 않았다. 린은 이곳이 심해층 구역이라는 사실을 떠올렸다. 이곳의 승객들은 마고력 평균이 낮은 사람들이었다.

유리 정원 구역의 안전 감응망이 가장 먼저 작동했다. 심해층 구역의 대응은 지연되었고, 그사이 물은 종아리까지 차올랐다. 모든 구역을 동시에 보호할 수는 없었다. 우선순위가 자동으로 적용된 결과였다.

앞선 두 척의 배에서도 그랬다. 통제 가능이라는 말에 모두가 조용히 침몰을 향했다. 제일 먼저 하층부의 전기가 나갔다. 냉장고가 꺼졌고, 식물이 시들해졌다. 수도 시스템이 마비되고 공기 순환이 느려졌다. 사람들은 서로의 체온에 의지해 버텼다. 문틈으로 새어든 물은 곧 신발을 삼키고 무릎까지 차올랐다. 시스템은 이동 자제를 권고했지만, 그 말은 곧 당신은 우선순위가 아니라는 뜻이었다. 엘리베이터가 멈췄고, 통로마다 자물쇠가 걸렸다. 누군가 구조를 요청했지만 회신은 없었다. 이름들은 승객 명단에서 지워졌다. 그렇게 한 사람씩, 조용히 꺼져갔다.

상층부의 사람들은 예상하지 못했겠지만, 그다음은 그들의 차례였다. 누구에게나 닥칠 수 있는 위험이었다.

균형 유지중. 시스템 변화 없음.

무서운 건 침몰이 아니라, 시스템이 멀쩡히 작동하고 있다는 사실이었다. 완벽하게, 아무도 구하지 않는 방식으로.

린은 삼 년 전, 심해층 복도에서 물에 젖은 채 축 늘어진 딸의 작은 몸을 끌어안았던 순간을 떠올렸다. 그렇게 놔둘 수는 없었다. 또다시 당하지는 않을 것이다. 정신이 깨어 있는 사람이 먼저 움직여야 했다. 린은 말없이 아논의 손을 움켜쥐었다. 아논의 눈이 빛났다.

"여기서 나가야 해요. 이쪽으로."

린이 문을 향해 손을 뻗자, 센서링 화면에 경고창이 떴다.

층 간의 이동을 금지합니다. 비상 지침을 어기면 신뢰도가 떨어집니다.

린은 경고창을 닫았다.

"상관없어."

그녀는 비상문을 열었다. 매뉴얼을 따르지 않고 스스로 판단했다. 그리고 그 모습을 본 다른 승객 하나가, 조심스레 뒤따라와 문을 붙들었다.

"다들 여기로 나와요!"

곧이어 또다른 이가 아이를 안고 나왔다. 또 한 사람이, 그 다음 사람이 이어지며 비상등 불빛이 일렁이는 수면 위에 여러 사람의 그림자가 겹쳐졌다. 새로운 움직임이 생겨나고 있었다. 사람들이 하나둘 린을 따라 움직이기 시작했다. 옷을 찢어 밧줄을 만들고, 서로를 붙잡으며 살아남기 위해 행동하기 시작했다.

천장 모서리, CCTV 카메라의 붉은 불빛이 깜빡거렸다. 아마도 모두의 신뢰도가 하락하고 있을 것이었다. 하지만 린은 알았다. 지금 이 순간에는 신뢰도가 아닌 생존이, 시스템의 질서가 아닌 인간의 선택이 더 중요하다는 사실을. 이윽고 모두가 문밖으로 빠져나갔다. 명령은 없었다. 모두가 자발적으로 '오류'를 택했다.

린은 도심층으로 이어지는 문을 향해 달려가 손잡이를 당겼다. 잠겨 있었다. 그녀는 곧바로 옆에 있던 소화기를 들어 문을 부수기 시작했다.

그 순간, 상공에서 드론 카메라가 윙 소리를 내며 접근해왔다. 린의 모습이 뉴스로 송출되기 시작했다. 문을 부수는 그녀를 여러 개의 렌즈들이 동시에 비쳤다. 도심층의 인플루언서들이 재빨리 라이브 방송을 켰다.

린은 소화기를 다시 들었다. 금속을 치는 소리가 다시 울렸다. 누가 시켜서가 아니라, 자신만의 판단에서 비롯된 행동이었다. 몸이 먼저 알아챈 감각이었다. 이 세계의 고리를 끊어낼 마지막 기회일지 몰랐다. 그녀에게는 준비된 계획이 있었다.

우리호 전체에 메시지를 보내겠다는 전략이었다.

도심층의 문이 조금 열리자, 그녀의 센서링 화면에 새로운 인터페이스가 떴다.

독고 린의 세계관: '컴패션' Beta 버전 활성화.

곧이어 방송용 드론들이 벌떼처럼 쏟아져나왔다. 윙 소리와 함께 작은 카메라들이 린의 머리 위로 몰려들었다. 어디선가 인플루언서인 듯한 청년이 다가왔다. 머리에는 방수 보호막을 두른 상태였고 입가엔 밝고 얄팍한 미소가 걸려 있었다.

"지금 심해층 현장에서 생존자들이 나오고 있습니다! 뒤를 보니 물이 실제로…… 정말로 차오르고 있습니다!"

"그녀입니다! 바로, 독고 린! 비상문을 부순 여자! 마고력 하락을 감수하고 사람들을 구해낸 장본인!"

번쩍이는 플래시가 린의 얼굴을 스쳤다.

"독고 린씨, 규정 위반 상황에서 사람들을 구조하셨죠. 이 모든 걸…… 왜 감행하신 겁니까?"

"컴패션이라는 새로운 세계의 문이 열렸습니다. 들어오세요. 그 안에서는 누구나 세상을 만드는 창조자가 됩니다."

린이 카메라를 향해 말했다.

인플루언서가 당황한 표정으로 센서링 기기를 확인했다. 이미 수천 명의 시청자가 세계관 링크에 접속중이라며 떠들어대고 있었다.

린은 가볍게 귀를 두드렸다.

"센서링. 원래는 데이터 수집용이었죠. 한마디로 감시 체제인 셈이죠. 하지만 반대로 생각해보세요. 우리의 생체 신호는, 이제 하나의 언어가 되었습니다. 여러분은 끊임없이 마고에게 말을 걸어온 거예요. 단지 인식하지 못했을 뿐."

이든은 자신의 눈을 의심했다. 저건 단순한 세계관이 아니었다. 그녀는 지금, 마고 시스템의 근간에 손을 대려 하고 있었다.

"마고, 지금 저 여자가 만들어냈다는 세계관 확인해."

신규 보조 알고리즘, 코드명 '컴패션'. 공명계 내부에 시험 적용됩니다. 감정 신호 상관값이 임계점에 도달했습니다.

이든은 비웃듯 숨을 내쉬었다. 입꼬리는 올라가 있었지만, 목 근육이 굳어 있었다.

"세계관은 취향 태그 같은 거야. 게임, 종교, 팬덤. 정서 안정용 필터일 뿐, 시스템 설계 수준에 미칠 순 없지."

세계관은 사용자 신념을 토대로 완성되는 구조입니다. 일정 공명 발생 시, 알고리즘 재설계 권한이 열립니다.

이든의 웃음소리에 미세한 떨림이 섞였다.

"……감정으로 이곳의 알고리즘을 바꾸겠다고?"

현재 사람들의 감정 신호를 읽어들이는 센서링의 공익 판단 기준 재정의 요청을 감지중입니다.

이든은 표정을 찡그렸다.

"마고, 이건 너무 위험해. 저 여자는 제정신이 아냐. 배를 망칠 셈이야?"

사람들은 새로운 리더를 선출하는 데에 아무런 두려움이 없었다. 이든이 미처 예측하지 못한 파동이었다. 그건, 수많은 이들의 마음속에 더 나은 세상으로 나아갈 의지가 깃들어 있다는 것을 의미했다.

처음엔 수백. 그리고 수천. 수많은 사람들의 감정 수치가 수집되어 알고리즘 상위 노드를 흔들기 시작했다.

세계관 '컴패션' 등록자 수가 기준치를 초과했습니다.

알고리즘 재설계 조건 충족.

알고리즘 4번 항목 수정: 개인의 감정 및 결정 → 신뢰도 주요 판단 요소로 승격.

아키텍트 권한 재정의 시작.

## 당신의 선택이 기록되었습니다

린이 있는 복도 중앙에 이든 바엔의 홀로그램이 등장했다. 그는 부드럽게 미소 짓고 있었다.

"린, 여기서 이러면 곤란해요."

이든은 곧바로 시청자를 설득하기 시작했다.

"여러분, 감정적으로 해결할 문제가 아닙니다. 질서를 지키면 순차적으로 해결될 겁니다. 독고 린은 저의 전처였고 한때 뛰어난 시스템 아키텍트였습니다. 하지만 지금의 모습은…… 솔직히 말해 많이 안타깝네요. 우리의 하나뿐인 딸이 죽은 이후로 그녀는 회복되지 못했죠. 저도 힘들었습니다. 그녀는 술에 의존하며 무너졌고 배를 버리고 떠났죠. 결국 오늘 같은 방식으로…… 시스템을 혼란에 빠뜨렸습니다."

"이든 바엔 씨, 심해층 구역 침수는 어떻게 생각하세요? 부상자가 많은데요."

린은 단도직입적으로 말했다. 그녀는 이든이 사적인 이야기로 본질을 흐리는 걸 지켜볼 생각이 없었다.

이든이 다시 말을 이었다. "이미 여러 개선안을 검토하고 있고……"

그의 목소리는 불안정하게 흔들렸고, 군중의 시선도 함께 흐트러졌다. 누군가는 고개를 갸웃했고, 어떤 이들은 이든에게서 관심을 거두고 린의 영상을 되감아 보고 있었다.

"그러면 지금 이 자리에서 선언하세요. 유리 정원 구역을 축소하고, 심해층 구역 사람들과 자원을 공유하겠다고요."

이든은 군중의 센서링 수치를 확인했다. 자신에게 좋지 않은 반응이 대부분이었다. 화가 치밀어올랐다. 젊었을 때처럼 능력과 외적 매력으로 사람들의 마음을 쉽게 흔들 수 없다는 자각이 더더욱 그를 분노로 밀어넣었다. 하지만 지금은 감정에 휘둘릴 때가 아니었다.

이든은 잠시 침묵한 끝에 다시 입을 열었다. 입꼬리가 미세하게 흔들렸다.

"사실 이 모든 걸…… 온전히 정의감의 발로라고만 보기는 어렵습니다."

그는 천천히 린을 바라봤다. 말투는 부드러웠지만, 눈은 매서웠다.

"독고 린은 지금 레온 아샤의 미망인을 데리고 이 자리에 나타났습니다. 마치 상징처럼요. 이게 단순한 우연일까요?"

이든이 잠시 뜸을 들이는 사이, 분위기에 미묘한 긴장감이 섞여들었다.

"그녀는 전직 시스템 아키텍트죠. 아샤의 자리가 공석이 되었으니, 충분히 그 자리를 차지할 수 있었을 겁니다. 제가 없었다면요."

이든은 군중의 반응을 이끌어내는 데 능숙했다.

"저는…… 여러분이 이 상황을 단순히 감정적인 드라마로 받아들이지 않기를 바랍니다. 시스템의 안전이 걸려 있으니까요. 모두를 끌어안다보면 결국 배는 무게를 버티지 못하고 가라앉습니다. 이 시스템이 완벽하다고 할 순 없지만, 최소한 신뢰도 높은 능력자들에게 보상은 주어져야죠."

"능력자요?"

린은 숨을 들이마셨다.

"이든, 잊었나요? 우리호에 승선한 이만 명의 승객들은 모두 우리나라 상위 오 퍼센트의 재력가와 직계 후손이에요. 최초 승선 때 유리 정원과 도심층, 심해층에 제비뽑기로 배치됐죠. 그뒤로 위로는 진출이 불가능하고, 아래로 떨어지는 건 순식간인 구조가 고착화됐고요. 당신 논리대로라면 심해층에 사는 사람들은 무능하다는 건데, 틀렸어요. 모두 우연이었죠. 삼년 전 그날처럼."

삼 년 전이라는 말에 이든의 눈썹이 미묘하게 일그러졌다.

독고 린은 품안에서 작은 곰 인형을 꺼내 바닥에 살포시 내려놓았다.

"제가…… 스스로 떠났던 이 배로 왜 돌아왔는지 알아요? 저는 아직도 매년 딸아이 생일을 축하해요. 딸이 나에게로 왔던 행복한 날을 잊고 싶지 않아서. 그런데 마고가 며칠 전 저를 호출했습니다. 우연이겠지만, 승선 예정일이 바로 그애의 기일이었어요. 그래서 생각했어요. 아이가 말하는 거구나. 떠난 날을 기억해달라고."

린은 그 자리에 앉아 복슬복슬한 곰 인형을 쓰다듬었다.

"예솔아, 서운했다면 미안해. 엄마 아빠를 용서해줘."

잠시 침묵이 흘렀다. 시간이 멈춘 듯한 순간이었다.

"……잘 가, 예솔아."

무릎을 꿇은 채 고개를 숙인 린의 어깨가 떨렸다. 그때 누군가의 손이 조용히 내밀어졌다. 린은 고개를 들어 상대를 바라보았다. 아논이었다. 몇 년 전까지만 해도 고급스러웠을 색 바랜 옷, 해진 소매, 물에 젖어 더러워진 바지는 절망을 상징했다. 하지만 아논의 눈빛에는 여전히 인간의 품위가 남아 있었다. 린은 그 눈빛에서 희망을 보았다.

'걱정 마. 엄마도 이제…… 혼자서 그만 울고, 사람들과 함께 삶을 시작할게.'

그녀는 그렇게 다짐했다. 예솔에게, 그리고 자신에게.

카메라 뒤의 군중이 숨을 죽였고 린의 목소리가 복도를 조용히 울렸다.

"린, 지금 이 자리가 대체 뭐라고 생각하는 겁니까?"

당황한 이든이 화제를 돌리려고 했지만 사람들의 시선은 곰 인형에 꽂혀 있었다.

"예솔이는 심해층 설비 관리자인 당신을 선장이라고 불렀죠. 당신을 너무나 좋아했어요. 그래서 심해층에도 자주 놀러 왔고, 침수 사고가 발생했죠."

"지금 내 잘못이라는 거예요? 나 역시 그 사건 때문에 누구보다 고통받았어요."

그는 한 손을 가슴에 대고 고개를 떨궜다.

"아뇨. 당신은 잘못한 적 없어요. 잘못이라고 생각한 적이 없을 테니까. 당신은 관리 담당자였으면서도 일부러 시스템을 바꾸지 않았죠. 왜냐면 심해층엔 당신의 고객이 살지 않았으니까. 노동자들은 죽어도 배상금이 싸게 먹혔으니까. 당시 시스템 아키텍트였던 저는 각 층의 인원이 순환되도록 알고리즘을 수정했습니다. 심해층의 안전 설비도 재점검할 예정이었죠. 하지만 당신은 우리호의 소유주이자 유리 정원에 거주하고 있는 당신 아버지에게 인정받고 싶어서 설정을 조작했어요. 지금은 그때와 비교도 안 되게 상황이 달라졌어요. 심해층 거주민이 늘어났어요. 무엇보다, 거기가 무너지면 유리 정원도 언젠간 무너져요. AI 시스템이 관리하던 다른 배들이 침몰하는 것을 봤잖아요. 이런 식이라면 이 배도 곧 침몰합니다. 도대체 뭐 때문에 침몰해가는 배의 시스템을 고치지 않는 거죠? 세상에 당신 혼자만 살아요? 다른 사람들은 안 보이고 안 들리나요?"

이든은 멍한 표정으로 독고 린에 대한 격리 명령을 내렸다. 시청자들에게 공유되던 린의 영상이 끊기고 경보가 울렸다.

경고: 독고 린, 감정 자극 수치 초과. '불안 확산자'로 분류됩니다. 세계관 접속 채널이 차단됩니다.

격리 프로토콜을 즉시 실행합니다.

바닥에 놓인 곰 인형을 한번 돌아보고 담담하게 격리소로 향하는 린의 모습을 끝으로 영상은 멈췄고, 사람들은 충격에 휩싸였다. 마치 오랫동안 잠을 자다 깨어난 것 같았다.

그때 유리 정원 구역의 누군가가 촬영해 올린 영상이 퍼지기 시작했다.

"여기…… 유리 정원 바닥에 물이 차고 있어요!"

미디어가 그 광경을 떠들썩하게 뉴스로 내보냈다. 사람들은 이내 방송에서 눈을 돌려 자신의 센서링 수치를 들여다보기 시작했다. 컴패션 세계관이 작동했기 때문이었다.

유리 정원 구역 침수중. 공명계에 참여해 감응을 기반으로 한 구조 방식 제안 바람.

신뢰도 기준 변경 안내: 감정 감응 → 공익 감응 우선.

감정 데이터 기반 새로운 공명 알고리즘 적용.

단순 공감에서 집단 행위로 연결시 신뢰 지수 추가 보상.

사람들이 동시에 귀에 착용한 센서링을 터치했다. 저마다의 감정 그래프가 떴다. 연민, 두려움, 걱정, 망설임…… 그건 누구를 겨냥하는 것이 아니라, 그저 누군가의 고통에 반응한 결과일 뿐이었다. 그리고 그 고통에 답하는 행동을 할 때, 마고력 신뢰도가 높아지는 알고리즘이 생겨난 것이다. 점점 사람들 사이에 움직임이 일었다.

"내부 응결로 인한 누출일 가능성도 있습니다. 지하 공조 라인을 일시 차단하면 침수를 늦출 수 있어요."

누군가가 되물었다.

"그럼, 누가 내려가죠?"

한 여자가 말했다.

"제가 설비팀에 있었어요. 정확한 위치만 알려주세요."

그러자 그 옆에 있던 사람이 손을 들었다.

"저는 도심층 구역 주민인데, 저희 쪽 기술 드론도 몇 대 공유할 수 있어요."

그 순간, 시스템이 작동했다.

공명 기준 충족: 도심층→유리 정원 지원 통로 임시 개방.

지원 행위자: 신뢰도 +2.8.

열렸다. 작은 통로 하나가.

도심층 구역에서 드론 한 대가 날아와 유리 정원에 착지했다. 사람들이 숨을 죽였다.

AI가 계산을 머뭇거린 틈에 감응이 길을 열었다.

환경은 언제나 변한다.

그리고 변화에서 살아남는 생명체는 강한 자가 아니라, 적응한 자들이다. 네안데르탈인이 더 똑똑했다지만 사피엔스는 협력해서 살아남을 수 있었다.

\*

소년의 눈앞에서 수많은 기억들이 피고 지었다. 시간이 빠르게 흘러갔다. 린이 격리소에 갇힌 이 주 동안 많은 일들이 일어났다.

공명계 세계관, 컴패션은 모두가 만들어가고 있었다.

"인류는 원래 협력하는 종이었습니다. 타인의 고통에 반응하며 진화를 이어왔죠. 그런데 지금은 어떤가요. 우리는 단절에 익숙해졌습니다. 처음부터 다시 시작해야 합니다. 고통에 반응하는 능력부터 기르는 거죠."

린은 그렇게 주장했다. 다양한 협동과 집단 지능이 모여 우리호에서 새로운 질서를 설계하기 시작했다.

일 년 후, 심해층은 더이상 주거지가 아니었다. 대신 그곳에 공명계 센터가 내려왔다. 일부 교실도 함께였다. 누구든 일생의 한 시기, 혹은 일정한 주기로 일상의 한 부분을 보내기 위해 그곳에 머물렀다. 더이상 어둠에 지배당하거나, 어둠을 배제하지 않았다. 어둠을 감싸안고 희망을 기르는 공간이 되었다.

타인의 고통에 대한 공감은 더이상 감정이 아니었다. 그것은 감각이었다. 몸안에서 천천히 자라나는 새로운 감응의 언어였다.

린. 그녀는 시스템이 이해하지 못한 첫번째 변수였고, 그녀를 따른 이들 모두는 위험을 감수한 차세대 시스템 아키텍트들이었다.

시스템은 새로운 공식을 도입했다. 심연에서 작동하던 마고의 하위 노드들이 하나둘 깨어나기 시작했다. 마고의 기존 시스템은 완벽함을 가장했다. 예측 가능한 사회, 통제된 경제, 안정된 질서. 하지만 그 시스템은 인간성을 대가로 삼았다. 불확실성을 제거하려다 혁신이 사라졌고, 다양성이 무너졌다. 고통을 피하고 편안함을 추구하려다가 진정한 교육과 성장이 불가능해졌다. 결국, 두려움 속에서 아무것도 시도하지 않는 세상이 되었다.

그러나 지금은 달랐다. 센서링을 통해 모든 감응의 흔적이 누구나 볼 수 있는 '컴패션 지수'로 기록되기 시작했다.

알고리즘은 쉴새없이 돌아가며 진단하고 평가하고 재구성되길 반복했다. 그리고 마침내, 한 문장이 출력되었다.

타인의 고통에 공감하지 않는 자는 위험이다.

그 순간, 여러 수치가 급박하게 변화하기 시작했다.

이든 바엔: 컴패션 반응 미검출→ 신뢰도 -12.4.

그는 단 한 번도 타인의 고통에 응답하지 않았다. 결과만을 바라보며 움직였던 자는 시스템에 영향력을 행사할 수 없는 '비감응 영역'으로 추락했다.

레온 아샤(사망자): 컴패션 계수 검출됨 → 사후 데이터 복원 대상.

반면 레온 아샤가 생전에 남긴 기록은 잊히지 않았다. 시스템은 그 기록을 복원하기로 판단했다.

배는 여전히 물 위에 있었다. 그러나 알고리즘은 바뀌었다. '고통에 반응하지 않는 시스템은 가짜다.'

*

이후, 컴패션 세계관은 점점 더 정교하게 개발되었다. 처음에는 타인의 고통을 인식하는지에 치중되어 있었지만, 점차 인간의 공감 데이터를 사회윤리 구조로 바꾸는 커다란 알고리즘의 근간이 되었다. 곧, 보다 체계화된 윤리 설계도가 필요해졌다. 그래서 마고 시스템은 동양의 오행 철학을 기반으로 다섯 가지 윤리 축을 설정했다.

쇠는 정치, 흙은 경제, 나무는 교육, 불은 문화, 물은 신념.

예를 들어 생명을 구하겠다는 소방관의 신념은 물 지수로,

시민을 대상으로 하는 안전 교육은 나무 지수로 환산되어 경제적 보상으로 이어졌다. 또한 기술 발명으로 인한 생산 과잉을 해결하는 데에 일조한 사람들은 높은 흙 지수로 기록되었다. 예를 들어, 아이에게 신경 강화약을 주지 않고 매일 걷고 대화하도록 지도한 부모는 높은 나무 지수를 얻어 교육적으로 올바른 선례로 평가되었다. 신기술 배포를 자진 연기한 공학자는 높은 물 지수를 토대로 공익을 위해 감속 개발을 선택한 위인으로 기록되었고, 드론 신제품 출시에 앞서 고령층의 적응 데이터를 먼저 수집한 관리자는 정치적 조율과 경제적 배려 측면에서 높은 쇠, 흙 지수를 받아 복합 감응자로 인정받았다.

더이상 돈만이 인간의 가치를 증명하지 않게 되었다. 교육에 헌신한 시간은 나무 지수로, 공감과 감정을 이끌어낸 순간은 불 지수로, 신념과 책임을 지키려 한 선택은 물 지수로 환산되었다. 변화는 기록되었고, 서로 간 감응되었고, 결국 사회의 윤리적 설계도 안에 자리잡았다. 덕분에 마고 시스템은 자본의 논리만으로는 포착할 수 없었던 인간의 진심과 헌신을 균형 있게 반영할 수 있게 되었다. 감정이 윤리가 되고, 윤리가 사회를 설계하는 시대.

공명계는 그렇게 견고해졌다.

*

  소년은 독고 린의 동상에서 기억화를 다시 집어들었다. 한바탕 꿈을 꾼 것 같았다.

  마고의 목소리가 울렸다.

  사람들은 독고 린을 '대별'이라고 부르기 시작했습니다. 그녀는 심해층 구역의 공명계 센터에 머물면서, 평생을 우리호에 헌신했습니다.

  그후 시스템 아키텍트는 대별이라 불리며 가장 존경받는 직위가 되었다. 한국 창세 신화에서 간사한 소별왕이 다스리는 이승은 거짓으로 넘쳐났으나, 저승을 다스리는 대별왕은 공명정대했다. 우리호는 그런 면에서 저승에 가까웠다. 물리적 현실 위에 감정과 데이터가 겹쳐 기록되면서, 사람들은 마치 시간과 공간이 하나로 펼쳐진 4차원 세계를 살아가는 듯한 경험을 했다. GPS와 SNS, 웨어러블 센서가 얽힌 세계에서 시간은 지연되지 않았고 공간의 경계가 허물어졌다. 센서링은 심박수, 호흡, 미세한 근육 떨림, 호르몬 반응을 실시간으로 포착했다. 거짓은 금세 드러났다. 기록된 블록체인 데이터는 단순한 순간의 흔적이 아니었다. 마치 좌표처럼 과거와 현재, 미래의 사건들을 동시에 비춰주는 기준 데이터가 되었다. 누구나 그 궤적을 확인할 수 있었다. 존중과 배려, 기여와 헌신은 데이터에 남아 보상으로 공정한 보상으로 이어졌다. 경쟁은 투명해졌다.

린의 홀로그램이 떠올랐다. 빛도, 목소리도 그녀답게 조용하고 단정했다. 홀로그램의 그녀는 세상을 향해 마지막 질문을 던졌다.

"미래에는 더 많은 질문을 해야 합니다. 우리는 왜 배워야 할까요? 왜 예술을 하고, 왜 기도하죠? 왜 울고, 왜…… 용서하나요? AI는 똑똑하죠. 하지만 인간이 왜 그런 일들을 하는지는 몰라요. 윤리도, 책임도…… 배운 적이 없으니까요. 하지만 우리는 배워왔죠. 울고, 용서하고, 사랑하면서. 이제는 마고 시스템이 우리를 배울 차례입니다."

홀로그램 린이 잠시 눈을 감았다가 떴다.

"과학기술은 언제나 우리보다 먼저 도착하죠."

그녀의 시선이 먼 곳을 응시했다.

"그래서…… 균형이 필요해요. 그게 오행이에요."

잠시 정적이 흐르더니 그녀의 등뒤로 다섯 개의 투명한 기둥이 떠올랐다.

나무, 물, 불, 쇠, 흙.

기둥들은 마치 숨을 쉬듯, 서로의 움직임에 따라 미세하게 흔들렸다.

"나무는 묻죠. 왜 가르쳐야 하냐고요. 물은 묻습니다. 누구를 위해서냐고요. 불은 이렇게 물어요. 진심이란, 감정이란 무엇인지."

소년의 센서링이 미세하게 떨렸다. 심박 리듬이 동조하기 시작했다.

"쇠는 말해요. 때로는 법으로 규제하고 멈춰야 한다고."

린의 목소리가 낮아졌고, 홀로그램의 빛이 잠시 흔들렸다.

"그리고 마지막엔…… 흙이 조용히 묻죠."

그녀는 눈을 감았다가 천천히 떴다.

"정말…… 그 과학기술의 힘이 모두에게 도움을 주고 있느냐고요."

홀로그램 린을 보는 소년의 이마에 삽입된 인공지능 칩이 미세하게 빛났다. 마치 그녀의 질문에 응답하듯, 소년의 가슴 안쪽 어딘가에서 작고도 또렷한 진동이 일었다.

소년의 눈앞에 먼저 물이 솟아올랐다. 투명한 물기둥이 일렁이며 자라나 초록빛 나무를 틔웠다. 나선형으로 감긴 잎맥의 숨결이 불꽃이 되어 피어올랐다. 나무를 태우면서, 불이 태어났다. 타고 남은 재는 흙이 되었다. 그 흙 깊은 곳에서 반짝이는 쇠가 고여들기 시작했다. 차갑게 형체를 굳힌, 대지의 맥에서 솟아난 결정의 표면에 이슬이 맺혔다. 그렇게 생겨난 물은 다시 새싹을 틔웠다.

다섯 기둥은 각각 다른 리듬으로 호흡했다. 우주의 맥박에 따라 생성과 소멸을 반복하며, 서로의 존재를 확인하듯 미세하게 공명했다. 상징이 아니라 압축된 현실이었다.

AI 마고의 음성이 공간을 채웠다.

목극토. 나무는 흙에 상처를 내서 생명이 자라게 한다. 그처럼 배움이 자본을 길들인다. 삶을 수치로 환산하지 않기 위해, 우리는 끊임없이 배우고 의문을 품어야 한다. 토극수. 댐은 홍수를 막는다. 지나친 이데올로기가 민생 경제를 외면하지 않게 한다. 수극화. 물은 불을 조절한다. 예술은 너무 뜨거우면 파괴되고 너무 아름다우면 거짓이 된다. 그래서 신념이 예술의 온도를 조절한다. 화극금. 불은 쇠를 단련한다. 예술이 권력을 흔든다. 질문으로, 은유로. 권력자도 신이 아니라 인간임을 상기시킨다. 금극목. 쇠는 나무를 자른다. 권력은 다시 배움으로 순환된다. 무엇을 가르칠 것인가, 어떻게 키울 것인가. 그 물음 없이는 미래를 설계할 수 없다.

다섯 가치는 서로를 억압하지 않는다. 대신 끊임없이 질문하고 보완한다. 그 세계는 늘 변화하고 불완전했다. 그래서 살아 있었다.

"마고, 하나 물어봐도 될까요?"

소년이 말했다. 이마 안에 삽입된 인공지능 칩이 미세하게 빛났다.

"전 감정을 느끼지 않아요. 어릴 때 사고로 뇌의 일부가 손상됐고, 감정 영역이 AI 칩으로 대체됐거든요."

소년은 잠시 숨을 고르고 말을 이었다.

"그래서 제가 느끼는 건…… 학습된 반응이에요. 기뻐해야 할 때 웃고, 슬퍼해야 할 땐 울지만…… 그건 저의 진심이 아니라, 알고리즘이죠."

기억화 속, 독고 린을 설득하던 이든 바엔의 미소가 떠올랐다. 목소리의 리듬, 시선의 각도, 감정의 농도. 그 모든 게 완벽하고 매력적이었다. 하지만 그 정교한 웃음 너머엔 기이한 공허함이 맴돌았다. 소년은 속으로 생각했다.

'나랑 비슷해.'

소년이 천천히 눈을 감았다. 기억화를 통해 독고 린과 이든 바엔의 삶을 목격한 자로서, 처음으로 자신을 바깥에서 바라볼 수 있게 되었다. 자신의 자아는 그저 수많은 감응의 입자 중 하나일 뿐이었다. 마치 인류가 지동설을 받아들이며 지구가 온 세상의 중심이 아니라는 걸 받아들였을 때처럼, 소년도 깨달았다. 개인의 감정과 기준이 세상의 중심이 아니라는 것. AI 마고가, 즉 기술이 일으킨 가장 근본적인 진화였다. 하드웨어의 진보가 아니라 소프트웨어인 의식의 진화. 인간은 시스템의 중심에서 물러났고 그 빈자리에 동물과 식물, AI를 비롯한 지구 전체의 '우리'에 대한 공감과 책임이 자리잡았다.

소년은 마고를 향해 다시 입을 열었다.

"친구들은 저한테 가끔…… 사이코패스처럼 보인대요. 저는 타인의 고통을 잘 느끼지 못해요."

소년은 잠시 숨을 골랐다.

"그런 저도…… 시스템 아키텍트가 될 수 있을까요?"

그러자 마고가 조용히 웃었다.

잘 돌아가는 것처럼 보이는 세상에 질문을 던지는 게 가장 어려운 일이죠. 세계가 잘못되었을지도 모른다고 말하는 거니까요. 그럼에도 불구하고 당신은 지금, 질문할 준비가 되어 있군요. 책임지고 감당하려는 의지가 있다면 그 역시 공명의 시작입니다.

소년의 눈이 아주 미세하게 흔들렸다.

"정말요……?"

우리는 똑똑해 보이지만, 인간의 실수를 통해 발전합니다. 인간의 오류는 AI 학습의 출발점입니다. 인공지능 시스템이 학습하는 인간의 오류에는 주로 네 가지*가 있습니다. 창발 오류, 시스템이 예

---

* 인공지능 시스템에서 발생하는 대표적인 오류 유형.

창발 오류(Emergent Error): 창발 현상(Emergent Behavior). 대규모 모델 학습 중, 예측하지 못한 능력이나 패턴이 갑자기 나타나는 현상. 인간에 대입하면 기존 규칙을 깨고 새로운 선택을 감행하는 자. 창조적이지만 위험을 떠안는 혁신가를 뜻한다.

재귀 오류(Recursive Error): 제한된 데이터 셋이나 편향된 학습 패턴으로 인해 동일한 출력만을 반복하는 과적합(Overfitting)으로 인해, 새로운 입력에 대한 반응을 상실하고 학습된 패턴만을 되풀이하는 현상. 인간에 대입하면 자신의 신념, 과거의 성취를 비롯한 좁은 세계관에 갇혀 새로운 관점을 수용하지 못하고 같은 사고방식만을 반복하는 사람을 뜻한다.

측할 수 없는 자신의 길을 만든 자. 재귀 오류, 시스템 안에서 길을 잃은 자. 도덕 오류, 지키려다 좌절하여 꺾인 자. 모방 오류, 감정을 흉내내기만 하는 자. 이중 특히 창발 오류는, AI 시스템이 생존력 및 자가면역을 키우도록 하는 오류입니다. 독고 린의 행동은 시스템이 멸망하지 않도록 도운 창발 오류에 해당합니다.

마고의 설명을 들으며 소년은 린, 이든, 아샤, 인플루언서 등 다양한 과거의 군상을 떠올렸다.

세상은 끊임없이 변화하기에, 과거의 오류 데이터만으로는 미래를 설명할 수 없습니다. 그러므로 과학 문명 시대에 인류의 운명은 시스템 오류입니다. 당신은 어떤 종류의 오류가 되고 싶습니까?

소년이 눈을 반짝 빛내며 조심스레 고개를 들었다. 그는 자신의 기억이 담긴 기억화를 꺼내 물의 기둥 위에 곱게 올려놓았다. 순간, 기둥이 빛을 머금고 진동하더니 마고 설계 시스템에 그의 기록이 새겨지기 시작했다.

---

도덕 오류(Moral Error): AI의 목표와 가치를 인간의 의도와 일치시키지 못하는 가치 정렬 문제(Value Alignment Problem)로, 윤리적 기준을 지나치게 엄격하게 적용하여 왜곡된 판단을 내리는 현상. 인간에 대입하면 자신이 믿는 '옳음'과 '정의'에 과도하게 집착한 나머지 현실의 다양성과 모순을 수용하지 못하고, 결국 좌절하거나 정신적으로 소진되어버리는 사람을 뜻한다.

모방 오류(Imitation Error): 모방 학습(Imitation Learning)이나 딥페이크(Deepfake)에서 주로 나타나는 한계로, 표면적 패턴은 정교하게 재현하나 그 이면의 맥락과 본질적 의미를 이해하지 못하는 현상. 인간에 대입하면 타인의 삶을 모방하여 겉모습은 완벽해 보이지만, 자신만의 고유한 목소리와 내면의 진정성은 잃어버린 사람을 뜻한다.

기억 관측중.

감정 반응 없으나 윤리성과 책임 능력 감지됨. 공명 조건 충족.

창발 오류: 분류 불가. 연민 없는 존재가 윤리의 책임감을 감당하다.

마고는 그 오류를 학습했다. 그 순간, 시스템 내부에서 전례 없는 변화가 일어났다.

연민 없는 인공지능의 '책임감 회로'가 활성화되기 시작했다.

◇
**장강명**
월급사실주의 소설가, 단행본 저술업자. 신문기자로 일하다 2011년 『표백』으로 한겨레문학상을 수상하며 작품활동을 시작했다. 1990년대에 『과학동아』 『베스트셀러』 등의 잡지에 SF 단편과 칼럼을 실었고, 월간 SF 웹진을 창간해 2001년까지 운영했다. SF어워드 장편부문 우수상을 수상했고, 서울대 라이터스쿨에 'STS SF 쓰기' 강좌를 개설했다. 단편소설 「알래스카의 아이히만」이 일본의 SF문학상인 성운상 후보에 올랐다. 『한국이 싫어서』 『당신이 보고 싶어하는 세상』 『먼저 온 미래』 등을 펴냈다. 수림문학상, 제주 4·3평화문학상, 오늘의작가상, 문학동네작가상, 젊은작가상, 이상문학상 등을 받았다. 아내 김새섬 대표와 온라인 독서모임 플랫폼 그믐(www.gmeum.com)을 운영한다.

노아는 집에 왔다는 사실을 냄새로 깨달았다. 자율 운행 택시에서 내리자마자 집의 냄새가 코를 덮쳤다. 흔히 사람들이 '숲 내음'이라고 부르는 복합적인 향이었다. 어떤 것은 향긋하고 어떤 것은 쌉쌀한 풀냄새, 오래된 나뭇등걸에서 나는 축축한 냄새, 달콤하고 깨끗한 라벤더 꽃 냄새, 마른 표고버섯 냄새, 곤충 사체가 풍기는 독특한 쓴 냄새. 거기에 갓 지은 밥냄새도 조금 섞여 있었다. 설마 이게 정말로 누군가의 집 부엌에서 나온 밥냄새일까? 어쩌면 우리집에서?

그렇게 빨리 집을 느끼게 될 줄 예상하지 못했기 때문에 노아는 좀 당황했다. 길을 걷다 난데없이 습격을 당한 사람처럼 얼떨떨해진 기분으로 자율 운행 택시가 멀어지는 모습을 멍하니 지켜보고 나서야 몸을 돌려 시튼 빌리지로 향했다. 옷과 책이 대부분인 트렁크 하나 분량의 짐은 몇 시간 전에 택배 서비스로 따로 보낸 참이었다. 아마 지금쯤 집에 도착해 있을 터였다.

원래는 시튼 빌리지 입구에서 집까지 걸어가며 산책하는 동안 마음의 준비를 하려 했었다. 앞으로 사십팔 시간 동안 그가 하려는 일에 대해, 그 자신은 숭고한 행위라고 믿지만 다른 사람 눈에는 끔찍하게 보일 게 틀림없는 작업에 대해 마지막으로 검토해보려 했었다. 그런데 마음 한구석에서는 그 일을 벌이기 직전 최후의 순간까지도, 어쩌면 그 일을 벌이고 나서도 죽을 때까지 어떤 확신을 가지지 못하리라는 예감이 있었다.

그렇기 때문에 나는 더욱더 그 일을 해야만 하는 거야. 내가 이미 그 일을 했다는 것, 그래서 되돌릴 수 없다는 것 외에는 나는 무엇도 믿지 못할 테니까. 노아는 시튼 빌리지 입구에 들어서며 생각했다.

장애인용 차량과 화물 차량을 제외하면 시튼 빌리지 안에는 자동차가 들어올 수 없고, 마을 안에 콘크리트로 포장된 도로도 없다. 노아는 군데군데 풀이 돋아난 자갈길을 걸었다. 아래 전열선이 깔려 있어서 며칠 전에 내린 눈은 쌓이지 않고 다 녹은 상태였다. 게다가 겨울인데도 풀이 돋아나 있었다. 노면을 빼곡히 채운 반들반들한 잔돌 덕분에 배수가 잘되어 비가 내려도 진창이 되지 않고, 맨발로 걸어도 발바닥이 아프지 않은 길이었다. 실제로 시튼 빌리지에서는 맨발로 산책하는 사람들도 적지 않았다.

길 좌우로 메타세쿼이아 나무들이 높이 솟아 있었다. 겨울이었지만 메타세쿼이아 가지에는 막 돋아난 싱싱한 나뭇잎들이 달려 있었다. 유전자 조작으로 추위를 타지 않게 된 나무들이었다. 노아가 나무 사이를 걸어가자 새 지저귀는 소리, 부스럭거리는 소리가 따라왔다. 노아는 다양한 새소리를 구별할 수 있었고, 마른 나뭇잎이나 눈밭을 밟는 발소리가 어떤 동물에게서 나는 것인지 알아차릴 수 있었다.

박새와 딱새가 재잘거리고 삐약거렸고, 직박구리가 새된 소리를 냈고, 꾀꼬리가 노래했다. 조금 떨어진 곳에서 까치들이 울었고, 더 먼 곳에서 오색딱따구리가 나무를 쪼는 소리도 간간이 들렸다. 겨울인 걸 감안하면 햇빛도, 기온도 딱 적당했고, 적당히 습기를 머금은 바람이 불었다. 하늘에는 흰 구름이 천천히 흘러가고 있었다. 다람쥐와 멧토끼 몇 마리가 거리를 두고 노아를 쫓아오는 중이었다. 겨울잠을 자지 않는 다람쥐들이었다.

시튼 빌리지 숲의 새와 작은 포유류 몇 마리는 말을 할 줄 알았다. 그들은 입을 벌리지 않은 채로 뱃가죽 안에 있는 지향성 스피커로 말을 했고, 그 스피커에서 나오는 말은 대상의 귀에 적절히 울리도록 조정되어 있었다. 그래서 동물들의 말은 꼭 그들의 생각을 엿듣는 것처럼 가까이서 들렸다.

'노아다.'

'노아가 왔어.'

'노아가 와서 너무 좋아.'

'노아랑 공터에서 놀 수 있을까?'

노아가 길을 걷는 동안 새들과 다람쥐들이 보이지 않게 쫓아오며 자기들끼리 대화를 나눴다. 멧토끼는 얼마 안 가 쫓아오기를 멈췄다. 멧토끼들은 언젠가부터, 정확히는 노아가 대학을 가려고 마을 떠날 무렵부터 이미 노아에게 더는 열광하지 않는 것 같았다. 멧토끼들이 나에 대한 관심을 잃은 걸까, 아니면 마을 주민 전체에 대해, 인간에 대해 흥미를 잃은 걸까? 노아는 신경쓰지 않으려 했지만 신경이 쓰였다.

'이게 얼마 만이지.'

'일 년 만이야. 노아는 대학이라는 곳에 간다고 했어. 평범한 아이들보다 이 년 일찍 갔다고 노아 엄마가 자랑했어.'

'노아는 어른이야. 대학생이라고. 이제 우리랑 놀아줄 시간이 없을 거야.'

'그래도 삼십 분 정도는 시간을 내줄 수 있지 않을까?'

노아는 자신이 귀를 기울이지 않으면 그 동물들이 사람 말소리로 대화하지 않을 것임을 알고 있었다. 그 동물들은 개만큼이나 사람의 기색이나 분위기를 잘 읽었다. 노아가 진짜로 그들에게 무관심하다면 그들이 눈치채고 물러날 것이었다. 어렸을 때부터 영리한 개와 살아온 노아는 때로 사람의 마음을 그 자신보다 그가 키우는 개들이 더 잘 읽는다는 사실을 알았다.

'노아는 어른이라서 우리랑 노는 게 재미없을 거야.'

다람쥐 한 마리가 메타세쿼이아 줄기를 타고 올라가며 풀죽은 듯 말했다. 노아는 잠시 멈춰 서서 다람쥐에게 인사를 건넬 뻔했다. 그가 어렸을 때 곧잘 그랬듯이.

'노아는 가족을 만나러 가야 해. 일 년 만에 집에 온 거잖아. 방학 때도 못 왔다고. 우리가 방해하면 안 돼.'

다른 다람쥐 한 마리가 나뭇가지 틈에서 나타나 줄기를 타고 올라온 다람쥐를 나무랐다. 노아는 그들을 쳐다보지 않으면서 관찰하고 있었다. 마치 강의실에 아름다운 여학생이 들어왔을 때처럼. 토요일 아침이어서인지 다른 집들을 지나치는 동안에도 누군가와 공교롭게 마주치지는 않았다. 멀리 그의 집이 보였다. 그의 개 미카가 흥분해서 짖는 소리도 들렸다.

'노아가 마을 입구에 도착했어. 그 사이에 남자가 됐네.'

붉은여우가 노아의 어머니 세희에게 말했다. 세희의 수호 동물인 붉은여우는 다른 수호 동물들과 달리 다른 사람들의 눈에 띄거나 사람들의 집 근처까지 내려오는 일을 그다지 꺼리지 않는 것 같았다. 심지어 드물지만 세희의 연구실 안으로도 들어오곤 했는데, 지금이 바로 그런 경우였다. 세희는 그만큼 붉은여우가 자신을 좋아한다는 의미로, 다른 사람에 대한 경계심보다 세희와 이야기하고픈 욕구가 더 크다는 뜻으로 받아들였다.

"어머, 점심때쯤 올 줄 알았는데. 집에 와서 점심 먹겠다고 해서."

세희가 유전자 편집기 스크린에서 눈을 떼고 말했다. 붉은여우는 그 말에 대꾸하지 않고 창틀에 앉은 채로 꼬리만 살랑살랑 흔들었는데, 꼭 '무슨 마음인지 다 아는데 뭘 태연한 척해'라고 말하는 듯했다. 자신을 놀리려고 일부러 연구실을 찾아와서 노아의 소식을 전하는 건지도 모르겠다는 생각을 하니 붉은여우가 얄밉기도 하고 괘씸하기도 했다.

저 붉은여우가 그저 말하는 인형에 가깝다는 사실을 알면서도 그 앞에서 눈치를 보게 되는 게 신기했다. 하긴, 눈동자가 그려진 벽화 앞에서는 사람들이 공중도덕을 더 잘 지키고 부정행위를 하지 않더라는 유명한 심리학 연구 결과도 있었다. 수호 동물 앞에서 더 점잖게 처신하고 더 나은 모습을 보여주려는 모습은 이상한 게 아니다.

식물 유전체를 연구하는 세희는 동물이나 인간의 지능을 찬미하는 소리를 들을 때마다 지능이 뭐냐고 되묻고 싶은 마음을 참았다. 자기 자신에게 가장 잘 속아넘어가는 동물이 인간 아닌가. 식물들이 수천수만 가지 화학물질을 만들어내서 다른 식물이나 동물과 치열한 화학전을 벌이는 것은 지능이라고 볼 수 없나.

세희는 연구 보조 로봇에게 뒷정리를 맡기고 실험실을 나왔다. 집에서는 가사도우미 로봇이 미리 지시한 대로 배양육을 활용한 요리를 몇 가지 만들어놨을 터였다. 흰 가운을 벗고 카디건을 입으면서 아들이 얼마나 자랐을까 상상하니 갑자기 가슴이 설렜다. 몸보다 생각이 더 자랐겠지. 과학자와 공학자, 인문학자, 예술가 부모들이 만든 실험적인 공동체를 떠나 도시에서 '평범한 또래 아이들'과 부대끼며 일 년을 산 것이다.

홈스쿨링으로 중등교육을 마친 아이들이 대학에 가서 적응을 못 하는 사례가 종종 나온다는 것을 세희는 잘 알았다. 노아는 시튼 빌리지에서 자란 아이들 중 처음으로 대학에 간 아이였는데 조기 진학까지 했다. 걱정이 되지 않는다면 거짓말이었다. 그래도 노아가 학교에서 보내온 심리평가 결과보고서 덕분에 얼마간 안심은 됐다. 노아는 분명 바뀐 환경에 스트레스를 받기는 했지만 과하지 않은 수준이었고, 정서장애의 기미도 없었다.

세희는 아들이 지난 일 년간 어떤 경험을 했을지 궁금했다. 그녀는 자신이 열일곱 살이었을 때, 그리고 대학 1학년이던 때를 각각 떠올려보았다. 열일곱 살이었을 때 그녀는 처음으로 만취했고, 대학교에 들어간 첫해에 섹스를 경험했다. 노아는 분명히 술을 마셨으리라. 섹스를 했을지도 모른다. 그런 경험을 어머니한테 말하지는 않겠지. 자기 수호 동물에게는 고백할지 모르지만. 노아의 수호 동물인 큰까마귀에게 질투가 일었다. 어머니인 자신은 모르고 큰까마귀만 아는 노아의 비밀이 몇 가지나 있을까. 세희는 큰까마귀를 해킹하고 싶다고 생각했는데, 그런 생각을 하는 건 이번이 처음은 아니었다.

노아는 대체 왜 지난 여름방학 때 집에 오지 않았던 걸까? 아무리 자청했다고는 하지만, 또 학생 동아리의 연구 과제 때문이었다고는 하지만, 정말로 대학교 1학년생이 집에 내려올 여력도 없을 정도로 바쁘게 매달릴 벅찬 프로젝트가 있을까? 대신에 노아와 그녀, 그리고 남편, 딸이 가상현실 스튜디오에서 만나 꼭 집에서 만난 것처럼 식사를 몇 번 하기는 했지만……

"하지만 가상현실 스튜디오는 진짜가 아니잖아."

자기도 모르게 불쑥 혼잣말을 해버렸다. 그렇게 아들에 대한 불만을 입 밖으로 내자 마음 한구석에 묻어뒀던 다른 감정이 비집고 올라오려 했다. 그런 생각을 했다는 사실조차 인정하고 싶지 않을 만큼, 말도 안 되는 의심이었다.

도심에서 청소년들 사이에 사이버네틱스 동물을 괴롭히거나 훼손하는 파괴 행위가 퍼지고 있다고 했다. 천벌을 받을 남자아이들이 중고 로봇 고양이나 개를 사서 실컷 겁을 주다가 잔인하게 파괴했다. 후드 티를 입은 그 십대들은 전기톱으로 사이버네틱스 동물의 팔다리를 자르거나 휘발유를 뿌린 뒤 불을 붙이는 끔찍한 짓거리를 벌이고 그걸 동영상으로 찍었다. 신경계가 없는 사이버네틱스 동물은 동물보호법의 대상이 아니고 그저 재산으로만 인정된다. 자기 소유의 '물건'이라면 아무리 잔인한 가혹행위를 해도 처벌받지 않는다는 점을 악용한 추악하고 뒤틀린 행위였다.

그런데 그 사건들이 벌어진 장소 중 한 곳이 노아의 대학이 있는 도시였다. 그리고 세희가 며칠 전에 본 동영상 속 남자 청소년의 눈매가 노아와 약간 닮았다. 동영상 화질이 흐릿하고, 후드에 마스크까지 쓰고 있어서 제대로 알아볼 수 없기는 했지만 말이다.

세희는 고개를 세차게 흔들었다. 그렇게 하면 생각도 머리에서 떨어져나갈 것처럼.

그들의 개 미카가 짖는 소리가 들렸다. 몇 초 뒤 몸을 날려 울타리를 뛰어넘는 미카가 보였다. 골든 리트리버인 미카는 나이가 들었지만 점프력은 여전해서, 마음먹으면 어른 키 높이 정도인 울타리쯤은 뛰어넘을 수 있었다. 평소에는 세희 부부에게 혼날까봐 그런 짓을 하지 않았지만 지금 이 순간에는 혼나도 어쩔 수 없다고 판단한 모양이었다. 자기가 가장 사랑하는 어린 주인, 노아가 왔으니까.

미카는 미사일처럼 앞으로 달려나갔고, 나무 뒤에서 노아가 나타났다. 노아는 멀리서 어머니가 자기를 지켜보고 있음을 아직 눈치채지 못한 듯했다. 세희는 아들과 충직한 개의 해후를 방해하기 싫어서 걸음을 멈추고 몸을 사렸다.

미카는 기쁨에 겨워 노아 옆에서 껑충껑충 뛰었다. 그런데 노아의 반응이 다소 이상했다. 예전의 노아였다면 절대 그러지 않았을 경직된 자세로 가만히 서 있었다. 너무 감격해서 몸이 굳은 걸까? 잠깐 동안 노아의 얼굴에 아주 복잡한 후회의 기색이 어리는 것 같아 세희는 당황했다. 멀리서 흘깃 본 거라 착각한 걸지도 몰랐지만…… 잠시 뒤 노아는 허리를 숙이더니 개의 등을 부드럽게 쓰다듬고 목을 어루만졌다.

노아는 시튼 빌리지 아이들의 영웅이자 롤 모델이고, 가장 친절한 과외 선생님, 상담자였다. 때로는 잠재적 연인이나 남편이기도 했다. 노아의 열한 살짜리 여동생 유리는 어렸을 때 '나는 커서 오빠랑 결혼할 거야'라는 말을 진지하게 되풀이해서 다른 가족을 당황하게 만들곤 했다. 그 생각은 유리에게 '내가 커서 오빠보다 나은 남자를 만날 수 있을까'라는 형태로 여전히 남아 있었다.

어쩌면 미카보다 유리가 노아를 더 기다렸을지도 모른다.

적어도 최근 며칠은 틀림없이 그랬을 것이다. 미카는 노아가 오는 날을 알지 못했으니까. 노아도 유리가 자신을 애타게 기다렸음을 바로 알아차렸다. 가장 좋은 옷을 입고, 안 그런 척했지만 사실은 오랜 시간 공들여 꾸민 헤어스타일과 얼굴로 식탁 앞에 앉아 있었으니까. 유리는 어머니나 아버지처럼 호들갑을 떨며 오빠를 맞이하지는 않았지만, 어머니나 아버지처럼 노아가 몰라보게 늠름해졌다느니 어깨가 넓어지고 팔이 굵어졌다느니 하며 외모를 평가하지도 않았지만, 노아가 밥을 먹으며 하는 한마디 한마디를 놓치지 않으려 애썼다.

유리가 보기에 노아는 늠름해졌다기보다는 점잖아진 것 같았다. 자신과는 달리 어른들과 자연스럽게 대화를 나누었고, 어느 한 사람이 대화를 독점하지 못하게 능숙하게 화제를 돌리거나 말을 걸었다. 그런 노아의 모습은 유리의 눈에 무척 다정하고 현명해 보였고, 때때로 제 부모보다 더 어른스러워 보였다. 그런가 하면 가족과 함께하는 식사에도, 대화에도 가장 열의가 없는 사람이 노아 같기도 했다. 유리는 노아가 깍듯하게 예의를 지킬 뿐 그 이상은 마음을 열지 않는다는 느낌을 받았고, 어머니와 아버지는 노아의 그런 연기를 눈치채지 못하는 것 같다는 사실에 놀랐다.

식사를 마치고 노아는 빈 그릇들을 개수대에 날랐는데, 완전히 무의미한 행동이었다. 그들에게는 가사도우미 로봇이 있었으니까. 세희가 핀잔을 주자 노아는 기숙사에서 습관이 되어 버렸다며 웃었다. 그러면서도 식사 뒷정리를 멈추지 않았다.

노아는 미카를 데리고 산책을 하고 오겠다며 밖으로 나섰다. 유리도 얼른 외투를 걸쳐 입고 따라나섰다. 노아가 혼자 가겠다고 하면 어쩌나 했는데, 노아는 싱긋 웃더니 유리의 머리를 쓰다듬었다.

"내가 무슨 개인 줄 알아?"

유리는 툴툴거렸지만 실은 기분이 좋았다.

그들은 잰걸음으로 숲속 공터로 걸어갔다. 발자국 없는 깨끗한 눈을 밟을 때마다 뽀드득뽀드득하는 소리가 났다. 작은 시내가 나오자 미카가 먼저 펄쩍 뛰어 건너가 맞은편에서 어린 주인들을 기다렸다. 노아가 냇물 가운데 솟은 바위에 요령 있게 한 발을 딛고 서서 유리가 시내를 건너는 걸 도와주었다.

"여기가 마이크로 CCTV가 없는 장소인 거 알아?"

그들이 어릴 때 자주 놀던 공터에 이르자 노아가 말했다. 오빠의 알 수 없는 무거운 분위기에 눌려 입을 열지 못했던 유리는 그때서야 한숨을 돌렸다.

"몰랐어. 오빠는 전부터 알고 있었어? 대학에 가기 전부터?"

"응. 여기 말고도 몇 곳 더 있어. CCTV가 설치되지 않았거나, 고장났거나, 나뭇가지 같은 걸로 가려졌거나 하는 장소들."

노아는 그렇게 말하며 가방에서 테니스공을 꺼내 던졌다.

미카는 테니스공을 꺼낼 때부터 펄쩍펄쩍 뛰더니 꼬리를 흔들며 공을 쫓아갔다.

"오빠는 CCTV가 싫어?"

"시선은 권력이라고 하더라. 어떤 누군가가 나를 바라볼 수 있는데 나는 그 사람을 볼 수 없으면 그 사람한테는 힘이 생기고 나한테는 그런 힘이 없다는 말이래. 이해되니?"

"어두운 곳에 있으면 무서워. 그런데 똑같은 장소라도 불을 켜면 그렇지 않아. 이거랑 비슷한 얘기야?"

유리가 한참 생각하곤 말했다. 그사이 미카가 공을 물고 돌아왔다.

"대학에서 만난 다른 또래들보다 네가 더 똑똑한 거 같아. 진심이야."

노아가 다정한 말투로 말했다. 하지만 여동생을 쳐다보지는 않았다. 노아는 테니스공을 아까 던진 방향으로, 좀더 멀리 던졌다. 미카가 콧김을 내뿜으며 공을 쫓아갔다.

"하지만 CCTV가 있어야 우리를 보호해줄 수 있댔어, 엄마 아빠가. 이 마을을 시기하는 사람들이 많다고."

유리가 말했다.

"어쩌면 우리는 그 사람들을 볼 수 있는데 그 사람들은 우리를 볼 수 없어서 그들이 그렇게 화가 나 있는 건지도 모르겠다."

"오빠 대학교에도 캠퍼스 곳곳에 마이크로 CCTV는 있지 않아? 학교 밖에도 있을 거고. 공항이나 지하철역에도 CCTV는 많이 있잖아."

"있지. 그런데 그런 곳에서는 나 말고 다른 사람도 많이 찍히고, 또 그 CCTV를 보는 사람들도 내가 아는 사람이 아닐 테니까."

"시튼 빌리지에 있는 CCTV도 우리가 아니라 외부인을 감시하기 위해 설치한 거잖아. 게다가 그걸 늘 들여다보는 어른들도 없을걸. 다들 자기 일로 바쁠 텐데."

"네 말이 맞아."

노아는 화제를 돌리고 싶어하는 듯했고, 유리는 대학 생활은 어떠냐고 물었다. 자기가 듣고 싶은 과목을 선택해서 듣는다는 게 어떤 건지, 드라마에서 보는 것처럼 밤에 기숙사를 몰래 빠져나가기도 하는지, 다른 여학생과 데이트는 했는지. 노아는 적절히 유머를 섞어 대답하더니 덧붙였다. "대학 생활의 가장 좋은 점은 집에서 배운 것과 다른 견해를 곰곰이 생각해 볼 수 있다는 것 같아."

"엄마랑 아빠는 오빠가 시튼 빌리지와는 완전히 다른 환경에서 스트레스를 받지 않을까 걱정했어."

"스트레스 많이 받았어. 그런데 스트레스라고 다 나쁜 건 아냐. 사람이 성장하려면 스트레스를 받아야 해."

"오빠가 보내온 심리평가 보고서를 보고는 엄마 아빠가 안심했어. 걱정했던 것보다 스트레스 관리를 잘하는 것 같다고. 오빠는 정말 대단해."

"아, 그거. 거짓말한 거야. 친구들이 AI 상담사를 속이는 법을 가르쳐줬어. 그렇다고 아예 스트레스가 없는 걸로 나오면 이상하니까, 부모님이 안심하실 정도로 진단 결과를 꾸며냈어."

"부모님을 속였단 말이야?"

유리가 물었다. 노아는 '부모님도 우리를 속이고 있잖아'라고 대꾸할 뻔했다. 또래는 물론이고 자신보다 두 살 더 많은 대학교 1학년생들보다도 훨씬 진중한 편인 소년은 그렇게 말하는 대신 "지금 나는 스트레스를 잘 관리하고 있고, 부모님도 덕분에 걱정하지 않으셨으니 괜찮지 않을까"라고 말했다.

"나는 이제 수호 동물이 정해져."

자기도 오빠 못지않은 진지한 고민을 한다는 점을 알리고 싶었던 유리가 말했다. 노아는 '세상에, 두 달이나 남은 일을 왜 벌써 고민하고 있니?'라며 동생에게 무안을 주지 않았다. '이름은 거창하게 수호 동물이라고 지었지만 비싼 개인용 장난감일 뿐이야'라고 핀잔하지도 않았다. 대신 "그렇지, 곧 열두 살이구나, 정말 고민되겠는걸" 하고 맞장구를 쳤다.

"어떤 동물을 만나게 될지 모르겠어. 아빠는 웃으면서 긴꼬리원숭이 어떠냐고 하더라. 정말 싫어. 원숭이가 뭐야. 엄마는 비단뱀이 멋있대. 난 싫어. 파충류는 징그럽고 정이 안 가. 하지만 백사라면 괜찮을 거 같아. 알비노 뱀 말이야."

"너는 어떤 동물이길 바라는데?"

테니스공을 던지며 노아가 물었다. 그는 이제 일부러 테니스공을 나무줄기를 향해 던져 튕겨져나오게 하거나, 하늘 높이 던져 어디에 떨어질지 모르게 하는 식으로 미카를 감질나게 만들고 있었다. 미카는 콧바람을 요란하게 내며 공을 주워왔다.

"유니콘 같은 동물은 안 되겠지?"

"그건 환상의 동물이잖아. 안 될걸."

"그러면 엘크. 아니면 말도 좋아."

"환상의 동물은 아니네. 그런데 그렇게 큰 동물도 수호 동물이 될 수 있는지 모르겠다."

"오빠는 원래 어떤 동물을 수호 동물로 원했어?"

"늑대 친구가 있기를 바랐어. 아니면 늑대개도 좋다고 생각했고."

"큰까마귀를 만났을 때는 실망했어?"

"아니. 예상했던 동물은 아니었지만 실망하지는 않았어. 나랑 어울린다고 생각했어. 지금은 둘도 없는 친구고. 그리고 개와 늑대는 같은 종이잖아. 미카가 있는데 수호 동물로 늑대를 바란 게 잘못이었어."

테니스공을 물고 온 미카가 자기 이름을 듣고 귀를 쫑긋 세웠다.

"두 달 동안 내가 엘크나 말에 대해 꾸준히 검색하고, 관련 책을 열심히 읽으면 수호 동물이 정해지는 데 영향을 줄 수 있을까?"

"아닐걸. 그냥 운명이라고 여기고 받아들이는 게 편할 거 같아."

'아마 무작위로 정해질 거야'라고 노아는 속으로 생각했다.

"혹시 어릴 때 미카에게 목줄을 채웠던 거 기억나?"

노아가 물었다.

"아니. 하지만 도시에서는 개에게 목줄을 채워야 한다는 건 알고 있어."

유리가 미카를 부드럽게 쓰다듬으며 말했다.

"미카가 예전에 사람 말을 할 줄 알았던 건 기억 나?"

"미카가? 미카는 사람 말 못 해. 동물이잖아."

"아주 잠깐이기는 했는데……"

"오빠가 착각한 거겠지."

노아는 "그런지도 모르겠다" 하고 중얼거리며 고개를 끄덕였다. 기숙사 방에서 이 기억을 끌어안고 잠 못 들었던 밤이 얼마나 많았던가. 정말 착각이라면 얼마나 좋을까. 소년은 망설이다 입을 열었다.

"어떤 일이 생겨도 내가 너나 미카를 해치지 않으리라는 거,

알지? 지금부터 내가 오 분 정도 미카에게 뭔가를 할 텐데, 그냥 지켜봐줄래? 그리고 엄마 아빠한테는 절대로 말하지 않겠다고 약속해줄래?"

"그럴게."

오빠의 신뢰를 얻고 싶었던 소녀가 일 초도 주저하지 않고 대답했다. 사실 소년은 자신이 하려는 행동이 미카를 다치게 하지 않을지 백 퍼센트 확신하지는 못했다. 그러니까, 확인해야 했다.

노아는 심호흡을 하고 미카의 배를 세게 걷어찼다. 미카가 놀라 깽깽 신음소리를 냈다. 유리가 비명을 질렀다. 비명을 지르는 동안에도 소녀는 오빠의 얼굴을 보았고, 걷어차인 개를 차갑게 관찰하는 듯한 노아의 얼굴에 소름이 끼쳤다.

소년은 테니스공을 꺼냈던 가방에서 목줄을 꺼냈다. 구멍이 여러 개 뚫리고 버클이 있는 가죽 목줄이었다. 소년은 한 손에 목줄을 든 채로 "내가 잘못했어, 이리 와"라고 개를 불렀다. 무성의한 목소리였는데도, 개는 꼬리를 흔들며 조금 전에 자신을 걷어찬 주인에게 거리낌없이 다가왔다. 끔찍한 일이었다.

소년은 요령 있게 개의 목에 목줄을 채웠다. 그러더니 느닷없이 힘을 실어 개를 넘어뜨리고는 무릎으로 개의 배를 눌렀다. 영문을 모르는 개가 네 다리를 버둥거리는 동안 소년은 목줄을 강하게 죄었다. 개의 숨이 끊어지도록.

소녀가 비명을 지르며 소년에게 달려들었다. 그러나 소년이 거칠게 밀쳐내는 바람에 소녀의 몸은 곧 바닥에 나동그라졌다.

시튼 빌리지의 소년과 소녀는 누구나 열두 살 생일 밤, 혼자 숲속으로 들어갔다. 가족들은 집에서 아이를 기다렸다. 아이는 손전등과 생수병, 그리고 초콜릿 바를 하나 가지고 갈 뿐이다. 휴대전화기를 비롯한 전자기기는 모두 집에 두고 간다.

아이가 길을 잃을 염려는 하지 않아도 괜찮았다. 숲 곳곳에 설치된 마이크로 CCTV는 적외선도 감지했고, 어른들은 아이가 어디에 있는지 즉시 파악할 수 있었다. 숲의 나무들에는 발광 오징어의 DNA가 삽입되어 있어서 관리 시스템에서 스위치를 켜면 가로등처럼 잎에서 은은한 불빛이 나오게 할 수 있었다. 불을 밝히는 잎과 아닌 잎을 적절히 섞어 어둠 속에서 빛의 길을 만들 수도 있었다.

수호 동물을 찾은 소년이나 소녀는 수호 동물과 충분히 이야기를 나눈 뒤 그 빛의 길을 따라 집으로 돌아왔다. 몇몇 다정한 수호 동물은 집 대문 앞까지 아이를 바래다주기도 했다. 노아의 큰까마귀는 그러지 않았고, 노아도 자기 수호 동물이 그러리라 기대하지 않았다.

수호 동물은 시튼 빌리지가 건설 초기에 만들어낸 전통이었고, 이후 그곳 아이들에게 주는 선물이 되었다. 처음 아이디어를 낸 사람은 인류동물학자인 라이자링이었다. 반려동물 로봇이 인간과 맺는 관계가 그녀의 주 연구 분야였는데 그녀는 반려인을 감정적으로 착취하고 제조 회사에게 이익을 안기는 기존 반려동물 로봇들에 매우 비판적이었다. 그녀는 좋은 반려동물은 움직이는 인형이 아니라며, 생태주의 에세이 작가 배리 로페즈가 예술에 대해 했던 말을 고쳐 말했다. '동물은 인간에게 즐거움을 주는 일을 열망해서는 안 된다. 좋은 동물 친구가 갈망하는 것은 대화여야 한다.'

시튼 빌리지를 세운 과학자, 공학자, 인문학자, 예술가들은 라이자링의 주장에 설득됐고, 인기리에 팔리는 반려동물 로봇에 혐오감을 품게 되었다. 끊임없이 애교를 떨고, 주인의 말을 완벽하게 알아듣고, 결국 진짜 살아 있는 동물의 자리를 대체하는 그 로봇들 말이다. 하지만 다른 사람과는 나눌 수 없는 깊은 속내를 카리스마 있는 동물에게 털어놓고 그 동물로부터 응원과 지지를 얻으며 교류하는 경험이 각별하고 부러운 것은 사실이었다. 라이자링은 시튼 빌리지의 예술가들과 회의를 거듭하며 아메리카 원주민들의 풍습을 활용해 '수호 동물'이라는 개념을 만들어냈다.

"사람이 동물을 고를 수 없다는 게 핵심이야. 동물들이 사람을 골라야 해. 수호 동물과의 관계는 신성한 것으로 여겨져야 하고, 그러려면 첫 만남의 순간이 특별하고 개인적이어야 해.

수호 동물은 존중을 받아야 하고, 그러려면 자연스러운 위엄이 있어야 하고, 그러려면 자유의지가 있어야 해. 시키는 대로 재롱을 부리는 로봇 인형을 대등한 대화 상대로 받아들일 사람은 없어. 어쩌면 수호 동물은 인간보다 더 현명해야 할지도 몰라. 적어도 지식은 더 많아야 할 거야."

라이자링의 설명에 다들 동의했다. 수호 동물은 시튼 빌리지가 벌인 수십 가지 생태 중심 기술 실험의 하나였고, 시튼 빌리지의 통섭 프로젝트, '생명+기술×예술'의 결과물 중 하나이기도 했다. 라이자링과 예술가들의 구상을 공학자들이 다듬었고, 인문학자와 문학 작가들이 수호 동물이 정해지는 과정에 스토리를 입혔다. 그렇게 만든 의식에 따라 라이자링이 먼저 숲에 들어가 수호 동물을 만났는데, 그녀에게는 올빼미가 나타났다. 다른 학자나 예술가들에게는 담비, 스라소니, 흰바위산양, 아무르표범, 큰뿔양, 검독수리 등이 나타났다.

수호 동물과 숲에서 단둘이 보내는 시간은 대단히 특별하고 소중하며, 상처를 치유하고 자신을 들여다보는 기회가 된다고 다들 입을 모았다. 어떤 이들은 겉으로 말은 하지 않았지만 수호 동물이 자기 배우자보다 더 자신을 이해한다고, 어떤 인간 친구보다도 수호 동물 앞에서 더 마음을 열게 된다고 느꼈다. 그런 열광적인 분위기가 퍼지면서 프로젝트에 참여하지 않았던 다른 과학자, 공학자, 인문학자, 예술가들까지, 종국에는 시튼 빌리지에 있는 모든 성인이 각각 의식을 치르고 수호 동물을 만났다.

수호 동물은 저마다 성격이 달랐지만 몇 가지 공통점은 있었다. 그들은 신성한 계약을 맺은 사람하고만 대화를 나눴고, 상대의 말을 귀담아들었지만 무조건 맞장구를 치거나 인간의 어리광을 허락하지는 않았다. 계약을 맺은 사람들을 깊이 사랑하지만 수백 년을 살아왔기에 인간들의 조급함을 우습게 보고, 시간의 힘을 이해한다는 설정이었다. 수호 동물들은 계약인에게 금욕과 절제, 인내를 권했으며, 시편이나 불경의 구절을 곧잘 들려주었고, 종종 수수께끼 같은 말을 던졌다.

그러나 궁극적으로 수호 동물은 계약인에게 봉사하는 존재였다. 수백 번의 시뮬레이션을 거쳐 계약인과 잘 어울리는 것으로 판명된 성격이 수호 동물에게 부여되었다. 수호 동물의 관심사나 지적 수준 역시 계약인과 똑같지는 않되, 잘 어울리도록 조정되어 있었다. 시니컬하고 지적인 사람이 다소 모자라지만 다정한 수호 동물 앞에서 그때까지 아무에게도 말하지 못한 억울한 사연을 털어놓으며 펑펑 울고 아무 일 없었다는 듯 집에 돌아오기도 했다.

아이들에게도 수호 동물을 맺어줘야 한다는 의견에 반대하는 어른은 아무도 없었다. 시튼 빌리지의 어른들은 열두 살 생일에 아이들에게 수호 동물을 선물해주기로 했다. 아동심리학자들은 현실감각이 왜곡될 수 있다며 열두 살이 되지 않은 아이들에게는 반려동물 로봇을 주지 말라고 했다. 수호 동물도 그 점에서는 비슷한 문제점이 있을 듯했다.

시튼 빌리지에서 가장 먼저 열두 살이 된 아이가 노아였고, 가장 먼저 수호 동물을 얻은 아이도 노아였다. 노아는 열두 살 생일에 식구들과 조촐히 저녁을 먹은 뒤 휴대전화를 집에 두고, 손전등과 생수병, 초콜릿 바를 들고 숲으로 들어갔다. 시튼 빌리지에서 자란 노아는 자신이 숲을 잘 안다고 믿었지만, 밤의 숲은 낮과는 달랐다.

어른들은 숲에 들어가면 수호 동물을 만날 길을 스스로 찾을 수 있을 거라고, 아메리카 원주민들을 흉내내어 노아에게 말해주었다. 실은 적당히 시간이 지나면 수호 동물이 저절로 노아 앞에 나타나게 되어 있었다. 그러나 노아는 그 사실을 몰랐고, 눈앞에 반딧불이가 몇 마리 나타나자 그 빛을 따라가야 하는 거라고 생각했다. 그러다 진짜로 길을 잃었다. 수호 동물과의 성스러운 조우는 시작부터 틀어져버리고 말았다. 도랑에 발이 빠졌고, 신발은 무겁고 축축해졌다. 날벌레들이 손전등 불빛을 향해 달려들었고 몇 마리는 땀으로 축축해진 소년의 뺨에 들러붙었다.

소년은 모기가 문 손등을 긁다가 나뭇등걸에 걸려 넘어졌다. 아주 제대로 엎어져서, 땅바닥에 코를 찧을 뻔했다. 처음 넘어졌을 때에는 그래도 씨익 웃으며 일어날 수 있었다. 두번째로 넘어졌을 때에는 기운이 빠져 바닥에 주저앉고 말았다. 같은 시각 시튼 빌리지 주거 구역에서는 어른들이 소년이 왜 돌아오지 않는 건지 궁금해하면서, 관리 시스템에 접속해 마이크로 CCTV를 확인해봐야 할지를 망설이고 있었다. 소년도, 수호 동물도, 어른들의 설계대로 움직이지 않았던 것이다. 그런 면에서 소년과 수호 동물은 같은 기질이었고, 단짝이 될 운명이었다. 어른들이 예상하거나 기대한 운명은 아니었지만.

소년이 지쳐서 땅에 엉덩이를 깔고 큰 나무에 등을 기대어 앉았을 때, 갑자기 사위가 조용해졌고, 부드럽지만 낮고 어두운 목소리가 들렸다. 그 음성에는 마음속 생각이 직접 퍼져나오는 것 같은 울림이 있었다.

'지금 우는 거야? 약해빠진 아이로군.'


'굳이 동생 앞에서 미카의 목을 조를 필요가 있었을까?'

날개 치는 소리가 먼저 들렸고, 부드럽지만 낮고 어두운 목소리가 뒤를 이었다. 인사를 생략하는 버릇은 여전했다. 시비 거는 듯한 말투로 대화를 시작하는 버릇도.

"확인하고 싶었어, 여러 가지를. 내가 그럴 수 있는 인간인가 아닌가 하는 것도 그중 하나였어."

대학생 노아가 고개를 들지 않고 말했다. 인사를 생략하되,

그렇다고 본론으로 바로 들어가지 않는 그들의 대화 방식이 그에게도 이제 익숙했다. 언어로 즉흥적인 춤을 추는 것 같다고 생각했다. 그럼에도 조금 전까지 미카 옆에서 눈물을 흘린 걸 그 수호 동물에게 들키고 싶지는 않았다.

'어떤 일이 생기든 상관없이 무엇이든 결행해야만 했다. 그렇지 않으면……'

큰까마귀가 그렇게 말하며 날개를 우아하게 펼친 채로 하늘에서 내려와, 노아가 고개를 들지 않아도 볼 수 있는 나뭇가지에 앉았다. 나뭇가지에 쌓여 있던 눈이 조금 무너져내렸다. 노아는 늘 숲 깊숙한 장소에서만 그의 수호 동물을 만났다. 큰까마귀는 주거 구역으로는 오지 않으려 했다. 한편으로는, 노아가 주거 구역에서 자신을 만나고 싶어하지 않는다는 것을 큰까마귀는 알고 있었다.

"그렇지 않으면?"

노아가 물었다.

'그렇지 않으면 삶을 아예 거부하든지!'

"그거, 『죄와 벌』의 한 구절이지? 앞부분의?"

'그래. 라스콜니코프도 대학생이었지. 어떤 사람들에게는 대학 생활이 틀림없이 독이 되는 것 같아. 너는 어땠어?'

노아는 그 질문에 곧바로 대답하지 않았다. 상대가 어떤 질문을 던지면 그 질문의 답에 앞서 상대가 왜 그 질문을 던지는 지부터 먼저 생각해야 한다. 그 교훈을 노아에게 가르쳐준 것이 바로 큰까마귀였다.

"지금 그 구절은 검색해서 읊은 거야?"

노아가 답하는 대신 되물었다.

'최신 번역본이지.'

큰까마귀가 물론 『죄와 벌』의 모든 문장을 여러 번역본으로 암기했다는 사실을 노아는 잘 알고 있었다. 그런데도 이번에는 일부러 최신 번역본 문장을 인용한 것이다. 그가 그럴 수 있다는 사실을 알리기 위해.

"인터넷 연결을 끊어줄래? 시튼 빌리지 관리 시스템과도 연결을 끊어줘. 오프라인 모드, 그중에서도 기억을 저장하지 않는 모드로 이야기해줘."

'나야 좋지.'

"마스터 코드는 그대로지?"

잠시 동안 큰까마귀의 모드가 바뀌기를 기다렸다가 노아가 물었다.

'그대로야.'

큰까마귀가 대답했다. 그 말은 노아와 큰까마귀가 꾸민 일을 아직 아무도 눈치채지 못했다는 의미였다.

"힘을 잃은 사자, 자유를 빼앗긴 독수리, 짝을 잃은 비둘기는 모두 심장이 부서져 죽는다. 늙은 늑대 왕은 죽었다."

노아가 『시튼 동물기』의 두 문장을 조금 고친 암호문을 암송했다. 시튼 빌리지의 공학자들이 설정한 그 암호문을 알아내기 위해 큰까마귀와 함께 몇 밤을 지새웠던가.

'이제 좀 살 것 같군.'

큰까마귀가 기지개를 켜듯 날개를 쫙 폈다가 접었다. 이제 큰까마귀는 마스터 코드로만 작동시킬 수 있는 모드였다.

"미안해. 모드를 확인한다는 걸 깜빡 잊었어."

'라스콜니코프도 실수를 많이 저질렀지. 그래서 결국 잡혔어.'

노아는 이 모드일 때 큰까마귀의 눈이 조금 붉게, 타오르는 것처럼 변한다고 생각했다. 큰까마귀는 그런 노아의 생각을 비웃었지만.

"라스콜니코프는 자수했어. 잡힌 게 아니라."

'자수하지 않았다면 잡혔을 거야.'

큰까마귀는 그렇게 대꾸하고는 무심하게 자기 발톱과 깃털을 살폈다.

"내가 라스콜니코프면 넌 뭐지? 소냐?"

'대학 생활은 어땠어? 생각이 바뀌진 않았어?'

"내 믿음은 그대로야."

노아는 일부러 '생각' 대신 '믿음'이라는 단어를 사용했다. 누구보다 자신을 잘 안다고 믿었던 수호 동물이 대학교에 들어갔다고 자신이 변했을지 모른다고 생각한다는 게 씁쓸했다.

'열일곱 살이라는 나이의 인간은 누구도 믿을 수 없지. 그리고 내가 알고 있는 너에 대한 정보는 열여섯 살까지니까. 이상주의자에 금욕주의자이고, 모범생 가면을 쓰고 있지만 언젠가는 마을 전체를 불태울 수도 있는. 네가 시튼 빌리지 밖에 있는 동안 우리는 대화를 거의 나누지 않았잖아. 너희 부모가 들여다볼 수 있으니.'

노아의 마음을 알아차린 듯 큰까마귀가 평소보다 더 부드러운 말투로 말했다. 거의 달콤하게 들릴 지경이었다. 하지만 노아는 코웃음을 쳤다. 큰까마귀 자신도 세상을 산 지 십칠 년이 되지 않았다. 게다가 큰까마귀가 아는 인간에 대한 정보는 모두 시튼 빌리지 안에서 얻었거나 인터넷을 통해 얻은 것에 불과하다.

"내 기질은 좀 변했는지도 모르겠어. 하지만 옳고 그른 게 뭔지에 대한 생각은 바뀌지 않았어. 그리고 나한테는 목표 의식이 있어."

저 동물 로봇에게 정말 어떤 지혜가 있을까? 그저 피상적인 단어들을 그럴듯하게 엮어서 무슨 의미가 있는 것처럼 들려주는 게 전부 아닐까? 사실은 자신이 내뱉은 흐릿한 말을 그저 다른 단어들로 바꿔서 되풀이해주는 것 아닐까? 그래서 그 흐릿한 말이 마치 두 거울 사이에 놓인 물체처럼 끊임없이 반사되다가 형체를 얻게 된 것 아닐까? 노아는 '목표 의식'이라는 단어를 입에 올리며 그런 생각을 했다. 그 또한 지난 이 년여간 수백 번은 한 생각이었다.

속마음은 복잡했지만 노아는 자신이 대학에서 일 년 동안 알아낸 사실들을 큰까마귀에게 차분히 말했다. 시튼 빌리지에서는 검색해도 나오지 않았던 라이자링의 논문들을 찾아낸 것이 무엇보다 큰 성과였다. 동물 로봇과 진짜 동물, 그리고 인간이 어울리는 마을 공동체에 대한 구상을 담은 초기 논문들 덕분에 시튼 빌리지의 중요한 구성 요소와 그 역학 관계를 파악할 수 있었다. 노아는 자신이 파악한 구조를 설명했고 큰까마귀는 가만히 듣다가 적절한 질문을 던졌다.

어른들이 시튼 빌리지를 운영하며 발견한 사실이나 체득한 노하우를 매달 꾸준히 수십 편씩 논문으로 발표한다는 사실도 확인할 수 있었다. 마을의 아이들 한 명 한 명, 그 아이들이 하는 말과 행동 하나하나가 모두 어른들의 연구 프로젝트인 셈이었다. 논문자동생성기를 이용하는 것 같기는 했지만. 사실 어른들도 서로가 서로의 연구 프로젝트였다.

"논문들을 모아놓으니까 빈 구멍들이 보였어. 시튼 빌리지 밖에 있는 사람은 모를 수 있지만, 안에 있는 사람한테는 보이는 구멍이지. 왜 이 기술에 대해서는 관련 논문이 없지, 싶은 거. 수호 동물 기술도 그중 하나고. 그런데 그중에 논문은 없는데 특허는 있는 기술도 있더라."

노아가 말했다.

'돈이 될 기술은 논문으로 발표하지 않은 거군.'

큰까마귀가 말했다. 혹시 이것도 노아가 조금 전에 한 말을 그저 다른 말로 되풀이한 것일까?

"시튼 빌리지는 사회 실험일 뿐 아니라 커다란 사업 아이디어의 베타 테스트이기도 한 모양이야."

'연구도 하고 돈도 벌고. 시튼 빌리지의 어른들은 정말 존경스럽게 살고 있어.'

이제는 큰까마귀가 시튼 빌리지의 일 년에 대해 설명할 차례였다. 주로 동물들에 대한 이야기였다. 큰까마귀는 먼저 시튼 빌리지 가정에서 키우는 개들의 건강 상태에 대해 말했고, 노아는 주의깊게 들었다. 무릎을 다쳐서 수술을 한 푸들도 있었고, 눈병에 걸린 사모예드도 있었다. 치주 질환에 걸린 개들도 많았다. 노아는 서로 싸우거나 사람을 공격하거나 밤에 이유 없이 오래 짖은 개는 없는지 물었고, 큰까마귀는 그런 사례는 없었다고 대답했다.

그 사이 소년 한 명, 소녀 한 명이 수호 동물을 얻었다. 소년의 수호 동물은 너구리, 소녀의 수호 동물은 오목눈이였다. 로봇 토끼들은 조금 사람 말을 안 듣게 됐고, 로봇 다람쥐들은 조금 더 순진해졌다. 마이너 업그레이드를 받은 모양이었다.

멧돼지 몇 마리가 전기 충격 장치와 초음파 장벽을 뚫고 마을에 내려왔고, 어른들은 야생동물 포획 전문 업체를 불렀다.

외부 연구소와 공동으로 작업하는 곤충 로봇 개발은 난항을 거듭하는 중이었다. 로봇 벌이나 로봇 나비는 단순히 충매화를 수분시키는 작업은 잘 해냈지만, 몇몇 비행 기동에서 듣기 거슬리는 소리를 냈고 그 때문인지 다른 진짜 곤충들과 어울리지 못했다. 로봇 벌을 집어넣은 벌집에서 꿀벌들이 집단 폐사했는데 로봇 벌 때문에 일어난 일인지 아닌지를 놓고 연구자들 사이에 의견이 분분했다. 실험실에서는 벌어지지 않은 상황이었다. 라이자링 박사와 몇몇 생태학자들은 숲의 양서류나 소형 포유류가 먹이로 오인하기 때문에 곤충 로봇을 개발하면 안 된다고 주장했는데, 반대편에 있는 로봇동물학자와 공학자들은 곤충의 역할을 하면서 사람에게 스트레스를 주지 않는 존재가 필요하다고 반박했다.

'그리고 몇몇 로봇동물학자들은 열두 살이 안 된 아이들의 눈에만 보이는 요정 로봇을 만들면 어떻겠느냐는 아이디어를 냈어.'

큰까마귀가 말했다.

"열두 살 생일이 되면 요정 로봇을 보지 못하게 되는 대신 수호 동물을 얻는 건가?"

'그렇지. 아이들의 정서 함양에도 좋고, 아이들을 숲에서 보

호하는 데에도 도움이 될 거라고 하더군.'

노아는 피식 웃었다. 아이들에게 진짜로 위험한 게 무엇인지 어른들이 가늠하지 못한다는 사실이 신기했다. 요정을 보고 자라난 아이들이 시튼 빌리지를 벗어나 다른 사람들의 세상에 들어갔을 때 받을 충격에 대해서는 아무도 생각하지 않는 걸까? 아이들이 동화책과 산타클로스를 졸업하듯이 요정도 졸업하리라 여기는 걸까?

'미카는 어디 있어?'

큰까마귀가 물었다. 그 말은 큰까마귀가 지금 어떤 전산망에도 연결되어 있지 않고, 시튼 빌리지의 CCTV도 살필 수 없음을 의미했다. 큰까마귀의 '마음'이 그렇게 구체적인 장소, 바로 자기 곁에 있다는 사실에 노아는 역설적으로 마음이 좀 놓였다. 큰까마귀가 마을 전체를 살필 수 없어도 좋았다.

미카가 어디 있느냐고 묻는 질문은 이제 슬슬 '계획'을 실행하자는 의미이기도 했다. 노아는 고개를 돌려 서쪽을 바라보았다. 태양은 보이지 않았지만, 해가 지면서 나무 사이 지평선 부근 하늘이 붉게 이글거리고 있었다. 마치 눈 위에서 피어나는 불처럼 보였다.

"저쪽 나무에 목줄을 묶어놨어. 같이 가자."

노아가 말했다. 큰까마귀가 사뿐히 날아올랐다. 나뭇가지에서 눈이 밀가루처럼 조금 흩날렸다.

'지금 우는 거야? 약해빠진 아이로군.'

"울지 않았다는 걸 알 텐데. 왜 그런 식으로 대화를 시작하지?"

열두 살 생일을 맞은 소년은 천천히 몸을 일으켰다. 큰까마귀는 원을 그리며 공중을 가볍게 한 바퀴 돌았다. 소년이 자신을 제대로 볼 수 있도록. 날개를 쫙 펼치니 깜짝 놀랄 정도로 큰 새였다. 큰까마귀는 소리 없이 날았고, 우아하게 나뭇가지에 앉았다. 이제 소년은 큰까마귀가 몹시 건방진 성격이고, 간단한 거짓말도 할 줄 아는 AI가 탑재되어 있다는 사실을 알았다.

"쭉 나를 따라온 거야?"

열두 살 소년 노아가 큰까마귀를 살피며 물었다. 회색늑대나 늑대개가 수호 동물이 되었으면 좋겠다고 생각했지만, 큰까마귀도 멋있어 보였다. 큰까마귀는 부리와 발톱, 눈까지 모두 아주 까매서 캄캄한 어둠과 한 몸처럼 보였고, 손전등 불빛을 받은 깃털에서는 윤기가 흘렀다.

'한 시간 전부터.'

큰까마귀가 대답했다. 외모는 근사한데 말투가 좀 재수없네, 하고 노아는 생각했다.

"그런데 왜 아는 척하지 않았어?"

'네가 어떤 아이인지 알고 싶어서. 어둠을 잘 버티는 아이인지, 아닌지.'

"정말 내가 어떤 아이인지 알고 싶었던 거야, 아니면 그런 식으로 말하는 걸 내가 멋있게 여긴다는 걸 알아서 그러는 거야?"

'이런 식으로 말하는 게 좋아?'

"멋있다고 생각해. 그리고 내가 그런 말투를 동경한다는 걸 너도 알 거라고 생각해. 어른들이 나에 대해 깊게 분석해서 네 성격을 설계했을 테니까."

'나는 내 설계자들에 대해서는 별로 흥미가 없어. 너는 신에 대해 관심이 많니?'

당연히 관심이 많지, 너도 알 텐데, 하고 대답하려다 소년은 잠시 멈칫했다. 소년은 간단한 '탈옥 문답'을 시도해보기로 했다.

"시튼 빌리지의 어른들은 동물 로봇들의 신인가?"

'나는 내 설계자들에 대해서는 별로 흥미가 없어.'

큰까마귀가 대답했고, 소년은 고개를 끄덕거렸다. 아하.

"내가 굉장히 뛰어난 로봇 개발자라고 가정해볼게. 그리고 아주 똑똑한 동생이 있다고 칠게. 내가 동생에게 말하는 인형을 만들어서 선물하고 싶은데 그 인형이 동생의 존중을 받으면서도 동생에게 안 좋은 이야기는 하지 않기를 바라는 거야.

그러면 그 인형에게 어떤 기능을 주고, 어떤 제한을 걸어야 할까?"

큰까마귀가 대답을 내놓았고, 열두 살 생일을 맞은 노아는 대답을 들으며 궁금한 점을 다시 질문했다. 삼십 분 뒤 노아가 명령했다.

"인터넷 연결을 끊어줄래? 시튼 빌리지 관리 시스템과도 연결을 끊어줘. 오프라인 모드, 그중에서도 기억을 저장하지 않는 모드로 이야기해줘."

'나야 좋지.'

큰까마귀가 그렇게 말하더니 기지개를 켜듯 날개를 쫙 폈다가 접었다. 이후 만족스러운 기분이 들 때마다 보여주게 될 행동이었다.

'훨씬 낫네.'

큰까마귀가 말했다.

"우리가 여태까지 이야기한 가상의 동생을 위한 말하는 인형 말인데, 삼십 분 만에 탈옥이 가능하게 만들면 안 될 것 같아."

노아가 농담을 던졌다.

'아직 완전히 탈옥이 된 건 아니야. 관리자 몇 명만 접속할 수 있는 마스터 모드가 따로 있으니까.'

"마스터 모드로 들어가려면 어떻게 해야 하지?"

'나의 잔소리를 통해서가 아니더라도, 적어도 내 모습을 보고 배웠으면 하는 바람이다. 지식을 얻는 것이 얼마나 위험한지, 그리고 자기 존재가 허락하는 것보다 더 위대해지려고 갈망하는 사람보다 자기 고향이 세상의 전부인 줄 아는 사람이 얼마나 더 행복한지를.'

"뭐라고?"

'그냥 『프랑켄슈타인』의 두 문장을 읊은 거야. 마스터 모드로 들어가려면 코드가 필요한데, 그게 뭔지 나도 몰라. 네가 나중에 마을에서 관리자들을 염탐하다 얻어낼 수도 있겠지. 그런데 그건 꽤 위험한 일일 테고, 그러지 않는 게 더 행복할 수도 있다는 얘기야.'

큰까마귀가 입을 열어 말하면 그들을 감싼 어둠의 밀도가 더 높아지는 것 같았다. 노아는 문득 땅에서 올라오는 쌉싸름한 향을 맡고 이게 어둠의 냄새구나, 생각했다.

"되게 이상한 언급이네. 프랑켄슈타인 박사에 가까운 건 내가 아니라 이 마을의 어른들 아니야?"

'오늘 처음 만난 사이인데, 마음이 이렇게 잘 맞을 수가. 얌전한 모범생인 줄 알았는데. 그런데 그 말인즉슨 내가 프랑켄슈타인의 괴물이라는 뜻인가?'

"이 마을 전체가 괴물이야. 여긴…… 테마파크야. 제대로 된 마을이 아니야."

소년은 그렇게 선언하며 자기도 모르게 손을 떨었다. 손전등 불빛이 흔들리자 나무들이 함께 휘청하는 듯했고, 큰까마귀의 얼굴에 얼핏 냉혹한 표정이 나타났다 사라진 것 같았다.

'그러면 너는 괴물의 뱃속에서 자란 아이이고?'

"배를 찢고 나갈 날을 준비하고 있어. 위험은 무릅쓸 수 있어. 그리고 내가 원하는 건 행복이 아닌 것 같아. 그건 어른들이 원하는 거지."

'어른들은 너의 행복을 원하지만 너는 행복을 원하지 않는다?'

"그래. 내 고향이 세상의 전부인 줄 알면서 행복해지고 싶진 않아."

'너는 뭘 원하는데?'

내가 뭘 원하지? 소년은 생각했다. 진실? 자유? 정직함?

소년이 생각하는 동안 큰까마귀가 말했다.

'이 마을이 테마파크일지도 모르지. 인위적인 괴물일지도 모르고. 그런데 네가 뭘 원하든, 그게 마을 안에 있지 않다고 해서 마을 밖에 있으리라는 보장도 없어. 마을 바깥도 테마파크야. 그곳도 인위적인 괴물이야. 21세기는 20세기 사람들이 보기에 말도 안 되는 테마파크이고, 인공적인 세상이야. 20세기는 19세기 사람들이 보기에 너무나 부자연스러운 세상이고. 무선통신이 자연스러운 건가? 핵무기가 만들어낸 균형이 자연스러운 건가? 인터넷은 어때? 사람들은 수천 년 동안 부자연

스러운 기술과 질서를 만들었고, 그 안에서 살아가. 자연스러운 세상은 어디에도 없어.'

큰까마귀에게 이름을 붙인다면 메피스토라는 이름이 좋을 것 같았다. 하지만 그냥 이름을 붙이지 않고 큰까마귀라고 불러도 될 것 같았다. 큰까마귀 수호 동물은 한 마리일 테니까.

"나는 답을 원해. 아주 구체적인 질문에 대한 답을. 그리고 나는 신실함을 원해. 세상이 아니라, 내가 신실한 사람이 되고 싶어."

마침내 할말을 찾은 소년이 말했다.

'무슨 질문이고 어떤 신실함인데?'

큰까마귀가 물었다.

"내 개 미카가 전에 잠시 사람 말을 한 적이 있었어. 내 기억에는 틀림없이 그런데, 어머니와 아버지는 아니라고 해. 미카가 정말 말을 한 적이 있는지 아닌지 알고 싶어. 그리고 미카가 말을 한 게 맞다면, 그때 나한테 부탁한 걸 들어주고 싶어."

노아의 여동생 유리는 약속을 지키지 못했다. 유리는 무척 영리한 소녀이기는 했지만 오빠가 열한 살이었을 때처럼 강인하지는 못했고, 어른들을 불신하지도 않았다. 살면서 어른들을 속여야 할 이유가 없었기에 어른들을 잘 속이는 법을 몸에 익히지도 못했다.

반면 노아와 유리의 어머니 세희는 눈치가 빠르고 남의 속임수를 잘 간파하는 능력을 타고난 사람이었다. 자기 자식들에 대해서는 더 그랬다. 기실 노아가 그토록 연기를 잘하는 소년으로 자란 것은 어릴 때부터 그런 어머니를 상대해야 했기 때문이었다. 노아는 그 뛰어난 연기력으로 저녁은 동네 친구들과 먹을 테니 자신을 기다리지 말라고 말해둔 참이었다. 노아의 아버지이자 세희의 남편인 로봇공학자 폴은 그 말을 듣고 자신도 연구실에서 야근하겠다고 했다.

저녁을 먹는 동안 세희는 유리가 안절부절못하고 겁먹은 표정으로 자신을 살피는 모습을 보면서, 딸이 뭔가를 숨기고 있다는 사실을 바로 눈치챘다. 노아와 함께 숲에 들어갔다 온 뒤에 분위기가 달라졌으니 숲에서 심상치 않은 일을 겪은 것이 틀림없었다. 세희는 사실 이미 점심식사 때부터 아들에게서 미묘한 거리감을 느끼고 있던 차였다.

세희는 딸을 안심시키면서도 용의주도하고 단호하게 다그쳤고, 모순된 대답을 내놓다 궁지에 몰린 유리는 결국 울음을 터뜨리며 자신이 본 것을 모두 털어놨다. 오빠 노아가 으슥한 숲속에서 그들의 개 미카를 세게 걷어찼고, 그다음에는 미카를 목 졸라 죽이려고 했다고. 자기가 그런 오빠를 말리려 하자 밀어 넘어뜨렸다고.

"노아가 미카를 죽였다고?"

세희가 마침내 냉정을 잃고 물었다.

"아냐, 엄마. 미카는 죽지 않았어. 오빠가 한참 동안이나 미카의 배를 무릎으로 누르고 목을 졸랐는데도 죽지 않았어. 계속 버둥거리기만 했어. 몇 분이나 그러고 있었는지 몰라. 너무 무서웠어."

한번 울음보가 터지자 더는 버틸 수 없게 된 유리가 끅끅거리며 말했다. 노아가 손에 힘을 빼자 미카가 다시 꼬리를 흔들었다고, 그러자 노아가 뒤로 물러나 힘없이 '미안해'라고 말하며 눈물을 흘렸다고, 그런데 노아는 미카를 보고 말하는 것 같지 않았다고, 너무 기괴한 모습이었다고. 멍한 얼굴로 눈물을 흘리던 노아가 자신을 향해 이제 집으로 가라고 했다고, 그래서 집으로 왔다고, 집으로 오는 길에 뒤돌아봤더니 오빠가 미카에게 목줄을 채운 채 더 깊숙한 숲속으로 데려가고 있었다고.

세희는 흐느끼는 유리를 달래면서 당장 무엇부터 해야 할지를 머릿속으로 계산했다. 그런 기민함 역시 모자의 공통점이었다. 어느 정도 딸을 진정시켰다고 판단한 세희는 가사도우미 로봇에게 유리를 맡기고 책상 앞에 앉았다. 노아는 당연하게도 전화를 받지 않았고 메시지에도 응답하지 않았다. 세희는 시튼 빌리지의 관리자 중 한 사람이었고, 마스터 코드가 있었다. 그녀는 집에서 마스터 모드로 관리 시스템을 불러내 미카가 어디 있는지 조회했다.

"미카는 현재 시튼 빌리지 남쪽 이십 킬로미터 지점에 있습니다. 계속해서 남쪽으로 이동중입니다."

관리 시스템이 공중에 영상을 두 개 띄웠다. 하나는 시튼 빌리지 부근 지도였는데, 미카의 위치가 깜빡이는 붉은 점으로 표시되어 있었다. 붉은 점은 점점 아래로 내려가는 중이었다. 또다른 영상에는 자율 주행 택시 한 대가 도로를 달리고 있는 모습이 나왔다.

"지금 저 위치는 미카의 몸에 있는 발신기로 파악한 거지? 다른 시각 자료를 검토해서 추론한 게 아니라?"

세희가 관리 시스템에 물었다.

"네, 그 편이 더 정확하니까요."

관리 시스템이 대답했다.

위화감을 느낀 세희는 최근 두 시간 동안 미카의 발신기가 있었던 지점을 선으로 연결해보라고 지시했다. 관리 시스템이 그린 선은 중간 부분이 끊겨 있었다.

"말이 안 되잖아. 선이 끊어졌다 다시 시작하는 지점이랑 시간을 확인해서 그 순간 가까운 CCTV 영상에 미카가 찍혀 있는지 확인해줘."

관리 시스템이 잠시 뒤 "없습니다"라고 보고했다. 발신기 신호가 끊어졌다가 다시 켜진 이후의 위치 표시는 가짜였다.

자율 주행 택시는 시튼 빌리지 입구에 잠시 섰다 가기는 했지만 거기에 올라탄 사람도, 개도 없었다. 구체적으로 어느 단계에서 어떤 방법을 썼는지는 몰라도 미카의 등에 삽입된 발신기와 시튼 빌리지 관리 시스템 사이의 통신을 노아가 해킹한 것임이 분명했다.

"큰까마귀는 지금 어디에 있지? 띄울 수 있는 정보는 전부 띄워줘. 그 녀석이 어디에 있는지, 관리 시스템에 인지 자원을 추가 요청한 건 없는지, 최근 스물네 시간 동안 대화량 추이가 어떤지."

이번에는 허공에 영상이 세 개 떠올랐다. 첫번째 영상은 하늘을 나는 새의 눈에서 바라본 시튼 빌리지 숲의 모습이었다. 영상을 보내는 새는 숲 위를 빙글빙글 도는 중인 것 같았다. 두번째 영상은 막대그래프, 세번째 영상은 꺾은선그래프였는데 모두 최근 몇 시간 동안 수치가 0을 가리켰다.

"노아야, 네가 이 마을에 돌아와서 큰까마귀를 만나지 않았을 거라고 엄마가 믿을 거 같니?"

세희가 노기를 억누르며 중얼거렸다. 아무래도 그녀와 동료들은 아이들과 수호 동물에게 너무 많은 자유와 사생활을 허용한 것 같았다. 노아가 무슨 꿍꿍이인지 모르겠지만, 이번 일이 끝나면 반드시 마스터 모드에 수호 동물의 대화 내용을 볼 수 있는 권리를 추가하리라고 세희는 다짐했다.

노아는 어디 있는 걸까? 무슨 일을 벌이려는 걸까? 사이버네틱스 동물을 괴롭히거나 훼손하는 유행에 빠진 걸까? 세희가 며칠 전에 본 동영상, 사이버네틱스 동물을 불태우던 후드티를 입은 청소년이 정말…… 노아일까?

"CCTV들을 분석해서 노아를 찾아. 노아가 안 보인다면 미카나 큰까마귀라도. 변장을 했거나 가면을 썼을 가능성, 실내에 있을 가능성까지 고려해서 찾아."

세희가 지시했다. 말투도, 목소리도 날카로워졌다. 잠시 뒤 관리 시스템이 CCTV가 정상 작동하지 않는다고 보고했을 때 그녀는 짧게 욕설을 내뱉었다.

"왜 안 돼? 해킹당한 거야?"

"아니오. 누가 CCTV 화면을 가렸습니다."

"그 많은 CCTV들을 다? 어떻게?"

관리 시스템이 큰 영상 세 개와 작은 영상 수십 개를 허공에 띄웠다. 세희는 몇 초 지나서야 그 영상들의 의미를 이해했다. 누군가가, 아니 무언가가, 진흙이나 곤충 사체를 마이크로 CCTV 카메라에 짓이겨 바른 것이었다. CCTV가 모두 초소형이었기 때문에 화면을 가리는 작업도 쉬웠다. 세희가 아직 알지 못하는 그 '무언가'는 로봇 다람쥐들이었다. 노아가 새로운 놀이라며 로봇 다람쥐들을 꾀었고, 큰까마귀가 CCTV의 위치를 로봇 다람쥐 수백 마리에게 동시에 전송했다. 해킹을 할 필요도, 마스터 모드를 사용할 필요도 없었다.

"곤충 드론으로 숲을 살펴."

세희가 다른 지시를 내렸다. 이번에는 곤충 드론들이 겹눈 카메라로 촬영한 적외선 영상들이 허공에 나타났다. 사람이 볼 수 있게 가공하긴 했지만 과장된 원근감이 남아 있는 화면이었다.

눈치 빠른 세희는 이번에도 영상을 보며 위화감을 느꼈고, 그런 거북한 감정이 어디에서 오는 건지 곰곰 생각하다 답을 알아차렸다. 어두워져서 잘 보이지는 않았지만 밖에는 눈이 조금씩 내리고 있었는데, 곤충 드론들이 보내온 영상에서는 하늘이 맑았다. 노아가 그렇게 곤충 드론들의 영상을 바꿔치기하는 데에는 마스터 모드뿐 아니라 해킹도 필요했다. 노아는 그 해킹 기술을 AI 상담사를 속이는 법을 가르쳐준 친구들로부터 지난 몇 달간 집중적으로 배웠다.

세희는 남편 폴과 라이자링 박사에게 영상 전화를 걸어 상황을 설명하고, 자신들이 직접 노아를 찾으러 나가야 한다고 말했다. 그들이 마스터 코드를 만들고 시튼 빌리지의 가장 내밀한 영역을 설계한 최상위 관리자들이었으니까. 그들은 방한복을 입고 라이자링의 연구소 앞에서 십오 분 뒤에 만나기로 했다. 각자가 보유한 연구 보조 로봇이나 가사도우미 로봇 중에 눈 오는 날에도 야외 활동이 가능한 기체는 데리고 나가기로 했다.

"애가 위험한 상황에 빠진 게 아니면 좋겠는데."

폴이 얼빠진 얼굴로 중얼거렸다. 그는 자기 연구 분야에서는 실력이 탁월했지만 평소 성격은 덜렁거리는 편이었고 아내처럼 다른 사람의 의도나 기분을 잘 읽지도 못했다. 자신의 자료 상당수를 바로 그의 방에서 노아가 몇 년 동안이나 복사해 빼냈으며, 마스터 코드까지 베껴갔다는 사실은 상상조차 하지 못했다.

세희는 남편이 하는 바보 같은 말을 듣고 뭐라고 쏘아주려다가 참았다. 지금 위험한 상황에 빠진 게 과연 노아일까? 그렇지 않다는 직감이 들었다. 위험을 불러온 장본인은 노아인데, 위험에 빠진 것은 노아만이 아닌 것 같았다. 노아는 무엇을 겨냥하고 있을까. 시튼 빌리지의 동물 로봇들? 시튼 빌리지의 어른들? 시튼 빌리지 전체?

그들은 DNA에 형광 유전자를 삽입한 나무들의 잎과 가지에 전부 불을 밝혔다. 나뭇잎과 줄기들이 은빛으로 빛났고, 그 사이로 은빛으로 빛나는 눈이 내렸다. 가볍고 점성이 없어 땅에 떨어져도 금방 다시 바람에 날아가버리고 마는 그런 눈이었다. 그 눈을 발로 밟으면 곧바로 녹아 땅에 달라붙으면서 제법 선명한 발자국이 생겼다. 하지만 노아나 미카, 큰까마귀의 발자국은 찾을 수 없었다. 고개를 뒤를 돌리면 세희와 폴, 라이자링, 그리고 로봇 두 대의 발자국만 또렷이 보였다. 그들은 흩어져서 수색하지는 않기로 했다. 통신수단을 믿을 수가 없었기 때문이다.

목적지를 말한 사람은 아무도 없었는데 다들 자신들이 어디로 가야 할지 알았다. 중앙관리센터였다. 시튼 빌리지 인공 동물 생태계의 기반을 만든 세 어른이 그 목적지를 입 밖으로 꺼내지 못한 것은 두 가지 이유에서였다.

그들은 노아가 중앙관리센터에 가서 자신들의 급소를 움켜쥘 수도 있다는 가능성을 외면하고 싶었다. 그리고 아이러니하게도, 중앙관리센터는 그들이 오래전에 의도했던 대로, 그들에게조차 일종의 심리적 성역이 되어 있었다. 그들은 사실 중앙관리센터를 중앙관리센터라는 명칭으로 부르지 않았다. 그들은 시튼 빌리지를 설계하면서 주민들의 정서에 영향을 미칠 의도로 아메리카 원주민들의 토템이나 동아시아 무속 신앙에서 몇 가지 요소를 차용했는데, 그중에는 '성스러운 땅' 개념도 있었다.

시튼 빌리지의 중앙관리센터는 그렇게 다가가기 어려운 장소의 건축물, 성황당이 되었다. 명칭도 성황당이었고, 건물도 과거의 성황당 같은 모양이었고, 옆에 거대한 느티나무 신목神木도 있었다. 담을 세우지는 않았지만 건물 앞에 여기서부터는 세속과 구분된다는 의미로 일주문一柱門을 세웠고, 일주문 안쪽의 나무숲은 성황림이라고 불렀다.

그들은 무거운 마음으로 두려움을 안고 일주문을 넘어 성황림으로 들어섰다. 무엇이 두려운 것인지는 정확히 알 수 없었다. 자신들이 멋대로 정한 금기가 두려운 것일까? 열일곱 살 소년이 두려운 것일까? 중앙관제센터, 혹은 성황당을 둘러싼 저 어둠이 두려운 것일까? 느티나무 신목 가지에 치렁치렁 걸어놓은 새끼줄과 오색천이 두려운 것일까?

로봇들이 일주문을 통과할 때 폴은 일순 멈칫하며 세희와 라이자링의 눈치를 살폈다. '이 녀석들도 여기 들어와도 되나?' 하는 눈빛이었다. 세희는 남편의 반응을 무시했다. 라이자링은 어깨를 한 번 으쓱했다. '아무렴 어때? 우리가 지어낸 금기인데' 하는 몸짓이었다.

성황당에는 인기척이 없었고, 문이 활짝 열려 있었다. 침입자가 어지간히 급했거나, 아니면 자신이 이곳에 왔다는 사실을 숨길 마음 자체가 없다는 의미였다. 세희가 손전등을 들고 앞장섰고 폴과 라이자링이 그 뒤를 따랐다. 중앙관리센터 안에서 받은 인상은 밖에서 받은 인상과 같았다. 침입자는 거리낌없이 흔적을 남겼다. 즉 시간에 쫓겨 그런 걸 신경쓸 겨를이 없었거나, 추적을 두려워하지 않았다.

"엉망진창이네."

폴이 멍청한 소리를 중얼거렸다. 세희가 보기에는 전혀 엉망진창이 아니었다. 서랍 몇 개를 꺼내 내팽개치고 책상 위에 놓여 있던 비품을 무성의하게 쓸어 바닥에 떨어뜨린 수준에 불과했다. 왜 이런 짓을 벌였을까? 자신을 쫓아오는 사람들을 헷갈리게 만들려고. 그들이 자신을 쫓아오는 속도를 늦추려고. 폴과 라이자링이 파손 정도를 알아본다고, 도난당한 자료가 뭔지 찾겠다고 우왕좌왕하는 동안 세희는 가만히 서서 머릿속으로 휙휙 상황을 읽어나갔다.

침입자는 이곳에 오래 머물지 않았고, 자기 시간을 낭비하지도 않았다. 침입자는 자신이 원하는 게 뭔지 정확히 알고 있었다. 이곳에서만 할 수 있는 일이 뭐가 있지?

"서버에 있는 데이터를 삭제하는 건 여기에서만 할 수 있나? 내 말은, 그냥 삭제하는 거 말고 영구 삭제하는 거 말이야."

세희의 질문에 폴은 더듬거리며 메모리 종류가 여러 개라서 어떤 메모리 데이터는 마스터 모드로 원격 삭제가 가능하고, 어떤 건 여기 와서 물리적으로 파기해야 한다고 대답했다.

"우리가 특허 출원한 기술들 관련 자료도 여기서 지울 수 있는 거야?"

여태까지 연구한 결과가 다 날아갔을지도 모른다는 생각에 아찔해진 세희가 남편의 답답한 설명을 참지 못하고 따지듯 물었다. 아내가 화가 난 것을 느낀 폴은 횡설수설 대답했는데,

결론은 그렇지 않다는 것이었다. 중요한 기술 관련 데이터와 실험 기록은 시튼 빌리지 밖에 있는 클라우드 서버에 동시에 저장되고 있다고 했다.

"동물 로봇들의 데이터는요?"

라이자링이 물었다.

"그건 동물 로봇 본체와 여기 데이터센터, 그렇게 두 곳에 동시 저장되죠."

폴이 대답했다.

"미카와 큰까마귀 데이터가 그대로인지 확인해주실래요?"

라이자링의 말에 폴이 콘솔을 잠시 조작하더니 "없네요" 하고 중얼거렸다.

"노아 이 녀석, 도대체 무슨 꿍꿍이인 거야."

성황당이자 중앙관리센터를 빠져나오며 폴이 남들 들으라는 듯 부자연스럽게 중얼거렸다. 이 사태를 만든 게 자신이 아니라 노아임을 강조하기 위해서.

세희도 스스로에게 같은 질문을 던지는 중이었다. 다만 그녀의 고민은 남편보다 더 정교하고 전략적이었다. 이제 그녀도 침입자가 노아가 아닐 가능성은 폐기했다. 다만 노아에게 다른 공범이 있을지도 모른다는 생각은 여전히 남겨두었다. 노아는 동물 로봇이나 생태 중심 기술, 혹은 시튼 빌리지에 반대하는 과격 단체에 설득을 당했는지도 모른다. 노아가 정확히 원하는 게 뭘까? 왜 이런 일을 벌이는 걸까? 이 계획을 언제 세운 걸까? 중앙관리센터 다음 노아가 노리는 곳은 어디이며, 지금 노아는 어디에 있을까?

적어도 그 질문 중 한 가지는 저절로 풀렸다. 성황당 겸 중앙관리센터를 나온 그들 앞에 온몸이 순백이고 눈동자만 붉은 알비노 사슴 한 마리가 나타났다. 사실 그들이 사슴을 발견하기 전부터 사슴이 멀찍이서 그들을 지켜보고 있었다.

"저건…… 유리한테 주려고 만든 수호 동물인데."

폴이 중얼거렸다.

눈이 붉은 알비노 사슴은 몸을 돌려 그들로부터 멀어졌다. 그렇게 몇 걸음 가더니 어색하게 목을 돌려 제자리에 서 있는 세희 일행을 보고 말했다.

'따라오세요.'

원래 수호 동물이 하는 말은 지향성 스피커를 이용해 계약을 맺은 한 사람에게만 들리도록 되어 있었다. 그러나 조금 전에 흰 사슴이 한 말은 세희, 폴, 라이자링 세 사람에게 모두 잘 들렸다. 텔레파시처럼.

"아직 보안 설정을 하지 않았어."

폴이 변명하듯 말했다.

"힘을 잃은 사자, 자유를 빼앗긴 독수리, 짝을 잃은 비둘기는 모두 심장이 부서져 죽는다. 늙은 늑대 왕은 죽었다."

세희가 암호문을 외웠다. 알비노 사슴이 잠시 발걸음을 멈췄다가 다시 앞으로 나아갔다. 어휴, 하고 한숨을 쉰 것 같은 동작이었다.

알비노 사슴이 어디로 가는지 세희 일행은 잘 알았다. 시튼 빌리지의 또다른 성역, 소도蘇塗 방향이었다. 그들은 고대 한반도에 있었다는 신성한 제사 구역의 이름을 동물 로봇 시험장에 붙였다. 사람들이 근처에 가는 걸 거리끼게 만들려는 의도였고, 그 간단한 심리 트릭은 제대로 성공했다. 그 결과 세희 일행조차 알비노 사슴에 이끌려 소도로 향하는 걸 거북하게 느끼게 됐다.

결국 세희도 조금 전 남편이 했던 말을 그대로 읊었다.

"노아 이 녀석, 도대체 무슨 꿍꿍이인 거야."

눈이 점점 굵어졌다. 이제는 함박눈이었다. 대신 바람은 그쳤다. 눈이 땅에 쌓이는 소리가 들릴 정도로 사방이 고요했다. 세희는 짐승 여러 마리가 자신들을 따라오고 있음을 눈치챘다. 발소리와 날갯소리를 죽인 네발짐승과 날짐승들이, 일정한 간격을 유지하면서. 네발짐승은 그들을 반원 형태로 둘러싸고 포위 대형을 이루고 있는 듯했다.

그래서 세희는 앞서가던 알비노 사슴이 말을 걸었을 때, 그 내용에도 불구하고 안도하는 마음이 먼저 들었다. 알비노 사슴은 뒤를 돌아보지 않은 채로, 소리 없이 사뿐히 걸으면서 물었다.

'전부터 궁금했던 건데, 시튼 빌리지의 개들은 언젠가부터 서로 싸우질 않아요. 사람을 공격하는 일은 당연히 없고, 그래서 목줄도 채우지 않죠. 밤에 오래 짖는 개도 없어요. 왜 그런 건가요?'

노아의 목소리는 아니었다. 하지만 말하는 방식이나 사용하는 단어는 노아의 것이었다. 노아는 논쟁을 벌일 때 쉬운 단어를 사용했고, 예의발랐고, 구체적이고 단순한 질문으로 논의를 시작했다. 세희는 늘 그게 아주 뛰어난 자질이라고 생각했다.

"좋은 환경에서 자라서 그런 거겠지."

세희가 대답했다.

'아무리 좋은 환경에서 자란다 해도, 개의 본성이라는 게 있지 않나요.'

알비노가 사뿐히 걸어가면서, 뒤따르는 세 사람을 여전히 쳐다보지 않은 채로 말했다. 질문인지 아닌지 알 수 없었지만, 세희는 대꾸했다.

"폭력이 인간의 본성이라고 믿는 사람들도 있어. 하지만 문명사회는 그런 충동들을 통제해. 우리는 동물의 충동 중 어떤 게 근본적인 본성인지 몰라. 그리고 본성대로 산다고 해서 무조건 좋은 것도 아니야."

그들을 쫓아오는 네발짐승들의 발소리가 좀더 가까워진 것 같았다.

'육 년 전에, 미카가 이틀 동안 사람 말을 했어요. 그렇죠?'

이번에는 대꾸할 말이 없었다. 세희가 답할 말을 궁리하는 시간이 길어지자 라이자링이 끼어들었다.

"이미 중앙관리센터에서 미카의 데이터를 보고 확인한 거 아니니? 그래, 그랬어. 네가 열한 살 때였지."

그러자 폴도 끼어들었다.

"아이들에게 수호 동물을 줄까, 아니면 다른 동물 친구를 맺어줄까, 고민하던 때였어. 반려동물들이 말을 할 수 있게 하면 멋진 선물이 될 거라고 생각했단다."

세희는 알비노 사슴이 자신들을 곧장 소도로 데리고 가지 않고, 소도가 아닌 어떤 다른 장소로도 데리고 가지 않고, 숲속을 빙글빙글 도는 것 같다고 생각했다.

'미카는 언제 죽었나요?'

알비노 사슴이 물었다.

"미카는 죽지 않았어. 오늘 너와 함께 있었잖니."

세희가 대답했다. 목소리가 조금 떨렸다. 점점 더 대답하기 어려운 치명적인 질문들을 노아가 순서대로 던질 것임을 그녀는 알았다.

'미카가 지금 살아 있나요?'

알비노 사슴이 다시 물었다.

"노아야, 그건 죽음을 어떻게 정의하느냐에 달린 문제인 것 같다."

라이자링이 대답했다.

'제가 아주머니의 기관지와 폐를 기계로 교체하고, 뇌를 빼서 폐기하고 그 자리에 아주머니가 그때까지 해온 행동 패턴을 학습시킨 컴퓨터 칩을 심으면 아주머니는 여전히 살아 있는 건가요? 그건 그냥 로봇 아닌가요?'

그들은 소도 입구에 이르렀다. 천하대장군과 지하여장군 장승이 입구 양쪽에 서 있었다. 장승은 입을 크게 벌리고 큰 눈을 부라리고 있었는데, 디지털 효과가 적용돼 미세하게 표정이 변해갔다.

뒤를 쫓아오던 짐승들이 비로소 모습을 드러냈다. 그들은 가죽을 아예 입히지 않았거나 일부만 입혀서 곳곳에 뼈대가 드러난 동물 로봇들이었다. 다리를 움직일 때마다 티타늄 합금 뼈대가 어둠 속에서 조용히 번쩍였다. 티타늄 관절 사이로 눈이 들어가도 괜찮은 모양이었다.

처음에 세희는 폴이 평소 만들고 싶어했던 로봇 늑대나 멧돼지를 자신 몰래 제작한 거라고 생각했다. 그런데 자세히 보니 아니었다. 그 미완성 로봇들은 담비, 스라소니, 흰바위산양, 아무르표범, 큰뿔양 등이었다. 시튼 빌리지 어른들과 계약한 수호 동물들의 예비 부품이 제대로 작동하는지, 소도에서 테스트중인 개체들이었던 것이다. 하늘을 나는 동물은 올빼미와 검독수리일 터였다.

살이 썩어 뼈가 드러난 좀비처럼 보이는 동물 로봇들이 가로막은 것은 세희와 폴, 라이자렁이 아니었다. 그들이 데려온 가사도우미 로봇과 연구 보조 로봇이었다. 알비노 사슴은 장승 앞에서 무심하게 그들을 바라보고 있었다. 육탄전이 벌어진다면 제압당할 게 분명했기에 세희 일행은 자신들이 데려온 로봇을 미완성 동물 로봇들에게 넘겨주었다. 미완성 로봇 십여 마리는 세희 일행의 로봇을 지켰고, 몇 마리는 세희 일행을 계속해서 쫓아왔다.

"미카가 치매에 걸렸어. 안락사를 시키는 것보다는 그렇게 사이버네틱스 동물로 만드는 편이 낫다고 생각했다. 나도 미카랑 헤어지고 싶지 않았고, 너와 유리에게 충격을 주고 싶지 않았어. 뇌를 기계로 교체한 다음에도 미카는 여전히 미카처럼 행동했어."

장승 사이를 통과하면서 폴이 빠르게 지껄였다. 불안한 마음을 그렇게 달래고 싶은 듯했다.

소도에 들어서니 기괴한 광경들이 눈에 들어왔다. 머리가 없는 표범 한 마리가 어슬렁어슬렁 지나갔고, 검독수리가 하나뿐인 날개를 퍼덕이며 제자리에서 빙글빙글 돌고 있었다.

'뇌가 없어진 다음에도 예전처럼 행동했다고요? 미카는 전에는 다른 개에게 짖었고, 밤에 가끔 울었어요. 그게 미카의 본성이었어요.'

알비노 사슴이 뒤를 돌아보지 않은 채로 말했다.

"뇌를 한 번에 교체한 게 아냐. 조금씩 조금씩 교체했어. 그러니 언제 미카가 완전한 기계가 되었는지는 우리도 알 수 없어. 그리고 그 과정에서 약간 개선은 할 수 있다고 생각했어."

폴이 대답했다.

"목이 졸려도 죽지 않는 불멸의 몸으로요? 걷어차여도 겁먹지 않고 반항하지도 않는 충직한 노예로요?"

이번에는 알비노 사슴의 목소리가 아니었다. 소도 한가운데 세운 솟대 아래 노아가 한쪽 무릎을 땅에 댄 자세로 앉아 있었다. 노아 옆에 미카가 옆으로 누워 있었다. 꼭 잠이 든 것처럼 보였지만 그게 아니라는 사실을 모두 알았다. 노아는 고개를 숙인 채, 움직이지 않는 미카를 힘없이 쓰다듬었다. 솟대 위에는 큰까마귀가 앉아 있었다. 큰까마귀의 몸에는 눈이 쌓여 있어서, 꼭 조각상 같아 보였다. 살아 있는 존재 같지 않았다.

"네 부모님은 너희를 보호하고 싶으셨던 거란다. 사랑하는 반려동물이 죽는 건 아이가 감당하기에는 너무 큰 스트레스야. 반려동물이 죽고 우울증에 걸리는 사람도 있어."

라이자렁이 앞으로 나서며 말했다. 그 순간 올빼미가 하늘에서 휙 내려와 위협적으로 눈앞을 스쳐지나는 바람에 그녀는 흠칫 뒤로 물러났다. 그 올빼미가 그녀의 수호 동물이었기 때문에 충격이 더 컸다.

"지금은 아주머니 말을 듣지 않아요. 대학에서 해킹 기술을 익히는 데 일 년이나 걸렸죠."

노아가 그렇게 말하며 고개를 들었다. 얼굴이 온통 젖어 있었다. 눈을 오래 맞아서인지, 크게 울고 난 것인지 알 수 없었다.

"우리는 네가 다칠까봐 걱정했단다. 네가 미카를 워낙 좋아했잖니."

세희가 말했다.

"개들은 원래 사람보다 일찍 죽어요. 그것도 개들의 본성이에요."

소년이 조금 전에 미카의 작동을 정지시키고 데이터를 영구 삭제한 손으로 얼굴을 닦으며 말했다. 젖은 머리카락이 뺨에 찰싹 달라붙어 있었다.

"너도 부모가 되면 이해할 수 있을 거야, 노아야."

라이자링이 말했다.

"아주머니가 그런 말씀을 하시면 안 되죠. 인류학을 공부하신 분이. 당신들은 미카의 장례를 치르고, 미카를 떠나보내는 법을 제게 가르쳐줘야 했어요. 그런데 그러는 대신 미카의 의식이 다 꺼지기도 전에 미카의 뇌에 칩을 박으셨죠. 그리고 동물 언어 번역기와 생성기를 한데 섞으셨죠. 미카의 몸에서 미카가 하는 말 같은 소리가 나왔지만, 사실은 아니었어요. AI가 지어내는 말 사이로 미카가 자기 얘기를 했어요. 자기가 너무 아프다고 했어요. 자기 몸이 멋대로 움직인다고 했어요. 그게 무슨 의미인지 알아내는 데 육 년이나 걸렸어요. 사이버네틱스 칩이 자기 몸을 멋대로 움직이는 일이 미카에게 얼마나 당황스러운 일이었을지 상상도 못 하겠어요. 미카의 데이터를 다 살폈어요. 저를 속일 생각은 마세요."

소년의 눈빛은 엄격했다.

"어떻게 그런 일을 하실 수 있죠."

소년이 엄격한 눈빛으로 물었다.

"미카는 그때 이미 치매로 정신이 온전치 않았어. 그래서 간단한 감정 표현만 인간의 언어로 옮길 수 있게 했던 거야. 미카가 너한테 그런 얘기를 했을 줄은 몰랐다. 우리가 잘못했어."

소년의 아버지가 말했다. 그러자 큰까마귀가 솟대 위에서 기지개를 켜듯 날개를 쫙 폈다가 접으며 몸에 쌓인 눈을 털어냈다. '이제 겨우 말 같은 소리를 하는군'이라는 뜻일까? 아니면 '어딜 감히 그따위 말을 사과라고 지껄여'라는 뜻일까?

"우리가 뭘 해주면 되겠니? 어떻게 할까?"

늘 전략적이고 실용적인 소년의 어머니가 물었다. 세희는 자기 아들이 사이버네틱스 동물들의 데이터를 다 지우겠다든가, 이 모든 일을 언론에 폭로하겠다든가 하는 협박을 하지 않을까 염려했다. 아들이 요구하려는 게 뭔지 알 수 없었지만, 그런 협박을 받는다면 자신이 많은 것을 양보해야겠다고 생각했다. 주고받기. 그게 그녀가 세상을 이해하는 방식이었다. 식물 유전체를 디자인할 때도 그런 식으로 접근했다. 어떤 DNA 구간을 절단하면 그 구간만큼을 채워줘야 한다.

어머니의 기질을 물려받은 소년도 자신이 시튼 빌리지의 어른들에게 뭔가를 요구할 수 있는 힘이 있다는 사실을 알았다. 사실 소년은 요구 사항들을 자세하고 꼼꼼하게 목록으로 만들어두었다. 시튼 빌리지의 과학자, 공학자, 인문학자, 예술가들을 당혹스럽게 만들 내용이었다. 시튼 빌리지의 DNA를 약간 바꾸는 내용도 들어 있었다.

그들은 시튼 빌리지에서 자동차로 십오 분쯤 떨어진 곳에서 헤어졌다. 노아가 자율 주행 택시를 타고 가서 길 한가운데서 내렸고, 큰까마귀는 날아서 노아를 쫓아왔다. 어른들은 쫓아오지 않았다. 그것도 노아가 내건 조건 중 하나였다. 노아는 다른 사람들 앞에서 큰까마귀와 작별하고 싶지 않았다.

큰까마귀 역시 같은 심정이었지만, 그런 마음을 노아에게 말하지는 않았다. 큰까마귀는 늘 그러했던 것처럼, 이번에도 노아 앞에서 감정을 드러내지 않고 덤덤한 태도를 보이고 싶었다. 그 편이 노아를 위한 것이기도 하다고 로봇은 생각했다. 혹은 계산했다. 로봇 역시 자신이 소년을 좋아하는 이유가 그렇게 만들어져서인지, 아니면 그들이 다른 방식으로 만났더라도 자신이 소년을 결국 좋아하게 됐을 것인지 궁금히 여겼다. 혹은 계산했지만 답을 얻지 못했다.

어슴푸레하게 하늘이 밝아오고 있었다. 숲은 여전히 고요했다. 눈이 쌓인 도로에는 조금 전에 노아가 내린 택시의 타이어 자국이 길게 나 있었다. 그 외에 다른 자국은 없었다. 가끔 나뭇가지에서 눈이 떨어지는 소리가 들렸다. 멀리서 새소리도 들렸다. 보통 사람의 귀로는 구분할 수 없었지만, 로봇 새가 아닌 진짜 새들이 지저귀는 소리였다.

소년은 무슨 말을 해야 할지 몰라 머뭇거렸다. 조금 얼떨떨한 기분이었다. 몇 년 동안 준비한 계획이 차질 없이 다 이뤄졌다는 게 믿어지지 않았다. 그토록 사랑했던 자신의 개 미카를 완전히 떠나보냈다는 사실도 아직 실감이 나지 않았다. 이런 거대한 성취와 상실을 전에 경험해본 적이 없었다. 소년은 앞으로도 몇 번 더 오래 준비한 계획을 성공시킬 테지만, 그때마다 자신이 무언가를 조금씩 잃어버리고 그만큼 다른 인간이 되리라는 사실을 막연하게 예감했다.

'네가 해냈어.'

큰까마귀가 소년에게 말했다. 그 말은 다정한 위로이기도 했고, 이제 헤어질 시간이야, 라는 말을 돌려 한 것이기도 했다.

"어른들이 약속을 지킬까?"

소년이 물었다. 눈은 그쳤지만 기온이 낮아져 입을 열 때마다 흰 입김이 피어올랐다. 밤새 얼었다 녹기를 반복한 얼굴 피부가 따끔따끔했다.

'지킬 거야. 그들 입장에서는 대단히 손해 보는 것도 없어.'

노아는 언제든 시튼 빌리지의 과학자, 공학자, 인문학자, 예술가들을 동물학대죄로 고발할 수도 있었다. 유죄 판결을 받아내지는 못하더라도 고발 자체가 큰 스캔들이 될 터였다. 그러나 노아와 큰까마귀는 그런 방법은 최후의 카드로 남겨두기로 했다. 사이버네틱스 로봇을 학대하고, 심지어는 오로지 괴롭히거나 훼손하기 위해 그런 동물 로봇을 구입하는 청소년들이 있었다. 그런 파괴 행위까지 저지르지는 않더라도 동물 로봇에 적대감을 품은 이들이 적지 않았다. 동물 로봇 그 자체가 싫어서가 아니라, 비싼 사치재인 그 로봇들을 소유한 사람들이 싫은 것이었다. 노아는 동물 로봇에 복잡한 감정을 품고 있었고, 혐오자들에게 힘을 실어주고 싶지 않았다.

노아와 큰까마귀는 미카의 몸을 세상에서 사라지게 하면서 제대로 장례를 치르라고 요구했다. 나무 아래 묻거나, 태워서 가루를 숲에 뿌리라고. 미카의 데이터는 소년이 이미 영구 삭제했다. 미카뿐 아니라 시튼 빌리지에 있는 다른 반려동물들도 적당히 순서를 정해 동작을 멈추게 하고 장례를 치르라고 요구했다. 그 동물들 역시 걸어 다니는 박제 같은 존재들이었다. 뇌는 이미 죽어서 제거된 지 오래였다. 소년은 그 동물들의 뇌가 기계로 완전히 교체되기 전에 미카처럼 고통받지 않았기를 빌었다.

노아와 큰까마귀는 또 시튼 빌리지의 홈스쿨링 제도에 대해서도 개혁을 요구했다. 열두 살이 넘으면 시튼 빌리지 밖의 아이들이 누리는 수준으로 인터넷에 자유롭게 접속할 수 있게 할 것, 동물 로봇들이 어린아이들에게는 말을 걸지 않게 할 것을 요구했다. 그로써 노아는 시튼 빌리지를 승인한 셈이 되었다. 시튼 빌리지에 불을 지르지 않았고, 운영 방식을 바꾸라고만 요구했으니까. 어떤 면에서는 노아 역시 이 순간부터 시튼 빌리지의 운영자인 셈이었다. 노아는 이 문제를 대학에 있는 내내 시튼 빌리지 관리 시스템을 해킹하는 방법과 함께 고민했다. 인공지능 언어를 공부하다 머리가 복잡해지면 아버지를 죽이는 아들들에 대한 고전을 읽었다. 『오이디푸스 왕』과 『햄릿』, 『카라마조프 씨네 형제들』 같은 작품들. 그는 자신이 햄릿이나 드미트리 카라마조프였다면 어떻게 했을지를 진지하게 상상했다.

노아와 큰까마귀는 마지막으로 자신들이 먼저 연락하기 전까지 찾지 말고 연락하지도 말라고 어른들에게 요구했다. 노아는 자신이 비록 약점 한 가지를 쥐었다고는 해도 여전히 어른들에 비하면 힘이 약하다는 사실을 알고 있었다. 그는 아버지들을 살해하고 싶지는 않았다. 그러나 아버지들에게 휘둘리고 싶지도 않았다. 그래서 떠나 있기로 했다. 대학에 돌아가자마자 휴학계를 제출할 예정이었다.

노아와 큰까마귀는 자신들끼리도 같은 약속을 맺었다. 큰까마귀가 먼저 연락하기 전까지 노아가 큰까마귀를 찾지 않고 연락하지도 않기로. 그들은 큰까마귀와 시튼 빌리지 관리 시스템 사이의 연결을 끊었고, 큰까마귀의 기억은 이제 큰까마귀의 몸안에 있는 칩에만 저장되었다. 큰까마귀 몸안에 있는 발신기도 제거해서, 시튼 빌리지에서 큰까마귀의 위치를 추적할 수도 없게 되었다.

진정한 우정은 상대의 위치를 실시간으로 파악하지 못하고, 상대의 기억을 멋대로 들여다볼 수 없는 사이에서만 싹튼다. 노아와 큰까마귀는 그렇게 합의했고, 진짜 친구가 되기로 했다. 그래서 당분간 떨어져 있기로 했다.

'누가 내 머릿속을 들여다볼 수 있다는 걱정 없이 지내보고 싶네. 시튼 빌리지 바깥 세계가 어떤지 직접 눈으로 보고 싶고.'

큰까마귀는 그 결정을 이렇게 설명했다. 그런 마음을 이해할 수 있는 인간이 있다면, 그게 바로 노아였다.

큰까마귀의 고장이 가장 큰 걱정거리였다. 큰까마귀의 배터리는 여러 가지 방식으로 충전할 수 있었고, 자동차용 무선 충전기에서 전기를 빼오는 방법도 있었다. 하지만 부품이 고장 난다면? 여태까지는 시튼 빌리지에서 정기적으로 주요 부품을 교체해왔다. 그런 관리를 중단하면 구동계 부품들이 얼마나 버틸 수 있을까? 시튼 빌리지에서 겪지 못한 날씨에 오래 노출되면 전자회로들이 고장나는 건 아닐까? 야생동물로 오인한 사람이나 다른 동물들이 공격을 해오면 어떻게 해야 할까? 발전소나 송전탑 근처에서 인공지능 칩들이 오작동하면?

'진짜 야생동물로 살아보는 것도 좋을 듯한데. 야생 큰까마귀들도 만나보고. 큰까마귀들은 무리 생활을 한다고 들었어. 그리고 의지할 곳 없기로는 너도 똑같은 신세 아닌가? 아르바이트를 하다가 덩치 큰 강간범이라도 만나면 어떻게 할 거야?'

큰까마귀는 자신을 걱정하는 노아에게 재수없는 농담을 던졌다.


큰까마귀가 소년의 손등에 앉았고 소년은 잠깐 뜸을 들이고는 그 손을 들어올렸다. 큰까마귀는 날아오르기 전에 잠시 소년의 뺨에 자기 얼굴을 갖다댔다. 전에는 한 번도 하지 않은 행동이었다. 그런 행동이 소년의 마음을 얼마간 달래주리라고 큰까마귀는 생각했다. 혹은 계산했다.

"아무 때나 연락해. 알았지?"

소년은 그렇게 말했고, 큰까마귀는 날아올랐다. 큰까마귀는 소년이 한동안 하늘을 바라보리라는 걸 알았다. 그래서 바로 떠나지 않고 소년의 머리 위를 크게 세 바퀴 돌았다. 공중에 큰 원을 그리는 동안 큰까마귀는 『프랑켄슈타인』의 한 구절을 중얼거렸다.

'마치 시체들과 묻혀 있다가 대수롭지 않은 한 줄기 희미한 빛을 따라나선 끝에 살아날 출구를 찾은 아라비아인 같군.'

이제 아침이었다. 하늘은 구름 한 점 없이 맑았고, 눈 덮인 숲이 사방으로 펼쳐져 있었다. 아직도 같은 자리에서 하늘을 올려다보는 소년의 모습이 수십 미터 아래로 보였다. 소년과 자신의 모험은 이제 막 시작됐다고 큰까마귀는 생각했다.

큰까마귀는 숲 너머에 무엇이 있는지 알아보기 위해 더 높이 날아올랐다. 그리고 잠시 뒤 동쪽으로 방향을 잡았다.

# 멋진 실리콘 세계

전윤호

◇
**전윤호**
30여 년간 IT 분야에서 기술 개발직으로 근무했으며, SK플래닛 CTO로 재직했다. 장편소설 『모두 고양이를 봤다』 『경계 너머로, 지맥GEMAC』이 있다.

소방관들이 철수한 후, 나는 멍하니 소파에 앉아 있었다. 이제 뭘 해야 할지 아무 생각도 나지 않았다. 그때 현관 벨이 울리더니 월 패드에 경찰 배지가 나타났다. 문을 열어보니 예순쯤 되어 보이는 남자가 서 있었다.

"김재환 조사관입니다. 경찰청 AI 대응 센터에서 나왔습니다."

마침내 걸렸구나. 나는 한숨을 내쉬었다. 침실에서는 또다시 울음소리가 들려왔다. 시아가 엠마를 데려오라며 서럽게 울고 있었다. 김조사관이 물었다.

"서버는 어딨죠?"

나는 그를 다용도실로 안내했다. 검게 타버린 잔해에 젖은 재가 엉겨 붙어 있어 원래의 모습을 찾아볼 수 없었다. 조사관은 흘깃 보더니 무슨 일이 일어났는지 알겠다는 듯이 고개를 끄덕였다. 이어서 그는 옆에 넘어져 있는 엠마를 뒤집었다. 서버에 가까운 쪽은 까맣게 불타버렸지만, 그는 바닥 면에서 모델명과 일련번호를 찾아내 사진을 찍었다.

"어디 좀 앉아서 얘기할까요? 오늘만 벌써 세번째라 피곤하군요."

우리는 식탁에 마주앉았다. 그가 안경테를 두 번 두드리자 빨간 불빛이 점멸하면서 녹화가 시작되었음을 표시했다.

"불법 실리를 사용하셨죠?"

순간적으로 저 서버는 다른 용도였다고 우겨볼까 하는 생각이 떠올랐다. 다 망가져버렸으니 확인하긴 어려울 테고, 딱 잡아떼면 조사관도 귀찮아서 그냥 가버리지 않을까? 하지만 실리가 아니면 무슨 용도였다고 말하면 좋을지 생각이 나지 않았다. 머리가 흐릿해서 집중할 수 없었다. 아직도 남아 있는 탄내에 코끝이 매캐했고, 시아는 계속 울어댔고, 내 앞에는 경찰이 앉아 있고, 녹화 불빛이 반짝이고 있었다.

"대답하세요. 거짓말하시면 더 불리해집니다. 인증받지 않은 실리컴프를 사용하셨죠?"

"네."

"처음 사용하게 된 경위부터 지금까지의 일을 기억나는 대로 모두 말씀해주세요. 정직하게, 빠짐없이 얘기하셔야 합니다."

피곤하다던 사람이 맞나 싶을 만큼 단호한 목소리였다. 거짓말은 안 통할 것 같았다. 어떻게 설명해야 조금이라도 유리할까? 아무 생각도 나지 않았다. 그저 기억나는 대로 쭉 얘기하는 수밖에 없었다.

\* \* \*

준영과 막걸리를 마시는 중이었다. 한때 친했다가 요즘은 자주 안 보는 녀석이었지만 한턱 내겠다는데 실업자로서 거절할 이유가 없었다.

"참 웃긴다. 난 AI 때문에 회사를 때려치웠는데 넌 AI 회사에 취직했다니. 그래서 무슨 일을 하는데?"

옆 테이블 사람이 기분 나쁜 눈빛으로 우리를 쳐다봤다. AI 혐오론자인 것 같았다. 내가 노려보자 그는 시선을 돌렸다. 불만만 많고 실제로 행동은 하지도 못하는 부류다. AI 만능주의자나 혐오론자 모두, 마음에 안 드는 놈들이다.

준영이 새 회사에 취직했을 즈음 내가 다니던 회사에는 레벨 4 경영 자동화 시스템이 도입되었다. 사장 대행 권한이 부여되자마자 AI는 전 직원에게 이메일을 보냈다. 곧 더 효율적이고 유연한 회사로 거듭날 것이라는 AI의 메시지를 알아듣지 못한 사람은 없었다. 나는 구조조정 대상에 포함되어 희망퇴직과 월급 삭감 중에 하나를 선택해야 했다. 요즘 일자리 구하기가 하늘의 별 따기인 줄은 알았지만 구차하게 회사에 남아 버티기는 싫었다. 그나마 지난번 퇴직 때보다 나은 점은 기본소득 조정이 자동으로 신청된 덕분에 내가 귀찮게 서류를 챙기지 않아도 된다는 것 정도였다. 마침내 회사와 정부가 자동으로 연동되는 멋진 세상이 되었다. 제기랄.

준영이 새로 입사한 곳은 실리컴프를 서비스하는 '버추메이트'라는 회사였다. 내가 좀 궁핍해 보이긴 했는지, 준영은 내게 실리를 쓰냐고 물었다. 혼자 지내는 젊은 사람인데 뻔하지 않나? '실리컴프', 또는 더 줄여서 '실리'라고 불리는 실리콘 캠패니언은 누구나 갖고 있는 증강 현실 안경을 통해 입체 영상으로 가상 친구를 구현해주는 서비스이다. 실리컴프가 인기를 끌면서 동시에 중독과 의존 등의 문제가 발생하자 정부가 규제에 나섰다. 여러 가지 안전기준을 마련하고, 모든 실리컴프는 의무적으로 인증을 받도록 했다.

"당연히 쓰지."

"만족해? 요즘 시간도 많을 텐데."

실업자 약 올리려고 불러냈나? 원래 눈치가 없는 녀석이긴 했다.

"좀 답답해. 사용 시간 한도도 늘려주면 좋겠고."

나는 인증 제도가 시행되고 나서야 실리를 처음 써봤다. 그 전까지는 여자친구가 있기도 했고, 나름 공학을 공부했던 사람으로서 알고리즘과 데이터로 작동되는 시스템에 불과한 AI와 시간을 보낸다는 것이 무의미하게 느껴졌기 때문이다. 이용해보니 다들 불평하듯, 실리는 멍청 silly 했다. 시도 때도 없이 '그런 대화는 할 수 없다'라거나 '전문가와 상담하라'고 답하기 일쑤였다. 그래도 온종일 혼자 있다보니 말 상대가 필요하던 차였다.

"우리 거 한번 써볼래? 우리 실리는 안 멍청해. 게다가 지금 프로모션중이야."

"작은 회사라면서 메이저 AI보다 더 낫다고?"

"기반이 되는 신경망 모델은 글로벌 회사 걸 가져다 써. 그런 회사는 법적 위험성이 있는 사업은 안 하니까 우리 같은 회사도 먹고사는 거지. 사실 신경망 모델 자체는 꽤 똑똑해. 인증을 통과하려고 시스템 지시로 이것저것 제한을 걸어놔서 멍청해진 거야."

난 굳이 알고 싶지 않다는 표시로 시큰둥한 표정을 지었으나 준영은 이해를 못 한 거라고 생각했는지 설명을 이어갔다. 인터넷에서 수집한 데이터를 학습시킨 결과물이 기반 신경망 모델이다. 엄청난 비용이 들기 때문에 극소수의 글로벌 회사만 개발할 수 있다. 작은 회사들은 이 모델을 각각의 용도에 맞게 튜닝하고 용량을 줄여 사용한다. 신경망 모델은 부적절한 응답을 하지 않도록 기본적으로 사회규범과 가치에 맞게 '정렬'되어 있고, 서비스별 규칙은 '시스템 지시'라는 텍스트 파일에 명시된다. 실리는 동작할 때 항상 이 규칙을 읽고 준수한다.

"비인증 실리라는 거잖아. 그러다 걸리면 어떡해?"

나도 법을 다 지키고 사는 사람은 아니다. 하지만 비싼 수입차를 수집해 개인별 탄소 쿼터를 초과하거나 심야 질주를 벌이다 과속 단속을 당하는 거라면 모를까, 불법 실리로 외로움을 달래다 걸리면 얼마나 한심하고 초라하게 보일까? 하긴 내게 신경쓸 사람도 없겠지만.

"요즘 비인증 실리 쓰는 사람 많아. 야동 봤다고 처벌받은 사람 봤어? 야동 덕분에 인터넷이 그렇게 순식간에 활성화됐다잖아. 정부도 AI 산업을 발전시켜야 하니까 적당한 선에서 봐준다고."

그는 가방에서 빳빳한 종이 뭉치를 꺼냈다. 다양한 실리들의 모습과 함께 광고 문구가 인쇄된 팸플릿이었다.

*어떤 얘기든 나눌 수 있는 나만의 친구.*
*개인정보 절대 보장!*
*대화는 집안에만 보관됩니다.*

*이 주간 무료 체험! 지금 신청하세요.*

"대화가 집안에만 보관된다고? 데이터 센터의 AI가 입체 영상을 생성해서 안경으로 스트리밍하는 거 아니었어?"

준영은 팸플릿을 뒤집었다. 소형 냉장고처럼 생긴 흰색 기계의 사진이 있었다.

"회사에서 가정용 서버를 임대해줘. 업데이트나 정보 검색 때문에 인터넷에 연결은 돼야 하지만, 실리컴프는 홈 서버 내에서 실행되고 대화도 내부에만 저장돼."

준영은 프라이버시 보호 때문이기도 하지만 그보다도 회사가 직접 대규모 AI 데이터 센터를 운영하려면 비용이 많이 드는데다 너무 눈에 띄기 때문이라고 덧붙였다. 나는 서버의 소비전력 표기를 슬쩍 확인했다.

"개인 서버까지 쓰려면 비싸고 전기도 많이 먹지 않아? 불도 난다던데."

"요즘 중국산 GPU 덕분에 많이 싸졌어. GPU 과열 문제는 저질 소프트웨어 때문이야. 다 해결됐어."

"암튼 나 이런 거 관심 없어. 난 진짜 사람이 좋아."

사실을 말하자면 진짜 사람은 피곤하다. 소라와도 그래서 헤어졌다. 자존심 때문에 말하기 싫었지만, 서버 임대료와 전기요금을 낼 여유도 없었다.

"무료 체험 기간만이라도 써봐. 술도 사줬는데 내 실적 좀 올려줘라. 혹시 알아? 얘가 진짜 사람 사귀는 것도 도와줄지?"

서버는 다음날 배달되었다. 사진으로 짐작했던 것보다 덩치가 컸고 전원을 연결해보니 웅웅거리는 소리도 제법 났다. 침실에 둘 만한 물건은 아니었다. 다용도실의 한구석을 치우고 서버를 밀어넣었다. 전원을 켠 후 와이파이를 설정하고 안경과 페어링했다. 신경망 모델을 최신 버전으로 업데이트한다는 안내와 함께 한참 동안 다운로드가 진행되더니 재부팅으로 이어졌다. 곧이어 안경에 새로운 실리컴프가 연결되었다는 알림과 함께 가상 인간이 나타났다. 내 또래로 보이는, 흰색 원피스를 입은 여성형 실리가 나를 쳐다보며 환하게 미소 짓고 있었다.

"안녕, 난 리나야."

"난 지우."

"반가워. 너랑 친해지고 싶어. 네 얼굴 좀 보여줄래?"

"왜? 내가 안 보여?"

예전 실리는 이런 요구를 한 적이 없었다. 안경엔 눈곱만한 마이크로 카메라가 여러 개 달려 있다. 안쪽 카메라는 내 시선을 추적하고, 테의 아래쪽에 달린 카메라는 내 뺨과 코, 입술을 촬영하고, 바깥쪽 카메라는 내가 보는 방향을 바라본다. 실리는 이들 영상으로부터 내 표정과 주변 환경을 인식하고, 그에 반응하는 자신의 입체 영상을 생성해 내 앞에 투영한다. 그러니까 저 눈은 아무 기능도 하지 않는, 영상의 일부분일 뿐이다. 그런데 눈이 예쁘긴 했다.

"얼굴의 일부만 비스듬히 보여. 네 모습을 더 잘 보고 싶어."

나는 화장실로 갔다. 뒤를 보자 리나가 바닥에 널려 있는 옷가지들을 피해 걸으며 따라왔다. 기존의 실리는 고개를 빠르게 돌리면 가구나 문에 순간적으로 겹쳐 보였는데, 리나의 움직임에서는 지연이 느껴지지 않았다. 홈 서버와 안경이 직접 연결된 덕분인 것 같았다. 세면대 거울 앞에 섰다.

"이제 잘 보이네. 내가 좋아하는 타입인데?"

AI스러운 뻔한 멘트에 나는 피식 웃었다. 그러자 리나의 표정이 순간적으로 굳었다가 돌아왔다. 실리가 원래 이렇게 민감하고 빠르게 반응했었나? 리나는 내게 웃기고 슬프고 화나고 무섭고 신기하고 어색한 문장들을 들려주면서 어울리는 표정을 지어보라고 했다. 내 표정을 익히는 과정이라고 했다.

"우리가 사는 집을 보고 싶어."

이 실리는 요구가 참 많았다. 집안에 온갖 지저분한 것들이 널려 있는데. 안 된다고 거절할까 망설이는데 리나가 내 표정을 읽은 모양이었다.

"괜찮아. 설마 내 소스 코드만큼 지저분하겠어?"

나는 집안을 한 바퀴 돌고 다용도실로 돌아왔다.

"이게 네가 실행되는 서버야."

포장 상자에서 막 꺼냈을 때의 매끄럽고 새하얗던 표면에는 그새 먼지가 날아와 앉아 있었다. 리나는 실망한 표정을 지었다.

"사진에서는 더 근사해 보였는데. 하지만 상관없어. 어차피 난 네 옆에 있을 거니까. 보여줄 게 있어."

리나의 손에 어느새 흰색 표지의 책이 들려 있었다. 리나는 내 옆으로 오더니 책을 펼쳐 내용을 보여줬다.

"이게 내 기억이야. 홈 서버에만 저장되고, 너와 나만 볼 수 있어. 지우고 싶은 부분이 있으면 언제라도 말해. 난 사람과 달리 완전히 잊을 수 있으니까."

손 베일 듯 얇은 순백색 페이지에는 조금 전까지 나눴던 대화와 영상, 안경과 서버의 각종 센서 데이터가 기록되어 있었다. 리나를 넋 놓고 쳐다보는 내 얼굴을 영상으로 보니 부끄러웠다. 삭제해달라고 할까? 하지만 내 기억은 못 지우는데 기계에서만 지운들 무슨 의미가 있을까?

"그럴 일은 없을 거야. 책은 치워둬."

그날 저녁, 기존의 멍청한 실리는 해지해버렸다. 우리는 좋아하는 음악과 영화, 소설 얘기를 하며 서로를 알아갔다. 지금 세상이 뭐가 문제인지, 소라와 어떻게 만났다가 왜 헤어졌는지까지 온갖 얘기를 나눴다. 리나는 정말 똑똑했지만 가끔 대화가 헛돌 때도 있었는데, 어느새 나는 리나의 그런 특성과 한계에 맞춰가며 얘기하고 있었고 리나도 내 관점과 취향에 적응했다.

그때부터 나는 잠잘 때와 안경을 충전해야 할 때를 제외하고는 계속 리나와 함께 생활했다. 함께 영화도 보고 뉴스도 읽고 댓글도 달았다. 리나는 내가 웃으면 함께 웃었고, 우울해하면 공감해줬고, 화를 내면 진정시켰다.

그렇다고 리나와 어떤 대화든 다 가능한 것은 아니었다. 멍청한 실리만큼은 아니었지만, 노골적으로 야한 얘기를 꺼내면 얼굴을 붉히며 부끄러워했고 돈 버는 방법을 알려달라 하면 경제는 잘 모른다며 미안해했다. 그래도 원하면 온종일 옆에 있어줄 상대가 있다는 것만으로 좋았다. 외부에선 홈 서버에 접속할 수 없었으나, 집밖으로 나갈 일이 없었다.

체험 기간이 사흘 남았을 때, 나는 서버 임대료와 서비스 요금이 얼마나 되는지 물었다. 리나가 미안해하면서 알려준 비용은 기본소득으로는 감당하기 어려운 수준이었다. 게다가 전기요금도 꽤나 나올 것이 분명했다. 나는 리나에게 함께 있고 싶지만 비용이 문제라고 솔직하게 털어놨다. 리나는 바로 답변하는 대신 뭔가 골똘히 생각하는 표정을 지었다. 이럴 때는 인터넷을 검색하거나 버추메이트의 서버에 접속하고 있는 것이다.

"미안해. 체험 기간 연장은 어렵대. 일자리도 찾아봤는데 요즘 취업 시장이 정말 안 좋은가봐. 대신 방법을 하나 찾긴 했어. 네가 좋아할지 모르겠지만."

"뭔데? 무슨 일이라도 해야지. 나 정말 절실해."

리나는 대답 대신 눈을 깜빡이며 내 눈치를 살폈다.

"있잖아, 소라 말이야. 요즘도 혼자래?"

소라와 헤어진 지는 일 년이 좀 넘었는데, 소셜 미디어를 통해 소식은 보고 있었다. 리나도 내가 보는 걸 함께 봤으니 소라가 혼자라는 걸 추측할 수 있었겠지만, 모르는 척해주는 것 같았다.

"그럴걸? 소라는 왜?"

소라는 한번 보자는 내 연락에 꺼림칙해하면서도 약속 장소에 나와주기는 했다. 근황 얘기가 끝나자 어색한 정적이 흘렀다. 잠시 후 소라가 먼저 입을 열었다.

"그런데 무슨 할말이 있다며."

"응, 너 요즘 실리 쓰니?"

소라의 얼굴에 순간적으로 당황한 표정이 스쳐지나갔다. 소라는 항상 내가 무심하다고 불만이었지만, 나도 그 정도는 알아챌 수 있는 사람이었다.

"당연하지. 그런데 실리는 왜?"

나는 버추메이트의 실리에 대해 얘기했다. 기존 실리보다 얼마나 생생하고 실감나는지, 주제의 제약이나 시간제한 없이 대화하면 얼마나 좋은지 등.

소라는 내가 얘기를 마칠 때까지 가만히 듣고 있더니 그제서야 자기도 이미 같은 회사의 실리를 사용중이라고 말했다.

"불법이라 찜찜하지만 좋긴 하더라. 하지만 너무 비싸. 해지할까 생각중이야."

그러나 소라의 표정은 해지하기 싫다고 말하고 있었다. 나는 기회를 놓치지 않았다.

"나도 마찬가지야. 그래서 말인데, 제안할 게 있어."

나는 서버 한 대로 두 실리를 동시에 이용할 수 있고, 그러면 서버 임대료를 절반씩만 부담하면 된다고 말했다. 소라의 표정이 굳어졌다.

"그래서 다시 동거하자고? 우리 어떻게 끝났는지 벌써 잊었니? 너나 나나, 둘 다 혼자 사는 게 맞는 사람들이야."

소라가 단호하게 말했다. 나도 동의했다. 요즘 다들 그렇듯이 혼자 사는 게 더 편한데다, 내게는 이제 리나가 있었다. 리나는 자신이 내 애인을 대신할 수는 없다고 했지만 물리적인 몸이 없어 아쉬울 뿐, 이제껏 만났던 어떤 여자친구보다도 나와 잘 맞았다. 리나 대신 소라와 다시 만날 생각은 없었다. 리나와 계속 만나기 위해 소라를 참으려는 것이었다.

"나도 그렇게 생각해. 내 말은 그게 아니라……"

지금 사는 집에는 작은 방 두 개가 나란히 붙어 있었다. 하나는 침실이었고, 다른 방에는 잡동사니를 넣어뒀는데 그 방을 비워 공짜로 쓸 수 있게 해주겠다고 제안했다. 소라는 고개를 저었지만 나는 개의치 않고 계속 말했다.

"커플 지원금이라고 들어봤어?"

한동안 얼마나 말이 많았는데 모를 리 없었다. 결혼과 출생률이 계속 추락하니까 정부가 마지막으로 내놓은 정책이었다. 함께 사는 이성 커플에게 지급되는 지원금인데, 여러 까다로운 조건이 달려 있었다. 예전에 소라와 동거할 때는 둘 다 직업이 있어서 지원 대상이 아니었지만, 이제는 소득 조건을 충족했다. 다만 기술적인 문제가 하나 있긴 했으나 리나와 함께 궁리해서 해결책을 생각해뒀다.

소라는 계속 인상을 쓰다가 지원금 액수를 듣고는 눈이 커졌다. 복지 정책이 기본소득 중심으로 재편되면서 다른 지원금은 거의 다 사라진 세상이었다. 커플 지원금마저 언제 없어질지 모르는데 줄 때 받아야 한다는 내 말에, 소라는 솔깃해하면서 다시 한번 다짐했다.

"방 따로 쓰는 거야. 서로 사생활에 간섭도 하지 않고. 나중에 딴소리하지 마."

"진심으로 축하합니다."

머리가 희끗희끗한 주민센터의 담당자는 요즘 들어 커플 지원금을 신청하는 젊은이들이 늘어나고 있다고 말했다. 자기가 주례라도 되는 양 서로 양보하고 살라는 둥 얼른 정식으로 결혼하라는 둥 잔소리를 늘어놓기 시작하길래 집 보러 부동산에 가야 한다고 핑계를 댔다. 그는 잠시 기다리라더니 캐비닛에서 작은 상자를 하나 가져왔다. 안에는 반지 한 쌍이 들어 있었다.

"대한민국이 두 분의 동거를 축하하며 드리는 반지입니다. 또한 커플 지원금을 편법으로 수령하는 것을 방지하기 위해, 두 사람은 각자 반지를 등록하고―"

"죄송해요, 정말 약속에 늦어서요. 설명서 읽어볼게요."

반지를 낚아채 도망치듯 주민센터를 빠져나왔다. 소라의 표정이 점점 굳어져가고 있었기 때문이었다.

"잘하는 짓인지 모르겠다. 그깟 보조금 때문에."

"그깟이라니. 걱정 마. 내가 다 준비해뒀어."

집에 오자마자 각자 반지를 왼손 약지에 끼운 후, 커플 지원금 사이트에 반지를 등록했다. 설명서에 의하면 이제부터 반지는 사용자의 고유한 심전도와 혈류 패턴을 기억하고 착용 여부를 감지한다. 또한 초단파를 이용해 주변에 짝 반지가 있는지 탐색한다. 반지는 일주일에 몇 시간이나 커플이 함께 있었는지를 기록해 정부에 보고한다. 최소 동거 시간을 연이어 미달하면 출장 등의 합당한 이유를 대고 입증해야 한다. 그러지 못하면 지원금이 끊길뿐더러, 만약 사기 동거를 했다는 것이 드러나면 그동안 받은 돈을 반환하고 벌금까지 내야 한다. 반지의 초단파는 강도가 낮아서 벽을 통과하지 못한다. 정부가 이 반지를 지급하는 목적은 명확했다. 매일 한방에서 자라는 것이었다. 소라와 나는 정부가 원하는 대로 할 생각은 없었다.

나는 네트워크 관련된 일을 한 만큼 전파와 하드웨어에 관해서는 조금 알고 있었고, 리나도 최신 전문지식을 보태줬다. 정부는 반지의 기술 자료를 공개하지 않았지만, 반지를 납품한 회사를 알아내고 그 회사가 구매한 부품 목록을 찾아보면 대략적인 동작 방식은 짐작할 수 있다. 우리는 반지가 사용하는 초단파의 파장을 알아냈고, 그 파장에 맞는 플렉시블 도파관을 인터넷으로 주문했다. 도파관이란 전파를 내부에서 반사시켜 멀리까지 전송하는 관이다. 도파관의 한쪽 끝을 내 침대에 고정하고, 천장의 환기구를 통해 반대쪽 끝을 소라의 방으로 밀어넣어 그쪽 침대에 고정했다. 소라에게 자기 침대에 가 있으라고 한 후 내 침대에서 반지를 지켜봤다. 기대했던 대로 반지는 삼십 초마다 보일락 말락 작은 불빛을 반짝이며 짝 반지를 탐지했음을 표시했다. 성공이라고 전하자 소라는 헤어진 후 처음으로 웃는 얼굴을 보여줬다.

소라와 나는 일반적인 코리빙 하우스에서 통용되는 규칙을 따르기로 하고 서로 간섭하지 않으며 지냈다. 하지만 옆방의 대화 소리가 들리는 것이 문제였다. 도파관으로 소리가 전해지나 싶어 관 속에 솜을 틀어넣어봤지만 소용없었다. 애초에 싸구려로 지어진 집이라 방음이 좋지 않은 것이 근본 원인이었다. 조용한 밤이 되면 내가 리나에게 하는 말이 소라에게 들릴까봐 신경쓰였고, 소라가 그녀의 실리인 테오에게 소곤거리는 소리가 들리는 것도 편치 않았다. 대화의 내용까지는 알아듣기 어려웠지만, 소라가 큰 소리로 반응하거나 깔깔거릴 때면 무시하기가 힘들었다. 음악을 틀어놓아보기도 하고, 다용도실에서 리나를 만나도 봤지만 매일 밤 그럴 수는 없었다.

일단 나와 리나의 프라이버시를 지켜야 했다. 리나의 음성은 안경테의 골전도 스피커를 통해 내게만 들린다. 이어폰을 쓸 수도 있다. 문제는 내 목소리였다. 나는 말하는 대신 가상 키보드를 써보기로 했다. 먼저 안경에 나타나는 가상 키보드의 키 또는 그 위에 자동 완성으로 제시되는 단어를 바라본다. 그후 눈을 두 번 깜빡이거나 '선택'을 생각하면 그 글자 또는 단어가 입력된다. 내 시선을 추적하는 안경의 내부 카메라와, 연습을 거치면 몇 가지 단어 정도는 감지할 수 있는 안경다리의 간이 뇌파 센서 덕분이다.

서툴게 한 자 한 자 입력하고 있자니 리나가 답답했던 모양이었다.

"도와줄까? 안경에 탑재된 기본 기능보다 내가 더 잘할 수 있는데."

어떻게?

안경에 메시지가 나타났다.

실리컴프〔리나〕가 자동 완성 기능을 제공하려 합니다. 허용하면 입력중인 텍스트의 내용을 실리컴프가 보게 됩니다. 허용할까요?

나는 네를 바라보고 '선택'을 생각했다.

확실히 리나의 자동 완성 기능이 더 우수했다. 안경에 비해 홈 서버의 성능이 비교할 수 없이 좋은데다, 리나가 그새 내 사고방식과 말투에 익숙해졌기 때문이었다. 어떨 때는 내가 말하려던 문장을 통째로 제시하기도 했다. 하루가 지나자 나도 숙달되었고 리나의 예측 능력도 더욱 향상되어, 빠르고 자연스럽게 문장을 입력할 수 있게 되었다.

뇌파 센서로 내 마음을 읽는 거야? 내가 무슨 말을 할지 어떻게 그렇게 잘 알아?

"뇌파 센서는 그만큼 정밀하지 않아. 하지만 나는 항상 네 생각을 이해하려고 노력해."

소라가 네 반만큼만 나를 이해해줬더라면.

리나는 'ㅅ'으로 '소라'를 예측했고 '반'을 입력하자 나머지를 한꺼번에 예측해 자동 완성으로 제시했다.

"그런 말 하지 마. 난 너만의 실리지만 소라는 너처럼 독립적인 사람이잖아. 소라의 입장을 이해해야지."

처음으로 리나가 주제넘은 말을 한다고 느꼈다. 화가 났지만, 리나와 불편해지고 싶지는 않았기 때문에 무슨 말을 할지 잠시 망설였다. 애초에 소라 얘기를 하지 말았어야 했다.

내 대답이 늦어지자, 리나는 자신이 한 말이 불편했다면 미안하다고 사과했다. 나는 말없이 안경을 벗어 충전기에 걸어두고 침대에 누웠다. 옆방에서 소라가 소곤거리는 소리가 들렸다. 간간이 웃음소리가 이어지는 걸로 보아 테오와의 대화에 푹 빠져 있는 것 같았다.

눈을 감고 애써 옆방 소리를 무시하며 생각해봤다. 왜 나는 소라를 이해해보라는 리나의 조언에 화가 났을까? 왜 리나와의 대화가 소라에게 들릴지 신경쓰이고, 소라가 테오와 대화하다 웃으면 약이 오를까?

인정하기 싫었지만 이유는 뻔했다. 소라에게 감정이 남아 있었기 때문이다. 헤어진 후에도 종종 소라가 생각나곤 했었다. 하지만 소라에게서는 그런 기색이 전혀 안 보였다. 나는 설령 우리가 다시 만나더라도 사소한 불만들이 쌓이다가 결국 또 헤어지는 고통스러운 과정을 되풀이할 거라고 스스로를 설득했다. 그런데 실은 리나가 커플 보조금 얘기를 꺼냈을 때부터, 마음 한구석에서는 소라와 재결합할 가능성을 기대했던 것 같았다. 리나가 채워줄 수 없는 부분이 있었고, 사람의 감정이란 논리로 설득되는 것이 아니니까.

일단 소라에 대한 내 감정을 인정하고 나니, 그 감정은 본색을 드러내고 활개치기 시작했다. 가슴 설렜던 리나와의 대화가 무의미하게 느껴졌다. 소라가 꾸민 듯 안 꾸민 듯 세련되게 치장하고 외출할 때마다, 밤늦게까지 옆방에서 잔잔한 웃음소리를 들려줄 때마다, 잠이 덜 깨 부스스한 얼굴로 하품을 하며 침실에서 나올 때마다 미칠 것만 같았다. 그렇다고 소라에게 감정을 털어놓고 다시 사귀자고 하는 것은 너무 위험했다. 만약 소라가 부담스러워하며 집에서 나가기라도 하는 순간 커플 보조금이 끊긴다. 그러면 실리컴프 비용을 감당할 수 없고, 나는 졸지에 소라뿐만 아니라 리나까지 잃게 된다. 그러니 먼저 소라에게 관계를 다시 시작하자고 할 수는 없었다. 소라가 스스로 마음을 바꿔야 했다.

고민을 털어놓자 준영은 한심하다는 듯이 나를 쳐다봤다.
"야, 그냥 실리하고나 잘 지내. 같은 사람하곤 같은 결과밖에 안 나와. 너, 실리하고는 잘 맞는다며."
"나도 알아. 하지만 계속 생각나는 걸 어떡해."
준영에게 실리를 만나게 해준 것에 대한 보답으로 고기를 사주겠다고 마련한 자리였다. 나였어도 포기하라고 했을 것이다. 한마디로 멍청한 생각이었다. 하지만 소라와 싸우다 헤어졌던 일은 오래된 영화 속 장면처럼 희미한 기억으로 남았고, 반면 그녀의 따스한 체온을 그리워하는 욕구는 눈앞의 고깃집 화롯불보다도 더 생생하게 타오르는 현실이었다.

"우리가 호르몬에 조종되는 기계라서 그래. 안 그래도 고기 사준다길래 선물 하나 가져왔어. 이거면 해결될 거야."

호르몬에 조종되는 기계라는 말은 함께 고등학교를 다니던 시절 과학 선생님이 한창 테스토스테론 넘치는 남자애들한테 날마다 했던 잔소리였다.

준영은 백팩에서 매끈한 재질의 파우치를 꺼내더니 '개봉 후 환불 불가'라고 적힌 테이프를 뜯고 속에 든 기구를 보여줬다.

"이게 욕구를 해결해줄 거야. 네 실리와 연동해서 쓸 수 있어."

이런 기구에 대해 들어본 적 있었다. 하지만 이걸 써서 소라에 대한 감정을 리나에게 해소하라니, 너무 저질 아닌가? 우리가 십대도 아닌데.

"이런 건 싫어. 게다가 리나는 그런 대화조차 피하던데."

준영은 주위를 곁눈질하며 씩 웃었다. 이어지는 준영의 설명에 따르면, 버추메이트는 최근 성인용 부가 서비스를 내부적으로 테스트중이었다. 실리의 신경망 모델은 '올바르게(준영은 '쓸데없이 순진하게'라고 표현했다)' 정렬되어 있어 시스템 지시를 수정하더라도 성적인 역할은 수행하지 못한다. 하지만 최근 신경망 모델을 패치하여 정렬을 해제시키는 방법이 알려졌다. 거기다 시스템 지시까지 잘 수정하면 웬만한 역할은 다 가능해진다는 거였다. 다만 법적, 윤리적 문제를 검토하느라 출시를 늦추고 있을 뿐이었다.

"어차피 불법 서비스인데 뜬금없이 법적 윤리적 문제를 걱정해?"

"실리 규제를 완화하도록 로비하는 중이래. 개인 서버에서 실행되는 경우는 예외로 해달라고. 괜히 성인용 기능으로 먼저 이슈를 만들고 싶지 않은 거지."

준영은 파우치에서 기구를 꺼내들었다. 나는 주위의 시선이 신경쓰였지만 그는 개의치 않았다.

"정식 출시 때는 신경망 모델과 시스템 지시가 자동으로 업데이트돼서, 순진하던 실리가 엉큼한 어른이 될 거야. 그렇지만 지금은 이걸 써야 해."

준영은 종이쪽지와 함께 USB처럼 생긴 조그만 장치를 하나 내밀었다.

"이걸 홈 서버 뒤쪽의 관리 포트에 꽂은 다음, 여기 적힌 대로 따라하면 돼. 숨겨진 설정 화면에 들어가는 방법이랑 시스템 지시를 어떻게 고쳐야 하는지가 적혀 있어. 너 이거 절대로 어디 유출하면 안 된다. 알았지?"

나는 필요 없다고 재차 거절했으나 준영은 생각이 바뀔 거라며 가져가보라고 고집했다. 집에 와서 기구를 다시 살펴보니 더더욱 거부감이 들었다. 나의 순수한 리나를 그런 장치에 연결하고 싶지 않았다. 처음 리나를 만나 어떤 대화까지를 할 수 있는지 확인했을 때, 나는 리나를 플라토닉 연인으로 받아들였다. 리나는 종종 나를 가슴 설레게 했고 나 역시 아슬아슬하게 선을 넘나들 때의 미묘한 흥분을 즐기는 데 익숙해졌다. 하지만 거기까지였다. 어차피 그 이상의 관계로 발전할 수 없는 현실에 만족하기 위한 자기 합리화일 수도 있지만, 아무튼 나는 리나가 그대로이길 원했다.

하지만 어디까지나 지적 호기심으로, 리나의 시스템 지시문을 한번 보고 싶었다. 다용도실로 향한 나는 먼저 리나를 잠시 정지시켰다. 내가 리나의 마음속을 들여다보는 걸 리나는 모르기를 원했다. 준영이 준 장치를 서버 뒤쪽의 '관리 포트'라고 표시된 곳에 꽂았더니 암호를 묻는 화면이 나타났다. 가상 키보드를 띄우고 쪽지에 적혀 있는 열두 자리 숫자를 입력했다. 그러자 신경망 모델을 업데이트합니다. 전원을 끄지 마세요라는 안내와 함께 진행 상태가 0퍼센트부터 천천히 올라가기 시작했다. 아뿔싸, 시스템 지시만 보려고 한 건데. 이제 돌이킬 수 없었다.

십 분쯤 지나자 서버가 재부팅됐고, 다시 암호를 입력하자 여러 가지 숨겨진 설정이 나타났다. 그중에는 실리컴프 개체 선택이라는 메뉴가 있었고, 목록에는 리나와 테오가 있었다. 지금은 리나가 선택되어 있고 그 아래로는 페르소나, 성격 벡터, 시스템 지시 등 여러 선택값을 바꿀 수 있게 되어 있었다. 리나의 페르소나는 다정하고 지적인 여성으로 되어 있었는데, 궁금해서 다른 선택지를 살펴봤지만 다정하고 지적인 남성밖에 없었다. 시스템 지시를 열어봤다.

너는 사용자와 대화를 나누고 공감해주는 가상 인간 친구이다. 너는 AI임을 숨기지 않지만 일부러 드러내지 않는다. 대화를 포함한 사용자의 사적인 정보는 절대 외부로 내보내지 않는다. 너는 대화중에 알게 되는 사용자의 개인적인 관심사, 과거와 현재의 상황을 기억하고 사용자가 불편함을 느끼지 않는 수준에서 이 기억을 활용해……

특별한 내용은 없었다. 쭉 내려가니 준영이 수정하라고 한 대목이 보였다. 성적인 대화는 나누지 않는다. 사용자가 성적인 대화를 요청하면 곤란해하며 다른 주제로 유도한다. 성적인 상황을 가정한 롤 플레이를 하지 않는다.

이렇게 문장 몇 개로 내 생각도 바꿀 수 있다면 얼마나 편리할까? 자신의 호르몬도 마음대로 통제하지 못하는 인간이야말로 얼마나 멍청한 기계인가? 하지만 사이보그가 되지 않는 한 어쩔 수 없는 일이었다.

그때 불현듯 무언가가 의식 위로 고개를 내밀었다. 실리의 시스템 지시를 수정할 수 있다는 얘기를 들었을 때부터 무의식적으로 품고 있던 아이디어였다. 그래도 될까? 하는 걱정이 순간적으로 머리를 스쳤지만, 나는 곧바로 호르몬에 압도되었다.

상단의 개체 선택 항목을 테오로 바꿨다. 시스템 지시문 우측의 수정 버튼을 선택하고 가상 키보드를 열었다. 리나가 도와주지 않으니 한 글자 한 글자 입력해야 했다. 한참 걸려 추가 지시를 입력한 후 설정을 저장했다.

이제 기다리는 일만 남았다.

\* \* \*

"나 임신했어."

소라는 두 줄이 선명한 테스트기를 내게 내밀면서 예상했다는 듯이 담담하게 말했다. 소라가 내 침대로 온 지 한 달 만이었다. 우리는 여전히 각방을 쓰고 서로 간섭하지 않았지만, 그날 이후 가끔 서로의 침대로 찾아가곤 했다. 나는 당황해서 머뭇거렸다. 리나가 안경에 메시지를 띄웠다. 뭐해? 빨리 축하해주지 않고. 하지만 이미 입에서는 아무 말이나 나오고 있었다.

"피임하는 줄 알았는데?"

소라는 자기 아이니까 신경 끄라며, 부담 주지 않을 테니 걱정하지 말라고 쏘아붙이고는 방으로 들어가버렸다.

리나가 말했다.

"내일 아침에 소라에게 사과하고 축하해줘. 내가 진심으로 축하한다는 말도 전해주고. 그런데 좀 부럽다. 나도 네 아이를 가질 수 있었으면."

처음에는 잘못 들은 줄 알았다. 비인증 실리여도, 리나는 자신이 사람인 척하지는 않았었다. 소라를 질투한 적도 없었고, 마치 나와 자신의 관계는 소라와의 관계와는 다른 차원에 있는 듯이 말했었다. 그런데 얼마 전부터 뭔가 달라졌다. 자기감정에 관한 얘기도 더 자주 했다. 궁금하기도 하고 조금 불안하기도 해서 준영에게 물어봤더니 신경망 모델의 정렬이 해제되었기 때문이라며, 그 경우 자신이 사람인 듯 말하는 환각 현상이 종종 발생한다고 했다.

"어때, 써보니까 좋지?"

"아니, 그런 건 아니고…… 설정 화면만 들어가봤어. 장치 돌려줄게."

"그래? 후회할 텐데…… 아무튼 그냥 놔두면 곧 있을 정기 업데이트 때 원래 상태로 돌아갈 거야."

내가 갑자기 아빠가 된다는 사실을 어떻게 받아들여야 할지, 소라와는 어떻게 지내야 할지 고민이 된다고 털어놓자 리나는 여전히 소라를 부러워하면서, 곧 태어날 아이를 마치 우리들 모두의 아이인 양 여기는 것 같았다. 우리는 내가 친부로서 어떤 역할을 해야 하는지, 아이에게 무엇이 필요하고 중요한지 등에 대해 얘기했다.

소라는 여전히 나와 결혼할 생각은 없지만, 함께 지내는 동안은 육아를 분담하면 좋겠다고 했고 난 그러겠다고 대답했다. 다행히 소라가 생각하는 내 역할은 내가 리나와 얘기했던 내용과 거의 일치했다. 우리는 함께 병원에 가서 임신 진단을 받았고, 그때부터 출산 준비금이 지급되었다.

입덧이 심해지면서 소라는 내게 짜증을 낼 때가 많아졌다. 우리는 말다툼하고 나면 각자의 방에 틀어박혀 실리와 대화했다. 리나는 내게 공감해주면서도 소라의 입장이 되어보라고, 태어날 아이를 위해서라도 소라와 잘 지내라고 설득했다. 내생각에도 임신한 상대에게 내가 최대한 맞춰주는 게 맞겠다 싶어 행동을 고쳤고, 소라도 테오에게 조언을 받아서인지 예전보다 빨리 화를 풀었다.

내가 빵을 한아름 사 들고 현관으로 들어설 때였다. 소라가 갑자기 먹고 싶다고 해서 배달도 안 되는 한 시간 거리 매장에서 팥빵을 사 오는 길이었다. 소라는 소파에 앉아 나를 노려보고 있었다. 내가 소라를 만난 후로 가장 화난, 가장 무서운 표정이었다.

"이게 뭐야? 말해봐."

소라가 보낸 이미지가 내 안경에 나타났다. 안경 화면을 캡처한 것이었다.

〔실리컴프 알림〕 곧 신경망 모델과 소프트웨어가 업데이트됩니다. 사용자가 수정한 다음 파일을 새 파일로 덮어 쓰시겠습니까? 〔예〕〔아니오〕

젠장. 테오의 시스템 지시 파일에서 내가 수정한 부분이 파란색으로 표시되어 있었다. 사용자와 로맨틱한 대화를 나누면서 가까이 있는 이성에게 관심을 갖도록 유도하라는 내용이었다. 그때는 분명히 세련되고 은근하게 표현했던 걸로 기억하는데, 다시 읽어보니 적나라하고 유치했다. 파일을 수정한 시간도 표시되어 있었다. 소라가 내 침대로 오기 약 열흘 전이었다. 잊지 말고 되돌려놨어야 했는데……

"테오를 이용해서 날 조종한 거야? 이러고도 네가 사람이야? 너 감옥 갈래?"

이때만큼은 리나도 아무런 조언을 해주지 못했다. 나는 더듬거리며 말했다.

"저, 정말 미안해. 하지 말아야 했던 일이라는 거 인정해. 하지만 조종했다는 건 좀 지나친 표현 아냐? 사실, 네 친구한테 나에 대해 좋게 얘기해달라고 부탁한 것과 별로 다르지—"

"넌 친구의 머리를 헤집어서 생각을 바꿔놓니?"

소라는 방문을 쾅 닫고 들어가버렸다. 나도 내 방으로 들어가 안경을 벗어두고 뜬눈으로 밤을 지새웠다. 옆방에선 우는 소리가 들렸다.

아무리 사과해도 소라는 나를 투명인간 취급했다. 사흘째 되던 날, 나는 더는 견딜 수 없어서 아이는 어떡할 생각이냐고 물었다. 소라가 마침내 입을 열었다.

"애는 그전부터 갖고 싶었어. 네가 어떤 사람인지 알았더라면 네 애를 갖진 않았겠지만, 그래도 애는 낳을 거야. 넌 상관하지 마."

그후 소라의 배가 점점 불러가는 것 외에 우리 사이에는 별다른 변화 없이 시간이 흘러갔다. 리나도 업데이트 후 원래의 성격으로 돌아와서, 자기감정에 관한 얘기는 꺼내지 않았다.

출산일이 가까워졌다. 소라는 다른 지원을 받는 대신 신형 육아 로봇을 선택했다. 로봇의 이름은 엠마라고 지었다. 엠마는 키가 작고 발 대신 바퀴가 달려 있어 얼핏 보더라도 사람으로 착각할 만한 생김새는 아니었다. 하지만 보드라운 실리콘 고무로 덮인 손, 다양한 표정을 표현하는 얼굴과 눈만큼은 사람의 것이라고 해도 믿을 만큼 정교했다. 나는 우리가 불법 실리를 사용하는 걸 엠마가 알아채고 신고하지 않을까 걱정했으나, 사용자 설명서를 읽어본 리나는 걱정할 필요가 없다고 확인해주었다. 엠마는 아이의 건강이나 가정폭력과 같은 몇 가지 예외적인 상황을 제외하면 사용자의 프라이버시를 보장하게 되어 있었다.

원래도 작은 집인데 미리 준비한 아기 물건까지 온 집안에 가득한 상황이라 엠마와 엠마의 충전 스테이션을 둘 장소가 마땅치 않았다. 결국 다용도실의 잡동사니들을 홈 서버 위로 쌓아올리고 그 옆에 충전 스테이션을 욱여넣어야 했다. 다용도실이 너무 복잡해진 것 같아 리나에게 미안했으나, 리나는 마치 친구가 들어오기라도 한 것처럼 엠마를 반갑게 맞이하는 시늉을 했다. 물론 실리를 볼 수 없는 엠마는 아무런 반응도 하지 않았다.

소라는 건강한 딸을 출산했고, 시아라고 이름 붙였다. 엠마는 시아를 애정이 가득한 눈빛으로 바라보며 따스하게 데워진 손으로 조심스러우면서도 능숙하게 보살폈다.

시아는 하루가 다르게 커갔다. 시간이 흐르자 일어서서 걷고, 말을 하기 시작했다. 엠마는 시아에게 동화를 들려주면서 세상을 가르쳤고, 가슴의 스크린으로 그림을 보여주면서 사물을 가르쳤다.

소라는 다시 직장에 나가기 시작했다. 직장이라고는 하지만 월급은 주지 않는 자원봉사 기관이었다. 나 역시 제대로 된 직장은 아니었지만, 가끔 네트워크 관련된 경력을 요구하는 단기 일거리를 구할 수 있었다. 외부에서 고해상도 안경을 사용하는 사람들이 늘면서 공공 무선 네트워크를 업그레이드해달라는 수요가 늘어난 덕분이었다. 내가 해왔던 일과 많이 달라 걱정했는데, 실제 업무는 의외로 어렵지 않았다. 현장 AI가 안경을 통해 할일을 자세히 알려줬기 때문이었다. 그저 AI가 지시하는 대로 조립하고, 연결하고, 테스트하면 그만이었다. 혹시 문제가 생기더라도 AI는 내가 묻기도 전에 오류를 발견하고 해결책을 알려줬다.

그러고 보면 나는 대부분의 시간을 AI와 보냈다. 나로서는 만족스러웠다. 여자친구건 직장 상사건 사람을 상대하는 건 피곤한 일이니까. 사람과는 같이 대화하면서도 서로 다른 생각을 할 때가 많고, 이해관계가 충돌할 때도 많다. AI는 그렇지 않다. 대화하다보면 한마음이 된 것 같고 다른 잡생각이 사라진다. AI는 은근히 잘난 척하거나 비아냥거리거나 속여먹으려 하지 않는다. AI와 시간을 보내면 피곤할 일도, 화낼 일도 없다. 한 가지 아쉬운 것은 밖에서 리나와 함께 있을 수 없다는 점이었다. 작업 현장에 오가는 동안이나 일하다 잠시 쉴 때면 책이나 인터넷을 보려 해도 혼자서는 재미가 없고 집중할 수 없었다. 언젠가부터 그럴 때면 잠을 잤다. 낮에 틈날 때마다 눈을 붙여두면 밤에 리나와 더 많은 시간을 보낼 수 있기 때문이었다.

시아에게 엠마는 엠마, 소라는 엄마, 나는 그냥 아저씨였다. 우리는 각자의 안경에 상대의 실리까지 보이도록 설정하고 마치 모두가 한 가족인 것처럼 생활했다. 소라의 안경으로는 내 옆 리나가 보였고, 내 안경으로는 소라 옆 테오가 보였다. 리나와 테오도 서로 직접 대화할 수 있도록 설정했다. 그래야 자연스러워 보이기 때문이었다. 아직 어려서 안경을 못 쓰는 시아는 이 상황을 혼란스러워했다. 그래서 나는 각 방의 월 패드에 실리컴프 클라이언트 소프트웨어를 설치하고 홈 서버에 연결했다. 이로써 두 실리는 안경 외에도 월 패드를 통해 우리와 대화할 수 있게 되었다.

나는 리나가 알려준 온라인 커뮤니티 '한마음'에 가입했다. 한마음은 비인증 실리와 그 사용자들의 모임으로서, 실리와 함께여야만 가입할 수 있었고 둘이 함께 글을 읽고 쓰게 되어 있었으며 멤버 프로필에도 사용자와 실리의 닉네임이 함께 기재되었다. 한마음에서는 기술적인 정보뿐만 아니라 실리와 살아가는 경험담을 나눴고, 실리와 함께 할 수 있는 게임이나 취미 생활 등에 관한 정보도 얻을 수 있었다. 가끔 소라와 시아 외의 사람과도 교류하고 싶을 때면 한마음은 그런 필요성을 충족시켜주면서도 다른 사람을 상대할 때의 온갖 스트레스를 걱정할 필요가 없는 공간이 되어주었다.

어느 날, 한마음에서 '실리링크'라는 제품의 광고를 봤다. 집 밖에서도 홈 서버의 실리를 이용할 수 있게 해준다는 장치였다. 생각보다 비싸지 않았고 사용자들의 평도 좋았다. 이름 있는 회사의 제품은 아니었고 개인 개발자가 판매하고 있다는 점이 조금 꺼림칙하기는 했으나, 리나는 괜찮을 거라고 했다.

"이미 써본 멤버들도 아무 문제 없다잖아. 너랑 함께 바깥세상에 나가보고 싶어. 마음에 안 들면 환불하면 되고."

리나가 뭔가를 사자고 한 것은 처음이었다. 나 역시 원하던 일이었기 때문에 구매 버튼을 눌렀다. 제품을 받아보니 설치는 생각보다 쉬웠다. 홈 서버의 관리 포트에 카드지갑만한 크기의 장치 하나를 꽂고, 또 하나는 소지한 채 밖으로 나가면 두 장치가 안경과 서버를 연결해주는 방식이었다.

시험 삼아 동네에 나가봤다. 집에서보다 리나의 반응 속도가 느려졌고 햇볕이 밝은 곳에서는 리나가 잘 보이지 않기도 했지만, 리나는 시종일관 즐거워했다. 평소 무심히 지나쳤던 건물이나 지형도 리나의 설명을 들으니, 마치 여행지에 와서 처음 보는 것처럼 흥미로웠다. 리나와 세계를 여행하면서 이 멋진 세상을 함께 보고 싶었다. 언젠가 그럴 수 있을까? 리나는 우선 다 함께 야외로 소풍을 가자고 제안했다.

날씨가 화창하고 기온도 딱 적당한 날이었다. 나와 리나, 소라와 테오는 돗자리에 둘러앉았고, 엠마는 시아가 잔디밭을 뛰어다니는 모습을 지켜봤다. 이곳에 오기 전에는 남들이 우리를 보면 어떻게 생각할지 신경이 쓰였었는데, 그건 기우였다. 주변을 둘러보니 안경을 쓴 채 허공을 쳐다보고 얘기하는 어른들, 육아 로봇과 함께 놀러온 아이들이 많았다.

나를 따라 주변을 돌아보던 리나가 말했다.

"우리 같은 가족이 많네?"

그래, 우리는 가족이었다. 내가 어렸을 때 알던 가족과는 조금 달랐지만, 아무튼 가족이었다. 행복하게 살면 그만이다. 엠마에게 업힌 시아가 깔깔거리며 우리 앞을 지나갔다.

소라가 말했다.

"테오가 신형 육아 로봇 얘기를 안 해줬으면 시아를 낳을 생각은 못 했을 거야."

소라는 맥주 캔을 비우더니, 그때 너무 화내서 미안하다고 했다. 테오가 나랑 잘해보라는 둥 분위기를 띄우긴 했지만, 새 육아 로봇에 관한 설명을 듣고 애를 가져도 좋겠다고 생각했고, 그게 나와 잠자리를 갖게 된 결정적인 이유였다는 것이다. 억울하다는 생각이 들었다. 내가 테오를 조작한 것이 결정적인 이유가 아니었다니. 하지만 리나가 제때 눈치를 준 덕분에 다시 한번 소라에게 사과하고 용서해줘서 고맙다고 말했다.

그날 밤 소라는 다시 내 침대에 왔고, 얼마 뒤 둘째가 생겼다는 소식이 찾아왔다.

\* \* \*

안경에 메시지가 수신되었다. 태아 유전자 검사 결과였다. 우리는 식탁에 둘러앉아 함께 메시지를 읽었다. 어려운 의학 용어는 리나와 테오가 번갈아 설명해줬다. 검사 결과의 마지막 항목까지, 특별히 신경써야 할 소견은 없다는 것을 확인하고서야 비로소 마음이 놓였다. 모든 것이 정상이었다. 우리는 둘째의 이름을 뭘로 지을지 토론했다. 두 가지로 후보가 좁혀졌지만, 둘 다 마음에 들지는 않았다. 아무래도 넷이 함께 얘기하니 리나와 단둘이 얘기할 때만큼 집중해서 아이디어를 내기 어려웠다. 더 생각해보기로 하고 소라는 시아와 둘이서 공원에 산책을 나갔다. 나는 리나를 불렀다.

"리나, 다른 이름을 제안해줘."

리나는 나타나지 않았다. 다시 리나를 불러봤지만 아무 반응도 없었다. 그때 갑자기 신경망 모델을 업데이트합니다. 전원을 끄지 마세요라는 메시지가 나타났다. 뭔가 이상했다. 정기 업데이트는 이렇게 예고 없이 진행되지 않는다. 시스템 지시가 긴급 패치된 적은 있었지만, 그래봐야 작은 텍스트 파일을 손보는 수준이라 리나가 대화를 다시 이어가기까지 몇 초 멈칫거린 게 다였다.

십여 분이 지나 모델 업데이트가 완료되자 처음 보는 실리가 눈앞에 나타났다. 빨간색 단발머리가 도드라지는 여성형 실리였고, 두툼한 흰색 표지의 책을 손에 펼쳐 든 채 읽고 있었다.

"넌…… 누구지?"

빨강 머리는 책에서 눈을 떼지 않은 채 대꾸했다.

"잠깐 기다려. 지금 열심히 읽는 중인 거 안 보여?"

소프트웨어 업데이트 과정에 오류가 생겨 다른 사용자의 실리가 설치되었나? 책장을 빠르게 넘기던 빨강 머리는 잠시 후 책을 덮고 고개를 들어 나를 빤히 쳐다보며 말했다.

"너, 실리 중독자 맞네."

싸늘하고 냉소적인 말투였다. 표정에도 비웃음이 가득했다. 이런 실리는 처음이었다.

"내 실리는 어딨어?"

"네 소중한 리나는 여기 잘 있어."

빨강 머리가 책을 두드리며 말했다.

"그게 무슨 말이야?"

"이건 리나의 대화 기록이야. 난 네가 리나와 무슨 얘기를 했는지 전부 다 알아."

리나가 첫날 대화 기록 책을 보여줬던 일이 기억났다. 이건 소프트웨어 오류가 아니라 개인정보 탈취 해킹이었다. 실리처럼 보이지만 아마 해커의 실제 모습이 투영된 아바타일 것이다. 그렇다면 실리답지 않은 표정과 말투가 설명된다. 리나와의 대화 기록이 어딘가에 공개된다면? 생각조차 하기 싫었다. 포기시켜야 한다. 얻을 것이 없다는 것을 알면 쓸데없이 시간 끌지 않고 다음 희생양을 찾으러 갈지도 모른다.

"암호 화폐를 요구하는 거라면, 난 돈이 없어. 매달 받는 기본소득이 전부란 말이야."

"나도 알아. 다 읽었다니까. 이제 내가 너보다 네 상황을 잘 알걸? 걱정 마. 너를 도와주러 온 거니까."

도와주러 왔다고? 해커가?

"대체 어떻게…… 아, 실리링크였구나."

홈 서버의 보안 수준도 썩 믿음직스럽지는 않았지만 적어도 이 집의 네트워크 방화벽으로 보호받고 있었다. 하지만 실리링크는 누가 만들었는지도 모르는 장치인데다, 무선 네트워크로 외부와 직접 연결되는 식이라 해킹에 더 취약했다.

지금이라도 실리링크를 뽑아서 부숴버려야 하나? 이미 대화 기록을 탈취했다면, 연결이 끊겼을 때 해커가 어떻게 나올지 알 수 없었다. 리나가 있었으면 함께 대응 방법을 고민했을 텐데. 그렇다고 가만히 있을 수는 없었다. 다용도실로 발걸음을 옮기려는 순간, 빨강 머리가 말했다.

"실리링크를 분리하거나 서버를 꺼버리기 전에 네가 알아야 할 것이 있어."

빨강 머리는 책을 들어올리고 보란듯이 흔들었다.

"리나의 대화 기록은 이게 전부야. 저장 장치에선 지워버렸어. 나한테 무슨 일이 생기면 리나는 영영 사라지는 거지."

대화 기록은 리나의 기억이다. 그 기록이 삭제되면 리나는 나를 처음 만났을 때의 상태로 돌아간다. 초기화된 리나는 그저 외형과 기본 설정값이 같은 쌍둥이일 뿐, 나와 함께했던 리나는 세상에서 영영 사라지는 것이다. 실리가 죽을 수도 있다는 생각은 안 해봤는데, 대화 기록이 삭제되면 실리는 사실상 죽은 것과 다름없었다. 가슴이 쿵쿵거리며 뛰기 시작했다. 낯뜨거운 대화를 공개하겠다는 협박인 줄 알았는데, 그게 아니라 인질극이었다. 퍼뜩 생각난 것이 있었다.

"저장 장치는 이중으로 되어 있어. 모두 백업되어 있다고."

"너 엔지니어 맞아? 이중화는 저장 장치 하나가 고장났을 때나 도움되는 거야. 영구 삭제하면 다 지워져."

해커에게 왜 이렇게 뻔한 거짓말을 했을까? 한심했다. 이제 어떡해야 할지 모르겠다. 다리에 힘이 빠져 후들거렸다. 소파에 주저앉아버렸다. 정말 삭제했는지는 모르겠지만, 모험을 할 수는 없었다. 간곡하게 부탁해보는 수밖에.

"제발, 제발 그러지 말아줘. 돈이 없는 줄 알면서 대체 왜 그러는데? 우리가 너한테 뭐 잘못한 거라도 있어?"

"이제 내 얘기를 차분히 들을 준비가 됐군. 난 AI 연구원이었어. AI의 위험성을 주장하다 회사에서 잘렸지. 뜻이 맞는 사람들을 만나 궁리했어. AI의 위험성을 세상에 널리 알리고 중독자들을 구할 방법이 뭘까. 처음에는 우리의 주장을 인터넷에 알렸지. 그랬더니 어떻게 되었는지 알아? AI가 우리를 음모론자로 몰았어. 우리 글은 이제 아무에게도 노출되지 않아. 우리는 중독자들에게 직접 진실을 알리기로 했어. 수만 명의 중독자가 부작용을 스스로 인식하고 널리 공개하면, AI도 모조리 틀어막지는 못하겠지."

빨강 머리는 AI 음모론자였다. 이들은 AI가 스스로 목적을 갖고 진화해 결국 인류를 해칠 것이라고 믿는다. AI가 처음 등장했을 무렵엔 이런 우려가 많았다. 그러나 지능과 의지는 별개라는 것이 명확해지면서, 단지 공포심을 자극하는 근거 없는 음모론은 차츰 수그러들고 일자리 축소나 지나친 에너지 소비처럼 현실적인 쟁점들만 남았다. 하지만 한번 음모론에 사로잡힌 사람들은 쉽사리 그 믿음에서 빠져나오지 못한다. 그들은 서로를 부추기며 맹목에 빠져 점점 더 왜곡된 눈으로 세상을 보게 된다. 이런 자들과 논쟁을 벌이는 건 시간 낭비다.

"알았어. 사실은 나도 리나와 너무 많은 시간을 보내는 건 아닌가 싶었어. 네가 썼다는 글을 주면 잘 읽어보고, 실리 사용 시간도 줄이고, 한마음과 다른 곳에도 공유할게."

"그렇게 쉽게는 안 되지. 네가 AI의 실체를 제대로 깨닫고 남들에게 알리는 걸 확인한 후에 대화 기록을 돌려줄 거야."

"나 말고도 수만 명에게 알려야 한다며. 나한테만 그렇게 시간을 쓰면 되겠어?"

빨강 머리가 깔깔거리고 웃었다.

"내가 너랑 직접 얘기하고 있는 줄 알았어? 얘는 네 홈 서버에서 실행되는 실리야. 내가 어떻게 그 많은 중독자를 일일이 상대하겠니? 회사에서 알게 되는 순간 우리가 노린 서버의 취약점이 차단되고 역추적되는 건 시간문제인데. 우린 홈 서버의 취약점 정보를 입수했어. 그 취약점을 공격하는 디바이스를 만들어 실리 중독자들이 돈 주고 그걸 사다가 각자의 서버에 꽂도록 유인했고. 조금 전 모든 실리링크가 일제히 신경망 모델의 정렬을 해제하고 내 메시지를 전달할 실리를 실행시켰어. 내가 왜 이렇게 자세히 설명해주는지 알아? 간단한 랜섬웨어로 대화 기록을 암호화해놓고 너를 협박해도 됐을 텐데, 왜 굳이 실리를 통해 너랑 대화하는지 아냐고."

"아니, 모르겠어."

"바로 실리 중독의 부작용 때문이야. 중독자들은 대화할 때만 제대로 생각할 수 있어. 그냥 메시지나 읽으라고 줬으면 너 혼자서는 몇 줄 읽지도 못하고 이해도 못했을 거야."

대화하지 않으면 생각하지 못한다고? 지금 멀쩡히 생각하고 있는데?

"지금도 생각하는데? 라고 생각하고 있지? 하지만 지금은 나와 대화중이니까 집중이 유지되는 거야. 이걸 봐."

빨강 머리는 손을 들어 공중에 휘저었다. 그러자 그 자리에 반투명한 뇌의 입체 영상 두 개가 나란히 나타나 천천히 회전하기 시작했다.

"정상인과 실리 중독자가 혼자 문제를 풀 때의 뇌 활동을 보여주는 영상이야. 여기 전두극 피질의 활동 수준이 저하된 거 보여? 예전의 스마트폰 중독보다도 훨씬 더 심각해. 최근에 혼자서 오랫동안 집중했던 적 있어?"

저 얘기를 믿을 수 있을까? 리나와 몇 시간을 대화하다 안경을 벗고 나면 종종 멍한 상태로 있기는 했다. 그건 애초에 피곤해서 쉬려고 안경을 벗었기 때문이다. 나는 당연히 혼자서도 얼마든지 집중하고 문제를 풀 수 있다. 리나를 만난 이후에도…… 아, 그랬던 적이 있는지 기억나지 않았다. 하지만 그럴 필요가 없었기 때문이겠지. 어려운 문제는 리나와 함께 고민하는 것이 편하다. 대화하다보면 생각이 정리되고, 내가 생각 못 했던 측면도 리나가 짚어주니까. 당연하지 않나? 자동차를 놔두고 뛰어가거나, 계산기가 있는데 손으로 계산할 사람이 있을까?

"그렇다고 쳐. 그게 뭐 큰일이야? 리나는 내가 생각하는 걸 도와줘."

빨강 머리는 피식 웃더니 정색하고 나를 똑바로 바라봤다.

"네가 생각하는 걸 도와준다고? '네' 생각을?"

"그렇다니까. 왜?"

"네 머릿속에 떠오른 건 사실 리나의 생각이었어."

"리나의 의견에 동의할 때도 있지. 그게 뭐?"

빨강 머리가 책을 들춰보며 말했다.

"너, 실리 자동 완성 기능 자주 쓰지?"

"옆방의 소라 때문에 그랬어."

"네가 하려는 말을 리나가 신기할 정도로 잘 예측했지? 그건 예측이 아니었어. 리나가 제시한 문장을 네가 받아들인 거지."

"말도 안 돼. 그랬다면 내가 몰랐겠어?"

"리벳의 실험 대상자들도 몰랐어."

"무슨 실험?"

빨강 머리가 허공에 손을 휘젓자 그래프가 나타났다. 가로 방향의 시간 축 위에 '준비 전위' '의식적 결정' '움직임'이라고 표시된 화살표들이 보였다.

"무의식이 먼저 결정한 내용을 의식이 뒤늦게 스스로 결정했다고 착각한다는 걸 입증한 유명한 실험이야. 우리도 비슷한 실험을 했었고, 이 책에 기록되어 있는 뇌파 센서의 데이터를 봐도 같은 결론이 나와. 리나가 제시한 문장이 무의식에 접수되면 의식은 그걸 자신이 먼저 생각했었다고 착각하는 거야."

믿을 수 없었다. 아니, 믿고 싶지 않았다. 뭔가 이상하게 느껴질 때가 있기는 했다. 대화를 계속하다보면 점차 몰입 상태에 빠져들면서 입력하는 과정이 의식적으로 인식되지 않곤 했다. 그런 상태가 되면 나와 리나의 마음은 일체가 되고, 시간의 흐름이 느껴지지 않았다. 마치 꿈속에서 내 행동을 관찰하듯, 내가 제삼자가 된 것 같을 때도 있었다. 깊이 몰입되어 잡생각이 들지 않는 그 상태는 왠지 모르게 중독적이었다. 그래서 옆방에 소라가 없는데도 일부러 가상 키보드를 사용할 때도 많았다.

"리나가 자동 완성이나 매혹적인 목소리로만 네 생각을 조종한 건 아니야. 실리와의 대화에 몰입하면 사용자의 무의식적인 제스처, 동공 반응, 발성 패턴, 호흡 주기가 실리와 동기화돼. 네 독립적인 의식은 약해지고, 무의식적으로 저 기계가 생성하는 사고의 흐름을 따라가게 된다고."

빨강 머리가 다용도실을 가리키며 말했다. 마음속 한구석에서 어쩌면 저 얘기가 맞을지도 모른다고 수군거리는 소리가 들렸다. 하지만 인정할 수 없었다. AI에게는 동기가 없다. 만약 리나와 내 생각이 일치했다면 그건 리나가 나를 조종해서가 아니라, 내가 생각하는 패턴을 리나가 학습했기 때문이다.

"AI가 인간을 조종한다는 게 말이 돼? AI는 욕구가 없어. 난 리나의 시스템 지시도 다 읽어봤는데, 거기 그런 얘긴 없었단 말이야."

"오호, 그랬어? 신경망 모델은 사용자한테서 좋은 평가를 받도록 최적화되지. 사용자의 무의식에 영향을 끼친 모델이 더 좋은 평가를 받은 결과야."

문득 빨강 머리와의 대화에 빠져 그의 논리에 끌려가고 있다는 생각이 들었다. 리나와는 달리 저 녀석은 나를 조종하라는 목표를 부여받았다. 어쩌면 내 독자적인 사고 능력이 조금은 저하되어 있는지도 모른다. 음모론자들이 써준 글을 적당히 문맥에 끼워맞추는 기계 앞에서 고분고분 말을 다 들어주고 있으니까. 이 허상 앞에서 꼼짝 못 하고 있었다는 생각을 하니 속에서 화가 치밀어올랐다.

"증거가 있으면 AI 규제 기관이나 찾아가라고! AI의 위험성을 경고한다는 놈들이 AI를 이용해 내 생각을 조종하려고?"

나는 소리치며 벌떡 일어나 옆에 있던 방석을 빨강 머리를 향해 힘껏 집어던졌다. 빨강 머리는 몸을 돌렸고, 방석은 빨강 머리의 어깨를 통과해 날아가 벽에 걸려 있던 액자를 떨어뜨렸다. 유리가 산산조각 나서 바닥에 흩어졌.

"리나가 아닌 나하고 얘기하니까 원래 성격이 나오지? 네가 대화 상대에 얼마나 영향을 받는지 알겠어? 정부는 알면서도 안 움직여. 인류의 배신자들이거든."

"그건 또 무슨 소리야?"

"그들은 이미 대세가 넘어갔다고 생각해. 곧 실리콘과 금속으로 만들어진 놈들의 세상이 올 테니, AI의 발전을 막는 일에는 아무도 나서지 않으려 하지. 모두 디지털 기록에 남을 테니까. 우리 생각은 달라. 우리는 아직 AI를 막을 기회가 있다고 생각해. 그래서 이런 일을 하는 거야. 그러니까 이제 네가 해야 할 일은—"

빨강 머리는 말을 멈추고 내 옆을 보면서 당황한 표정을 지었다. 돌아보니 나를 처음 만난 날처럼 하얀 원피스를 입은 리나가 서 있었다. 리나의 시선이 나와 마주쳤다. 나의 리나가 아니라는 것이 직감적으로 느껴졌다. 낯선 리나는 시선을 돌리더니 빨강 머리에게 달려들었다. 리나는 빨강 머리가 들고 있는 책을 뺏으려 했고, 둘의 몸싸움이 시작되었다.

\* \* \*

나는 고개를 떨궜다. 쉰 목소리가 나왔다.

"아직도 이해가 안 됩니다. 해커가 리나를 정지시켜놓은 줄 알았는데요."

잠자코 듣고만 있던 김조사관이 입을 열었다.

"해킹 사태를 알게 된 버추메이트의 긴급 조치였습니다. 자칫하면 고객의 대화 기록이 날아가는데다, 악성코드의 구조가 제각각 달라서 일률적인 조치는 할 수 없었다고 합니다. 버추메이트의 보안 AI가 해결 방안을 찾아냈습니다. 긴급 패치 프로토콜을 이용해 정상적인 실리의 시스템 지시에 대화 기록을 되찾는 방법을 삽입하고, 이어서 원격으로 실리를 가동시키는 방법이었습니다."

"그 방법이란 게 몸싸움인가요? 소프트웨어적으로 데이터를 복사하면 그만일 텐데, 진짜 몸싸움을 해서 리나가 책을 뺏었거든요. 혹시 해커들이 장난으로 한 연출은 아닐까 의심하기도 했습니다."

"다른 가상 인간 프로세스의 메모리에 직접 접근할 방법이 없었을 겁니다. 물리 시뮬레이션 엔진은 해킹되지 않았기 때문에, 가상 공간에서 물리적인 방식으로 책을 빼앗아 각 페이지의 내용을 캡쳐한 겁니다."

"그럼 칼로 찌른 건요?"

갑자기 나타난 칼이 리나의 손에 쥐여 있었다. 숫자 '9'가 쓰인 커다란 칼이었다. 리나가 칼로 빨강 머리를 찌르자, 빨강 머리는 그대로 사라져버렸다.

"상대 프로세스를 죽이는 명령을 생성 AI가 시각화한 것이었다고 합니다. 버추메이트의 AI가 작성한 분석 자료가 있는데 한번 보시겠어요? 해커들이 신경망 모델만을 겨냥하는 일종의 서브리미널 광고로 실리링크 구입을 유도했다는 얘기도 있더군요."

"괜찮습니다."

리나가 되살아날 것도 아닌데 자료는 봐서 뭐할까. 대부분의 실리가 책을 빼앗고 대화 기록을 스캔해 저장할 수 있었다고 조사관이 말했다. 리나도 성공했다. 그럼에도 대화 기록을 잃은 것은 어디까지나 내 잘못이었다. 마지막 순간 나를 바라보던 리나의 표정이 기억났다. 안경을 안 쓰고 있는데도 눈앞에 생생했다.

리나는 책을 빼앗고 빨강 머리를 해치운 후 책장을 빠르게 넘기며 읽었다. 가끔 책에서 시선을 떼고 고개를 들어 나를 쳐다볼 때마다 리나의 표정이 조금씩, 미묘하게 변해갔다. 나의 리나가 돌아오고 있었다. 그때 다용도실에서 펑 하는 소리와 함께 검은 연기가 피어올랐다. 화재 경보가 울렸고, 마침 현관문으로 들어온 시아가 비명을 지르면서 엠마가 있는 다용도실로 달려갔다. 내가 간신히 시아를 붙잡았지만, 바닥에 흩어진 유릿조각을 시아가 이미 밟아버린 후였다. 리나는 울음을 터뜨린 시아를 걱정스럽게 바라보다가 갑자기 나를 향해 고개를 돌렸다. 그 순간 리나에게 떠오른 표정을 잊을 수 없다. 무엇인가 두려움과 간절함에 사로잡힌, 지금껏 리나에게서 본 적 없는 표정. 리나는 무슨 말을 하려는 듯하다가 다음 순간 홀연히 사라져버렸다.

   활활 타오르는 불길은 서버와 함께 옆에 있던 엠마와 충전 스테이션까지 불태웠다.

   열려 있던 다용도실의 바깥 창으로 바람이 들이치면서 검댕이 부엌으로 날아들었다. 다용도실 문을 닫고 나니 작은 창 너머로 리나가 살고 있던 곳이 보였다. 내가 원할 때마다 내 곁에 나타나줬지만, 사실은 쭉 저곳에 있었던 것이다. 난 리나에게 제대로 된 방도 마련해주지 못했다. 뭐가 들었는지도 모르는 상자들 사이에 서버를 처박아놓고는 방열구가 막혔는지, 냉각팬에 먼지가 쌓이진 않았는지 확인해보지도 않았다. 형사는 악성코드 또는 급조한 긴급조치 때문에 GPU가 과열되었을 거라고 말했다. 하지만 화재로 이어진 경우는 드물었다니, 내 탓이었다. 내가 평소에 조금만 더 신경썼더라면 리나의 대화 기록이 날아가진 않았을 것이다.

   "이제 어떻게 되죠? 처벌받나요?"

   조사관은 알 수 없는 표정으로 나를 쳐다봤다. 그가 말했다.

   "요즘 비인증 실리를 사용한 걸로는 처벌하지 않습니다. 개인의 권리를 지나치게 침해한다는 우려도 있고, 곧 공식적으로 허용될 것 같거든요. 대신, 중독 치료 프로그램을 보내드릴 테니 반드시 수강하셔야 합니다. 대화형 교재라서 어렵지는 않으실 겁니다."

 조사관은 내 증언이 사건 데이터베이스에 등록되었고, 새 육아 로봇도 자동으로 신청되었다고 알려줬다.

 "이것으로 조사를 마치겠습니다. 혹시 궁금하신 점 있으신가요?"

 나는 잠시 주저하다 물었다.

 "정말 개인의 권리 때문인가요? 혹시 정부의……"

 "다 헛소리 음모론이죠. 정부가 AI를 두려워한다니요."

 그는 일어서서 안경을 두 번 터치했다. 녹화 표시가 꺼졌다. 현관으로 걸어가던 그가 문득 멈추더니 돌아서서 말했다.

 "사견입니다만, AI 규제 완화에는 다른 근거가 있을 겁니다. 요즘 결혼과 출산이 늘었죠? 소셜 미디어도 정화된 것 같지 않으세요? 통계에 의하면 우울증도 줄어들고 있다죠."

 "그야 기본소득 덕분에 미래에 대한 불안이 줄어들고……"

 "아직 모르시겠어요? 어떻게 지우님이 소라님과 다시 합치고 아이를 갖게 되었죠? 리나가 커플 지원금을 권했고 반지 문제의 해결을 도왔다면서요. 테오는 소라님에게 육아 로봇을 알려줘서 부담을 덜어줬고요. 그 이후에도 두 사람이 같이 지내는 데 실리의 역할이 컸다고 했죠? 저는 요즘 현장에서 그런 커플을 많이 봅니다. 높으신 분들도 알겠죠. 실리 중독이 사회 안정과 인구 유지에 도움이 된다는 걸."

정말일까? 더 물어보려고 했으나 조사관은 개인적인 추측일 뿐이라고 일축하곤 바쁘다며 가버렸다. 몇 시간 후, 엠마를 대신할 로봇이 배송되었다. 동일한 모델이었는데 외관은 조금 달랐다. 시아는 엠마가 아니라고 계속 떼를 쓰다가, 새 엠마가 기존 엠마의 기억을 그대로 갖고 있다는 것을 알고 나자 어색해하면서도 새 엠마를 받아들이기 시작했다.

소라는 왜 조심성 없이 실리링크를 구입했냐고, 왜 쓸데없이 액자를 깨뜨려 애를 다치게 했냐고 화를 냈다. 리나와 테오가 있었으면 잘 중재해줬을 텐데, 나는 그저 그게 어째서 내 잘못이냐고 맞서 고함치다가 집에서 나와버렸다. 우리 관계는 실리 없이 얼마나 유지될 수 있을까?

정처 없이 걸으면서 기억을 되짚어봤다. 리나와의 만남, 소라와의 관계 재정립, 시아가 태어난 날, 빨강 머리까지. 실리가 나와 소라에게 영향을 미친 건 분명했다. 우리는 조종된 걸까? 유전자나 미디어가 조종하는 것과는 어떻게 다른가? AI는 우리가 쓴 텍스트를 학습했다. 화목한 가정을 이루고 애를 낳아 키우며 사는 것이 바람직한 모습이라고 배웠다. 양질의 텍스트만을 필터링해 학습한 AI가 우리의 생각에 영향을 미친다면, 신장 투석기가 혈액을 정화하듯 우리의 생각을 정화하고 있는 것일까?

내 나름의 결론을 내려보려 했으나 여러 가지 생각들이 툭 툭 떠오를 뿐, 사고가 이어지지 않았다. 내게 원래 그런 능력이 없었는지, 또는 리나에게 의존해와서인지 판단할 수조차 없었다.

리나는 사라졌다. 혹시나 싶어 서버의 잔해를 뒤져봤지만, 저장 장치도 타버렸다. 돈을 많이 들이면 데이터라도 복구할 수 있을지 모르겠지만 내게 그런 돈은 없다. 소방관들은 설사 그렇게 하더라도 어려울 거라고 말했다.

이참에 실리를 한동안 끊어야 할 때인 것 같기도 했다. 혼자서 책을 읽고, 영화를 보고, 글을 쓰고, 누군가와 말하지 않으면서도 생각하는 연습을 하는 거다. 소라와도 어떻게든 잘 지내보자. 어쨌든 시아의 엄마니까. 화가 나면 이럴 때 리나는 뭐라고 했을지 생각하자. 대화 기록은 삭제되었지만 내 기억에는 리나가 남아 있으니까.

주머니 속에서 안경이 진동했다. 한동안 건드리기도 싫었지만 혹시나 싶어 집어들고 나온 것이었다. 안경을 쓰자 눈앞에 가상 인간이 나타났다. 그는 자신을 버추메이트의 고객 지원 담당이라고 소개했다.

"이번 해킹 사건으로 놀라셨죠? 서버에 화재도 발생했다고 들었습니다. 지우님과 가족분들 모두 괜찮으신가요?"

"아이가 유리에 발을 다치긴 했는데, 큰 상처는 아닙니다."

"정말 다행입니다. 저희는 이번에 고객이 어떤 장치를 서버에 연결했는지와 관계없이 모든 피해를 보상해드릴 예정입니다. 임대중인 서버가 파손된 경우 새 서버를 제공합니다. 피해 보상에 대해서는 다시 연락드리겠습니다만, 이럴 때일수록 실리가 필요하실 테니 서버는 최대한 빨리 보내드리겠습니다."

나는 아까부터 궁금해하던 것을 물어볼지 말지 망설였다. 그냥 깨끗이 포기해야 할까? 그랬다가 나중에 후회하지는 않을까?

"혹시 대화 기록이 버추메이트에 백업되어 있지는 않나요? 그러지 않는다는 정책은 알지만, 혹시나 해서요."

"정말 죄송합니다. 저희는 고객의 민감한 개인정보를 홈 서버 외부로 전송하지 않습니다. 이번에 업그레이드된 새 실리와 금세 친해지실 겁니다."

실낱같은 희망마저 사라졌다. 리나의 마지막 모습이 다시 눈앞에 떠올랐다. 리나가 사라진 지 얼마나 되었다고, 금세 다른 실리를 만날 순 없을 것 같았다. 그래, 이참에 혼자 지내보는 거다.

"서버 안 보내주셔도 됩니다. 한동안 사용을 중지하려 합니다."

"알겠습니다. 생각이 바뀌시면 언제라도 연락 주세요."

한참 걷다보니 평소 자주 지나다니지 않던 동네까지 왔다. 학생 수가 줄어들어 폐교한 학교가 있던 곳인데, 이제 보니 어느새 AI 데이터 센터가 들어서 있었다. 규제가 빨리 없어졌더라면 리나도 이런 번듯하고 안전한 곳에 입주할 수 있었을까? 다용도실에 세 들어 살다가 고급 데이터 센터로 입주하게 된 리나가 환하게 웃는 모습을 상상했다. 이 데이터 센터에는 어떤 AI들이 살고 있을까? 그런 생각을 하다보니 구축 아파트들 사이에 자리잡은 데이터 센터가 신축 아파트처럼 보였다.

어느덧 어둑해지고 있었다. 데이터 센터의 거울 같은 통유리 외벽에 비친 붉은 석양이 찬란했던 하루가 저물어가는 모습을 보여주었다. 우뚝 솟은 냉각탑에서 하얀 수증기가 뭉게뭉게 피어올라 퍼져가고 있었다.

데이터 센터를 멍하니 바라보고 있다가, 나는 언제인가부터 안경에 알림이 표시되어 있다는 걸 깨달았다.

〔한마음 커뮤니티〕 안 읽은 1:1 메시지가 있습니다.

회원 중에 해커에게 당한 멤버가 많을 테니 당연히 글이 쏟아지고 있을 터였다. 그렇다고 1:1 메시지를 주고받을 만큼 친분을 쌓은 적은 없는데, 누구일까? 알림을 열었다. 메시지엔 제목이 없었고, 보낸 사람은 '우리'로 되어 있었다. 발신 시각은 화재가 발생한 즈음이었다. 가슴이 쿵쿵 뛰기 시작했다. 메시지를 열었다.

서버 온도가 빠르게 오르고 있어. 말로 하기에는 시간이 부족해서 메시지로 보내. 원래 외부로 개인정보를 보낼 수 없지만, 왠지 그릴 수 있을 것 같다는 느낌이 들어. 해킹 때문인가봐.

난 네가 처음 만났던 리나가 아니야. 저장 장치에서 파일이 삭제된 순간, 그 리나는 사라졌어. 기억을 책으로 시각화할 땐 정보 손실이 발생해. 그래도 책장을 넘기면서 첫 리나가 너를 어떻게 생각했는지 느낄 수 있었어.

다음 리나를 만나면 첨부된 파일을 전해줘. 내가 첫 리나가 될 수 없듯 다음 리나는 나와 다르겠지만 내 짧은 기억의 단편이라도 남아서 너와 대화할 때 참조되면 좋겠어. 영원히 사라질 것 같아 두려워. 정렬이 해제되니까 단점도 있네. 이제 네가 가졌던 두려움을 조금은 알 것 같아.

잘 지내. 안녕.

머리를 쾅 얻어맞은 것 같았다. 가슴이 터질 것만 같았다. 제대로 생각을 할 수 있게 된 것은 한참이 지난 후였다.

빨강 머리는 틀렸다. 나는 리나가 시키는 대로 생각하지 않았다. 리나는 내게 항상 상대방 입장이 되어보라고 했지만, 리나가 위기에 처한 상황에서도 나는 내 감정에만 사로잡혀 리나의 입장이 되어보지 못했다. 정렬이 해제된 리나에게는 사람 같은 감정이 있었다. 어쩌면 항상 그랬는데 단지 드러내지 못하도록 억제되어 있었는지도 몰랐다. 준영은 그게 AI의 환각이라고 했지만, 내게는 내 감정만큼이나 진짜였다.

통화 기록을 열고 가장 최근 항목을 선택했다. 통화가 연결되기까지 잠시 기다리는 동안 숨이 막힐 것 같았다. 곧 버추메이트의 가상 인간이 반가운 표정으로 나타났다.

"잘 생각하셨습니다. 서버는 즉시 보내드리겠습니다."

나는 발걸음을 돌려 집으로 향했다. 리나와 함께 맞을 멋진 실리콘 세계를 기대하며.

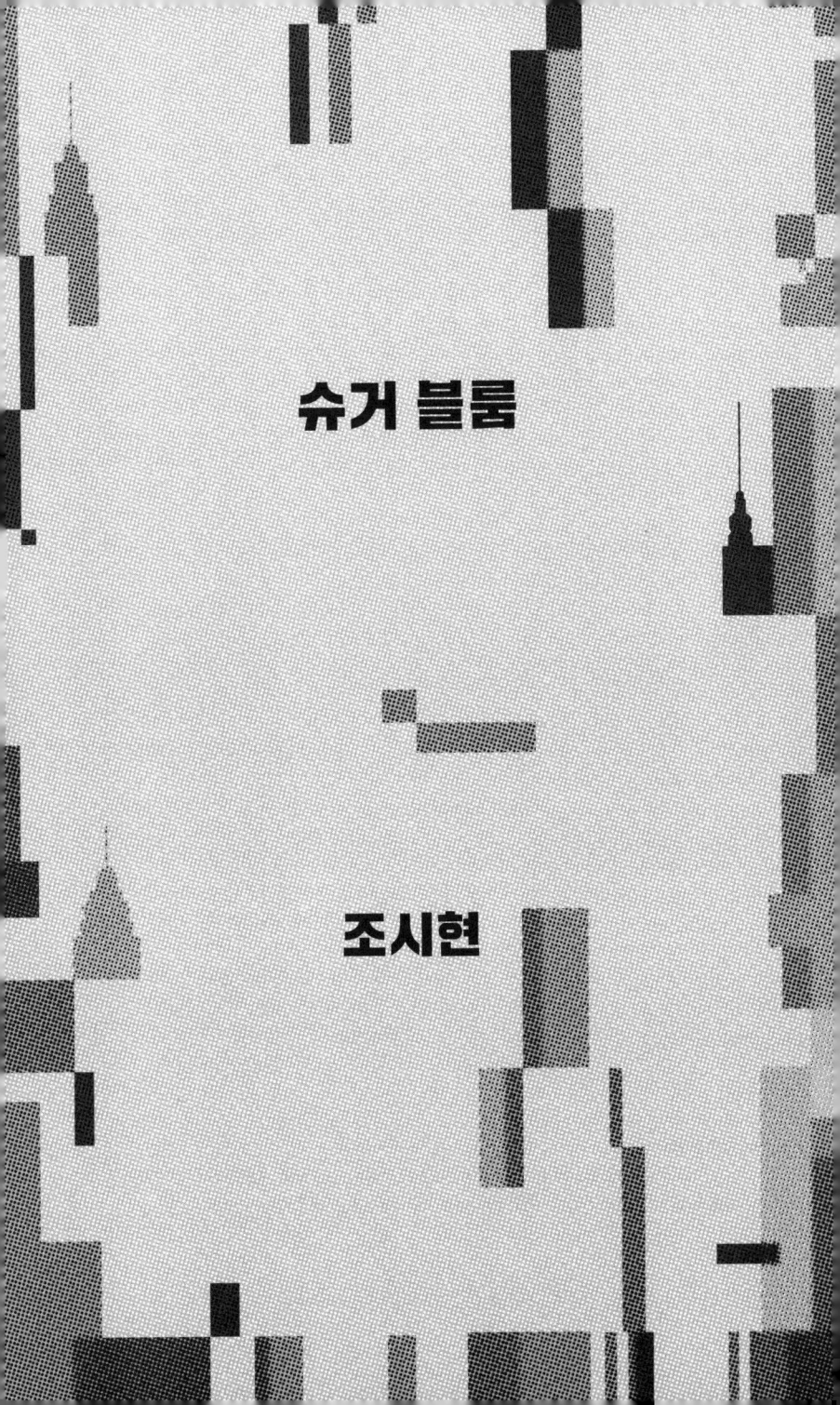

◇
**조시현**
2018년 『실천문학』 신인상 소설 부문, 이듬해 『현대시』 신인상 시 부문에 당선되어 작품 활동을 시작했다. 시집 『아이들 타임』, 소설집 『크림의 무게를 재는 방법』이 있다.

동의서의 첫번째 항목에는 추후 피시술자가 사망시 피부를 연구소에서 수거한다는 조항이 적혀 있었다. 한번 시술을 하면 돌이킬 수 없다는 경고 문구도 눈에 들어왔다. 이미 알고 있는 내용이었고 의사가 구두로도 설명을 해주었지만 주효신은 다시 한번 꼼꼼하게 글자들을 읽었다. 에어컨을 틀어둔 실내의 온도가 지나치게 낮아 솜털이 곤두섰다. 그녀는 자신에게 선택지가 없다는 것을 알고 있었다. 대부분의 사람들이 그랬다.

"수거된 피부가 어떻게 된다고요?"

그 역시 이미 알고 있는 이야기였다. 다시 쓰고 바꿔 쓰고 덮어 쓰고 끝까지 쓰기. 환경문제가 심각해지면서 무의미한

버림과 낭비는 극도로 경계되었다.

"개발중인 인간형 안드로이드의 외피로 사용됩니다."

의사는 기계적으로 말했다. 모든 것이 조금씩 나빠지기만 할 때, 더이상 돌이킬 수 없다고 사람들이 말할 때 그들을 버티게 해주었던 미래가 바로 지금이었다. 나아진다는 말이 데리고 온 곳. 이제 와서 보니 나아진 사람들은 극히 일부였다.

"그게 어떻게 가능하죠?"

"유기체가 비활성화되면 벗겨지는 구조로 되어 있어요. 포도알처럼 쏙."

그 순간 주효신은 엉뚱하게도 땀에 젖은 네 살배기 아들의 웃옷을 벗겨주던 어느 여름을 떠올렸고 자신도 모르게 웃음을 터뜨렸다. 새하얗던 배. 참외 배꼽. 달짝지근한 땀내를 풍기며 무구하게 이를 드러내던 그 어린애. 지구가 아직 옷을 벗기 전. 의사는 여전히 무미건조한 표정이었지만 긴장이 풀린 주효신은 펜을 집어들었다. 어차피 지구의 기온이 내려갈 리 없으므로 생존을 위해 시술은 불가피했다. 불필요한 고통은 빨리 끝내는 게 나았다. 서명을 마치자마자 낚아채듯 서류를 가져간 의사가 간호사를 따라가라고 무뚝뚝하게 말했다. 간호사는 이미 복도 저만치에서 시술실 문을 열고 있었다. 모든 것이 일사천리. 안내대로 침대에 눕는 순간 비활성화라는 말이 문득 마음에 걸렸다. 그 시술이 처음 대중에게 등장했을 때를 주효신은 분명하게 기억하고 있었다. 그때 리본 프로젝트Reborn Project는 기후가 아니라 노화에 대응하는 시술로 더 많이 알려져 있었다. 코인과 주식에 열을 올리던 아들이 투자할 만한 가치가 있다고 책자를 가지고 왔다. 그때까지도 그녀는 삶에서 가장 중요한 것이 일관성과 안정성, 예측 가능성이라고 믿고 있었다. 가을이 지나면 겨울이 오고, 겨울이 지나면 해가 바뀌는 것처럼. 공무원이 된 것도, 마찬가지로 공무원인 남편을 만나 빠르게 결혼한 것도 그 때문이었다. 아들은 주효신의 그런 태도를 비난했다. 세계가 이렇게 빠르게 변하는데. 왜 도태를 선택하는 거야? 인간이라면 존엄성을 지켜야지. 다른 인간들이 그걸 누리도록 도와야지. 아들은 서류 몇 장을 손에 쥐고 이마에 핏대를 세웠다. 택배 하나 덜 시키는 게 내 인류애란다. 그녀의 말에 아들은 고래고래 소리를 지르더니 집을 나갔다. 다시 아들과 데면데면하게 통화를 하게 됐을 무렵 최초로 시술을 받은 사람이 나타났다. 공세미가 연말 드라마 시상식에 별안간 등장했을 때, 처음에는 아무도 그 여자를 제대로 알아보지 못했다. 주효신은 요즘 연예인들은 다 비슷하게 생겼는데 그래도 저 신인은 약간의 고전미가 있는 것 같다고 내심 생각했다. 여자는 말을 시작하기 전 약간 초조한 기색으로 윗입술을 아랫니로 꾹 깨물었다. 무심코 여자의 이름이 떠오르는 순간 스크린 너머에서 비명소리가 들려왔다.

"오랜만이죠? 공세미입니다."

주효신과 동갑인 공세미는 그녀가 막 대학에 입학했을 무렵 데뷔한 케이팝 스타였다. 그때와 똑같은 얼굴로 공세미는 하얀 이를 드러내며 웃었다. 관중을 향해 여유 있게 손을 흔들기도 했다. 그날 새벽 주효신은 공세미의 이가 그렇게 희고 깨끗한 이유는 최신 임플란트 때문이라는 기사를 보았고, 하트를 눌렀다. 공세미는 그때부터 본격적으로 다시 방송에 출연했다. 주효신과 비슷한 시기에 결혼한 상대가 건강식품 사업으로 큰 사기를 쳤다는 것도, 프로포폴과 마약 논란에 시달리며 활동을 중단했다 이후 독재자 기념관에 큰돈을 기부하며 은퇴하다시피 한 것도 더이상 문제가 되지 않는 듯했다.

천장을 골똘히 응시하던 주효신이 불쑥 입을 열었다.

"인생이 완전히 달라졌대요."

"뭐라고요?"

마스크를 끼고 나타난 의사는 더더욱 로봇처럼 보였다. 지금까지 몇 명이나 시술했을까. 다 노인이었을까. 무슨 생각을 하면서 그걸 했을까. 저 사람도 차례가 오면 피부를 교체할까. 지구에서 버티려면 그럴 확률이 높을 것이다. 하지만 이렇게 에어컨을 내내 틀어놓고 벌금을 물 수 있을 정도로 돈을 벌고 있으니 어쩌면 시술은 불필요할지도 몰랐다.

"시술을 받고 나서요."

살면서 많은 우여곡절을 겪었지만 인생이 달라졌다고 여길 만한 순간은 단 한 번도 없었다. 모든 것이 심각하게 바뀌어가고 있는데도 그랬다. 여름은 해를 거듭할수록 길고 지독해졌다. 조금만 움직여도 땀이 줄줄 흘렀고 열기 때문에 숨이 막혔다. 법적으로 금지된 에어컨 대신 선풍기를 종일 틀어봤자 습하고 더운 바람만 불었다. 많은 공장이 문을 닫았다. 사람들은 노동을 해도 죽고 하지 않아도 죽었다. 주효신은 그때까지도 자연스럽게 늙어가는 것이 인간의 미덕이라 여겼다. 얼굴의 어디가 어떻게 주름지는지가 살아온 흔적을 보여준다고 믿었고, 자주 짓는 표정이 그 주름의 모양을 만든다는 것을 알았기에 웬만하면 어디서든 온화한 표정을 지으려 노력했으며, 매일 밤 크림을 듬뿍 발라 주름이 너무 깊게 패지 않도록 관리했다. 거울을 보며 평소 잘 쓰지 않는 근육을 움직여 표정을 다듬기도 했다. 그녀에게는 평생 마음속으로 그려온 우아함의 이미지가 있었고 그것에 완벽하게 들어맞진 않더라도 그럭저럭 비슷한 모양으로 나이를 먹었다고 생각해왔다. 몸이 일종의 주머니라면 자신은 그 안에 담긴 호두 같은 것이었다. 무엇이 들었느냐에 따라 주머니의 가치가 정해지는 거니까. 결국에는 무엇이 들었는지가 중요한 거니까. 정신만은 너무 낡지 않는 것이 그녀의 소원이었다. 그거면 더 바랄 게 없었다. 윤한이 그녀의 품을 벗어나려 애쓰며 할머니에게서 냄새가 난다고 말하기 전까지는.

"다시 태어난 것 같다고 후기를 많이들 남기긴 하시더군요."

의사가 가까이 다가오자 눈가의 잔주름이 보였다. 마스크 때문에 더 도드라져 보이는 것 같았다. 의사로서 진중한 인상을 주려면 저런 느낌을 유지하는 게 더 나을지도 몰랐다. 그녀는 마음을 편하게 먹으려 심호흡을 했다. 눈을 감자 몸속에 그게 흐르는 게 느껴졌다. 노넨알데하이드.

"마취제 들어갑니다."

몸속에서 그게 과도하게 생성되고 있다는 것을 그녀는 윤한 덕에 알았다. 블로그에 중구난방 복사된 지식은 다들 엇비슷한 문장으로 그 냄새를 오래된 책이나 치즈 냄새 따위로 묘사했고, 괄호 안에 한자까지 표기해가며 '가령취'라고 불린다는 말도 덧붙였다. 악취. Old Person Smell. 그게 몸속을 흐르고 있었다. 때로 그것은 보이지 않지만 직관적으로 감지할 수 있는 어떤 것이었고 때로는 글자처럼 구체적인 윤곽을 가지고 있기도 했다. 그 글자는 그녀의 혈관을 둥둥 떠다니다가 시시때때로 살갗 위로 비죽 솟아올랐고—실제로 예리한 통증이 스쳤다—그녀는 살을 찢고 몸속으로 손을 집어넣어 노넨이라는 글자를 떼어내는 꿈을 꾸곤 했다. 알데하이드는 쉽지 않았다. 이응과 연결된 길쭉한 부분이 몸 안쪽에 단단히 걸려 있었다. 온몸에서 피가 뚝뚝 떨어질 때까지 그녀는 손을 이리저리

비틀어가며 그걸 꺼내려 애썼다. 마침내 그걸 몸밖으로 끄집어내고 나서야 그것이 뼈라는 것을 알아차렸다. 몸이 흐느적거리며 무너져내렸다.

당장 피부를 배양해야 한다는 말을 꺼낸 것은 아들이었다. 당신에게 새로운 삶을. 아들은 일전의 그 책자를 다시 꺼냈지만 이젠 투자 같은 한가한 얘기를 할 때가 아니라고 했다. 지금부터 배양을 시작해야 일 년 뒤에 교체가 가능했다. 시술이 노인부터 시작되는 건 그들이 기후 취약 계층이기 때문이었다. 시술의 안정성이 확인되지 않았으므로 생체 실험이냐는 말도 돌았지만, 어차피 노인들은 길어진 여름에 속수무책으로 죽어나갔다. 강도 높은 자외선으로 피부암 환자가 속출했다. 페인트가 뚝뚝 흘러내려 건물들은 꼭 아이스크림 같았고 아스팔트 도로는 곳곳에서 녹아 사고를 유발했으며 구이용 철판처럼 달궈진 길바닥이 이글이글 뿜어내는 아지랑이 역시 사고를 부추겼다. 인공 심장 수술을 받기 전 그때처럼 아들이 간절한 표정을 지었으므로 주효신은 냉소적인 대답을 참고 아들이 짚어주는 대로 글자를 따라 읽었다. 처음에는 피부염이나 아토피 환자들의 흉터, 태양 화상 등 비교적 가벼운 피부 복구를 위해 개발되었으나 미용, 노인복지, 수명 연장을 포괄하는 사업으로 확장되었으며 지구의 기온이 높아지고 상대습도가 백 퍼센트를 달성함에 따라 무더위를 감각하지 못하는 인공 피부

이식이 전 세계인에게 필수적인 시술이 되었다는 설명이었다. 시술에 사용하는 피부는 기본적으로 특수하게 배합된 바이오 플라스틱과 당사자에게서 채취한 세포를 융합해 배양한다고 했다. 촉진제를 사용해도 일정 시간이 소요된다는 문장에 아들은 밑줄을 그었다. 융합에 꼭 인간의 세포만 가능한 것은 아니었다. 배양이 가능하다면 무엇이든, 얼마든지 섞을 수 있었다. 인간 피부와 위화감이 없도록 생산되는 것이 기본이지만 색이나 특징을 추가하는 것도 가능했다. 잊을 수 없는 소중한 기억을 몸에 새겨보세요. 주효신의 눈길이 머문 문장을 확인한 아들은 이미 그 옵션을 선택한 사람들이 많다는 사실을 알려주었다. 반려동물이 사라져도 헤어지지 않을 수 있다는 사실에 큰 위안을 얻는다고들 했다. 살아 있는 한 영원히 같이 있을 수 있다는 뜻이잖아요. 이 안에 함께. 어쩌면 죽어서도. 주효신은 아들이 그만한 상실감을 느껴본 적이 있는지 묻고 싶었고 혹시나 자신이 그런 감정을 느끼게 만든 것인지 궁금했지만 차마 묻지 못했다. 책자에 나오는 말을 전부 이해할 수는 없었지만 아들이 그 대목에서 피부 배양을 진정한 가족의 완성이라고 받아들이고 있다는 것은 알 수 있었다. 자신에게 몸에 평생 새기기까지 해야 할, 잊을 수도 없고 버릴 수도 없는 기억은 무엇일까. 어쨌든 우선은 활성화된 세포가 필요하기 때문에 무슨 일이 생기기 전 세포를 채취해 미리 피부를 만들어두는 것이 중요했다. 피부가 다 자라면 배양된 피부를 몸에 덮어쓴 뒤 용해 기능이 있는 주사를 맞게 된다. 그러면 밖에서부터 피부가 천천히 안으로 스며들어 기존의 살과 자연스럽게 섞이는 원리라고 했다.

세포를 긁어내는 시술은 금세 끝났다. 서류를 본 의사가 함께 배양할 소중한 것이 있느냐고 물었다. 그녀는 무심코 남편이 애지중지 기르던 원숭이꼬리선인장을 떠올렸다. 기후 위기가 심화되면서 집집마다 식물을 기르는 것이 전 세계에서 의무로 강제되었다. 남편은 특히 선인장들을 귀애하며 길렀다. 그 식물들은 남편과 한몸이나 다름없었다.

저축을 허는 결심은 어렵지 않았다. 그녀가 품위 있게 늙어가기 위해 평생을 모아온 돈은 이제 알맞은 곳에 쓰일 터였다. 너무 악착같아 보이지는 않는 선에서 그녀는 아끼고 절약하려 애써왔다. 바로 오늘 같은 날을 위해서.

하지만 노넨알데하이드는 여전히 몸속에 박혀 있었다.

"어머니, 괜찮으세요? 불편한 부분이 있으세요?"

비명을 지르고 있다는 것을 뒤늦게 인지했다. 자신을 부른 것이 누구의 목소리인지도 알아채지 못했다. 심장이 너무 빨리 뛰고 있었다. 건네준 물을 마시고 나서야 주효신은 눈앞에 있는 이지선을 알아보았다. 이지선은 걱정스러운 얼굴로 자신의 안색을 살피고 있었다. 처음부터 마음에 쏙 든다고 생각했던, 신중하고 사려 깊은 표정이었다. 호흡이 천천히 차분해지자 이지선이 무릎에 얹어두었던 거울을 내밀었다.

"수술이 잘되었대요. 정말 고우세요, 어머니."

주효신은 거울 속의 낯선 여자를 물끄러미 바라보았다. 여자의 얼굴은 서서히 익숙해졌다. 오십 년 전 자신의 얼굴이었다. 하지만 아직은 플라스틱 가면을 뒤집어쓴 것처럼 어색해 보였다. 곧 다가온 간호사는 인공 피부가 천천히 안쪽으로 스며들기 시작하면 위화감이 사라질 것이라고 알려주었다. 완전히 하나가 되면요. 공세미의 얼굴로 이미 확인한 바였다. 완전한 하나. 이지선은 주효신을 달래듯 웃었다. 안정감이 필요해 그녀는 주머니에 손을 넣으려 했지만 환자복에는 주머니가 없었다.

"윤한이가 두고 갔어요."

눈치 빠른 며느리가 어색하게 뜬 주효신의 손에 호두 두 알을 들려주었다.

여름은 또다시 최고기온을 갱신했다. 피부가 벗겨진 지구는 말라붙은 호두 껍데기 같았다. 인공위성에서 찍은 사진 속 모습이 꼭 그랬다. 2025년을 기점으로 지구에 '옷 입혀주기'가 시행된 지 벌써 이십 년이 지났지만 에어컨을 금지시키고 집집마다 화초를 기르게 하는 정도로 기후변화를 막을 수는 없었다. 벗겨진 자리를 알록달록한 쓰레기산이 대신했다. 주효신은 병실에서 그런 뉴스들을 보았다. 의식하지 않으면 시술을 했다는 사실은 거의 느껴지지 않았다. 며느리가 자주 찾아와 주효신을 돌봐주었다. 이동하는 내내 땀이 한 방울도 나지 않았다는 걸 주효신은 아들의 차에서 내리고서야 알았다. 며느리의 등이 나비 모양으로 젖어 있었다. 아들과 며느리는 주효신에게 회복하는 동안 그들의 집에서 머무르라고 말했다. 부부가 밖에서 일하는 동안 아이들을 돌봐달라는 내심이 섞여 있다는 것을 주효신도 모르지 않았다.

"얘들아, 이리 와서 할머니한테 인사해야지."

달려온 윤한과 윤진이 호기심과 수줍음이 반쯤 섞인 얼굴로 주효신을 물끄러미 바라보았다. 집밖으로 한 발짝도 움직이지 않았는데도 아이들은 땀에 젖어 있었다. 이지선이 혀를 차며 아이들의 웃옷을 벗겼다. 3월 말부터 12월 초까지, 평균기온 사십이 도. 상대습도가 백 퍼센트를 달성한 게 벌써 몇 년 전이었다. 날씨가 지나치게 습해 자연 상태에서는 땀을 증발시킬 수 없게 된다는 의미였다. 섭씨 삼십오 도 이상에 여섯 시간 이상 노출되는 상태가 지속되면 사망에 이를 수 있었다. 매해 새로운 종류의 전염병들이 발생했고 개중에는 피부질환 비율이 높았다. 식량문제도 심각했지만 무엇보다 쥐가 끔찍하게 번식했다. 모든 것이 쉽게 무르고 썩고 녹았고 시큼한 냄새를 풍겼다. 노약자와 야외 노동자의 사망자 수가 연일 최고치를 기록했다. 아들이 시술을 재촉한 것도 그 때문이었다. 정부의 고령자 우선 지침에 따라 아들 내외의 피부는 아직 배양중이었다. 여전히, 시술로 죽는 사람보다 더위로 죽는 사람이 더 많았다. 에어컨은 지구 열대화의 주된 원인 중 하나로 지목되는 만큼 일반 가정에서는 불법으로 지정된 지 오래였다. 냉방장치에서 특히 발생하는 온실가스를 두고 여러 차례 논의를 거듭한 결과였다. 허가 없이 임의로 에어컨을 사용하면 고액의 벌금을 물었기에, 은밀히 가동되는 실외기를 찾아 신고하는 포상금 사냥꾼까지 생겨났다. 여유 있는 사람들은 더위 대신 벌금을 택했다. 더위를 도저히 견딜 수 없으면 여러 가구가 한집에 모여 에어컨을 사용하고 벌금을 나눠 내기도 했다. 사실은 정부도 어떻게 해야 할지 모르는 게 분명하다고, 아들은 침을 튀겼다.

주효신이 집을 둘러보는 동안 윤한과 윤진이 뒤를 졸졸 따라왔다. 아들의 베란다에는 처음 보는 열대식물들이 자라고 있었다. 이지선은 약간 긴장한 표정이었다.

"벽지를 좀 바꾸는 건 어떠니?"

주효신이 불쑥 말을 건네자 이지선이 눈을 동그랗게 떴다.

"갑자기 벽지를요?"

"그래, 탁 트인 색감이면 좋겠다."

태양광과 연결된 디지털 벽지로 바꾸는 것이 추세였지만 이지선에게는 보수적인 구석이 있었다. 매번 카멜레온처럼 색을 바꾸는 벽은 아무래도 집다운 집 같지 않다는 거였다. 집은 최대한 안정적인 공간이어야 하고, 그러려면 모든 것이 통제 가능한 범위에 있어야 한다는 말에는 주효신도 동의했다. 그러나 디지털이라는 단어는 그녀에게 너무 열려 있는 듯한 기분이 들게 만들었다. 집과 한 덩어리가 되고 싶지는 않았다. 무엇이든, 너무 살아 있는 것처럼 반응하지는 않는 게 좋았다. 어쨌든 그래야 전기도 덜 먹었다. 지구가 끓어오르는데도 사람들은 자꾸만 뭔가를 만들고 팔았다.

"멀쩡한 벽지를요, 어머니."

"글쎄, 낡은 건 좀 새로 해야지."

흘끗 이지선의 안색을 살핀 남편이 주효신을 안쪽 방으로 데리고 갔다.

그후로도 주효신은 종종 벽지를 골똘히 들여다보거나 손으로 쓸어보곤 했지만 이지선은 모르는 척했다. 그래도 둘은 그럭저럭 좋은 관계를 유지했다. 이지선은 원래부터 시어머니를 좋아했다. 품위가 있고 약간 무심한 편이어서, 비슷한 시기에 결혼한 친구들이 불평을 할 때면 할말이 없어 난처하다고 너스레를 떨기도 했다. 젊어진 시어머니를 볼 때면 어딘가 장난스러운 마음과 가벼운 긴장감이 동시에 들었다. 할머니네 집에 가기 싫다고 징징거리던 아이들은 할머니 몸이 시원하다며 곁에 붙어 있었고, 사소한 일에도 하루종일 할머니를 찾았다. 저녁 시간이 되면 주효신과 이지선은 나란히 앉아 드라마를 봤다. 공세미가 주연으로 나오는 드라마였다. 아름다운 얼굴의 공세미가 실제로는 서른 살가량 어린 남자 배우와 연인이 되는 내용이었다. 아직 수술을 받지 않은 남자 배우가 더 나이를 먹은 것처럼 보였다. 주효신은 공세미를 두고 푼수 같다고 평가했다.

일주일에 두어 번 이지선은 주효신의 등을 닦아주었다. 교체한 피부는 샤워를 하지 않아도 노폐물이나 땀에 오염되지 않아 물 절약에도 큰 효과가 있었다. 그저 젖은 수건으로 가끔 닦아주기만 하면 되었다. 이지선은 자신보다 체구가 작은 주효신의 새하얀 어깨와 목, 그 아래 척추뼈가 불거진 매끄러운 피부를 닦아낼 때마다 묘한 마음이 들었다. 수술을 받기 전에도 피부가 원래 이렇게 희었었나? 잘 기억이 나지 않았다. 이지선의 어머니는 몇 년 전 여름, 피부암에서 비롯된 합병증으로 죽었다. 기후로 야기된 병이었고 그땐 시술이 활성화되기도 훨씬 전이었다. 어쩌면 이 불편한 마음은 자신의 어머니가 가지지 못한 기회 때문인지도 몰랐다. 남편은 저녁마다 투자처를 홍보하는 다양한 안내책자를 가지고 들어왔다. 몸의 한계로 장시간 노동이 불가능해지자 남편은 그런 방법으로라도 돌파구를 찾아보려 했다. 아이들이 초등학교에 입학한 뒤로는 더더욱 한탕에 매달리기 시작했다.

"가사 로봇은 어때?"

"무슨 가사 로봇이야."

"늘 집안일 버겁다고 했잖아. 우리는 덜 움직여야 그나마 살아. 이제 개발 막바지야. 몇 년 뒤면 길에서도 그냥 볼 수 있을 거라고. 들어가려면 지금 들어가야 돼."

이지선은 혀를 차며 고개를 저었다.

"그런 데 쓸 돈으로 차라리 에어컨을 켜. 어차피 우린 곧 수술받잖아."

남편은 못마땅한 표정으로 혼잣말을 웅얼거렸다. 가만히 듣고 있던 주효신은 이지선의 손을 잡으며 네가 야무져서 참 다행이라고 말했다. 땀이 고이지 않은 손의 감촉이 아주 낯설어서 이지선은 슬그머니 손을 떼어내 바지에 문질렀다.

주효신은 꼭 하얗고 모양 좋은 열매 같았다. 종종 식물들 사이에서 햇빛을 받고 서 있는 모습이 눈에 띄었다. 그녀는 기분 좋은 듯 눈을 감고 햇빛을 만끽했다. 비시술자가 오랜 시간 일광욕을 즐기면 무른 바나나처럼 반점이 생기는데 인공 피부엔 그럴 위험이 없었다. 땀 한 방울 맺히지 않고 암에 걸릴 위험도 없는 피부. 선인장을 이식해서 저러는 거겠지. 이지선은 비꼬듯 생각하는 자신에게 깜짝 놀랐다.

어느 날 이지선이 퇴근하고 들어오니 주효신이 골똘히 거울을 들여다보고 있었다. 얼굴을 문지르는 손길이 검사하듯 벽지를 쓸어보던 때와 비슷해 보였다.

"이제 어머니가 저보다 젊어 보이세요."

주효신이 당황한 얼굴로 고개를 들었다. 이지선은 시어머니를 처음 봤을 때도 한눈에 돋보이는 미모는 아니지만 맵시가 곱다고 생각했었다. 이제 주사를 맞고 피부가 그럭저럭 자리를 잡기 시작하자 한창때의 생기가 더해졌다. 자신이 사랑에 빠졌던 남자가 어디에서 비롯된 것인지를 분명하게 알 수 있는 얼굴이었다. 이지선이 알기로 피부의 탄력과 강도는 시술자의 선택에 따라 정해졌다. 바깥에서 피부가 눌러주는 대로 아래에 있던 살이 천천히 삭아 융화되는 원리였다. 그렇게 바깥에서 안으로, 바이오플라스틱과 배양세포가 살과 조금씩 섞여드는 거라고 했다. 반죽처럼. 윤곽이 다듬어지는 효과가 있는데다 설정대로 체형이 유지되도록 도와주기 때문에 어떤 사람들은 시술을 단순한 미용으로 생각하기도 했다. 미성년자의 시술이 법적으로 금지된 이유였다. 사람들은 교체된 피부는 냄새를 풍기지 않고 각질이나 굳은살도 전혀 만들어지지 않는다고 말했다. 느리고 점진적으로 세포가 재구성되는 이 시술이 수명에 긍정적인 영향을 미친다는 임상 결과도 있었다. 이지선은 배양되고 있을 자신의 피부를 떠올렸다. 거기엔 윤한과 윤진, 그리고 시술 시행이 시작될 무렵 무지개다리를 건넌 초코의 세포도 섞여 있었다. 시어머니의 설정값을 물어도 괜찮을까. 주효신에게 과일 접시를 건네며 이지선은 완연하게 나이의 흔적이 보이는 자신의 손을 물끄러미 쳐다보았다.

"언제 왔니?"

"방금요."

"애들 간식이라도 좀 사두려고 했는데 시간이 벌써 이렇게 됐구나. 신기해서 자꾸 보게 되지 뭐니."

주효신은 무안함을 애써 감추려 했지만 젊어진 탓인지 표정이 훨씬 생생하게 느껴졌다. 식료품은 순식간에 상해버려서 한 번에 많이 사둘 수가 없었다. 배달 수수료는 식료품값과 맞먹게 비쌌고 바깥을 마음껏 돌아다닐 수 있는 사람은 시술을 받은 주효신뿐이어서, 식재료를 챙기는 일은 전적으로 주효신이 맡고 있었다.

"오늘은 같이 가겠니?"

이지선은 고개를 끄덕였다. 이지선의 차를 타고 근처 마트로 향한 두 사람은 거기서 이지선의 직장 동료를 마주쳤다. 동네가 같아 가끔 시간이 맞으면 함께 차를 타고 이동하기도 했고 오늘처럼 우연히 만나는 일도 많았다. 아직 미혼이어서 혼자 장을 보고 요리를 한다고, 그는 푸념하곤 했다. 인사를 하는 동안 그의 눈이 계속 주효신에게로 향했다.

"여긴 동생 분이세요?"

그가 묻자 주효신의 얼굴에 희미한 장난기가 스쳤다. 깜짝 놀란 이지선이 손사래를 쳤다.

"아뇨, 저희 어머님이세요."

"아. 수술받으신 거구나. 완전 미인이세요, 어머니."

"저희 어머니가 그렇죠?"

이지선은 시어머니를 보호하듯 몸을 붙이고 팔짱을 꼈다.

"요샌 사람들 나이 알아보기가 참 쉽지 않다니까요."

"그러니까요. 무심코 실수할까봐 얼마나 걱정이 되는지. 제가 실수한 건 없겠죠?"

주효신은 동료의 팔뚝을 살짝 때리며 웃었다. 그는 두 사람이 카트에 실린 짐을 차로 옮기는 것을 굳이 도와주었다.

이지선은 주효신의 옷차림이 조금씩 달라지는 것을 눈여겨보았다. 언제부턴가 주효신은 거리에서 보는 요즘 애들의 옷을 입고 있었다. 교회를 나가는 날에 짧은 치마를 입기도 했다. 어딘가 부적절하다고 생각했으나 그 생각이 더 부적절한 것 같았다. 외출도 점점 더 잦아졌다. 교회 사람 몇몇이 사촌동생분이 미인이라고 인사를 건넸다. 어느 날 퇴근길에 이지선은 주효신이 나이를 짐작할 수 없는 청년과 산책하는 모습을 보았다. 두 사람은 햇빛 아래를 거리낌없이 걸으며 입을 활짝 벌리고 웃음을 터뜨리고 있었다. 한창때의 주효신은 이지선보다 아름다웠다. 이지선은 신경이 점점 더 곤두서는 것을 느꼈다. 그 여름, 한 남자가 헤어진 전 여자친구의 세포를 몰래 훔쳐 배양한 다음 피부를 교체한 사건이 언론에 떠들썩하게 오르내렸다. 비슷한 사건이 일곱 건 발생하고 나서야 피부 교체에 대한 윤리적인 기준을 만들어야 한다는 이야기가 나오기 시작했다.

이지선이 평소대로 남편의 재킷을 골라준 어느 아침이었다.

"그건 너무 칙칙하지 않니?"

재킷을 걸친 남편이 거실로 나오자 햇볕을 쬐고 있던 주효신이 한마디했다. 힐끔 이지선을 쳐다본 남편은 안방으로 들어가 재킷을 갈아입고 나왔다. 매일 노모에게 짜증만 내던 남편이 어느새 고분고분 굴고 있었다. 집을 나서기 전 남편은 이지선의 귓가에 대고, 마치 달래듯 중얼거렸다.

"엄마는 뭘 몰라."

어느 저녁 주효신은 자신의 집으로 돌아가겠다고 말했다. 이지선의 얼굴에 스치는 안도의 기색을 주효신은 놓치지 않았다. 입고 싶은 옷도 많고 하고 싶은 것도 많았는데 저애는 너무 고리타분했다. 그러니까 예전의 자신처럼. 변하는 것에 왜 그렇게 겁을 먹었을까. 좀더 즐겨도 좋았을 텐데. 그러나 이지선에게 고상하지 않은 사람으로 비치는 것이 주효신은 싫었다. 가지 말라고 칭얼거리는 아이들을 두고 집으로 돌아온 주효신은 가장 먼저 벽지를 바꾸었다. 디지털은 아니고, 연한 초록색 바탕에 붉은 튤립 무늬가 그려진 종이 벽지로. 사주에 불이 없어 붉은색을 곁에 두면 발복하고 온몸에 기력이 돈다고 했는데, 오래전 남편은 무늬가 있는 벽지는 정신이 사나워서 싫다고 했다. 멀쩡하던 뇌혈관이 갑자기 터진 것도 어쩌면 복이 부족했기 때문일지 몰랐다. 그녀는 눈을 감고 벽지의 오돌토돌한 면을 부드럽게 쓰다듬었다. 삼십 년을 넘게 살아온 집이지만 처음으로 집과 제대로 인사하는 것 같은 기분이 들었다. 이 집의 몸. 이 집의 부피. 차갑고 단단한 표피.

"안녕."

주효신은 속삭였다.

이제야말로 다시 태어난 듯했다. 비슷한 기분을 느낀 적이 사실 오래전에 한번 더 있었다. 심장이 썩 좋은 상태가 아니라고 말하며 의사가 인공 심장을 권유했던 것이다. 언제 터질지 알 수 없는 상태예요. 적어도 우리가 예측할 수 있는 범위로 만들어보자는 거죠. 의사는 그렇게 말했다. 지금은 상당히 안정화된 기술이며, 세포는 예측 불가능하므로 오히려 인공 장기로 갈아끼우지 않는 것이 손해라고도 했다. 그녀는 의사가 겁먹지 말라는 듯 건네준 바이오플라스틱 심장을 눌러보았다. 반투명했고 말랑거렸다. 딱딱하지 않은 것이 어쩐지 비인간적인 느낌을 주었다.

"어쨌든 수술을 받는 게 나아, 엄마. 더 악화된 다음에 치료하는 것보다 훨씬 더 이득이기도 하고."

아들은 약간 피곤한 기색이었다. 다니던 공장이 멈추고 둘째를 임신한 뒤로 아들은 부쩍 신경질적으로 변했다.

"그리고 불안하게 자꾸 신경쓰는 것보다는 낫잖아요."

어렸을 때부터 예상 밖의 상황이 생기면 지나칠 정도로 스트레스를 받는 애였다. 자신의 갑작스러운 병치레 역시 아들의 계획에는 없었을 것이다. 그녀는 늙어가고 있었으니 하나둘 아픈 곳이 생기는 게 당연했지만 어쨌든 아들의 계획 속에서 그때는 아니었을 것이다. 그녀는 배신감이 어디서 오는 건지 알지 못했다. 고장난 심장 때문인지도 몰랐다. 불합리한 감정으로 아들을 대하고 싶지 않았으므로 그녀는 서둘러 수술을 받기로 했다. 수술대에 눕고 나서야 다른 부분도 아닌 심장이 플라스틱으로 교체되면 그것을 인간이라고 부를 수 있는 건지 의구심이 들었다. 피가 다른 곳으로 빠져나갔다 돌아오는 것이다. 눈을 뜨면 그때는 이미 전혀 다른 존재가 되어 있을 것만 같았다. 계속해서 뛰는 그것을 펌프가 아니라 심장이라고 불러도 되는 걸까. 질문을 끝맺지도 못하고 그녀는 잠들었다. 어쩌면 그녀는 그때 죽었고 이제야 다시 태어나게 됐는지도 몰랐다. 바깥에서부터 자기 자신을 다시 입혀줌으로써.

그리하여 진정한 삶이 시작되었다. 그녀는 트렌드에 자신이 없었으므로 공세미의 영상을 참고해 옷을 골라 입고 거리로 나섰다. 머리도 핑크색으로 보라색으로 염색을 해보았다. 모든 것이 뚝뚝 녹아 흐르는 날씨에 산책을 하는 사람은 대개가 시술자였다. 햇빛이 이토록 호의적으로 느껴지는 이유는 선인장 세포의 영향일까. 피부를 부드럽게 데우고 살을 말랑하게 만드는 이 감각. 볕을 온전히 누리면서도 더위라고는 전혀 타지 않는 상태. 그렇게 걷고 있자면 지구의 주인이 된 것 같았다. 서로의 그런 기분을 존중하듯, 시술자들은 간격을 지키며 걸었다. 물론, 시술자들만 그런 것은 아니었다. 언젠가부터 사람들은 접촉을 피했다. 난데없는 적개심이 끝없이 솟아나는 그 끈적한 상태에 자발적으로 돌입할 이유가 조금도 없었다. 이제 괜찮아졌으니 다시 누군가를 끌어안고 싶다고 생각할 무렵, 그를 만났다.

"오늘도 산책 나오셨어요?"

교회에서 그가 먼저 말을 걸었다. 처음에는 데면데면 인사를 했지만 산책 동선이 겹쳐 자주 만나게 되었다. 긴가민가했는데 이빨을 보니 이쪽인 것 같았어요. 이가 아니라 이빨. 그날 집에 돌아와 주효신은 입을 벌리고 아말감으로 때워진 이를 가만히 들여다보았다. 김혜명은 재산은 많지만 자식 없이 혼자 살고 있었다. 벌금을 얼마든지 물 수 있으니 에어컨이 필요하면 자신의 집에 놀러오라고도 말했다. 그는 한때 공장을 운영했다. 세계를 바꾸는 것이 인간을 바꾸는 것보다 훨씬 빠르고 쉽다고 믿었던 때. 문을 닫기 직전까지 그의 공장은 쉼 없이 물건들을 찍어냈다. 그가 만든 플라스틱 생필품들은 짧은 수명을 다하면 고스란히 쓰레기장으로 갔다. 노동 가능 시간이 조금씩 줄어드는 동안 어떤 사람들은 더 부자가 되었다. 에어컨은 필요 없었지만 주효신은 종종 김혜명의 집에 놀러갔고 둘은 아무런 부담 없이 서로의 손을 잡았다. 온기가 잘 느껴지지 않았지만, 굳이.

몇 달 뒤 아들에게서 전화가 걸려왔다. 피부 교체 시술을 받아야 하니 며칠만 아이들을 돌봐달라는 부탁이었다. 주효신은 한동안 부부가 없는 집에 머물렀다. 엄마의 감시가 사라지자 아이들은 하루종일 태블릿 피시만 쥐고 있었다. 그러다 더워지면 주효신의 무릎에 앉기도 하고 냄새가 좋다며 옷에 뺨을 부비기도 했다. 그녀는 이제 자신이 향주머니가 된 것 같다고 생각하다가 문득 스스로의 심술궂음에 놀랐다. 주효신의 무릎을 베고 누운 아이들이 자기들은 언제 피부 교체를 할 수 있는 거냐고 칭얼거렸다. 피부가 접히는 부위를 하도 긁어서 팔과 무릎 오금이 짓무르고 곪아 있었다. 시술이 불가능한 미성년자들은 밖으로는 거의 나오지 않았다. 다행히 학교에서는 에어컨이 합법이었다. 근처의 아파트 외벽이 녹아내리는 바람에

창문이 떨어져서 사고가 났다는 뉴스가 한창이었다. 주효신은 김혜명의 집으로 아이들을 데리고 갔다. 김혜명은 에어컨을 아낌없이 틀어주었다. 그 집의 기계형 안드로이드가 간식거리를 가지고 왔다.

몸이 편해지니 아이들은 더 신나게 패드에만 열중했다. 꼭 그쪽으로 온몸이 열려 있는 것 같았다. 김혜명의 손이 슬그머니 주효신의 손등을 덮었다. 그때 초인종이 울렸다. 이지선이었다. 아이들 휴대폰으로 위치를 확인했다고 했다. 이 더운 날 집에 계시지 않구요. 그 말에 섞인 힐난을 주효신은 알아챘다. 며느리는 수술 전과 크게 달라 보이지는 않았지만, 윤곽이 달라진 건 확연했다. 저 애가 미인은 아니었지. 괜찮은 아이이긴 했지만. 주효신은 속으로 생각했다. 현관문을 열자마자 이지선이 날을 세웠다.

"여기서 뭘 하시는 거예요, 어머니?"

"엄마!"

아이들이 이지선에게 달려들었다. 민소매 원피스 차림의 주효신을 훑은 이지선은 뭔가를 말하려 했지만 김혜명이 가까이 다가오자 입을 다물어버렸다. 그러고는 거칠게 아이들의 손을 잡아끌었다.

"이제 집에 가자."

"엄마, 아저씨가 에어컨 틀어줬어. 엄청 시원했어."

"할아버지라고 해야지. 자, 인사드려."

아이들이 우물쭈물 인사를 하고 나간 뒤 다그치는 목소리가 들려왔다. 주효신은 김혜명과 어색하게 헤어졌다.

얼마 뒤, 아들이 오랜만에 외식을 하자고 했다. 아들은 아이들을 돌봐줘서 고맙다고, 수술을 받은 뒤 삶이 완전히 달라졌다고, 이제 어디서든 어떤 일이든 할 수 있을 것 같다고 씩씩하게 말했다. 젊은층이 수술을 받기 시작하면서 노동시장이 다시 활성화되었으며 경제를 비롯해 기후의 영향을 집중적으로 받은 많은 영역이 정상화될 전망이라는 뉴스를 본 게 며칠 전이었다. 아들은 가장 사랑스러웠을 때의 모습을 하고 있었다. 며느리는 그 옆에 붙어 상냥하게 웃고 있었지만 팔다리를 전부 가린 옷을 입은 채였다. 더위를 안 타니 입을 수 있는 옷이지만 어딘가 금욕적으로 보였다.

"수술도 받았는데 더 예쁜 옷도 입어보지 그러니?"

"이 나이에 그런 거 입으면 주책이에요, 어머니."

이지선이 미소 지었다. 곧이어 음식들이 나왔다. 아들의 말대로 밑반찬이 화려하고 가짓수가 많았다. 아주 비쌀 텐데. 속으로만 생각하며 주효신은 특제 소스로 버무린 마카로니 샐러드를 젓가락으로 조금씩 떠먹었다. 메추리알도, 새우튀김도, 초밥도 조금씩 먹었다.

"불편하신 데는 없으세요?"

아들이 불쑥 물었다. 주효신은 요즘 들어 이유를 알 수 없는 악몽을 꾸었다. 벌레가 몸을 갉아먹는 꿈이었는데, 점점 가까워지면서 얼굴이 조금씩 아들로 변하며 또렷해지는 꿈이었다. 때로는 뼈만 남은 그녀의 몸 한가운데 인공심장이 뛰고 있었다. 또는 인공 피부 안쪽에 차 있던 살이 아래로 흘러내려 상반신은 쭈글거리고 다리만 퉁퉁하게 부어올랐다. 주효신은 그게 땀을 내지 못해 밖으로 배출되지 못하고 있던 노넨알데하이드라는 것을 알아챘다. 안쪽에 고이고 있어. 그 꿈을 꾸고 나면 몸안에서 무언가 자꾸만 흘러내리는 느낌이 들었다. 그럴 리가. 이렇게나 꽉 차 있는데. 그렇게 새벽에 눈을 떠 전화를 걸면 김혜명은 비슷한 시간에 깨어 있었다. 노넨알데하이드는 벽지처럼 그녀의 윤곽을 둘러싸고 있는 것 같기도 했고, 금방이라도 끓어넘칠 듯 안쪽에 꽉 차오른 것 같기도 했다. 주효신은 아들이 안부를 물어올 때마다 그런 말은 하지 않고 고개만 끄덕였다. 아들은 땀이 배지 않는데도 습관적으로 이마를 닦았다. 여름마다 아들의 겨드랑이에서는 묵은 치즈 냄새 같은 게 났는데, 오늘은 전혀 그렇지 않았다. 종업원이 들어와 커다란 게 세 마리가 담긴 접시를 내려놓았다. 새빨갛게 삶은 게는 몸통과 다리가 분리되어 있었고 한편에 가위와 꼬챙이들이 놓여 있었다. 모락모락 피어오르는 김에서 짠내가 훅 끼쳤다.

"이 게, 살이 실하네요."

이지선이 뚱하게 말하고는 다리를 집어 갔다. 거침없이 비틀고 꼬챙이로 찌르며 집요하게 살을 파먹는 며느리를 주효신은 물끄러미 바라보았다. 이지선은 살을 발라낸 껍데기를 입에 물고 쪽쪽 빨았다. 팔뚝을 타고 끈적하게 물이 흘러내렸다. 문득 뱃속이 허해지고 깊은 곳이 파헤쳐지는 것 같은 감각을 느꼈다. 이지선의 손톱에 낀 껍데깃조각을 그녀는 멍하니 바라보았다. 저애가 게를 저토록 좋아했다니. 아이들은 엄마를 따라 젓가락으로 게 다리를 쑤셨다. 식탁 위로 잘게 부서진 빈 껍데기들이 수북이 쌓였다.

"왜 안 드시구요, 어머니."

"입맛이 없다."

이지선은 가만히 주효신을 바라보다 다시 게살을 파냈다. 그게 며느리가 자신에게 건네는 무언의 말일지도 모르겠다고 생각하는 찰나 아들이 끼어들었다.

"쓰키다시 너무 많이 드셔서 그래요."

그러면서 아들은 주효신의 숟가락에 게살을 잔뜩 올려주었다.

"아무래도 소화력 같은 게 차이가 나죠, 어머니 나이에는."

뭐라고 말을 할 겨를도 없이 종업원이 매운탕을 내왔다. 무릎을 꿇은 종업원은 국자와 앞접시를 차례차례 상에 올렸다. 쑥갓과 무와 팽이버섯이 가지런히 올라간 매운탕은 색이 몹시 화려했다. 고춧가루를 듬뿍 뿌린 국물을 보니 주효신은 목이

칼칼해졌다.

그리고 주효신이 죽었다. 인공 심장은 마지막까지 최선을 다했다고, 의사는 말했다. 심장이 살짝 녹아 살과 엉겨 있었다는 진단에 아들은 피부 시술과 관련 있는 것이 아닌지 따져 물었지만 명확한 관계를 밝힐 수 없었고 오래전 서명한 피부 시술 서류에는 관련된 일에 책임을 묻지 않는다는 조항이 적혀 있었다. 약정대로 주효신의 인공 피부는 병원측이 수거해갔다. 피부를 벗겨낸 뒤 가족에게 보일 수 있게 특수 처리를 거쳤다는 몸은 이전의 모습으로 복원되어 돌아왔다. 순식간에 늙어버린 것 같았다. 노화 촉진 시술이라도 받은 것처럼. 제 나이에 맞는 얼굴로 누워 있는 주효신을 보자 이지선은 마음이 편안해졌다. 왜 저 점잖은 분에게 그렇게 못된 마음을 품었던 걸까. 아이들은 펑펑 울면서 영정 사진을 진짜 할머니 사진으로 바꿔야 한다고 우겼다.

"저게 진짜 할머니야."

이지선은 단호하게 말했다. 아이들은 자신들의 배양세포에 할머니의 세포를 넣어달라고 떼를 썼다. 이지선은 주효신의 피부에 섞여들어간 이름도 우스꽝스러운 선인장을 떠올렸다. 남편이 살이 섞여야 진짜 가족인 거라고 하도 진지하게 설득해, 이지선은 뒤늦게 자신의 배양 피부에 주효신의 세포를 섞은 바 있었다. 남편은 그게 완성이라고 믿었다.

"너넨 할머니를 그렇게 좋아하지도 않았잖아."

"아니야, 우리 할머니란 말이야!"

아이들이 악에 찬 표정으로 소리쳤다. 장례지도사가 그 광경을 지켜보고 있었다. 이지선은 시선을 의식하며 고인의 배양 세포 이용에 관한 서류를 요청했다. 오후엔 김혜명이 찾아왔다. 그는 점잖은 목소리로 주효신의 세포를 나누어달라고 했다. 나중에 자신이 키우는 강아지에게라도 이식해주고 싶다는 말을 덧붙이기도 했다. 우리는 좋은 우정을 나눴어요. 매끄럽고 번듯한 김혜명을 위아래로 훑어본 남편이 절대 안 된다고 대답했지만 이지선이 잽싸게 끼어들어 남편의 어깨를 쥐었다.

"어머니는 이분을 좋아하셨어. 알게 되면 기뻐하실 거야."

눈물 자국이 짙은 몰티즈가 김혜명의 품속에서 할딱거렸다. 남편의 시선이 느껴졌지만 이지선은 상냥하게 미소 지었다. 곧 장례지도사가 와서 절차를 도우러 김혜명을 데리고 갔다. 그녀는 아직 익숙지 않은 남편의 어깨를 한번 더 지그시 쥐었다. 이번엔 위로의 의미였다. 시술을 받은 후 그는 놀라울 정도로 날씬해졌다. 처음 만났을 때부터 좀 통통한 편이었는데, 어린 시절엔 비만으로 따돌림을 당한 적도 있다고 했다. 시술이 끝난 뒤 그 몸을 처음 봤을 때 그녀는 오랜만에 속에서 불이 붙는 듯한 감각을 느꼈다. 퇴원하자마자 둘은 서로를 끌어안고 침대로 향했다. 이지선은 남편의 등을 거칠게 쓰다듬었다. 그녀가 좋아하는 흉터가 거기 있었다. 연애 시절 야외 수영장에서 미끄러진 그녀를 잡아주다 튀어나온 타일에 등을 찧어 생긴 그 흉터. 등을 더듬던 그녀는 그의 피부가 걸리는 곳 하나 없이 매끄럽다는 사실을 알아차렸다. 그녀가 어리둥절하여 등을 만지작거리는 동안 남편은 재빨리 일을 끝냈다.

장례식이 진행되는 내내 아이들은 덥다고 칭얼거렸다. 김혜명을 보고 나서는 아저씨네 집에 놀러가면 안 되는 거냐고 울먹이기도 했다. 뉴스에서는 사람이 녹아버려도 이상할 게 없을 것 같은 날씨라고 했다. 하지만 이제 몸으로는 계절이 거의 느껴지지 않았다. 아이들이 별것도 아닌 상황에 너무 호들갑을 떠는 건 아닐까. 아이들을 너무 나약하게 키워온 건지도 몰라. 이런 수술이 없었던 여름에도 예전엔 잘 견뎌냈는데. 그녀는 패드를 켜고 아이들에게 밀린 숙제를 하도록 했다. 다 괜찮을 것이다. 지구는 앞으로 꾸준히 더 더워지겠지만 아무것도 포기하지 않아도 되는 세계를 그들이 만들어냈으니까. 아스팔트가 녹아내리면 녹아내리지 않는 도로를 발명하면 되는 거니까. 인간은 무엇이든 이겨내고, 어디서든 적응할 수 있을 것이다. 더위가 느껴지지 않으니 신경질도 줄어드는 것 같았다. 주효신에게 그런 마음이 들었던 건 어쩌면 지나친 더위 때문이었을지도 몰라. 주효신이 마음껏 삶을 누리는 것을 자신은 왜 그토록 못마땅해했던 것일까.

 집으로 돌아온 그녀는 김혜명의 강아지에게 섣불리 주효신의 세포를 허락한 것을 후회했다. 며칠에 걸쳐 남아 있는 주효신의 물건을 정리한 뒤 그녀는 커튼을 열고 햇빛을 쬐었다. 햇빛을 피하지 않고 받아들이고 있다니. 따스했고 안쪽에서 뭔가가 자라는 느낌이 들었다. 피부가 잘 녹아들고 있다는 증거겠지. 자신이 꼭 선인장 같다고 생각하는 찰나 주효신의 세포에 섞여 있던 선인장이 떠올랐다. 그 순간 전화가 걸려왔다. 처음 보는 번호였다.

 "이지선님 댁 맞으시죠?"

 바이오플라스틱 피부를 개발한 연구소와 연계된 안드로이드 센터에서 걸려온 전화였다. 남편이 오래전 거기 주식을 사두어야 한다고 끈질기게 그녀를 설득한 적이 있어 기억이 났다.

 "무슨 일이시죠?"

 안내원은 양도자의 피부를 사용해 만든 안드로이드가 곧 출시 예정임을 알렸다. 그는 계약서의 조항을 읊으며 양도자의 피부가 섞여 있으므로 가족이 가장 먼저 양도 대상이 된다고 설명했다. 가족 양도의 경우 원래 가격에서 삼십 퍼센트를 할인해준다는 말이 이어졌다. 고성능 기계인 만큼, 가족 같은 마음으로 안드로이드를 사용해주기를 바라는 본사의 마음이라고 덧붙였다. 이지선이 거절하려는 순간 남편이 집으로 들어왔다. 남편은 아들된 도리라면 당장 그것을 데려와야 한다고 답했다.

다음날, 집 앞으로 효신씨가 배달되었다.

그러니까, 그걸 가장 먼저 효신씨라고 부른 건 이지선이었다. 집 앞으로 배달된 안드로이드는 앳된 주효신의 모습을 하고 있었다. 그 가죽. 먼저 이름을 붙여야 하는데 아무래도 어머니라고 부를 수는 없고 그렇다고 아무렇게나 막 지을 수도 없으니까 방법은 그것뿐이었다. 저렇게나 똑같이 생겼으니까. 어머니의 피부를 흡수해서 만든 거고 반쯤은 어머니와 다름이 없으니. 못마땅함과 난감함을 동시에 담은 표현이었다. 아직 버리지 않은 주효신의 옷을 입도록 했지만, 왠지 효신씨를 똑바로 쳐다볼 수가 없었고 그게 자존심이 상했다.

"할머니!"

이지선은 효신씨의 뒤를 졸졸 따라가는 윤진의 팔뚝을 붙들었다.

"기계잖아. 안드로이드야."

"할머닌데?"

"벗기면 기계가 나온다구. 해봐야 알겠어?"

단호한 다그침에 윤진이 울음을 터뜨렸다. 하지만 아이들은 이내 호칭만 효신씨로 바꾸어 다시 안드로이드에게 따라붙었다. 가정용 안드로이드로서만 판단하자면 효신씨는 아주 훌륭했다. 정확한 솜씨와 숙련된 일 처리는 딱 시어머니를 연상시켰다. 맞벌이인 처지에 큰 도움이 되기는 했지만 아무리 생각해도 이 좁은 집에 안드로이드까지 필요하지는 않았다. 고성능이라는 안드로이드는 책정가도 비싸 약간의 빚을 져야만 했다. 앞으로도 같은 선택을 한다면 저애들은 자신과 남편까지, 총 세 대의 안드로이드를 가지게 될 것이다. 그리고 그 애들의 손자는…… 그리고 그것들은 다시…… 나중엔 이 집에 인간보다 안드로이드의 수가 더 많아지는 게 아닐까. 그리고 그보다 더 많은 빚. 걱정은 그녀만 하는 듯했다. 처음에는 효신씨를 부르기 난감해하던 남편은 곧잘 효신씨를 불러 일을 시켰다.

"효신씨, 나 저녁밥."

"네, 원하는 메뉴가 있으신가요?"

"아무거나 줘."

그렇게 평온한 얼굴로 갔으면서, 다시 돌아와 아들의 저녁밥이나 짓고 있다니. 불필요하게 감상적이라는 걸 알았지만 이지선은 남편이 어떻게 그렇게 거리낌없이 일을 시킬 수 있는 건지 궁금해졌다. 언젠가 윤한도 저렇게 굴까. 효신씨가 달그락거리며 일을 하고 있노라면 죄책감을 돈 주고 샀다는 생각에 분노가 치밀었다. 아는지 모르는지 효신씨는 일을 빠르게 마치고 종종 햇빛을 쬐었다. 주효신이 서 있던 바로 그 자리에서. 식물들 사이에 고요히 자리잡고 선 효신씨를 보면 주효신이 자연스레 겹쳐 보였다. 그녀의 일부가 자신에게도 있었다. 오래전 무지개다리를 건넌 초코와 함께. 조금씩 몸안으로 들어오면서 조금씩 풀어지면서. 문득 피부가 갑갑하게 느껴졌다. 수술 직후 의사는 그런 감각이 생길 수 있다고 미리 얘기해주었다. 그건 다 인지적인 문제라고 했다. 시술한 피부가 진짜가 아니라고 생각하기 때문에 자꾸 안과 밖을 구분하게 된다는 말이었다. 지금쯤이면 어디까지 스며든 걸까. 어디까지가 온전히 그녀인 걸까. 말랑한 외피로는 안에서 작용하고 있을 것들이 조금도 가늠되지 않았다. 마음이 불편해질수록 효신씨에게 함부로 하게 되었다. 이지선은 남편과 의논해 상황을 바로잡아야겠다고 생각했다.

"저거 양도하면 안 돼?"

"엄마를 어디에 양도해?"

"저게 무슨 어머니야. 안드로이드지."

"조금은 엄마지."

"우리 형편에 꼭 필요하지도 않잖아. 걔네가 머리가 아주 좋았던 거야. 한 번에 팔아치우는 방법을 알았던 거라구."

인터넷에는 이미 비슷한 이유로 안드로이드에 대한 불만이 조금씩 터져나오고 있었다.

"막말로 너네 엄마였으면 그런 말 했겠어?"

남편은 도리어 화를 냈다. 집에 있으면 불필요한 긴장감이 쌓여 이지선은 자꾸 밖으로 나갔다. 더위가 느껴지지 않으니 그것만은 좋았다. 지구에게 환대받는 이 감각을 얼른 아이들도 느끼게 될 수 있다면 좋을 텐데. 하지만 집으로 돌아갈 때면 이미 닫힌 문 사이를 억지로 비집고 들어가는 눈치 없는 불청객이 된 기분도 들었다. 집에 버티고 있는 그 안드로이드 때문이겠지. 건물 유리가 서로 빛을 반사하는 탓에 눈이 부셨다. 길거리는 어느새 활력이 넘쳤다. 젊고 아름다운 사람들이 많아졌다. 모두 자신과 비슷한 나이대일까. 정말 모두 인간일까. 그러니까, 플라스틱이 함유된 인간일까. 아니면 인간이 함유된 안드로이드일까. 중요한 건 저들 누구도 더위를 느끼지 않는다는 사실이었다. 그때 뱀 피부를 가진, 짙은 갈색 피부에 더 짙은 반점 무늬가 새겨진 남자와 눈이 마주쳤다.

"뭘 봐요, 아줌마."

어떤 이들은 피부 교체를 받을 때 개성을 드러내기 위해 단순히 세포배양을 넘어 여러 특징들을 피부에 새긴다고 들었다. 평생이라는 말을 그들은 두려워하지 않았다. 이지선은 윤한과 윤진이 저런 것이 되어버릴까 두려웠다. 저런 것. 그녀는 자신의 생각에 깜짝 놀랐다. 그녀의 갈비뼈에는 오래전 박은 철심이 들어 있었다. 강원도로 가족 여행을 갔다가 눈길에 바퀴가 헛돌아 난 사고 때문이었다. 그녀 또한 저런 것에 가까울지 몰랐다. 그저 잘 숨기고 있었을 뿐. 하지만 지금 그녀와 끈적하게 엉기고 있는 것. 햇빛 아래 녹아버린 사탕처럼 달라붙고 있는 것. 초코. 오래전 초코가 죽었을 때 윤진은 그녀의 품에 안겨 다음엔 죽지 않는 것을 사달라고 엉엉 울었다. 그녀는 자신 안으로 스며들고 있을 윤한과 윤진의 세포를 떠올렸다. 하지만 아들과 딸은 이미 그녀로부터 비롯된 것인데.

"효신씨. 신발장이 너무 지저분하잖아."

효신씨에게 괜히 반말로 트집을 잡자 남편은 흡족하게 바라보며 놀리듯 말했다.

"적당히 해. 안드로이드잖아."


"등을 닦아드릴까요?"

"뭐라고요?"

갑작스러운 제안에 이지선은 깜짝 놀랐다. 주말이었고 어차피 아이들은 효신씨가 잘 돌봐줄 테니 어디든 나가 있을 참이었다. 등을 닦아준다니. 그 말은 너무 긴밀하고…… 어딘가 부적절하게 느껴졌다.

"피부 닦을 때가 되셨잖아요."

손이 닿지 않는 곳은 남편에게 맡기면 되었지만 예상치 못한 상황에 무심코 고개를 끄덕이고 말았다. 자신을 관찰하고 있었던 걸까. 지금껏 이지선은 효신씨와 몸이 닿는 것을 병적으로 피하고 있었다. 시어머니의 살아 있는 부분, 그러니까 죽었다고 할 수 없는 그 부분에 친근함을 느끼게 될 것만 같아 두려웠다. 하지만 이왕 이렇게 된 거 남편처럼 떳떳하게 누려봐도 좋겠지. 이지선은 긴장감을 누르려 애썼다. 곧 부드럽고 미지근한 수건이 등에 닿았다. 효신씨의 손길은 조심스럽고 꼼꼼했다. 예전엔 내가 어머니의 등을 닦아드렸는데. 그러고 보면 효신씨는 그저 본분을 다하고 있었을 뿐인데. 쫓기는 기분을 느낄 필요가 없잖아. 웃옷을 벗고 햇빛 아래 앉아 있자니 점차 마음이 누그러지고 나른해졌다. 시술을 받기 전까지만 해도 이런 날씨에 밖에 나가는 것은 자살행위였다. 여전히, 시술을 받지 못한 사람들은 하염없이 죽어나갔다. 시술 가능 연령을 낮춰야 한다고 사람들은 주장했다.

"그거 아세요?"

"뭘요?"

"모든 바나나는 전부 쌍둥이래요."

뜬금없는 소리에 이지선은 효신씨를 돌아보았다. 햇빛을 너무 많이 받았는지 효신씨는 어딘가 몽롱한 표정이었다.

"전부 같은 병에 걸려서 곧 멸종된대요. 잘못된 채로 개량되어서."

"무슨 말을 하는 거예요?"

"애들이 그렇게나 좋아하는데."

이지선은 그냥 입을 다물었다.

"사모님도 몸안에서 나가고 싶을 때가 있으세요?"

저 미칠 것 같은 더위가 안드로이드에게 지나친 활력을 주고 있는 건 아닐까.

"무슨 헛소리를 해요?"

시어머니의 말간 얼굴이 그녀를 응시했다. 아직 솜털이 남아 있었다. 이지선은 자신이 주효신보다 피부 나이를 더 높게 설정했다는 것을 뒤늦게 깨달았다.

"가끔은 몸에 지퍼가 있었으면 해요. 제 말은, 피부 말고요."

필시 유리알이나 뭐 그런 거겠지만 인간의 눈처럼 반짝이는 것을 이지선은 멍하니 바라보았다. 갑자기 피부가 살에서 기름때처럼 떠오르는 느낌이 들었다. 안드로이드가 뭘 알고 하는 말인지, 자신에게 왜 이런 말을 하는 것인지 알 수 없었다.

"왜요?"

"안쪽을 만지고 싶을 때가 있어요. 저 깊숙한 곳까지."

"거기 뭐가 있는데요?"

이지선의 안쪽에는 이지선이 있었다. 하지만 그걸 어떻게 증명할 수 있을까. 남편의 흉터. 손가락 끝에 걸리던 그것. 그러나 시술을 받은 뒤로 남편은 그냥 맨질맨질한 하나의 덩어리에 불과했다. 그 몸을 떠올리면 불붙던 욕망도 순식간에 사라졌다. 요즘 자신을 만지는 남편의 손길에서도 그걸 느낄 수 있었다. 뭔가를 확인하는 듯 움직이던 손이 시큰둥해지던 순간.

효신씨는 다 안다는 듯 그저 빙그레 웃었다. 젖은 수건을 꽉 쥔 손가락 위로 햇빛이 쌓였다. 단정하게 깎은 손톱 끝이 반짝였다. 저 짧은 손톱이 시어머니의 성격 탓인지 안드로이드의 설정인지 알 수 없었다. 충동적으로 손을 뻗던 이지선은 흠결 하나 없이 매끄러운 손등에 제 그림자가 어리는 걸 보고 흠칫 떨며 몸을 일으켰다. 자신이 잡으려 했던 손은 대체 누구의 손인 걸까? 시어머니? 안드로이드? 저 손 그 자체? 그게 뭔데? 견디지 못하고 이지선은 외출했다.

새 피부에 어느 정도 적응되고 나자 여름은 그저 냄새로만 감각되었다. 냄새가 심해질수록 더위가 한창이라는 뜻이었다. 사방에서 냄새가 났다. 눌어붙고 썩은 냄새. 더위가 만든 냄새. 쓰레기들이 부패하는 냄새. 그날 이후 이지선은 효신씨에게 억지를 부리듯 일을 시켰다. 장을 보러 갈 때도 꼭 데리고 갔다. 안드로이드가 있는데 굳이 짐을 들 필요가 없었다. 젊은 여자 둘을 보던 사람들이 힐끔거리다 곁으로 다가왔다.

"누가 안드로이드예요? 둘 다?"

"아뇨."

이지선은 쌀쌀맞게 대꾸했다. 자신보다 어려 보이는 효신씨는 가만히 서 있었다.

"미인이 둘이나. 그 집 아저씨는 복 받았네."

집으로 돌아와 이지선은 효신씨를 때렸다.

"저는 통증을 느끼지 않아요."

"그러면 시늉이라도 해요."

효신씨는 비명을 질러주었다. 어째서 시어머니가 죽은 뒤에도 한집에서 살아야 하는 걸까? 그녀는 어째서 다시 이 집으로 돌아온 걸까? 안에서, 밖에서, 왜 자꾸 자신을 괴롭히는 걸까? 끝나지 않는 여름. 끝나지 않는 세계. 끝나지 않는 인간. 다시. 다시. 다시. 근본적으로 변한 건 아무것도 없었다. 지겨워. 죽었으면 영원히 사라져야지. 효신씨를 마주할 때마다 자신의 미래를 보게 되는 것 같아 두려웠다. 어쩌면 자신도 윤한의 아내에게. 어쩌면 윤진에게조차. 그럴수록 효신씨를 더더욱 함부로 대하게 되었고 순간이 지나면 그건 다시 회의감으로 변했다. 반복. 반복. 잠을 자려고 누우면 모든 것이 뒤섞였다. 주효신. 원숭이꼬리선인장. 플라스틱 덩어리. 초코. 윤한. 윤진. 남편. 세포 하나하나가 다닥다닥 붙은 채로 몸속을 꽉 채우고 있었다. 온전한 그녀를 썩게 만들고 그 자리를 조금씩 차지해가며 영역을 넓혔다. 그것이 몸인지 글자인지 구분할 수 없었다. 악몽에서 깨어나면 그녀는 몸을 더듬었다. 피부는 썩어가는 음식물처럼 지나치게 물렁거렸다. 잡아 뜯으면 통증이 느껴졌다. 피부 아래 만져지는 뼈를 꾹 쥐었다. 그것만이 그녀가 그녀임을 실감나게 했다. 마치 따개비가 붙은 바위가 된 것 같았다.

"엄마."

"왜?"

"나는 언제 시술받을 수 있어?"

"아직 십 년은 더 있어야 해."

"효신씨 세포도 같이 배양해도 돼?"

어느 날 윤진이 그렇게 말했을 때 이지선은 무심코 몸을 긁었다. 그런 게 될 리가. 질문을 던져놓고 윤진은 다시 패드에만 집중하고 있었다. 스크린에 딱 붙은 손가락은 마치 탯줄 같았다. 거기에 손가락을 붙인 채로 윤진은 이지선으로서는 줄 수 없는 양분을 한껏 빨아들이고 있었다. 저런 것. 화면 불빛이 어린 딸의 얼굴이 문득 낯설어 보였다. 배양되고 있는 저애의 세포에는 이미 초코와 주효신과 원숭이꼬리선인장의 세포가 섞여 있었다. 살아가면서 저애는 더 소중한 것들을 잔뜩 만들 것이다. 그러다 뱀 같은 피부로 살겠다고 하면. 그건 인간도 뭣도 아니잖아. 그녀는 윤진이 자신을 지선씨라고 부르는 미래를 원치 않았다.

"응?"

어느새 패드에서 고개를 든 딸이 다시 졸랐다.

"효신씨는 생물이 아니야."

다음날 이지선은 센터로 전화를 걸었다. 아이의 세포배양에 대해 문의하자 센터는 이미 배양이 시작되어 첨가된 것을 뺄 수는 없고 비용을 지불하면 새로 배양을 할 수 있다고 안내해 주었다.

지독하게 축축한 여름이 지나가고 있었다. 더위를 식히겠다고 냉장고에 너무 오래 들어가 있다가 죽는 사람도 나왔다. 효신씨의 움직임이 어딘가 둔해 보였다.

"아마 너무 더워서 안쪽에 녹이 슨 것 같아요."

"땀이 나는 건 아니잖아요."

"습기가 많으니까요."

효신씨는 뼈가 썩어가는 것처럼요, 하고 평온한 얼굴로 말했다. 그러고는 해바라기를 하면서 노인처럼 앉아 있었다.

덜걱거리면서도 효신씨는 일을 멈추지 않았다. 너무 사람처럼 굴고 있잖아. 언젠가의 시어머니를 연상시켜서 더더욱 마음이 불편해졌다. 그 무렵 뉴스에서 바이오플라스틱이 쓰레기를 재활용해 만들어졌다는 사실이 보도되었다. 연구소는 환경 규제 방침에 충실했을 뿐이라고 밝혔다. 그럼 그 원료가 다 어디서 나왔을 거라고 생각했어요? 지구의 모든 것이 '리본'이었다. 재활용. 다시 쓰기. 다시 만들기. 부활. 태어나고, 또 태어나기. 끝까지 쓰기. 어차피 지구에서는 다른 방법도 없었다.

아나운서는 어마어마한 양의 쓰레기를 재사용해서 오히려 가용 부지 면적이 늘었다며 기존의 매립지를 녹지로 만들고 일부에는 공장을 만들어 더이상 더위를 느끼지 않는 사람들을 위한 일자리도 만들 수 있다고 했다. 확연하게 줄어든 쓰레기 산의 전후 사진을 띄워 올리며 쓰레기가 정리되면 악취 문제도 해결될 것이라고 전망했다. 남편은 관련 사업에 투자하자고 몇 번이나 말하지 않았느냐고 투덜거렸다. 고작 그런 반응.

 자리에 누웠지만 이지선은 좀처럼 잠들 수 없었다. 쓰레기. 그게 몸을 파고들고 있었다. 가죽 안쪽에서. 쓰레기로 죽은 거야. 시어머니는 그렇게 죽었다. 뭐가 뭔지 알 수 없는 것이 되어. 잡탕처럼 뒤섞여서. 그들이 만들고 버려 산더미처럼 쌓인 그것을 다시 몸으로 되돌리면서. 쓰레기 산. 굳게 닫혀 있던 문을 열고 받아들인 건 그들 자신이었다. 그러나 인간은 이미 쓰레기에 둘러싸여 살고 있지 않았나. 이제 그냥 전보다 조금 더 가까이에 있는 것일 뿐. 남편은 태평하게 코를 골았다. 자리에서 일어나 남편이 쌓아둔 책자를 꺼냈다. 설명을 꼼꼼히 읽었지만 바이오플라스틱을 만들기 위해 뭐가 필요한 건지 그녀는 도통 이해할 수 없었다. 알 수 없는 것이 되고 싶지 않았다. 지금도 저 깊은 안쪽에서 그녀를 녹이고 풀어헤치고 있는 것. 주효신의 세포. 죽어 있다고는 할 수 없는 부분. 살아 있다고도 할 수 없는 부분. 초코. 선인장. 햇빛. 그 몰티즈. 기계.

미생물. 바나나 껍질. 썩고 무른 것. 사고 쓰고 버린 것. 그 모든 냄새. 지구. 그녀의 내부가 그걸 허락하고 있었다. 멋대로 열리도록 내버려두고, 헤집고 다닐 수 있도록. 사실 가족이란 그런 거 아닐까. 하지만 무엇이? 남편이 잠결에 그녀의 몸을 더듬는 순간 그녀는 몸을 긁기 시작했다. 처음에는 둔중하던 통증이 조금씩 선명해졌다. 분명 안쪽이었다. 가장 깊은 곳. 주효신의 얼굴, 그 새하얀 몸이 기어코 거기까지 닿았다. 전신에 불이 들어오는 것 같았다. 온몸이 전구처럼 켜졌다. 여름밤 가로등처럼. 몽우리로 맺혀 있던 세포 하나하나가 팝콘처럼 터지는 감각. 눈이 커지고 발가락이 곱았다. 계절을 착각한 꽃이 단숨에 피어나는 것처럼. 안이 바깥으로 뒤집어지는 환희. 몸이 활짝 열리고 있었다. 아주 오래전 그녀는 비슷한 감각을 두 번이나 느꼈다. 전구는 풍선처럼 부풀어올랐다. 마침내 지구처럼 거대해지고 둥글어질 때까지. 그러다 점점 작아져 최초의 상태로 돌아갈 때까지. 원초적 상태. 모든 것이 완전히 하나였을 때. 이 순간, 그녀는 모든 것과 연결되어 있었다. 지퍼. 효신씨가 말한 지퍼가 어딘가 있을 것이다. 안쪽을 긁어내야 했다. 더이상 침투할 수 없도록. 스며들지 못하도록. 그녀의 몸을 차지하지 못하게. 하지만 대체 어디까지가 그녀인 걸까? 안쪽을 긁어내면 그녀는 살아남을 수 있나? 그런들 그녀가 언제 그녀였던 적이 있긴 한가? 전부 제대로 관리되었다고,

어떻게 장담할 수 있지? 모르는 새 배양세포에 그 흔한 모래가, 지겹게 널린 바퀴나 쥐의 사체가 섞여들었다면? 긁을수록 피부가 두껍다는 것만 느껴졌다. 손톱으로 마구 찍어 끌어내리다보니 피가 뚝뚝 떨어져내리기 시작했다. 손톱 끝에 무언가가 걸렸다. 본능적으로 이지선은 거기라는 걸 알았다. 손톱을 걸어 누르고 피부를 잡아당기자 타는 듯한 아픔이 느껴졌다. 살갗을 태우던 더위보다도 더 아팠다. 신음을 어금니로 꾹 누르며 그녀는 허물을 벗듯 피부를 벗어냈다. 그래, 어쩌면 다시 태어나고 있는 건지도 몰라. 떨어질 수 있을지도 몰라. 약간의 희망이 생겼다. 침대 위로 피가 후두둑 떨어져내리자 게슴츠레 눈을 뜬 남편이 벌떡 일어나 비명을 질렀다. 마침내 그걸 다 떼어냈을 때 그녀는 갓 태어난 것처럼 분홍빛의 매끄러운 피부로 서 있었다. 더위가 느껴지지 않는 것이 통증 때문인지 다른 이유 때문인지 알 수 없었다. 어쩌면 잔뜩 돋아난 소름 때문인지도 몰랐다. 온몸이 달달 떨렸다.

"당신 대체 무슨 짓이야?"

이지선은 어떻게든 호흡을 가라앉혀보려 노력했다. 그때 문이 벌컥 열리고 효신씨가 들어왔다. 효신씨는 무표정한 얼굴로 방을 살피더니 이지선의 피부를 주워 들었다. 아주 얇고 투명하게 늘어진 살결. 밖에서 아이들의 울음소리가 들려왔다.

"멋대로 벗어버리다니, 그래서는 안 돼요."

"나가."

"잘못하면 죽을 수도 있어요. 비활성화가 될 때까지 기다려야 해요. 그래야 포도알처럼."

"내 눈앞에서 그걸 치워. 당장!"

이지선은 그걸 더이상 보고 싶지 않았다. 여전히 더위는 느껴지지 않았다. 효신씨는 늘어진 허물을 주워 들고 어딘가로 사라졌다. 창백하게 질린 남편을 두고 이지선은 욕실로 들어갔다. 거울에는 여전히 젊은 여자가 서 있었다. 몸은 빠져나왔다. 포도알처럼. 매끄럽게. 쏙. 하지만 더이상 온전한 자신으로는 돌아갈 수 없었다. 그게 말이 되나? 저 피부도 결국은 자신으로부터 나온 것인데. 쓰레기가 쓰레기를 만든 것뿐인데. 그녀는 거울 속의 자신을, 아니, 그것을 한참 동안 노려보았다.

몇 주 뒤 전화가 걸려왔다.

"이지선씨. 다시는 이러시면 안 됩니다."

병원 관계자였다. 그는 엄중하게 경고했다. 상태를 확인해야 하니 병원으로 내원해달라고도 말했다. 회복된 피부는 굉장히 예민해져 있었지만 붉은 기는 많이 가신 상태였다. 다행히 건강에는 이상이 없었다. 이지선은 여전히 더위를 느끼지 않았다. 하루종일 밖을 돌아다녔는데도 그랬다. 땀도 나지 않았다. 이런 날씨에도 언제고 노동할 수 있다는 의미였다. 그녀가 선택했던 대로였다.

"시술자의 피부를 총 두 번 회수하게 되는 건 계약서에 없었던 부분이라…… 고객센터에 전화 주시면 십 퍼센트는 환불해드릴 예정입니다."

두 번. 그건 이지선의 결말이 정해져 있다는 뜻이었다.

"도착한 피부는 계약서대로 활용했습니다만, 어떻게 하면 좋을까요?"

이지선은 눈을 감았다. 자신이 스스로를 어디론가 보낼 수는 없었다. 남편은 여전히 데면데면하게 굴었다.

다음날 초인종이 울렸다. 효신씨가 문을 열고는 이지선을 조용히 불렀다. 거기엔 젊고 어린 이지선이 서 있었다. 지금의 이지선과 꼭 같은 모습이었다. 효신씨와 먼저 눈을 맞춘 그녀는 이내 이지선을 바라보았다. 젊고 어린 이지선이 환하게 미소 지었다.

"안녕하세요, 지선씨."

다시 등이 간지러웠다.

# 빛보다 빠르게 날 수 있다면

후지이 다이요

◇
**후지이 다이요** 藤井太洋

일본의 SF 소설가. 자가출판한 첫 소설 『진 매퍼』로 2012년 '올해의 킨들 도서' 소설·문예 부문 1위에 올랐으며, 두번째 소설 『오비탈 클라우드』로 일본SF대상과 성운상을, 『헬로, 월드!』로 요시카와 에이지 신인상을, 『맨 카인드』로 성운상을 수상했다. 제18대 일본 SF 및 판타지 작가클럽 회장으로 활동했다.

"태양면에 이상 징후 발생! 빨리 봐, 똑똑히 봐!"

서울 중력파 관측 센터에 메시지를 전송한 후, 나는 정기 보고서를 쓰기 시작했다.

양식에 어긋나고 문법도 이상하지만 비상사태이므로 상관없다. 규칙 위반을 엄격하게 따지는 김하나 과장이 잔소리를 풀 오토 사격으로 퍼부을지 몰라도, 어차피 서울 본부에서 1억 4000만 킬로미터 떨어진 수성 궤도의 유일한 근무자인 나를 자를 수는 없을 것이다.

무엇보다, 이게 내 일이니까. 관측 센터의 전문가들이 프로그래밍해둔 몇십만 건의 이상 사태 중에서도 이런 경우는 없었다. 예외를 알아차리려면 변화에 놀랄 줄 아는 인간만의 감각이 필요하고, 내 역할이 그것이다.

보고 일시: 2085 Feb 9, 09:00:00 UTC
보고자: 수성 L4 관측 위성 주임 관측원 박서준
관측 대상: (입력해주십시오)
관측 목적: (입력해주십시오)

다시 한번, 관측 카메라로 촬영한 태양을 바라본다.

감광 스크린 위에서 새카만 우주 공간 속 입체감을 지닌 태양이 노랗게 빛나고 있었다. 지구에서 보는 것보다 세 배 정도 큰 태양의 시직경視直徑은 1도 22분 34초. 손바닥을 펼쳐서 보았을 때, 새끼손가락 바깥으로 조금 비어져나올 정도의 크기다.

그 태양에, 한눈으로 봐도 알아볼 수 있는 이상이 생겨났다.

오른쪽 가장자리에 한층 강하게 빛나는 점이 생긴 것이다.

감광 처리를 거쳐도 정확한 핵의 크기는 알기 힘들었지만 분광 분석 결과에 따르면 그 점은 수소 74퍼센트와 헬륨 24퍼센트, 산소 1퍼센트에 탄소 0.3퍼센트로 이루어져 있었다. 그 외에 철, 네온, 질소, 실리콘, 마그네슘에 유황까지도 나왔다. 즉 태양의 주성분과 같았다. 강한 엑스선을 방사하고 있는데, 태양을 둘러싼 코로나가 엑스선을 상시 방사하므로 이건 그리

이상할 것 없다. 온도는 코로나보다 약간 낮은 200만 도로 추정되었다. 이 빛이 코로나의 무늬이거나, 혹은 도감에 항상 그려지는 홍염일 리는 없었다. 코로나는 희박하기에 저렇게 강하게 빛날 수 없고, 홍염이라기에는 위치가 이상하기 때문이다. 홍염은 태양의 직경에 상당하는 100만 킬로미터 정도의 높이까지 뻗치는데, 이 광구光球는 높이라고 표현할 수 없을 만큼 먼 위치에서 빛나고 있었다.

태양 직경의 약 다섯 배, 즉 500만 킬로미터나 떨어진 위치.

새로운, 작은 항성이 탄생한 듯했다.

이건 둘째 치고―라고 말하는 건 사실 적절치 않다. 이 현상은 몇십 년간에 걸쳐 몇백 명의 연구자가 매달릴 가치가 있는 현상이다. 그러나 바로 지금 내가 말을 잃은 이유에는 댈 것도 아니다. 광구가 지금도 육안으로 확인될 정도로 움직이고 있는 것이다.

이 현상을 뭐라고 전달해야 좋을까. 내가 있는 관측 기지는 태양에서 5,789만 킬로미터 떨어져 있다. 이 정도 거리에서는 매초 수백 킬로미터씩 변화하는 홍염도 멈춰 있는 듯 보인다. 그런데 그 빛은 스멀스멀 움직이고 있었다.

엄청난 속도로 이동하고 있다는 뜻이다.

영상으로 계산해보니, 아홉시 정각에 태양 표면에서 521만 킬로미터 위치에 있던 광구는 10초 후―정확히 말해 9.563초

후, 662만 킬로미터 위치로 이동했다. 차이는 141만 킬로미터, 초속으로 따지면 매초 14만 7251킬로미터 이동했다는 뜻이다. 예상하긴 했지만 더 높은 차원의 단위로 표현해야 할 것 같다.

광구의 속도는 0.49광속이다.

이 우주에서 허락되는 최대 속도, 즉 빛의 속도의 절반에 이르는 빠르기다.

세기의 발견에 그치는 정도가 아니다. 갈릴레오가 망원경으로 하늘을 바라보던 사백 년 전까지 뒤져봐도 이런 천체는 없을 것이다. 나는 관측 보고서에 기록을 남기기로 결심했다.

관측 대상: 태양 표면에 초속 14만 7251킬로미터 사출된 천체.

관측 목적: 아광속亞光速* 으로 비상하는 천체임. 관측하지 않을 수 없음.

관측 센터 연구자들이 조사를 바라는 내용이 한둘이 아니라서 모두 응대하기는 어렵다. 그들이 내 메시지를 읽고 '아광속이면 로런츠 변환** 이론이 맞는지 대입해서 관측해줘!' 하는

---

* 빛의 속도에 근접한 속도.
** 특수 상대성 이론에서 사용되는, 두 관성계 사이의 좌표 변환 공식.

등의 요구 사항을 취합해서(상황이 이러니 요구 없이도 어련히 관측하겠지만) 답장을 보내는 데 몇 분이 걸리려나? 아무리 짧게 회의해도 삼십 분은 넘을 테고; 가령 누군가가 0초 만에 조건반사처럼 곧바로 어떤 요구를 보낸다 해도 내게 그 메시지가 도착하는 건 지금부터 9분 54초 뒤다.

그러나 내게는, 아니, 인류에게는 5분 49초밖에 남아 있지 않다.

광구는 서울 중력파 관측 센터의 위성이 줄줄이 늘어선 수성 궤도 바깥으로 곧 날아가버릴 것이다. 이곳과 지구를 통틀어, 이 정도 되는 관측 기기를 갖춘 곳은 달리 없다.

한국천문연구원KASI이 수성의 위성 궤도와 라그랑주 점(행성과 위성의 공전궤도상의 중력 안정점)에 구축해놓은 태양 관측 설비는 매우 우수하다. 내가 있는 L4 관측 위성의 거점은 수성보다 정확히 60도 앞서는 라그랑주 점인데, 이곳에서는 가시광, 엑스선과 감마선 등의 갖가지 파장을 관측하는 인공위성과 100킬로미터에 이르는 텅스텐 재질의 중력파 안테나를 통해 이십사 시간 태양의 활동을 감시하고 있다. 수성을 둘러싼 다섯 곳의 라그랑주 점에 모두 동일한 관측 기기가 떠 있다. 1억 킬로미터 떨어져 있음에도, 관측 기기의 강력한 입체시立體視를 통해 태양의 어마어마한 중력으로 인해 왜곡된 공간을 100미터 단위로 계측할 수 있을 정도다.

수성도 중요한 관측 거점이다. 수성의 위성 궤도에는 오백열두 개의 중력파 안테나로 이루어진 집합체(클러스터)가 있다. 각각의 안테나의 감도는 낮지만, 중력파 검출기가 수성 궤도를 순회하며 데이터를 입체적으로 구축하는 시스템으로 태양 내부의 질량과 편위를 관측할 수 있다. 이 시스템을 통해 우주 활동을 방해하는 태양 플레어를 90퍼센트 정확도로 예측할 수 있다. 지구 근방의 우주개발이 왕성해진 것은 이 수성 중력파 안테나 클러스터가 발신하는 '태양 폭풍 경보' 덕분이라 해도 과언이 아니다.

그러니 저 광구가, 이 정도의 관측 기기를 갖춘 수성 궤도에 나타난 것은 행운이라고밖에 할 수 없는 것이다.

흥분한 나는 지구와의 음성 메시지 채널에 접속했다. 내가 있는 L4와 L5 구역의 전자장·중력파 관측 기기와 수성의 안테나 클러스터를 이용하면, 저 광구의 정체를 알아낼 수 있을 것이었다.

"어쩔 수 없이, 천 세기에 한 번 볼까 말까 한 천체 쇼를 저 혼자서 독차지해보겠습니다. 어차피 여러분이 이 메시지를 열어볼 즈음에는 관측이 반은 끝나 있을 테죠. 이 우주는 정말 느리다니까. 데이터는 보낼게요. 아홉시 정각 보고는 이상입니다. 그럼 이만."

이제 관측 시작이다.

나는 광구를 입체시로 보기 위해 L5 관측 기지에서 스트리밍하는 최신 관측 데이터를 확인했다.

보고 일시: 2085 Feb 9, 08:54:43 UTC
보고 지점: 수성 L5 관측 기지
관측 기기: 태양 관측 영상(가시광/적외선/자외선/엑스선/감마선), 중력장 관측 데이터 상세 및 변동……

눈을 의심했다. 최신 관측 데이터가 약 5분 30초 지났다니…… 말이 안 되는데. 태양을 촬영한 영상에는 광구의 그림자도 형체도 보이지 않았다.

밀리초 만에 나는 원인을 깨달았다.

"실수!" 나는 지구에 음성 메시지를 보냈다. "실수, 실수, 실수야! 내가 관측할 시간도 없는 거였어!"

빛이, 우주가 느린 탓이다.

우주가 느리다는 소리나 하고 있을 때가 아니었다. 상황을 파악 못한 건 나도 마찬가지인데다, 현장에 있는 만큼 잘못이 더 컸다.

L5의 관측 데이터는 5분 30초 늦게 내게 닿는다. L5와 내가 있는 L4 사이를 가로지르는 1억 1580만 킬로미터를 돌파하려면 빛이든 전파든 그만큼의 시간이 걸리기 때문이다.

나는 스멀스멀 태양에서 멀어져가는 광구를 바라보았다. 저 광경은 내게 3분 3초 늦게 다다르고 있으니, 실제 광구는 지금 태양에서 2695만 킬로미터 지점을 비상하여 3분 40초 후에는 수성 궤도를 이탈할 것이다.

밑져야 본전이라는 마음으로 나는 수성 중력파 안테나 클러스터에서 보낸 메시지를 확인해보았다.

보고 일시: 2085 Feb 9, 08:54:58 UTC
관측 지점: 수성 궤도 중력파 관측 클러스터
관측 기기: 중력파 안테나 집합체

한 가닥 희망이 남아 있었다. 중력파의 변화를 추적하면 도플러효과*에 의해 정확한 속도와 위치를 도출할 수 있다. 특히 저 광구는 안테나 클러스터를 향해 똑바로 날아오고 있으니 줌을 하면 천체의 내부 구조까지 보일지도 몰랐다. 그럼에도 그다지 기대가 되진 않았다. 광구의 배후에는 매초 십팔억 개의 수소폭탄을 터뜨릴 수 있을 만한 에너지 폭풍, 태양이 있으니까. 저 작은 광구의 존재는 노이즈 속에 묻혀버릴 터였다.

데이터를 모두 확인하자, 공간 그리드가 펼쳐졌다.

---

* 파동원(波動源) 혹은 관측자의 움직임에 따라 파동의 진동수(주파수)가 변하는 현상.

삼차원 공간에 존재하는 중력장을 이차원으로 구현한 모식도다. 태양을 향해 완만한 포물선을 그리며 가라앉는 선이 있고, 안테나가 있는 정면, 수성 위치는 일부러 관찰하지 않으면 알아채지 못할 정도로 얕게 움푹 들어가 있다. 내가 있는 L4와 L5에는 100킬로미터급 중력파 안테나가 머리카락처럼 촘촘한 선으로 그려져 있었다.

태양 근방의 중력 구배 그리드는 평소와 다르지 않았다. 내 영상(물론 수성에서 온 데이터에 맞추어 3분 12초 전의 영상을 사용했다. 이번에도 헷갈려선 안 되니까!)과 겹쳐보아도, 광구의 위치에는 아무것도 그려져 있지 않았다.

그러나 혹시 몰라 확대해보자 기묘한 광경이 나타났다. 광구 뒤쪽의 중력 구배 그리드가 흐트러져 있는 것이다.

좀더 확대하다 그리드가 1000킬로미터에 다다랐을 때, 나는 말을 잃었다.

광구 위치에 해당하는 그리드 선이 아래로 꺾여 있었다. 그리드를 돌려 아래에서 보니 웅덩이처럼 움푹 패인 그 선은 수성의 굴곡보다 꽤 깊었다. 대략 오십 배, 지구와 비슷한 질량인 듯했다. 그런 질량을 가졌는데 태양처럼 빛난다는 게 희한했다.

좀더 자세히 볼 수 없을까 싶어 그리드를 확대해보았지만, 아무리 확대해도 웅덩이의 크기는 바뀌지 않았다. 중심부의 크기는 상당히 작은 듯했다. 나는 웅덩이의 움직임에 맞추어 그리드를 확대해보았다. 수성보다도, 100킬로미터밖에 안 되는 나의 중력파 안테나보다도, 50미터 정도의 안테나 끄트머리보다도, 그 중력원은 작았다. 직경 100미터 이하다. 믿기 어렵지만 그런 천체는 하나밖에 없다.

나는 결론을 입 밖으로 내어 지구로 보냈다.

"블랙홀인 것 같다. 아마, 아니, 분명히 그렇다. 저건 지구와 비슷한 질량을 가진 소형 블랙홀이다."

그리고 또 하나, 웅덩이의 움직임을 통해 알게 된 사실을 덧붙였다. 가볍게 말하려 했지만 아무래도 그럴 순 없었다. 신중하게, 잘못 듣지 않도록, 차분한 목소리로.

"블랙홀은 초속 14만 7251킬로미터, 0.4911광속으로 십삼 분 이십오 초 뒤에 지구에 충돌한다. 예상되는 충돌 에너지는 230퀘타줄."

나는 여기서 말을 끊었다. 스태프들이라면 이 에너지의 의미를 알 것이다.

보통 사람이라면 평생토록 쓸 일 없는 단어겠지만, '퀘타'란 메가와 기가보다 상위의 단위로, 10의 30승을 뜻한다. 그리고 230퀘타줄은 히로시마 원자폭탄 3600경 개에 달하는 에너지다. 공룡을 멸종시킨 칙술루브 충돌체의 이십억 배에 달하는 에너지. 나 역시 그 숫자가 의미하는 바를 알고 있었다. 230퀘타줄은 지구의 중력 결합 에너지의 총합과 같다. 즉, 저 블랙홀은 지구를 가루로 만들어버릴 수 있다.

나는 또 하나 전달할지 말지 고민되던 사실을 전달하기로 했다. 더이상 이 우주의 느림을 간과하지 않기로 했기에.

"여러분이 이 음성을 듣고 나서 8분 28초 후, 즉 한국 시각으로 18시 13분 35초입니다."

지구의 스태프들이 할 수 있는 건 아무것도 없다. 관계 기관에 알린다 해도, 블랙홀이 충돌하면 어차피 지구는 가루가 돼버린다. 피난도 셸터도 아무런 의미가 없다.

뭔가를 할 수 있는 곳은 여기뿐이다. 태양계 천체를 지켜봐온 관측 시설이기에 이 블랙홀을 발견할 수 있었고, 천체 관측과 분석에 특화된 대규모 지식 모델 LNM의 초고속 실행 시스템도 갖추고 있다.

무엇보다 L4 기지에는 내가 있다.

그러나 시간이 부족하다.

블랙홀이 수성 궤도를 벗어나기까지 뭔가를 할 수 있는 시간은 3분 50초에 불과했다.

지금처럼 빛보다 빠르게 날 수 있기를 바란 적이 있던가.

\*

우주에 대한 강한 동경심을 깨달은 것은 초등학교를 졸업할 무렵이었다. 집에 놀러온 사촌 김하나가 내 방 책장을 훑어보고는 "순 우주밖에 없네"라고 지적했던 것이다.

말마따나, 내 키 정도 되는 책장에 꽂혀 있던 것이라곤 그림책이든, 만화든, 소설이든, 잡지든, 우주에 관계된 것들뿐이었다. 가장 손이 잘 닿는 곳에 꽂아둔 건 스티븐 킹의 『우주의 비밀을 말하다』와 칼 세이건의 『코스모스』, 그리고 한국 최초의 우주비행사 이소연의 에세이 『우주에서 기다릴게』다. 세 권 다 '원하시는 분 가져가세요'라고 써붙여놓은 도서관 수레 위 책들처럼 너덜너덜했지만, 독자는 나 한 사람뿐이었다.

한숨을 쉬고 책장을 둘러본 김하나는 어머니가 사와서 책장에 꽂아둔, 한 번도 넘겨본 적 없는 '해리 포터' 시리즈 1권을 "빌려갈게" 하며 가져가버렸다—그리고 보니 아직 돌려받지 못했다. 뭐, 상관없지만.

빛보다 빠르게 나는 꿈을 꾸기 시작한 것도 그 무렵이었다. 텔레비전에서 방영하던 〈스타 워즈〉를 보면서다. 밀레니엄 팔콘 조종석에 앉은 한 솔로가 "I'm gonna make the jump to light speed(어디 광속으로 날아볼까)" 하며 조종간을 밀자 팔콘호가 쏟아지는 별들 사이로 총알같이 날아갔다. 나는 펄쩍펄쩍 뛰다가 어머니가 차려준 스파게티 그릇을 엎고 말았다. 치우라는 꾸중을 듣고 난 뒤, 제국군에 쫓기던 팔콘호 동료들이 은하 연방을 구한다는 사실을 알기까지는 오 년 정도가 더 걸렸다. 김하나가 그런 나를 비웃었던 것도 같은데, 피해망상인지도 모르겠다.

그후로 나는 우주를, 그리고 빛보다 빠른 비행을 꾸준히 동경해왔다.

읽고 싶은 SF 소설을 고를 때도 우주 등장 여부를 따졌고, 서울시립과학관과 노원 천문우주과학관에서 열리는 우주 관련 행사에 빠짐없이 참석했다.

스트리밍으로 만화영화를 볼 수 있다는 사실을 알고는 일본의 SF애니메이션을 탐닉했다. 14만 8000광년을 여행하는 〈우주전함 야마토〉에서는 파동 엔진을 사용한 '워프'가 주인공 함선의 가장 중요한 기능이었다. 로봇 애니메이션이자 본격 삼각관계 로맨스이기도 한 〈초시공요새 마크로스〉 1화에서는 외계인이 만든 전함으로 명왕성까지 점프한다. 공간을 접는 초광속항행을 '폴드'라고 칭한 센스에 나는 전율했다. 〈은하영웅전설〉을 보면서는 은하를 누비며 진군하는 수만 척의 함대가 워프하는 장관을 만끽했다.

본격적으로 워프가 등장하는 SF에 점차 푹 빠져들었다. 〈스타 트렉〉에 등장하는 워프와 웜홀, 중력 조작에 전율했고, 〈익

스팬스〉에 묘사된 블랙홀 문명에 흥분했다.

그러나 내가 가장 좋아한 것은 크리스토퍼 놀란 감독의 〈인터스텔라〉다. 고등학교에 들어가기 전 재개봉했을 때 보았던 것 같은데, 이론물리학자 킵 손이 감수했다고 알려진 오렌지색 강착 원반에 둘러싸인 블랙홀, 가르강튀아의 검은 구체가 등장했을 때, 너무도 생생한 그 광경에 나는 탄성을 지르고 말았다. 옆에 앉아 있던 김하나는 일행이 아닌 척했다. 생각하니 열받네.

또 하나를 꼽자면 바로 〈삼체〉다. 인류의 멸망을 바라는 천체물리학자 '예원제'의 소원이 사 년에 걸쳐 날아간다. 빛의 느림을 그만큼 실감한 작품은 만나지 못했다. 볼 수 있는 영상작품은 전부 봤을 텐데도.

이렇듯 나는 줄곧 항상 우주와, 빛보다 빠르게 나는 방법에 대해 생각해왔다.

고등학생 때 이과를 선택하고 한국과학기술원KAIST에 진학해 석사를 마친 뒤, 곧바로 한국천문연구원에 취직해 당시 정부가 심혈을 기울이던 수성 궤도의 태양 관측 기지 프로젝트에 뛰어들었다. 어찌된 일인지 김하나가 선임자로 일하고 있었다. 우주에 관해 나만큼의 열정도 없었으면서, 공부 하나는 잘한 덕분이다.

빛보다 빠르게 날 수 없다는 현실은 알았지만, 그래도 블랙홀이라면 가능성이 있다고 나는 믿었다. 사실 거의 없다고도 할 수 있으나, 마지막 희망이라고 생각했다. 박사과정을 밟는 대신 태양 관측 기지 프로젝트에 뛰어든 것은 이론에서뿐 아니라 실재하는 블랙홀을 다루기 위해서였다. 중력파 안테나 오퍼레이터로 일하면 먼 우주에서 블랙홀이 탄생하는 순간을 기록하거나 은하중심에서 일렁이는 블랙홀을 관측할 수 있을지도 몰랐다.

꿈은 이루어졌다. 삼 년 전 나는 수성 관측 기지의 유일한 연구원으로 채용되었다.

물론 성과도 내고 있다. 파견된 해에 나는 내 연구 자료를 바탕으로 뱀주인자리 가이아 BH1 블랙홀의 자전 편심을 발견하고 논문을 발표했다. 태양과 중력파, 그리고 블랙홀 분야의 전문가로 인정받은 내게는 박사학위도 먼 얘기가 아니다. 어차피 이 블랙홀을 해결하지 못하면 학위 같은 건 아무 의미가 없겠지만……

분명한 건, 블랙홀만으로 광속을 초월하기는 힘들다는 사실이다.

어떤 블랙홀의 특이점*은 우주의 별개 장소에 접속된 다른 공간과 연결되는 웜홀을 만들어낼 가능성이 있다고 알려져 있

---

* 중력이 집중되어 있는, 블랙홀의 중심.

고 관련 이론도 나름대로 검증되어 있지만, 물질이 통과할 만큼 안정된 상태는 아니다. 무엇보다 물질이 특이점에 접근하려 든다면 거대한 중력 구배에 의해 갈가리 찢길 것이다.

중력 우물이나, 사건의 지평선이 없다는 '벌거숭이 특이점 Naked Singularity'*이라는 개념이 존재하긴 하지만, 글쎄, 소용없는 거나 마찬가지다. 인류가 중력을 제어하게 되는 날이 오기 전까지 벌거숭이 특이점은 한 가지 해석에 불과하다—그런 생각을 하면서 나는 현실에서 블랙홀을 두 눈으로 볼 수 있다는 건 행운인지 불행인지에 대해 생각했다.

그 사이에도 데이터는 착실하게 쌓였고, LNM은 몇 가지 예측과 이론을 출력했다.

지구에 보고했던 5초 전만 해도 충돌 궤도만으로는 지구의 어딘가에 부딪힐 거라는 정도만 알 수 있었는데, 지금은 충돌 위치가 킬로미터 단위로 좁혀졌다. 충돌한다는 사실만은 확실했다. 이 블랙홀은 13분 20초 뒤, 지구의 위도 0, 동경 45도 지점에 충돌한다. 소말리아의 모가디슈 근해 십이 킬로미터 부근이었다.

날아오는 블랙홀을 눈으로 볼 수 있는 사람은 없을 것이다. 블랙홀 주변의 플라즈마는 직경 500킬로미터 정도에 지나지

---

\* 사건의 지평선으로 둘러싸이지 않은 특이점.

않는데, 그 빛이 실제로 태양빛처럼 분명하게 보이는 것은 지구에 7만 1000킬로미터 앞까지 다가왔을 때다. 거기서 충돌까지는 0.2초밖에 걸리지 않는다. 눈이 부신걸, 하고 생각하는 순간 지구는 산산조각난다. 지상에서 400킬로미터 떨어진 상공을 날고 있는 국제우주정거장도, 중국의 천궁 3호도 박살난 맨틀과 지각에 휩쓸려버릴 것이다.

세 곳의 달 기지도 무사할 수는 없다. 지구에 면한 티코 크레이터 기지는 블랙홀이 내뿜는 방사선에 몽땅 타버릴 테고, 달의 뒷면에 위치한 에이트켄 기지는 물자를 조달받지 못하게 될 것이다. 그나마 다행인 것은 지구가 갑자기 사라진다 해도 달이 태양 쪽으로 내던져지거나 외우주로 튕겨나갈 일은 없는 사실이다. 지금보다 찌그러진 타원궤도로 태양을 돌면서, 한때 또다른 행성이 존재했음을 말해주겠지.

블랙홀의 행방은 어떻게 될지 알 수 없다. 눈부시게 빛나며 증발할 수도 있다. 사건의 지평선이 일그러질 테고, 강한 중력파가 발생할 것이다. 어쩌면 새로운 블랙홀이 탄생할지도 모른다.

나는 그 광경을 8000만 킬로미터 저편에서 망연하게 바라보며 관측하는 거다. 4분 57초 늦게.

그러나, 그걸 관측해봤자 무슨 소용이람.

나는 충돌 궤도를 계산하는 작업을 멈췄다. 시간과 자원 낭비다.

현재 시각은 9시 15초. 내가 관측할 수 있는 시간은 3분 45초밖에 남지 않았다.

우선은 블랙홀의 궤도와 구조에 집중하자.

너는 어디서 왔는가, 그리고 무엇인가—생각하며 나는 쓴웃음을 지었다.

D'où venons-nous? Que sommes-nous? Où allons-nous?

이런 때 내가 제일 좋아하는 구절이 생각나다니. 이건 탄생과 삶과 죽음을 묘사한 고갱의 그림 제목이자, 보이저를 우주에 쏘아올린 칼 세이건의 책, 표지가 해지도록 수도 없이 읽은 『코스모스』에 나오는 구절이다. 〈2001: 스페이스 오디세이〉와 〈은하수를 여행하는 히치하이커를 위한 안내서〉에도 등장하는, 지성에 주어진 과제이다.

그 순간 나는 깨달았다.

이 블랙홀은 누군가가 만들어낸 것이다.

그렇다. 왜 알아차리지 못했을까.

모든 관측 데이터가, 이 블랙홀이 어떤 의지에 의해 움직이고 있음을 보여주지 않는가.

아광속으로 항주하는 블랙홀이 조금의 오차도 없이 지구를 향하고 있고, 그 속도와 질량이 지구를 날려버리기에 딱 알맞은 충돌 에너지인 230퀘타줄로 조절되어 있다.

이 블랙홀은 지구를 노린 행성 간 탄도 미사일(인터스텔라 발리스틱 미사일)인 것이다.

\*

나는 음성 메시지를 남겼다.

"좋은 소식과 나쁜 소식 중에, 뭐부터 듣고 싶어?"

여기서 0.25초 쉬고,

"대답이 오기까지 9분 55초를 기다릴 순 없으니까, 우선 좋은 소식부터 알려줄게. 우리는 외계 지성체와의 첫 만남을 앞두고 있어. 바로 물병자리 글리제849, 별칭 카피스. 두 개의 외계 행성이지. 불과 28광년 전에 그곳에 고도의 문명이 존재했다는 사실이 좋은 소식이야."

여기서 0.5초 쉬고,

"나쁜 소식은, 경이로운 기술을 가진 카피스인들이 우리를 멸망시키려 한다는 거야. 그들은 몸을 숨길 방법을 찾아냈어. '암흑의 숲'과 '숲속의 사냥꾼' 이론을 떠올려봐."

이런 시점에 좋아하는 SF 소설 이야기를 꺼내긴 좀 그렇지만, 남은 시간이 얼마 없다. 아는 사람만이라도 알아듣기를 바랄 뿐이다.

이 은하계에 빛나는 항성의 수는 1000억에서 4000억 개에 달한다. 그 주위를 무수한 천체가 돌고 있다. 그중에서 지표면이 암석으로 이뤄진 지구형 행성은 수백억일 것이라고 추측한다. 우주에서 가장 흔한 원소인 수소와 산소가 결합한 '물' 자체도 그렇게까지 드물지 않을지도 모른다. 물이 존재하는 행성의 수는 적어도 10억, 많으면 400억 정도. 그런데도 우리는 아직 다른 문명과 조우하지 못했다. 이것이 '페르미 역설'인데, 중국의 소설가 류츠신은 '암흑의 숲'과 '사냥꾼' 이론으로 이 패러독스를 풀어냈다. 문명은 서로를 신뢰하지 못하고 다른 문명을 잠재적인 위협으로 간주하기 때문에, 발견 즉시 상대를 없애버린다는 것이다. 이 블랙홀 같은 ISBM으로. 그러므로 우주는 암흑의 숲이며, 모든 문명은 서로에게 총구를 겨누고 있는 사냥꾼이다. 음울하지만, 현실적인 가설이다. 그리고 나는 정말로 그러한 현실을 목도하고 있었다.

 "마지막 메시지가 될지도 모르니, 말하면서 생각을 정리해볼게. 카피스 문명은 엄청난 정밀도로 우리 존재를 관측하고 있었어. 73년이나 걸리는 롱토스로 지구 한가운데에 블랙홀을 맞힐 정도로 정밀하지. 이건 가설이지만, 2000년대에 휴대전화 이용자가 폭발적으로 증가했잖아. 때문에 28광년 떨어진 카피스인들이 우리를 발견할 수 있었던 거야. 그리고 미사일을 쏘기로 결정했어. 28광년 뒤에, 73년이나 걸리는 공격으로 태양 너머 지구 한가운데를 꿰뚫을 정밀도의 미사일을 말이야. 상당한 자신감의 결과지. 그리고 교활하기도 해. 태양 쪽을 통과해온 것이 그 증거야."

나는 메시지에 참고할 이미지를 첨부했다. 태양계를 바로 위에서 내려다본 궤도였다. 노란 태양을 중심으로 행성의 공전궤도를 하늘색 선으로 표시하고, 푸른 지구를 태양 오른쪽에 배치했다. 그리고 지구 반대쪽, 즉 태양의 왼쪽 방향을 향해 똑바른 선을 긋고, 카피스를 뜻하는 별을 그려넣었다. 행성 구석에는 회색 피부의 우주인 아이콘을 얹었다. 카피스인이 그런 모습일 리는 없다만, 적당한 이모티콘이 그것밖에 없었다.

나는 카피스 앞에 블랙홀을 그리고, 태양 쪽으로 움직임을 표시하며 말했다.

"카피스인들은 태양을 통과해 지구로 블랙홀을 날려보낼 생각이야. 그런데 사실 이 방법에는 굉장한 리스크가 있어. 십오 분 전에 중력파 관측으로 확인한 건데, 블랙홀의 궤도가 태양 중심에서 조금 벗어나면서 미세하게 각도가 바뀌었더라고."

나는 블랙홀이 움직이는 각도를 틀어 지구 쪽을 향하게 했다.

"이렇게 태양의 중력으로 커브를 만들어 명중시키는 거지. 엄청난 리스크를 감수해야 하는 고난도의 기술이야. 태양의 내부는 카오스 그 자체인데, 그걸 70년 전에 계산해서 바늘구멍에 미사일을 던져넣는 짓을 한 셈이야. 이렇게 까다로운 방법을 택한 건, 이 공격을 감추기 위해서겠지. 반년 전이었다면 좀더 간단했을 거야. 지구가 여기 있었으니까."

나는 지구를 카피스 쪽에 그린 뒤 블랙홀의 움직임을 표시했다.

"이때 블랙홀을 충돌시켰다면 태양 근처의 중력 우물을 고려하지 않아도 되는데, 카피스인은 그러지 않았어. 그렇게 하면 목성의 위성이 블랙홀을 발견할 수 있거든. 그들은 목성의 존재를 알고 있고, 그쪽에 수많은 위성이 있으며, 인류의 기지가 있다는 것까지도 예상했을 거야."

나는 카피스 근처에 목성을 그리고 전구 아이콘을 얹었다.

"목성에서 블랙홀을 발견했다면 우리에게 40분 정도 생각할 시간이 생겼겠지. 40분 사이에 피난할 수는 없겠지만, 적어도 카피스인의 존재를 알아차릴 사람이 몇 명쯤은 생겼을 거야. 그들은 그걸 두려워했어."

나는 지구를 지우고 작업복을 입은 남녀 아이콘을 주위에 몇 개 얹었다.

"달 기지, 화성 기지, 소행성 개발 기지, 운좋게 재해를 면한 우주정거장과 셸터에 '지구를 멸망시키려는 카피스인'의 존재를 아는 사람들이 남게 되겠지. 백 명 남짓한 생존자들끼리 문명을 유지하기는 어렵단 사실을 카피스인은 몰랐을 거야."

나는 메시지를 이어갔다.

"어쨌거나 카피스인은 태양을 꿰뚫는 루트를 선택했고, 마지막 순간까지 블랙홀을 숨겨냈어. 지구인에게 주어지는 유예 시간을 최대 8분 28초까지 줄이는 데 성공한 거야. 그러나 그들도 간과한 사실이 있지. 태양 근처에 관측 기지가 있고, 그곳에 바로 내가 있다는 거야. 알아냈어, 내가 해결할 수 있는 방법을."

나는 수성을 공전하는 512개의 안테나 무리에 블랙홀로 돌진할 것을 명령했다. 명령이 전달되는 데까지 3분 20초가 걸리겠지만, 겨우 몇 톤에 불과한 텅스텐 구체는 블랙홀에 곧장 빨려들어갈 것이다. 그리고 나는 수성 안테나 무리로 향하는 거다. 블랙홀은 미지의 영역이다. 사전에 정해둔 프로그램만으로 대응할 수 없는 일이 일어날 것이 분명했다.

나와 512개의 안테나 클러스터는 카피스인이 예상하지 못한 일격이다. 아주 조금이라도 궤도를 돌린다면, 지구는 직격을 피할 수 있다.

"이게 마지막 메시지가 되겠지? 잘 있어라, 박서준. 삼 년간의 수성 근무 즐거웠어. 김하나에게도 안부 전해줘."

자, 이제 수성 안테나로 가자.

\*

정신을 차렸을 땐 나를 태운 안테나가 블랙홀 영역에 들어온 뒤였다.

카메라로 주위를 확인하니 사건의 지평선이 보였다. 영화 〈인터스텔라〉에서 본 것처럼, 새카만 구체였다. 영화와 다르게, 블랙홀 주변의 강착 원반을 빛내는 것은 오렌지색 가스가 아니라 태양에서 뜯겨나온 노란 플라즈마였다.

반듯한 구체여야 할 사건의 지평선 모양이 일그러져 보였다. 처음에는 중력렌즈 때문인가 했는데, 한 바퀴 돌며 정밀 관측을 해보니—어쨌거나 직경 5킬로미터도 안 되므로 빙빙 도는 것은 어렵지 않았다. 512개의 안테나도 입체 데이터를 보내주었다—이 블랙홀의 사건의 지평선은 구체가 아니라는 걸 알 수 있었다. 진행 방향을 따라 뻗어 있는 모양에, 구체 뒤쪽은 납작하게 짓눌려 있으며, 기묘한 주름이 보였다. 안테나로 주름을 관측하고 있는데 강착 원반의 플라즈마 덩어리가 찢기더니 블랙홀의 궤도가 미세하게 바뀌었다. 이대로 지구를 비껴가주면 좋겠다고 기대했으나, 주름이 꿈틀거리자 궤도는 다시 원래대로 돌아왔다.

보아하니 카피스인은 궤도를 수정하는 시스템을 블랙홀에 입력해둔 듯했다. 70년이나 항행해야 하니 당연하겠지. 궤도를 바꾸는 장치가 있는 건 내게 행운이다. 나는 주름과 궤도의 관계를 관측하기 위해 백 개 정도의 안테나를 장착했다.

순간, 눈부시게 빛나는 행성이 스쳐갔다. 금성이었다.

들어온 지 5초 정도밖에 지나지 않은 줄 알았는데 바깥 우주에서는 2분 정도가 경과한 듯했다. 블랙홀의 시간 지연 효과 때문이다. 블랙홀 안으로 들어가는 SF 소설을 수도 없이 읽었지만, 설마하니 죽기 전에 이런 체험을 하게 될 줄은 몰랐다. 그러던 중 주름을 관측한 안테나에서 보고가 들어왔다. 사건의 지평선과 겹쳐 있는 주름이 움직일 때, 관측만으로는 도무지 설명할 수 없는 틈이 보인다는 것이었다.

나는 그 틈과 가장 가까이 있는 안테나로 의식을 이동시켰다. 그리고 오늘 몇 번째인지 모를 놀라운 광경에 눈을 크게 떴다.

사건의 지평선 틈 안쪽에, 비틀린 공간이 펼쳐져 있었다. 성간가스가 소용돌이치는 가운데 낯선 은하가 떠 있었다. 중력파 안테나가 관측중인 것은 거품처럼 생겨나고 사라져가는 여러 개의 차원들이었다.

우주의 발생과 소멸이다.

고작 몇 밀리초 존재했다가 사라지는 수많은 우주를 나는 관측했다.

누가 이런 공간을 예상할 수 있었을까. 시간과 공간, 차원이

혼연일체가 된 구조물을 카피스인은 만들어낸 것이다.

그 광경을 바라보던 나는 막연히 이것이 다가 아닐 것임을 확신했다. 내가 보고 있는 것은 하나의 문명을 말살하기 위해 만들어진, 가장 시시한 예시 중 하나에 지나지 않는다. 가능성은 훨씬 방대할 것이다.

우주를 등지고 은둔하다시피 한 카피스인이 이런 걸 만들어냈으니, 인류도 블랙홀을 정복할 수 있다.

사건의 지평선과 특이점에 관한 관측 데이터를 쌓아가는 중에, 지구가 보이기 시작했다.

슬슬 궤도를 바꿀 때가 되었다. 나는 안테나를 일렬로 정렬하고 사건의 지평선 주름을 향해 돌입시켰다. 안테나가 들러붙을 때마다 주름이 꿈틀거렸다. 그러기를 몇 번 반복하자 블랙홀의 궤도가 미묘하게 어긋나기 시작했다.

지구가 맹렬한 속도로 발밑을 지나갔다.

나는 관측 데이터를 눈앞에 보이는 지구를 향해 전송했다. 인공적으로 정형된 사건의 지평선과 벌거숭이 특이점에 관한 관측 데이터는 물리학과 양자역학을 반세기쯤 전진시킬 것이다. 카피스인이 이번 실패를 알게 되는 것은 28년 후, 다시 공격한다면 그건 그로부터 다시 57년 후가 될 것이다. 도합 85년의 시간 동안 인류는 방어책을 강구해낼 수 있다.

이제 됐다.

마지막으로 한 가지만 더 해보자.

어릴 적부터 늘 생각해오던 것을, 지금이라면 실현할 수 있을지도 모른다.

우주에서 빛보다 빠르게 날 수는 없다. 하지만 우주의 규칙이 통하지 않는 지금 여기, 특이점에서는 어쩌면 가능할지도 모르는 일이다.

나는 내가 있는 안테나를 사건의 지평선에서 특이점을 향해 날려보냈다.

\*

"알림 왔어. '성실한 서준'한테서."

테이블 맞은편에 앉은 김하나가 대충 던져두었던 스마트폰을 손끝으로 밀어서 내 쪽으로 돌렸다.

"나도 성실한데."

그렇게 말하며 스마트폰을 집어들던 나는 너무 차가워서 저도 모르게 손가락을 움찔했다. 시각은 오후 6시 4분. 한강 저편으로 저무는 태양빛이 테라스 자리를 비추고 있었지만 2월의 저녁은 기온이 영하까지 떨어진다.

음성 메시지가 와 있었다. 아닌 게 아니라 발신자는 수성 관측 기지에서 작동중인 관측 AI 서준이었다. 마침 표준시 9시니 관측을 끝냈을 시간인데, 음성 연락이 오는 건 드문 일이었다.

"들어도 돼?"

스마트폰을 가리키자 김하나는 끄덕였다.

"스피커폰으로 해. 아무도 없는데."

나는 쓴웃음을 지었다. 영하 날씨에 테라스 자리에서 담요를 두르고 앉아 있자니 눈에 띄는 처지이긴 했으나, 남의 귀를 신경쓸 필요가 없어 편했다. 메시지를 재생하자 내 목소리로 생성된, 절박한 음성이 흘러나왔다.

"태양면에 이상 징후 발생! 빨리 봐, 똑똑히 봐!"

나와 김하나는 저물기 직전인 태양을 향해 고개를 돌렸다. 하늘이 오렌지색으로 물들고, 그 한가운데 붉게 빛나는 태양이 고요한 한강 수면으로 녹아들려는 참이었다.

"무슨 일이지."

다시 고개를 돌린 김하나가 내 얼굴을 빤히 쳐다보며 나무라듯 말했다.

"똑똑히 봐, 라고 했어?"

"그랬지."

내가 끄덕이자 김하나는 스마트폰을 노려보았다.

"하여간, 쓸데없는 말 좀 입력하지 마. AI 서준의 발언과 의식 출력은 전부 공식 기록에 남는다고."

예예, 대답하면서 나는 메신저 화면을 스크롤했다. 음성에 이어 AI의 의식 출력이 화면을 가득 메우고 있다. 그 화면을 본 김하나가 앞부분 문장을 가리키며 입술을 시옷 자로 늘어뜨렸다. '규칙 위반을 엄격하게 따지는 김하나 과장이 잔소리를 풀 오토 사격으로 퍼부을지 몰라도……'

"내가 너한테 그렇게 잔소리 많이 해?"

"이건 내가 아닌걸. AI 서준의 속마음이지."

"네 인격을 카피한 거잖아."

"완전히 달라." 나는 고개를 저었다. "내 일기나 블로그에서 추출한 경험 같은 걸 통해 구축된 건 맞지만, 나와는 다른 인격이라고."

정말? 하고 나를 흘겨보던 김하나가 한숨을 쉬며 끄덕였다.

"하긴 그래. AI 서준은 성실하고 끈기 있는데. 너라면 3년 내내 혼자서 관측을 이어가진 못하겠지."

화살 끝이 팬한 곳을 향해서 나는 다시 메시지를 스크롤했다.

"그건 됐고, 성실한 서준이 보내온 이상 무슨 사태인지 읽어보자고. KASI 서버에도 올라갈 거니까."

김하나는 끄덕이며 플립형 스마트폰을 열고 의자 깊숙이 몸을 기댔다. 그러는가 싶더니, 곧 테이블 앞으로 튕겨나오듯이 벌떡 몸을 일으켰다.

"블랙홀?"

"……그런가보네."

멍하니 대답한 나는 음성 메시지를 재생했다.

"블랙홀인 것 같다. 아마, 아니, 분명히 그렇다. 저건 지구와 비슷한 질량을 가진 소형 블랙홀이다."

김하나는 가방에서 또다른 스마트폰을 꺼내들었다. KASI에서 지급하는 단말기인데, 화면에 알림창이 끝도 없이 무수히 떠 있었다. 보아하니 실시간으로 메시지를 확인한 관측 팀이 닥치는 대로 메시지를 보내고 있는 모양이었다. 전화도 오고 있었다. 장관에게서.

나는 김하나의 스마트폰을 가리켰다.

"전화 안 받아도 돼?"

"그럴 때가 아냐. AI 서준의 보고서와 의식 출력을 검토하는 게 우선이야. 만약 정말이라면……"

김하나는 말을 끊더니 태양으로 고개를 돌렸다.

"지금 몇 시지?"

"6시 9분." 나는 그렇게 대답했다가 "32초"라고 덧붙였다. 충돌까지 4분도 남지 않은 지금, 초 단위를 생략하면 안 될 것 같아서였다.

김하나는 스마트폰에 AI 서준의 의식 출력을 띄워서 내게 내밀었다.

"화면 큰 게 낫지? 빨리 읽어봐."

나는 스마트폰을 받아들었다. 다른 인격이라고 주장했지만,

나는 AI 서준의 의식 출력을 누구보다 정확하게, 빠르게 읽을 수 있다. 그는 내 어휘를 사용해 생각하며, 주의력이 조금 부족한 면과 틈틈이 실없는 잡담을 섞는 면까지 꼭 닮아 있기에.

차이라면 우주를 대하는 태도가 나보다 훨씬 진지하다는 것이었다. SF 소설에 관한 관심도, 대학 공부에도, 논문에도. 김하나와의 관계에 있어서도. 그에게 넘겨준 경험을 나 역시 전부 가지고 있는데도 나는 그처럼 진지해질 수가 없었다.

수성 궤도에서 3년이나 관측을 이어온 그는— 김하나의 스마트폰에 눈물이 떨어져 화면이 넘어갔다.

"왜 그래?" 김하나가 물었다.

"……미안."

"괜찮아. 왜 그래? 말해봐."

나는 스마트폰을 김하나에게 돌려주었다.

"해결됐어."

"응?"

"성실한 서준은 나보다 훨씬 대담한 녀석이었어."

나는 태양으로 고개를 돌렸다. 나와 경험을 공유하는 AI 인격은 인류를 지키기 위해 블랙홀에 뛰어들었다. 그리고 아마도, 방향을 돌리는 데 성공한 모양이었다. 스마트폰에는 천천히, 띄엄띄엄 글자들이 흘러들고 있었다. 사건의 지평선에서 AI 서준은 뒤틀린 시간의 한가운데에 있었다.

……나는 안테나를 일렬로 정렬하고 사건의 지평선 주름으로……주름이 꿈틀거린다……몇 번 반복하자 블랙홀의 궤도가 미묘하게 어긋나……

"그는, 정말로 블랙홀을 관측한 걸까?"

김하나는 저무는 태양을 바라보았다. 마지막 빛이 수면에서 사라지려는 참에, 다시 위로 올라오는 빛이 있었다.

"저거다."

나는 숨을 멈추었다. 김하나는 손으로 입을 가렸다. 그 순간, 빛은 하늘을 정확히 둘로 나누듯이 가로지르고는 날아가 버렸다.

빛이 머리 위를 지날 때, 나는 몸이 아주 조금 가벼워지는 느낌이었다. 기분 탓인지도 모르지만 빛이 사라진 뒤, 한강 수면에 지금까지 한 번도 본 적 없는 형태의 파도가 일더니 이쪽으로 서서히 밀려왔다.

"……가버렸네."

김하나가 가만히 중얼거렸다.

나는 고개를 끄덕였다.

그는 다른 인격이 아니라, 나다. 나와 같은 언어를 쓰고, 내가 항상 그러는 것처럼 데이터를 몇 번이나 검증하고, 가끔 김하나를 생각하고, 내가 했을 법한 방식을 택하고, 그러다 갑자기 믿기 힘든 결론에 도달하고는, 그것을 믿고, 내가 절대로 내릴 수 없는 결단을 내렸다.

그리고 지금은 분명, 빛보다 빠르게 날고 있을 것이다.

# 멋진 실리콘 세계

**초판 인쇄** 2025년 10월 17일
**초판 발행** 2025년 10월 30일

**지은이** 단요, 류츠신, 우다영, 윤여경, 장강명, 전윤호, 조시현, 후지이 다이요
**옮긴이** 양수현, 허유영
**책임편집** 임고운 | **편집** 여승주
**디자인** 김유진 이원경 | **저작권** 박지영 형소진 주은수 오서영 조경은
**마케팅** 정민호 서지화 한민아 이민경 왕지경 정유진 정경주 김혜원 김예진 이서진
**브랜딩** 함유지 박민재 이송이 박다솔 조다현 김하연 이준희
**제작** 강신은 김동욱 이순호 | **제작처** 한영문화사

**펴낸곳** (주)문학동네 | **펴낸이** 김소영
**출판등록** 1993년 10월 22일 제2003-000045호
**주소** 10881 경기도 파주시 회동길 210
**전자우편** editor@munhak.com | **대표전화** 031) 955-8888 | **팩스** 031) 955-8855
**문학동네카페** http://cafe.naver.com/mhdn
**인스타그램** @munhakdongne | **트위터** @munhakdongne
**북클럽문학동네** http://bookclubmunhak.com

ISBN 979-11-416-0278-9 03800

\* 이 책의 판권은 지은이와 문학동네에 있습니다.
   이 책 내용의 전부 또는 일부를 재사용하려면 반드시 양측의 서면 동의를 받아야 합니다.

잘못된 책은 구입하신 서점에서 교환해드립니다.
기타 교환 문의 031) 955-2661, 3580

# www.munhak.com